Tim LaHaye und Jerry B. Jenkins

DIE VERSCHWÖRUNG
Die letzten Tage der Erde

Tim LaHaye und Jerry B. Jenkins

Die Verschwörung

Die letzten Tage der Erde

Roman

Projektion J

Titel der Originalausgabe:
Assassins

1. Auflage 2000

ISBN 3-89490-329-5

Die Bibelstellen wurden der Einheitsübersetzung entnommen.

Auf der Grundlage der neuen Rechtschreibregeln.

Übersetzung: Eva Weyandt
Umschlaggestaltung: Michael Wenserit; Julie Chen
Umschlagfoto: The Living Earth Inc./Earth Imaging
Satz: Projektion J Verlag
Druck und Verarbeitung: Ebner Ulm

Dr. John F. Walvoord gewidmet.

Für mehr als 50 Jahre,
in denen er dabei geholfen hat,
dass die Fackel der Prophetie weiter brennt.

38 Monate nach Beginn der Trübsalszeit

Die Christen

Rayford Steele, Mitte 40. Er flog als Flugkapitän für die Fluglinie *Pan-Continental* und verlor bei der Entrückung Frau und Sohn. Nach den dramatischen Ereignissen wurde er Flugkapitän der Weltgemeinschaft und gehörte zu den ersten Mitgliedern der *Tribulation Force.* Mittlerweile ist er auf der Flucht und hat in einem Versteck der *Tribulation Force* in Mount Prospect Unterschlupf gefunden.

Cameron „Buck" Williams, Anfang 30, ehemaliger Chefreporter des *Global Weekly* und früherer Herausgeber des *Global Community Weekly,* gehörte ebenfalls zu den ersten Mitgliedern der *Tribulation Force.* Jetzt ist er Herausgeber einer Internet-Zeitung mit dem Namen „Die Wahrheit" und hat als Flüchtling in dem Versteck der *Tribulation Force* in Mount Prospect Unterschlupf gefunden.

Chloe Steele Williams, Anfang 20, war vor den Ereignissen Studentin an der Stanford-Universität und hat Mutter und Bruder bei der Entrückung verloren. Sie ist die Tochter von Rayford, Ehefrau von Buck und Mutter des zehn Monate alten Kenny Bruce. Darüber hinaus ist sie Leiterin und Initiatorin der „Internationalen Handelsgesellschaft", einem Untergrund-Netzwerk von Christen. Auch sie gehörte zu den ersten Mitgliedern der *Tribulation Force* und hat auf der Flucht vor der Weltgemeinschaft ebenfalls im Versteck der *Tribulation Force* Unterschlupf gefunden.

Tsion Ben-Judah, Ende 40, ist Rabbi und ehemaliger israelischer Staatsmann. Er sprach im israelischen Fernsehen öffentlich über seine Umkehr, woraufhin seine Frau und seine beiden Kinder ermordet wurden. Danach floh er in die USA und wurde zum geistlichen

Führer der *Tribulation Force*. Über das Internet kommuniziert er täglich mit mehr als einer Milliarde Menschen. Ben-Judah wohnt ebenfalls in dem Versteck in Mount Prospect.

Dr. Floyd Charles, Ende 30, war früher Arzt der Weltgemeinschaft und wohnt heute in dem Versteck der *Tribulation Force.*

Mac McCullum, Ende 50, ist der Pilot Nicolai Carpathias und wohnt im Hauptquartier der Weltgemeinschaft in Neu-Babylon.

David Hassid, Mitte 20, ist Leiter der Versorgungsabteilung der Weltgemeinschaft und wohnt im Hauptquartier der Weltgemeinschaft in Neu-Babylon.

Lea Rose, Ende 30, ist Oberschwester im *Arthur Young Memorial Hospital* in Palatine und wohnt allein.

Tyrola „T." Mark Delanty, Ende 30, ist Besitzer und Leiter des Flughafens in Palwaukee.

Mr. und Mrs. Lukas „Laslo" Miklos, Mitte 50, Besitzer einer Lignit-Mine in Griechenland.

Abdullah Smith, Anfang 30, ehemals Pilot eines Jagdflugzeugs. Er wohnt in Jordanien.

Die Feinde

Nicolai Carpathia, Mitte 30, war während der dramatischen Ereignisse Präsident von Rumänien und wurde dann zum Generalsekretär der Vereinten Nationen. Heute ist Carpathia selbst ernannter Potentat der Weltgemeinschaft und wohnt im Hauptquartier der Weltgemeinschaft in Neu-Babylon.

Leon Fortunato, Anfang 50, ist Carpathias rechte Hand, Supreme Commander und wohnt im Hauptquartier der Weltgemeinschaft.

Peter Mathews, Ende 40, ist ehemaliger Kardinal der Erzdiözese Cincinnati, selbst ernannter Pontifex Maximus Peter II, Oberhaupt des Enigma-Babylon-Welteinheitsglaubens und wohnt im Tempelpalast in Neu-Babylon.

Die Unentschlossenen

Hattie Durham, 30, ist ehemalige Flugbegleiterin der *Pan-Continental.* Nach der Entrückung wurde sie Assistentin und Geliebte von Nicolai Carpathia. Nachdem die Beziehung auseinander ging und dieser versuchte, sie zu ermorden, wohnt Hattie im Versteck der *Tribulation Force.*

Chaim Rosenzweig, Ende 60, ist israelischer Botaniker und Staatsmann. Er ist darüber hinaus der Entdecker einer Formel, die Israels Wüste zum Blühen brachte, und wurde vom *Global Weekly* zum „Mann des Jahres" ernannt. Er wohnt in Jerusalem.

Prolog

Wie aus dem Nichts war ein riesiges Netzwerk von Hausgemeinden messianischer Juden entstanden, die zu den 144 000 Zeugen gehörten und führende Positionen einnahmen. Täglich unterwiesen sie ihre Anhänger anhand der Internet-Predigten von Tsion Ben-Judah im Wort Gottes. Tag für Tag wuchs die Mitgliederzahl dieser geheimen Hausgemeinden, von denen es mittlerweile Zehntausende auf der ganzen Welt gab und deren Existenz dem Enigma-Babylon-Welteinheitsglauben ein Dorn im Auge war. […]

Seit geraumer Zeit veröffentlichte Buck Williams nun seine Internet-Zeitung „Die Wahrheit". Sie war sein einziges Betätigungsfeld. Ironischerweise erreichte er durch sie zehntausendmal mehr Leser als durch seine Artikel in der Zeitung Global Community Weekly. *Natürlich bangte er um seine Sicherheit, aber weit mehr Angst hatte er um seine Frau Chloe. […]*

Nicolai Carpathia hatte sich in vielerlei Hinsicht um die Welt verdient gemacht. Nach dem großen Erdbeben hatte er die Straßen ausbessern und die Städte und Flughäfen wieder aufbauen lassen. Eine herausragende Leistung war aber in erster Linie der Wiederaufbau Neu-Babylons zur schönsten Stadt, die es je gegeben hatte. „Sie ist ein Meisterwerk, und ich hoffe, dass Sie sie so bald wie möglich besuchen werden." Durch das neue solare Satellitensystem war die Kommunikation verbessert worden. Jeder konnte jeden jederzeit über Telefon und Internet erreichen, ungeachtet Zeit oder Standort. Doch all dies diente nur einem Zweck – die für eine Weltherrschaft Nicolai Carpathias notwendigen Voraussetzungen zu schaffen. […]

Der Tag würde kommen, an dem das Zeichen des Kreuzes auf der Stirn der Christen sie auch allen anderen Menschen als Feinde des Antichristen offenbaren würde.

Das Problem war, es würde auch der Tag kommen, an dem die andere Seite für alle sichtbar ihr eigenes Zeichen bekommen würde.

Nach Aussage der Bibel würden diejenigen, die dieses „Zeichen des Tieres" nicht trugen, nicht mehr kaufen oder verkaufen können. Das große Netzwerk der Christen würde einen Untergrundmarkt aufbauen müssen, um am Leben zu bleiben. [...]

Der Supreme Commander der Weltgemeinschaft, Leon Fortunato, kündigte dem internationalen Fernsehpublikum Seine Exzellenz, Potentat Nicolai Carpathia an. Tsion Ben-Judah hatte Rayford gewarnt, dass Nicolais übernatürliche Kräfte wahrscheinlich übertrieben dargestellt würden, um eine Grundlage zu legen für die Zeit, in der Nicolai sich in der zweiten Hälfte der Trübsalszeit selbst zum Gott erheben würde. [...]

Ausgelassene Fröhlichkeit hatte keinen Platz im Leben der Mitglieder der Tribulation Force. Die Trauer ist so zermürbend, *dachte Rayford. Er freute sich auf den Tag, an dem Gott alle Tränen von ihren Augen abwischen und es keinen Krieg mehr geben würde. [...]*

„Ich empfinde großes Mitgefühl für Sie." Tsion sprach gerade mit Hattie Durham. „Ich sehne mich so sehr danach, dass Sie zu Jesus finden." Und plötzlich konnte er nicht mehr fortfahren. Seine Lippen zitterten und er brachte kein Wort mehr heraus.

Hattie zog die Augenbrauen in die Höhe und starrte ihn an.

„Verzeihen Sie", fuhr er schließlich flüsternd fort. Er nahm einen Schluck Wasser und fasste sich. Unter Tränen sprach er weiter. „Irgendwie hat Gott mir gestattet, Sie durch seine Augen zu sehen – als verängstigte, zornige, erschütterte junge Frau, die von vielen Menschen in ihrem Leben missbraucht und verlassen worden ist. Er liebt Sie mit vollkommener Liebe. Jesus hat seine Zuhörer einmal angesehen und gesagt: ‚Jerusalem, Jerusalem, die du tötest die Propheten und steinigst, die zu dir gesandt sind! Wie oft habe ich deine Kinder versammeln wollen, wie eine Henne ihre Küken versammelt unter ihre Flügel; und ihr habt nicht gewollt!'

Miss Durham, Sie kennen die Wahrheit. Ich habe gehört, wie Sie das bestätigt haben. Und doch sind Sie nicht bereit. [...] Ich sehe Sie in Ihrer zerbrechlichen Schönheit und erkenne, was das Leben Ihnen angetan hat. Ich wünsche Ihnen so sehr, dass Sie Frieden finden. Ich denke darüber nach, was Sie in dieser gefährlichen Zeit für Christus tun könnten. Ich befürchte, dass Sie Ihr Leben aufs Spiel setzen, wenn Sie noch länger zögern, und ich hoffe nur, dass Sie nicht zu sehr werden leiden müssen, bis er Sie endlich erreicht."

Rayfords Leben als Flugkapitän einer kommerziellen Luftlinie schien Jahre her zu sein. Es war schwer zu begreifen, dass er noch vor knapp drei Jahren als Ehemann und Vater in einem Vorort Chicagos gelebt und sich um nichts anderes zu sorgen brauchte als um die Frage, wann und wohin er als Nächstes fliegen würde.

Aber was hatte es ihn gekostet, an diesen Punkt zu kommen, an dem er heute stand! Er empfand Mitleid mit Tsion. Wenn die Trübsalszeit für einen normalen Menschen wie ihn, Rayford, schon so schwer zu ertragen war, wie musste sich ein Mensch fühlen, der die Aufgabe erhalten hatte, die 144 000 Zeugen und vielleicht eine Milliarde anderer Menschen zusammenzurufen und in der biblischen Lehre zu unterweisen. [...]

Buck unterhielt sich immer gern mit Tsion. Sie hatten schon so vieles gemeinsam durchgestanden. Plötzlich wurde ihm klar, dass er bei einem Mann, dessen Frau und Kinder ermordet worden waren, über die schwierige Schwangerschaft seiner Frau jammerte. Und doch hatte Tsion die Fähigkeit, ihm Ratschläge zu geben, ihn zu beruhigen. [...]

„Die sechste Posaune kommt also als Nächstes? Was wird das sein?“, fragte Buck.

Tsion seufzte. „Um es kurz zu machen: Es wird eine Armee von 200 Millionen Reitern sein, die ein Drittel der Weltbevölkerung auslöschen wird.“

Buck war sprachlos. Er hatte die Prophezeiung gelesen, sich aber nie vorgestellt, was das im Einzelnen wirklich bedeutete.

„[...] *Das, was wir bislang durchlitten haben, alles, was wir an Hässlichem bereits erlebt haben, wird angesichts dieses bisher schlimmsten Gerichts verblassen.“*

„Und die nachfolgenden Gerichte werden noch schlimmer?“

„Schwer vorzustellen, nicht wahr? [...] *Nur ein Viertel der Menschen, die bei der Entrückung zurückgelassen wurden, werden die Wiederkunft Christi erleben, Cameron. Ich habe keine Angst vor dem Tod, aber ich bete jeden Tag, dass Gott mir das Vorrecht gewährt, ihn auf die Erde zurückkehren zu sehen, wenn er sein Reich errichtet. Wenn er mich vorher zu sich holt, werde ich vereint sein mit meiner Familie und anderen Menschen, die ich geliebt habe, aber was für eine Freude wäre es, hier zu sein, wenn Jesus wiederkommt!“*

„Das erste Wehe ist vorüber; siehe, es kommen noch zwei Wehe danach. Und der sechste Engel blies seine Posaune; und ich hörte eine Stimme aus den vier Ecken des goldenen Altars vor Gott; die sprach zu dem sechsten Engel, der die Posaune hatte: Laß los die vier Engel, die gebunden sind an dem großen Strom Euphrat. Und es wurden losgelassen, die vier Engel, die bereit waren für die Stunde und den Tag und den Monat und das Jahr zu töten den dritten Teil der Menschen."

Offenbarung 9,12–15

1

Zorn. Kein anderes Wort konnte seine Gefühle besser beschreiben.

Rayford war klar, dass es vieles gab, wofür er dankbar sein konnte. Weder Irene, die Frau, mit der er 21 Jahre verheiratet gewesen war, noch Amanda – ihre Ehe hatte nur knapp drei Monate gedauert – mussten diese Welt länger ertragen. Auch Raymie war jetzt im Himmel. Und seine Tochter Chloe und ihr Baby Kenny erfreuten sich bester Gesundheit.

Das sollte doch genügen! Aber trotzdem wurde Rayford von seinen Hassgefühlen regelrecht zerfressen; man konnte es nicht anders ausdrücken. Mitten am Vormittag eines kühlen Montags im Mai stürmte er schließlich ohne Jacke aus dem Versteck. Niemand im Haus hatte ihn aufhalten können.

Hattie war wieder die alte; sie jammerte darüber, dass sie nichts unternehmen konnte, und sorgte gleichzeitig dafür, dass sie wieder zu Kräften kam.

„Sie werden vielleicht nicht glauben, dass ich es tue“, hatte sie zwischen zwei Liegestützen zu ihm gesagt, „aber da unterschätzen Sie mich.“

„Ich zweifle nicht daran, dass Sie verrückt genug sind, es zu versuchen.“

„Aber Sie wollen mich nicht hinüberfliegen.“

„Nein, das kommt nicht in Frage.“

Rayford stürmte einen schmalen Weg entlang, der zwischen dem Grundstück des Verstecks und den Ruinen der Nachbarhäuser hindurchführte. Er blieb stehen und sah sich um. Zorn war eine Sache. Dummheit eine andere. Es hatte keinen Zweck, sich und die anderen zu verraten, nur, weil er einmal ein wenig frische Luft schnappen wollte.

Er konnte niemanden entdecken, hielt sich aber dennoch im Schutz der Bäume. Wie sich die Welt innerhalb von eineinhalb Jahren verändert hatte! Chicago war früher eine blühende Stadt gewesen. Jetzt nach dem Erdbeben lag sie in Trümmern, war ein Zufluchtsort für Flüchtlinge und Verzweifelte. Beides traf auch auf ihn zu. Seit Monaten war Rayford nun schon ein Flüchtling und seine Verzweiflung wuchs von Tag zu Tag.

Der mörderische Zorn drohte ihn zu verzehren. Sein Verstand kämpfte gegen seine Gefühle an. Er kannte andere – ja, dazu gehörte auch Hattie –, die wie er ein Motiv hatten, Nicolai umzubringen. Und dennoch flehte Rayford Gott an, *ihm* diese Aufgabe zuzuweisen. *Er* wollte derjenige sein, der die Tat ausführte. Er war fest davon überzeugt, dass es sein Schicksal war.

Rayford schüttelte den Kopf und lehnte sich gegen einen Baum. Wo war der Duft von frisch gemähtem Gras, der Lärm von Kindern, die im Garten spielten? Nichts war mehr so, wie es früher einmal gewesen war. Er schloss die Augen und ging noch einmal seinen Plan durch. Er würde verkleidet in den Mittleren Osten fliegen und zur richtigen Zeit am richtigen Ort sein. Er würde Gottes Waffe sein, das Werkzeug des Todes. Er würde Nicolai Carpathia ermorden.

David Hassid hatte es geschafft. Er würde im Hubschrauber der Weltgemeinschaft mitfliegen, der eine Ladung Computer für den Palast des Potentaten abholen sollte. Die Hälfte der Leute in seiner Abteilung hatten die Aufgabe erhalten, in den kommenden Wochen herauszufinden, von wo aus Tsion Ben-Judah täglich seine Predigten und Buck Williams seine Zeitung ins Internet eingab.

Der Potentat wollte persönlich wissen, wie schnell die Computer angeliefert und mit der nötigen Software ausgestattet werden konnten. „Ich schätze, wir werden einen halben Tag brauchen, um sie am Flughafen auszuladen, auf Lastwagen zu verladen und hierherzubringen“, hatte David ihm erklärt. „Dann müssen sie hier ausgeladen werden. Rechnen Sie mit einigen Tagen für das Anschließen und die Installation.“

Carpathia hatte ungeduldig mit den Fingern geschnippt, als David „einen halben Tag“ gesagt hatte. „Es muss schneller gehen“, entgegnete er. „Wie können wir Zeit gewinnen?“

„Es wäre kostenaufwändig, aber Sie könnten –“

„Die Kosten spielen keine Rolle, Mr. Hassid. Es muss schnell gehen.“

„Ein Hubschrauber könnte die Ladung abholen und direkt am Frachttor abladen.“

„Genau“, erwiderte Carpathia. „So wird es gemacht.“

„Ich würde gern persönlich die Lieferung überwachen.“

Carpathias Gedanken waren bereits mit etwas anderem beschäftigt. Er winkte ab. „Natürlich. Was immer Sie für nötig halten."

David rief Mac McCullum über eine abhörsichere Leitung an. „Es hat geklappt", sagte er.

„Wann fliegen wir?"

„So spät wie möglich. Es muss wie ein Irrtum aussehen."

Mac lachte leise. „Haben Sie ihnen nicht den falschen Flughafen genannt?"

„Natürlich. Am Telefon habe ich ihnen einen falschen Flughafen genannt, aber in den Papieren steht der richtige. Sie werden die Ladung dort absetzen, wo ich es ihnen gesagt habe. Mit den Papieren sichere ich mich aber gleichzeitig vor möglichen Problemen mit Nicolais Marionette ab."

„Dann sieht Fortunato Ihnen noch immer über die Schulter?"

„Immer, aber weder er noch Nicolai schöpfen Verdacht. Sie mögen Sie auch, Mac."

„Als ob ich das nicht wüsste. Wir müssen so lange auf dem Zug bleiben, wie er uns mitnimmt."

Rayford wagte nicht, mit Tsion über seine Gefühle zu sprechen. Der Rabbi war auch so bereits überaus beschäftigt, und Rayford wusste genau, was er sagen würde: „Gott hat seinen Plan. Überlassen Sie es ihm, ihn auszuführen."

Aber was war denn falsch daran, wenn Rayford helfen wollte? Er war bereit dazu. Er konnte es schaffen. Und was machte es schon, wenn er dabei sein Leben aufs Spiel setzte – und es vielleicht verlor? Er wäre dann endlich bei den Menschen, die er liebte. Und die anderen würden auch bald dazukommen.

Rayford war klar, dass sein Vorhaben verrückt war. Noch nie hatte er sich von seinen Gefühlen leiten lassen. Vielleicht war sein eigentliches Problem im Augenblick, dass er zur Untätigkeit verurteilt war. Dass er bislang Carpathias Pilot gewesen war, war zwar ein großes Risiko, aber diesen Einsatz wert gewesen. Er hatte viele wichtige Informationen in Erfahrung bringen können.

Seine jetzige Aufgabe war damit nicht zu vergleichen, obwohl auch mit ihr ein gewisses Risiko verbunden war. Er flog als Pilot für die „Internationale Handelsgesellschaft", die Gesellschaft, die die Christen am Leben erhalten sollte, wenn der freie Handel abgeschafft wurde. Im Augenblick baute Rayford Kontakte auf, erstellte Flugpläne, mit anderen Worten: Er arbeitete für seine Tochter. Er musste anonym bleiben und in Erfahrung bringen, wem man trauen konnte. Aber das war nicht dasselbe. Er fühlte sich einfach überflüssig.

Aber falls er derjenige sein konnte, der Carpathia töten würde!

Wem wollte er denn etwas vormachen? Carpathias Mörder würde vermutlich ohne Gerichtsverhandlung hingerichtet werden. Und falls Nicolai Carpathia tatsächlich der Antichrist war – eine Tatsache, von der die meisten Menschen außer seinen Anhängern überzeugt waren –, würde er sowieso nicht lange tot sein. Der Mord wäre nichts weiter als eine Genugtuung für Rayford. Nicolai Carpathia würde vermutlich aus diesen Ereignissen mehr denn je als Held hervorgehen. Aber die Tatsache, dass es trotzdem getan werden musste und dass er zum rechten Zeitpunkt zur Stelle sein würde, gab Rayfords Leben wieder ein Ziel.

Er liebte seinen Enkel Kenny Bruce sehr, aber allein dessen Name erinnerte Rayford an schmerzliche Verluste. Der verstorbene Ken Ritz war ein guter Freund gewesen, und Bruce Barnes hatte Rayford als Mentor so vieles beigebracht, nachdem er ihm unmittelbar nach der Entrückung das Videoband vorgespielt und ihn dabei unterstützt hatte, zum Glauben an Christus zu kommen.

Das musste es sein! Bestimmt war der Auslöser für seinen Hass, seine Wut die Tatsache, dass Carpathia nichts anderes war als ein Handlanger des Satans, dass er zum Plan Gottes dazugehörte. Aber der Mann hatte ein solches Chaos, eine solche Zerstörung angerichtet, er war verantwortlich für so viel Trauer, dass Rayford nicht anders konnte, als ihn zu hassen.

Er wollte gegenüber Katastrophen, Tod und Zerstörung, die mittlerweile zum Alltag dazugehörten, nicht abstumpfen. Er wollte sich noch lebendig fühlen, wollte Verletzungen und Gewalt empfinden. Die Situation auf der Welt war schlimm und verschlechterte sich zusehends. Das Chaos wurde immer größer. Tsions Meinung nach würde der Höhepunkt nach dreieinhalb Jahren erreicht sein, also in vier Monaten. Und dann begann die große Trübsalszeit.

Rayford würde alles dafür tun, um die sieben Jahre zu überstehen, um die Wiederkunft Christi mitzuerleben, wenn Jesus kam, um seine tausendjährige Herrschaft auf dieser Erde aufzurichten. Aber wenn Gottes Plan für ihn anders aussah, konnte er nichts dagegen tun? Tsion war der Meinung, dass höchstens ein Viertel der Menschen, die bei der Entrückung zurückgeblieben waren, das Ende erleben würde, und diejenigen, die tatsächlich am Leben blieben, wünschten vermutlich, es wäre nicht so.

Rayford versuchte zu beten. Glaubte er wirklich, Gott würde antworten und ihm die Erlaubnis geben, seinen Plan auszuführen? Er wusste es besser. Aber diese Pläne halfen ihm, sich lebendig zu fühlen, freier atmen zu können.

Natürlich hatte er andere Dinge, für die zu leben sich lohnte. Er liebte seine Tochter, ihren Mann und ihren Sohn. Aber er konnte auch nicht leugnen, dass er in gewisser Weise dafür verantwortlich war, dass Chloe bei der Entrückung zurückgelassen worden war. Er musste sich damit abfinden, in dieser Welt zu leben. Aber was für eine Zukunft hatten sie? Er wollte nicht darüber nachdenken. Stattdessen überlegte er, welche Waffen er sich beschaffen konnte und wie er sie zum richtigen Zeitpunkt würde einsetzen können.

Kurz nach Einbruch der Dunkelheit erhielt David in Neu-Babylon einen Anruf von seinem Routenplaner.

„Der Pilot der Maschine mit den Computern möchte wissen, ob er auf der Landebahn oder am –"

„Das habe ich ihm doch bereits gesagt! Er soll sich an seine Anweisungen halten!"

„Sir, in den Papieren heißt es, auf der Landebahn hinter dem Palast. Aber er meint, Sie hätten ihm gesagt, er solle den Flugplatz in Neu-Babylon anfliegen."

David atmete tief durch, als müsste er sich erst beruhigen. „Haben Sie gehört, was ich gesagt habe?"

„Sie haben Flugplatz gesagt, aber –"

„Vielen Dank! Wann ist seine berechnete Ankunftszeit?"

„Er wird in 30 Minuten am Flughafen eintreffen. Bis zum Palast braucht er 45. Ich habe ganz klar –"

David legte auf und rief Mac an. Eine halbe Stunde später saßen sie im Hubschrauber und warteten auf dem Rollfeld beim Palast. Natürlich kam die Ladung mit den Computern nicht an. David rief beim Flughafen an. „Sagen Sie dem Piloten, wo wir sind!"

„Mann", meinte Mac, „Sie jagen alle ja ganz schön ins Bockshorn!"

„Denken Sie, ich will, dass die besten Computerspezialisten der Welt mit den neuesten Computern ausgestattet werden, damit sie das Versteck der ‚Tribulation Force' finden?"

Mac stellte die Funkfrequenz des Flughafens ein und hörte, wie der Pilot des Frachtflugzeugs die Anweisung bekam, zum Flugplatz des Palastes zu fliegen. Er blickte David an.

„Auf zum Flughafen, Hubschrauberpilot“, sagte David.

„Wir werden an ihm vorbeifliegen.“

„Das hoffe ich.“

So war es auch tatsächlich. David hatte schließlich Erbarmen mit dem Piloten, versicherte ihm, er und Mac würden auf ihn warten, er solle nur zurückkommen.

Die Computer wurden mit Hilfe eines Krans entladen, und Mac brachte den Hubschrauber in Position, um sie zu übernehmen. Der Leiter der Frachtabteilung versicherte Mac, der Hubschrauber könne die Ladung problemlos transportieren, und erklärte ihm, wie er abheben solle.

„Im Notfall können Sie die Ladung vom Cockpit aus ausklinken, Sir“, meinte er, „aber es dürfte eigentlich keine Probleme geben.“

Mac dankte ihm und fing Davids Blick auf.

„Das werden Sie doch wohl nicht tun“, sagte er kopfschüttelnd.

„Natürlich werde ich das tun. Dieser Knopf hier? Ich trage hier die Verantwortung.“

2

Kurz nach Mittag saß Buck in dem erweiterten Schutzbunker unter dem Versteck und arbeitete an seinem Computer. Er, sein Schwiegervater und Dr. Charles hatten den Bunker vergrößert. Nicht, dass Dr. Ben-Judah nicht dazu bereit oder unfähig gewesen wäre. Für einen Gelehrten wie ihn, der den größten Teil des Tages vor dem Computerbildschirm saß, war er erstaunlich fit.

Aber Buck und die anderen ermutigten ihn, bei seiner viel wichtigeren Arbeit zu bleiben und Auslegungen zu schreiben, die im Internet veröffentlicht wurden, um die Christen im Glauben weiterzubringen und Ungläubige zur Umkehr aufzurufen. Es war klar, dass Tsion sich nicht wohl dabei fühlte, wenn die anderen Männer die schwere Arbeit erledigten, während er mit seiner Software im oberen Raum des Hauses „herumspielte". Tagelang hatte er immer wieder darum gebeten, den anderen helfen zu dürfen, den Bunker zu erweitern und die anfallende Erde aus dem Keller zu den nahe gelegenen Feldern zu bringen. Die anderen hatten ihm versichert, sie kämen sehr gut auch ohne seine Hilfe zurecht und vier Männer könnten auf so engem Raum gar nicht zusammenarbeiten. Seine Aufgabe sei zu wichtig und dürfe durch eine solche Arbeit nicht verzögert werden.

Schließlich hatte Rayford zu Tsion gesagt: „Sie sind der Älteste, unser Pastor, unser Mentor, aber ich bin schon länger bei dieser Gruppe als Sie, und ich mache jetzt meine Autorität geltend."

Tsion hatte sich aufgerichtet und sich in gespielter Furcht an die Wand gelehnt.

„Jawohl, Sir", hatte er gesagt. „Und meine Aufgabe ist?"

„Ihre Aufgabe ist es zu tun, was Sie bisher getan haben, alter Mann. Sie haben die Hände eines Gelehrten. Wir natürlich auch, aber Sie stehen uns im Weg."

Tsion hatte sich mit dem Ärmel die Stirn abgewischt.

„Oh Rayford, hören Sie auf, sich über mich lustig zu machen. Ich möchte doch nur helfen."

Buck und Doc hatten in ihrer Arbeit innegehalten und Tsion ebenfalls gut zugeredet.

„Dr. Ben-Judah“, hatte Floyd Charles gesagt, „wir alle sind der Meinung, dass Sie Ihre Zeit vergeuden, dass *wir* Ihre Zeit vergeuden, wenn wir Sie mithelfen lassen. Bitte, beruhigen Sie doch unser Gewissen und lassen Sie uns das ohne Sie zu Ende bringen.“

Nun war Rayford an der Reihe, den Beleidigten zu spielen.

„So viel zu meiner Autorität“, schmollte er. „Ich habe gerade einen Befehl gegeben und jetzt schwächt der Knochendoktor ihn schon wieder ab und formuliert ihn zu einer Bitte um.“

„Seien Sie doch mal ernst, meine Herren“, ermahnte Tsion mit seinem ausgeprägten israelischen Akzent.

Rayford hob die Hände.

„Na endlich! Der Gelehrte hat begriffen!“

Tsion trollte sich nach oben und brummelte, das sei doch vollkommen unlogisch, aber er versuchte nicht mehr, sich dem Grabungsteam anzuschließen.

Buck war beeindruckt davon, wie sehr die anderen drei sich ergänzten. Rayford war auf technischem Gebiet besonders bewandert, Buck dagegen manchmal ein wenig zu analytisch und Floyd trotz seines akademischen Abschlusses immer gern bereit, Anweisungen zu befolgen. Buck neckte ihn deswegen. Er habe immer gedacht, Ärzte würden sich für allwissend halten. Floyd war nicht streitsüchtig veranlagt, aber er fand den Vorwurf nicht besonders lustig. Mit jedem Tag schien Floyd früher zu ermüden, doch er gab niemals auf. Er war lediglich häufig kurzatmig, fuhr sich mit den Händen durch die Haare und rieb sich die Augen.

Rayford erläuterte die Arbeit jedes Tages anhand einer groben Skizze, die mit Hilfe zweier Quellen angefertigt worden war. Die erste waren die ausführlich geführten Notizbücher des Besitzers dieses Hauses, Donny Moore, der während des großen Erdbebens zu Tode gekommen war. Buck und Tsion hatten die Leiche von Donnys Frau einige Zeit später in der Frühstücksecke der Küche ihres Hauses gefunden.

Offensichtlich hatte Donny für die unsichere Zukunft vorgeplant. Er war davon ausgegangen, dass er und seine Frau eines Tages in einem Versteck würden leben müssen. Ob er nun einen nuklearen Niederschlag fürchtete oder sich einfach vor den Streitkräften der Weltgemeinschaft verstecken wollte, auf jeden Fall hatte er einen ausführlichen Plan ausgearbeitet. In seiner Skizze war der kleine Kellerraum im hinteren Teil des Hauses bis weit in den Garten hinein vergrößert worden.

Die andere Quelle, die Rayford hinzuzog, war die Verbesserung der ursprünglichen Pläne durch den verstorbenen Ken Ritz. Ritz hatte so getan, als sei er ein ganz gewöhnlicher, ungebildeter Buschpilot. Es stellte sich jedoch heraus, dass er an der Londoner Wirtschaftsschule studiert hatte, die Zulassung für alle möglichen Hochgeschwindigkeitsjets besaß und außerdem ein hervorragender Architekt war, wie diese Skizzen zeigten. Ken hatte die Arbeitsgänge skizziert, die Stützbalken verschoben und ein zentrales Kommunikationssystem eingeplant. Wenn die Arbeiten dem Plan entsprechend ausgeführt würden, dürfte der Schutzbunker nicht zu orten sein. Außerdem würden sie problemlos über die verschiedenen Satelliten kommunizieren können.

Chloe und Hattie wussten sich ebenfalls zu beschäftigen. Hattie gönnte sich keine freie Minute. Wie besessen arbeitete sie daran, ihre körperliche Verfassung zu verbessern. Die Krankheit hatte ihr stark zugesetzt und ihr Körper war ausgemergelt und kraftlos. Buck fürchtete, dass sie etwas plante. So war es bei ihr meist. Niemand im Haus konnte mit Bestimmtheit sagen, ob sie nicht einige Monate zuvor durch ihren schlecht durchdachten Plan, nach Europa zu fliehen, bereits ihren Aufenthaltsort preisgegeben hatte. Bisher hatte niemand herumgeschnüffelt, aber wie lange würden sie noch Ruhe haben?

Chloe war natürlich den größten Teil des Tages mit Baby Kenny beschäftigt. Wenn sie nicht schlief, um selbst wieder zu Kräften zu kommen, nutzte sie ihre freie Zeit, um über das Internet die wachsende Schar der Lieferanten und Händler für ihre neu gegründete Handelsgesellschaft zu koordinieren. Die Christen bauten Handelsbeziehungen untereinander auf in Erwartung des Tages, an dem sie vom normalen Handel ausgeschlossen sein würden.

Der Druck der beengten Räumlichkeiten, der harten Arbeit und nicht zu vergessen die Angst vor der Zukunft lasteten schwer auf Buck. Er war dankbar, dass er schreiben und Rayford und Doc beim Bau des Schutzbunkers helfen konnte und dass er trotzdem noch Zeit für Chloe und Kenny fand. Doch die Tage kamen ihm entsetzlich lang vor. Chloe und er hatten nur am Abend ein wenig Zeit für sich, und dann waren sie beide so müde, dass sie kaum genug Energie für eine Unterhaltung aufbrachten. Kenny schlief in ihrem Zimmer, und obwohl er nicht übermäßig viel schrie, mussten Chloe und er doch in der Nacht mehrmals wegen ihm aufstehen.

Einmal lag Buck mitten in der Nacht wach. Er freute sich, Chloes tiefe Atemzüge zu hören. Das zeigte ihm, dass sie fest schlief. Er dachte darüber nach, wie die wirtschaftliche Situation der *Tribulation Force* zu verbessern war, und hoffte, genauso viel dazu beitragen zu können wie die anderen Männer. Anfangs, als nur der verstorbene Bruce Barnes, Rayford, Chloe und er dazugehört hatten, hatte er das Gefühl gehabt, eine wichtige Aufgabe wahrnehmen zu können. Das Ziel der *Tribulation Force* war es gewesen, Menschen für Christus zu gewinnen, sich dem Antichristen zu widersetzen und bis zur Wiederkunft Christi in mehr als dreieinhalb Jahren zu überleben.

Tsion war ihnen von Gott geschickt worden, um Bruce zu ersetzen. Ihn galt es um jeden Preis zu beschützen. Sein Wissen und seine Liebe, seine Fähigkeit, Dinge einfach zu erklären, machten ihn zum schlimmsten Feind Nicolai Carpathias, abgesehen von den beiden Zeugen an der Klagemauer, die die Menschen, die Gott noch nicht kannten, noch immer mit Plagen und Gerichten peinigten.

Was Buck sehr erstaunte, war, dass Chloe ganz augenscheinlich in der Lage war, eine internationale Firma zu leiten und sich trotzdem um das Baby zu kümmern. Auch Doc war ganz offensichtlich ein Geschenk von Gott. Er hatte Hattie das Leben gerettet und sich um die Gesundheit der anderen gekümmert. Hattie war die einzige Nichtchristin unter ihnen und verständlicherweise hauptsächlich an sich selbst interessiert.

Doch am meisten sorgte sich Buck um Rayford. Sein Schwiegervater war in letzter Zeit nicht er selbst gewesen. In ihm schien es zu brodeln. Mit Hattie war er ungeduldig und mit seinen Gedanken häufig ganz woanders. Er wirkte verzweifelt. Rayford hatte auch begonnen, dass Haus zu verlassen und mitten am Tag draußen herumzuspazieren. Buck wusste, dass Rayford niemals leichtsinnig sein würde, aber er wünschte, jemand könnte seinem Schwiegervater helfen. Er hatte Tsion einmal gebeten, mit ihm zu sprechen, aber der Rabbi hatte ihm entgegnet: „Captain Steele wird schon zu mir kommen, wenn er mit mir reden möchte. Ich habe nicht die Freiheit, mich in sein Privatleben einzumischen."

Dann hatte Buck den Doc um seine Meinung gefragt.

„Er ist mein Mentor, und nicht umgekehrt", hatte Floyd geantwortet. „Ich gehe mit meinen Problemen zu *ihm*; ich erwarte nicht, dass er mit seinen Problemen zu mir kommt."

Auch Chloe hatte abgewehrt.

„Buck, Daddy ist ein Mensch, der von Traditionen bestimmt wird und in einigen Dingen ausgesprochen altmodisch ist. Er wird *mir* immer ungebeten einen Rat geben, wenn er das möchte, aber mir würde es nicht im Traum einfallen, ihn dazu zu bringen, sich mir anzuvertrauen."

„Aber du siehst doch auch, dass etwas nicht stimmt, oder?"

„Natürlich. Aber was erwartest du? Wir sind alle mittlerweile mürbe geworden. Ist das denn eine Art zu leben? Tagsüber können wir uns nicht hinauswagen, abgesehen von einigen Fahrten zum Flugplatz in Palwaukee. Wir nehmen eine andere Identität an und leben ständig in der Angst, dass man uns hier entdeckt."

Bucks Mitbewohner hatten jeden Grund, einer Konfrontation mit Rayford aus dem Weg zu gehen. Also würde Buck diese Aufgabe übernehmen müssen. *Na, toll,* dachte er.

David Hassid saß im Hubschrauber der Weltgemeinschaft und beobachtete Mac McCullum. Die Bodencrew am Flughafen von Neu-Babylon hakte ein dickes Drahtseil am Helikopter ein, mit dem er die Kisten mit den 144 Computern transportieren sollte. Der Vorarbeiter machte Mac ein Zeichen, langsam aufzusteigen, bis das Seil gespannt war. Dann ging er vorsichtig noch höher und die Kisten hoben vom Boden ab. Alle würden denken, dass er die Ladung in das Hauptquartier der Weltgemeinschaft nach Neu-Babylon bringen würde.

„Wir dürften eigentlich keine Probleme haben, die Ladung wohlbehalten an ihrem Bestimmungsort abzuliefern, vorausgesetzt, Sie lassen die Finger von dem bewussten Hebel. Sie haben doch nicht ernsthaft vor, die Computer im Meer zu versenken, oder?"

„Um meine Leute daran zu hindern, Tsions Versteck zu finden, würde ich alles tun, sogar das, falls es keinen anderen Weg gibt."

„Falls?"

„Kommen Sie, Mac. Sie müssten mich doch eigentlich mittlerweile kennen. Denken Sie, ich würde so viele Computer einfach ins Meer werfen? Ich bin vielleicht nur halb so alt wie Sie –"

„Hey!"

„In Ordnung, etwas weniger als halb so alt, aber trauen Sie mir doch etwas zu. Glauben Sie, die Anzahl der bestellten Computer sei reiner Zufall?"

Mac schaltete das Funkgerät ein.

„Helikopter eins der Weltgemeinschaft an Palasttower, over."

„Hier Tower. Sprechen Sie."

„Errechnete Ankunftszeit in drei Minuten, over."

„Roger, out.“

Mac wandte sich an David.

„Das habe ich mir schon gedacht. Einen für tausend Zeugen.“

„So lassen sie sich zwar nicht aufteilen, aber ich habe tatsächlich nicht vor, sie in der Wüste abzuwerfen.“

„Aber ich werde sie auch nicht im Palast abliefern, richtig?“

David lächelte und schüttelte den Kopf. Der Palastbereich lag nun vor ihnen. Das große, glänzende Schloss, das Carpathia sich als Denkmal gebaut hatte, war von unzähligen kleineren Gebäuden umgeben. Alle erdenklichen Annehmlichkeiten waren vorhanden, und Tausende von Angestellte warteten darauf, Carpathia jeden Wunsch von den Augen abzulesen.

David holte sein Handy aus der Tasche und wählte eine Nummer.

„Corporal A. Christopher“, sagte er, als sich jemand meldete. „Hier spricht Direktor Hassid.“ Er legte die Hand auf das Telefon und erklärte: „Der neue Leiter der Frachtabteilung der Condor.“

„Kennen Sie ihn?“

David zuckte die Achseln und schüttelte den Kopf. „Ja, Corporal Christopher. Ist der Frachtraum frei? … Ausgezeichnet. Halten Sie sich für uns bereit … Nun, das kann ich nicht ändern, Corporal. Sie können gern mit der Personalabteilung sprechen, aber so wie ich das verstanden habe, haben Sie in dieser Angelegenheit nichts zu sagen.“

David nahm das Telefon vom Ohr und stellte es ab. „Hat einfach aufgelegt“, meinte er.

„Niemand ist begeistert davon, für die Fracht der zwei-eins-sechs zuständig zu sein“, meinte Mac. „Nicht genug zu tun. Trauen Sie diesem Burschen?“

„Ich habe keine andere Wahl“, erwiderte David.

Buck hatte seinen Computer vorübergehend auf dem Küchentisch aufgestellt und war gerade dabei, einen Artikel für seine Zeitung zu schreiben, als Rayford von seinem Morgenspaziergang zurückkehrte.

„Hey“, begrüßte ihn Buck. Rayford nickte nur und blieb vor der Kellertreppe stehen.

Bucks Entschlossenheit geriet ins Wanken.

„Was machen wir heute, Ray?“

„Dasselbe wie immer“, murmelte dieser. „Wir müssen anfangen, die Wände hochzuziehen. Und dann muss der Bunker unsichtbar gemacht werden. Man darf den Zugang nicht finden können. Wo ist der Doc?"

„Habe ihn nicht gesehen. Hattie ist im –"

„Ich weiß schon, sie ist auf der anderen Seite und trainiert zweifellos für einen Marathonlauf. Sie wird uns noch alle in Gefahr bringen."

„Hey, Dad", begann Buck vorsichtig. „Versuch doch mal, etwas positiver zu sein."

Rayford ignorierte ihn einfach.

„Wo sind die anderen?", fragte er.

„Tsion ist oben. Chloe arbeitet im Wohnzimmer an ihrem Computer und Kenny schläft gerade. Wo Hattie ist, habe ich schon gesagt; nur Floyd hat sich unerlaubt von der Truppe entfernt. Vielleicht ist er unten, aber ich habe nicht bemerkt, dass er in den Keller gegangen wäre."

„Sag nicht, Floyd hätte sich unerlaubt von der Truppe entfernt. Das ist nicht witzig, Buck."

Es war ungewöhnlich, dass Rayford Buck auf diese Weise zurechtwies, und Buck wusste kaum, was er antworten sollte.

„Ich meine ja nur, dass ich nicht weiß, wo er steckt, Ray. Tatsache ist, dass er in letzter Zeit nicht besonders gut aussah, und gestern schien er überhaupt nicht fit zu sein. Vielleicht schläft er ja noch."

„Bis zum Mittag? Was ist denn los mit ihm?"

„Ich habe einen gelben Schimmer in seinen Augen entdeckt."

„Ich nicht."

„Da unten ist es dunkel."

„Und wieso hast du es gesehen?"

„Es ist mir gestern Abend einfach aufgefallen. Ich habe es ihm gegenüber sogar erwähnt."

„Und was hat er geantwortet?"

„Er hat einen Witz darüber gemacht, dass Höhlenbewohner immer denken würden, ihre Brüder sähen seltsam aus. Ich bin nicht weiter darauf eingegangen."

„Er ist der Arzt", meinte Rayford. „Er kann für sich selbst sorgen."

Das, fand Buck, war der ideale Einstieg für ein ernstes Gespräch. Er konnte Rayford sagen, dass er sich ausgesprochen ungewöhnlich verhielt, dass von Mitgefühl bei ihm nicht mehr viel zu merken sei. Aber die Chance war vertan, als Rayford ihn nach seinen Plänen fragte.

„Was hast du heute vor, Buck? Zeitungs- oder Bunkerarbeit?"

„Du bist der Boss, Ray. Sag es mir."
„Ich könnte dich unten gebrauchen, aber nur wenn es dir passt."
Buck erhob sich.

Mac setzte die Ladung vorsichtig an der Ostseite des Hangars ab, in dem die Condor 216 untergestellt war. Die Hangartür stand offen, ebenso die Ladeluke des Flugzeugs. Noch bevor die Rotoren zum Stillstand gekommen waren, sprang David schon aus dem Hubschrauber und rannte los, um das Kabel von den Kisten zu lösen. Ein Gabelstapler kam angefahren, nahm die erste Ladung auf und brachte sie in den Hangar. Als Mac zu David trat und sie gemeinsam die Hangartür schlossen, hatte der Gabelstapler bereits alle Kisten zum Flugzeug gebracht.

„Corporal Christopher!", rief David. Knapp 100 Meter entfernt tauchte der Corporal auf. „In Ihr Büro!"

„Er wirkt nicht besonders erfreut", bemerkte Mac, als sie unterwegs waren zu dem verglasten Raum innerhalb des Hangars. „Keine Begrüßung, keine Antwort. Negative Körpersprache. Wird es da nicht Probleme geben?"

„Der Corporal ist mein Untergebener. Ich halte die Karten in den Händen."

„Wie auch immer, David, Sie müssen Respekt zeigen, um Respekt zu bekommen. Und wir können niemandem trauen. Sie wollen doch nicht, dass Ihre wichtigsten Leute –"

„Vertrauen Sie mir, Mac. Es ist alles unter Kontrolle."

Der Name auf der Tür zum Büro war gerade erst erneuert worden. Dort stand in großen Buchstaben: „CCCCC."

„Was soll denn das heißen?", fragte Mac erstaunt.

„Corporal Christopher, Condor Cargo Chief."

„Also bitte!", meinte Mac.

David forderte ihn auf, ihm in das Büro des Corporals zu folgen. Er schloss die Tür hinter sich und setzte sich an den Schreibtisch, nachdem er Mac einen Platz angeboten hatte. Mac schien sich nur widerstrebend hinsetzen zu wollen.

„Was ist?", fragte David.

„Gehen Sie so mit einem Untergebenen um?" Mac blickte ihn mit hoch gezogener Augenbraue an.

David legte die Füße auf den Schreibtisch und nickte.

„Vor allem mit einem neuen. Man muss ihnen zeigen, wer der Boss ist."

„Mir hat man beigebracht, dass man seine Autorität bereits verloren hat, wenn man einem Untergebenen gegenüber seine Autorität betonen muss."

David zuckte die Achseln.

„Es sind schlimme Zeiten", verteidigte er sich. „Verzweifelte Zeiten verlangen verzweifelte Maßnahmen …"

Vor der Tür wurden Schritte laut und die Türklinke wurde heruntergedrückt.

„Sicher wollen Sie anklopfen, bevor Sie zu Ihrem Vorgesetzten und Ihrem Piloten ins Zimmer kommen", rief David.

Die Tür blieb einen Zentimeter weit offen stehen.

„Schließen Sie die Tür und klopfen Sie an, Corporal!", rief David, die Hände hinter den Kopf gelegt. Seine Füße ruhten noch immer auf dem Schreibtisch.

Die Tür wurde mit einem Ruck ins Schloss gezogen. Es folgte eine lange Pause, schließlich klopfte es dreimal entschlossen. Mac schüttelte den Kopf.

„Dieser Bursche klopft sogar sarkastisch", flüsterte er. „Aber Sie haben es verdient."

„Herein", rief David dann laut.

Mac sprang auf, als eine erschöpft wirkende junge Frau eintrat. Ihr schwarzes Haar quoll unter ihrer Kappe hervor, ihre großen dunklen Augen, die perfekten Zähne und die makellose Haut machten sie zu einer außergewöhnlichen Erscheinung.

Mac riss sich die Kappe vom Kopf. „Ma'am."

„Verschonen Sie mich, Captain", fuhr sie ihn an. Dann wandte sie sich stirnrunzelnd an David. „Muss ich tatsächlich anklopfen, wenn ich mein eigenes Büro betrete?"

David hatte sich nicht gerührt.

„Setzen Sie sich, Mac", meinte er.

„Wenn sich die Dame setzt."

„Diese Erlaubnis werde ich ihr nicht erteilen", gab David zurück. „Captain Mac McCullum, das ist Corporal Annie Christopher. Annie, Mac."

Mac wollte sich erneut erheben, aber Annie trat vor und schüttelte ihm die Hand.

„Das ist nicht nötig, Captain. Ich weiß, wer Sie sind, und Ihr Neandertaler-Chauvinismus ist bemerkt worden. Da wir zusammenarbeiten werden, können Sie aufhören, mich wie eine kleine Dame zu behandeln."

Mac sah zuerst sie, dann David an.

„Vielleicht sollten Sie sie mit dem Respekt behandeln, den sie verdient", meinte er dann.

David legte den Kopf zur Seite. „Wie Sie schon sagten, Mac. Man weiß nie, wem man trauen kann. Und jetzt zu Ihrer Anfrage, Corporal. So lange Sie unter meinem Befehl stehen, gehört alles, was Sie als Ihr Eigentum betrachten, mir. Dieser Raum ist abgeteilt worden, um Ihnen das zu erleichtern, was ich Ihnen zu tun auftrage. Verstanden?"

„Jawohl."

„Und, Corporal, ich gehöre zwar nicht zum Militär, aber ich weiß, dass es sich nicht gehört, in Gegenwart eines Vorgesetzten eine Kopfbedeckung zu tragen."

Annie Christopher seufzte und nahm ihre Mütze ab. Sie fuhr sich mit der Hand durch ihre kurzen Haare und ging zum Fenster, um das Rollo herunterzulassen.

„Was tun Sie da?", fragte David. „Niemand ist draußen und ich habe Ihnen nicht die Erlaubnis gegeben –"

„Ach, kommen Sie schon, Direktor Hassid. Brauche ich denn für alles eine Genehmigung?"

David nahm die Füße vom Schreibtisch und setzte sich aufrecht hin, als Annie auf ihn zukam.

„Um ehrlich zu sein, ja."

Er öffnete die Arme und sie setzte sich auf seinen Schoß.

„Wie geht es dir, Liebling?", fragte sie.

„Mir geht es prima, Liebes, aber ich glaube, Mac bekommt gleich einen Herzanfall."

Mac rutschte auf die Stuhlkante, beugte sich vor und stützte die Ellbogen auf den Knien ab.

„Ihr seid unmöglich, und zwar alle beide", beschwerte er sich. „Verzeihen Sie, Miss Christopher, aber ich würde gern Ihr Zeichen sehen."

„Aber gern", erwiderte sie. Sie beugte sich vor, damit er es sich ansehen konnte. „Das war das Erste, was David und ich getan haben, als wir uns kennen lernten."

Mac legte die Hand an ihren Kopf und fuhr mit dem Daumen über das Zeichen auf ihrer Stirn. Dann nahm er ihr Gesicht in beide Hände und gab ihr einen Kuss auf den Kopf.

„Sie sind noch so jung, dass Sie meine Tochter sein könnten", meinte er, „Schwester."

Annie setzte sich auf einen anderen Stuhl.

„Und nur zur Erklärung, Captain McCullum, ich hasse es, für Sie beide zu arbeiten. Ich stelle immer wieder den Antrag, dass man mich endlich in eine andere Abteilung versetzt. Denn wie Sie gesehen haben: Der Leiter meiner Abteilung ist herablassend und unerträglich und der Kapitän der Condor unerträglich sexistisch."

„Aber", meinte David, „ich habe die Personalabteilung angewiesen, dass sie nicht versetzt werden darf. Annie hat bisher in jeder Abteilung, in der sie gearbeitet hat, Schwierigkeiten gemacht, und dies ist jetzt die Rache dafür. Die anderen sind begeistert, dass sie sie endlich los sind."

Mac blinzelte zuerst sie, dann David an.

„Ich kann es kaum erwarten, Ihre Geschichte zu hören."

Buck verschob das Gespräch von Mann zu Mann mit seinem Schwiegervater, als Rayford die Pläne unter einer Lampe im Keller ausbreitete und ihn fragte, wie der Eingang am besten unsichtbar gemacht werden könne.

„Ich dachte schon, du würdest nie fragen", meinte Buck. „Tatsächlich habe ich schon darüber nachgedacht."

„Ich bin ganz Ohr."

„Erinnerst du dich noch an den Gefrierschrank im anderen Haus?"

„Der so komisch gerochen hat?"

Buck nickte. Sie hatten die verdorbenen Nahrungsmittel herausgenommen, aber der Gestank war geblieben.

„Wir schieben ihn hier herüber, packen verdorbene Lebensmittel hinein. Jeder, der ihn öffnet, wird ihn sofort wieder schließen und die scheinbar verdorbenen Lebensmittel nicht weiter untersuchen. Sie werden nie auf den Gedanken kommen, die Körbe hochzuheben, denn wenn sie es tun würden, würden sie einen falschen Boden entdecken, der zu der Treppe zum Schutzbunker führt. Und in der Zwischenzeit ziehen wir im Keller eine zweite Wand ein."

Rayford legte den Kopf zur Seite und dachte nach. Schließlich zuckte er die Achseln.

„Das gefällt mir. Jetzt müssen wir uns nur noch überlegen, wie wir das vor Hattie geheim halten."

Buck zuckte zusammen, als ihm ein Gedanke kam.

„Sag mal, Floyd ist wirklich nicht hier unten! So langsam mache ich mir aber jetzt Sorgen!"

Macs Piepser meldete sich.

„Es ist Fortunato", erklärte er. „Wunderbar. Darf ich Ihr Telefon benutzen, Corporal?"

„Das ist nicht mein Telefon, Sir", erwiderte Annie. „Es ist mir nur zur Verfügung gestellt ..."

Er wählte die Nummer von Fortunatos Büro. „Mac McCullum, ich rufe zurück ... Ja, Ma'am. ... Freitag? ... Wie viele Gäste? ... Nein, Ma'am. Sie können ihm sagen, dass es in Bezug auf diese Lieferung einige Unstimmigkeiten gegeben hat. Er wird mit dem Leiter der Versorgungsabteilung sprechen müssen, aber nein, es waren keine da, die wir zum Palast hätten bringen können ... Vielleicht wenn wir aus Botswana zurückkommen, ja, Ma'am."

Die Tür zu Dr. Floyd Charles' Schlafzimmer war geschlossen. Buck sah, dass Tsion im Nebenzimmer an seinem Computer saß. Er hatte die Stirn in die Hand gestützt.

„Sind Sie in Ordnung, Tsion?"

„Cameron! Kommen Sie doch bitte herein. Ich ruhe mich nur ein wenig aus."

„Sie beten?"

Der Rabbi lächelte müde.

„Unablässig. Wir haben keine Wahl, oder? Wie geht es Ihnen, mein Freund? Machen Sie sich noch immer Gedanken um Ihren Schwiegervater?"

„Ja, aber ich werde mit ihm reden. Ich frage mich, ob Sie Doc heute schon gesehen haben?"

„Normalerweise frühstücken wir zusammen. Aber heute Morgen war ich allein. Ich habe ihn nicht im Keller gehört, und ich gestehe, dass ich mir seither auch keine Gedanken gemacht habe. Ich habe geschrieben. Cameron, wir haben keine Ahnung, wie viel Zeit zwischen dem fünften und dem sechsten Wehe vergehen wird. Ich versuche herauszufinden, ob das, was Johannes in seiner Vision gesehen hat, real oder symbolisch gemeint ist. Wie Sie wissen –"

„Dr. Ben-Judah, verzeihen Sie. Ich würde das gern hören, aber –"

„Ja, natürlich. Sie sollten nach Floyd sehen. Wir werden später darüber sprechen."

„Ich wollte wirklich nicht unhöflich sein."

„Sie brauchen sich nicht zu entschuldigen, Cameron. Und jetzt gehen Sie. Wir werden uns später unterhalten. Rufen Sie mich, wenn Sie mich brauchen."

Buck hatte sich immer noch nicht an das Privileg gewöhnt, mit dem Mann in einem Haus zu wohnen, dessen Worte von Millionen von Menschen auf der ganzen Welt gierig aufgesaugt wurden. Obwohl Tsion immer in greifbarer Nähe war, luden sich die anderen Hausbewohner seine Botschaften aus dem Internet auf ihren Computer, wenn Tsion zu beschäftigt oder zu müde zum Reden war. Das Schönste an ihrem Zusammenleben war, dass er genauso aufgeregt über die Ergebnisse seines Studiums war wie seine Leser. Er arbeitete den ganzen Vormittag und den größten Teil des Nachmittags über an der Vorbereitung und erst am frühen Abend wurden seine Ausarbeitungen ins Internet eingegeben. Auf der ganzen Welt übertrugen Übersetzer seine Worte in die Sprache ihres Volkes. Andere Christen investierten pro Tag viele Stunden, um die Informationen von Dr. Ben-Judah zu katalogisieren und für neue Christen leicht zugänglich zu machen.

Wenn Tsion auf eine neue Erkenntnis stieß, hörte Buck ihn häufig aufschreien, und dann dauerte es nicht lange, bis der Gelehrte an der Treppe erschien.

„Hört euch das an", rief er dann, „alle, die ihr mich hören könnt!" Seine Kenntnisse der biblischen Sprachen verhalfen ihm zu einem ganz neuen Verständnis vieler Bibelstellen.

Buck konnte es kaum erwarten zu hören, welche Gedanken sich Tsion zu dem angekündigten sechsten Schrecken gemacht hatte. Doch im Augenblick machte er sich mehr Sorgen um den Doc. Vorsichtig klopfte er an dessen Schlafzimmertür. Als keine Reaktion zu hören war, klopfte er lauter. Dann drehte er den Türknauf und betrat das Zimmer. Es war bereits Nachmittag und die Frühlingssonne stand hoch am Himmel. Aber im Zimmer war es dunkel und die Rollläden waren heruntergelassen. Doc Charles lag im Bett. Vollkommen unbeweglich.

„Ich muss am Freitag nach Afrika fliegen", erklärte Mac. „Unser Supreme Commander hat sich bereit erklärt, persönlich mit Mwangati Ngumo zu sprechen. Natürlich denkt Ngumo, er würde sich mit Nicolai treffen. Ich wette, Mwangati fragt sich, wann Carpathia seine Zusagen einlösen wird."

Annie Christopher schnaubte.

„Wenn man sich vorstellt, was der Potentat ihm vermutlich versprochen hat, wenn er von seinem Amt als Generalsekretär zurücktritt!"

„Wir werden es am Freitag erfahren“, meinte Mac. „Ich zumindest.“

Annie sah Mac an.

„Sie dürfen bei diesen Besprechungen zugegen sein?“, fragte sie.

Mac blickte David an. „Sie haben es ihr nicht erzählt?“

„Tun Sie sich keinen Zwang an“, entgegnete David.

„Kommen Sie mit, Corporal“, forderte Mac sie auf.

Sie und David folgten ihm nach draußen.

„Ich werde Sie weiterhin Captain oder Mr. McCullum nennen, auch wenn wir allein sind“, erklärte Annie. „Ich habe Ihnen mein Zeichen gezeigt und mich von Ihnen auf die Stirn küssen lassen. Wenn Sie wollen, dürfen Sie mich aber gerne ‚Schwester‘ nennen, solange wir alleine sind.“

„Ich weiß nicht“, überlegte Mac. „Am besten belassen wir es bei der formellen Anrede, damit wir uns nicht aus Versehen vor anderen verplappern.“

Sie folgte ihm ins Cockpit.

„Doc?“, flüsterte Buck, als er sich dem Bett näherte. Er konnte keine Bewegung wahrnehmen. Keinesfalls wollte er ihn erschrecken.

Da er annahm, dass das elektrische Licht nicht so grell wäre wie der helle Sonnenschein, schaltete Buck es ein. Er seufzte auf. Zumindest atmete Floyd. Vielleicht hatte er in der Nacht nicht schlafen können und holte das jetzt nach. Floyd stöhnte und drehte sich um.

„Sind Sie in Ordnung, Doc?“, fragte Buck leise.

Floyd setzte sich auf und blickte ihn verwirrt an.

„Oh, Mist, das habe ich befürchtet“, erklärte er.

„Es tut mir Leid“, entschuldigte sich Buck. „Ich wollte nur –“

Floyd schlug die Decke zurück und setzte sich auf die Bettkante. Unter seinem Morgenmantel war er vollständig mit Flanellhemd, Jeans und Stiefeln bekleidet. Alle Kleidungsstücke waren durchgeschwitzt.

„War es gestern Nacht so kalt?“, fragte Buck.

„Würden Sie bitte die Vorhänge öffnen?“

Floyd schirmte seine Augen gegen die Helligkeit ab.

„Was ist los, Floyd?“

„Ist der Wagen fahrbereit?“

„Sicher.“

„Bringen Sie mich ins ‚Young Memorial‘. Sind meine Augen noch immer gelb?“

Er blinzelte Buck an, der sich vorbeugte, um ihm in die Augen zu sehen.

„Oh Floyd“, stöhnte Buck. „Ich wünschte, es wäre so.“

„Blutunterlaufen?“

„Das ist die Untertreibung des Jahrhunderts.“

„Nichts Weißes mehr zu sehen?“

Buck schüttelte den Kopf.

„Ich stecke in Schwierigkeiten, Buck.“

3

David, Mac und Annie saßen in dem luxuriösen Aufenthaltsraum der Condor.

„Also“, meinte Annie, „diese, wie nannten Sie das noch gerade –?“

„Abhöranlage“, half Mac aus.

„Diese Abhöranlage ermöglicht es Ihnen also, alles zu hören, was im Flugzeug gesprochen wird?“

Mac nickte. „Überall, in der Lounge, auf den Sitzen, in den Schlafräumen, Toiletten –“

„Erstaunlich.“

„Das ist toll, nicht wahr?“, fragte Mac.

„Erstaunlich, dass das noch nicht entdeckt worden ist.“

„Machen Sie Witze? Wenn das entdeckt wird, dann leugne ich einfach, etwas davon gewusst zu haben. Ich hatte nichts damit zu tun. Rayford hat mir nichts davon erzählt, ich bin nie darüber gestolpert. Sie betrachten ihn bereits als Verräter, und weder sie noch ich wissen, wo er sich aufhält.“

Annie ging zu einer Couch, vor der ein glänzend polierter Holztisch stand.

„Und hier sitzt der große Mann, wenn er fernsieht?“

David nickte.

Sie wandte sich Mac zu, als wäre ihr gerade etwas eingefallen. „Sie haben keine Probleme, ihn anzulügen?“

Mac schüttelte den Kopf. „Den Antichristen? Meinen Sie das im Ernst? Mein ganzes Leben ist eine Lüge. Wenn er eine Ahnung hätte, würde er mich foltern lassen. Falls er auch nur den leisesten Verdacht hegte, ich könnte den Aufenthaltsort von Rayford, Buck oder Chloe kennen, wäre ich ein toter Mann.“

„Der Zweck heiligt also die Mittel?“, fragte Annie.

Mac zuckte die Achseln. „Ich kann nachts noch schlafen. Mehr kann ich Ihnen nicht sagen.“

„Ich werde jetzt, wo ich weiß, dass Sie Carpathia ein wenig unter Kontrolle haben, auf jeden Fall selbst besser schlafen.“

„Zumindest, wenn er an Bord ist“, ergänzte Mac. „Um ehrlich zu sein, Leon ist viel unterhaltsamer. Bei ihm gibt es viel mehr zu hören.“

„Ich wünschte, ich könnte einmal mitfliegen“, seufzte Annie.

„Ich auch“, meinte David. „Aber außerhalb des Cockpits würden wir sowieso nichts mitbekommen. Ach, da fällt mir ein, Mac, haben Sie noch immer Bedenken, dass Ihr Erster Offizier misstrauisch geworden ist?“

„Jetzt nicht mehr“, beruhigte ihn Mac. „Ich habe dafür gesorgt, dass er befördert wird. Er fliegt unseren Pontifex Maximus.“

Annie lachte. „Das gefällt mir. Ich kann mir seinen Titel nie merken. Wie war das noch gleich, Seine Exzellenz Pontifex Maximus Peter, der Zweite, oder?“

Mac zuckte die Achseln. „Ich nenne ihn Pete.“

„Ihr solltet das Flugzeug sehen, das er bestellt hat“, lachte David. „Nicolai und Leon sind außer sich.“

„Besser noch als das hier?“, fragte Mac.

„Viel besser. Um die Hälfte größer und es kostet doppelt so viel. Hat früher mal einem Scheich gehört. Nächste Woche wird es gebracht.“

„Und das wurde genehmigt?“

„Sie lassen ihn auflaufen“, erklärte David. „Wird sein neuer Pilot es denn fliegen können?“

„Er kann alles fliegen“, entgegnete Mac. „Eigentlich mochte ich ihn. Ein fähiger Pilot. Aber Carpathia treu ergeben. So gern ich auch offen mit ihm gesprochen hätte, ich habe es einfach nicht gewagt, mich ihm zu offenbaren. Ein Christ in Sektor C hatte ihn bereits auf die Wahrheit hingewiesen.“

„In der Wartungsabteilung?“, fragte Annie erstaunt. „Ich wusste gar nicht, dass wir dort Christen haben.“

„Jetzt nicht mehr. Mein Erster hat ihn verraten. Das hätte er bestimmt auch mit mir gemacht. Gott wird ihn auf andere Weise erreichen müssen.“

David erhob sich und ließ seine Hand über den Fuß des breiten Fernsehbildschirms gleiten. Er stellte ihn an, drehte den Ton leiser und verfolgte gelangweilt die von Carpathia kontrollierten Nachrichten.

„Erstaunlich guter Empfang hier im Flugzeug“, meinte er.

„Mich kann nichts mehr überraschen“, meinte Mac. „Stellen Sie das doch mal lauter.“

In den Nachrichten wurden in erster Linie Carpathias Leistungen gerühmt. Der Potentat wurde gezeigt – glatt und charmant wie eh und je. Er lobte eine Regionalregierung und wies bescheiden das Lob für sein eigenes Wiederaufbauprojekt zurück.

„Es ist für mich ein Vorrecht, dass man mich gebeten hat, jedem einzelnen Mitglied der Weltgemeinschaft zu dienen", sagte er.

„Da ist er, Mac", meinte David und deutete auf einen Piloten im Hintergrund. Carpathia wurde gezeigt, wie er in einem Land der ehemaligen Dritten Welt willkommen geheißen wurde, das von seiner Großzügigkeit profitiert hatte. „Und da ist Peters neuer Pilot. Wird ein Christ ihn ersetzen?"

„Falls ich ihn an der Personalabteilung vorbeischmuggeln kann."

„Jemanden, den ich kenne?"

„Jordanier. Ehemaliger Jagdflieger. Abdullah Smith."

Bucks Landrover raste in Richtung Palatine. Floyd Charles lag auf dem Rücksitz.

„Also, was ist los, Doc?", fragte Buck.

„Ich bin ein Idiot, das ist alles", erwiderte Floyd. Er rappelte sich hoch und setzte sich hinter Buck. „Ich habe seit Monaten gespürt, dass es passieren würde, aber ich habe mir eingeredet, ich würde es mir nur einbilden. Als meine Sehfähigkeit nachließ, hätte ich mich sofort mit einem Krankenhaus in Verbindung setzen müssen. Jetzt ist es zu spät."

„Was ist los?"

„Sagen wir, ich kann mir mittlerweile vorstellen, was Hattie beinahe umgebracht hätte. Irgendwie habe ich mich bei ihr angesteckt. Für einen Laien ausgedrückt: Es wirkt wie ein zeitverzögertes Zyanid. Es kann wochenlang im Körper ruhen. Wenn es dann zuschlägt, haben Sie verloren. Falls es tatsächlich das ist, wird man es nicht aufhalten können. Ich habe die Symptome behandelt, aber das war zwecklos."

„Reden Sie nicht so", widersprach Buck. „Wenn Hattie überlebt hat, dann werden auch Sie es schaffen."

„Sie hat monatelang intensive Pflege bekommen."

„Wir werden beten. Lea Rose wird dafür sorgen, dass Sie die notwendige Pflege bekommen."

„Zu spät", erwiderte Doc. „Ich bin ein Idiot. Ein Arzt ist sein schlimmster Patient."

„Sind wir anderen auch in Gefahr?"

„Nein. Wenn Sie keine Symptome haben, besteht keine Gefahr. Vermutlich habe ich mich bei ihr angesteckt, als sie die Fehlgeburt hatte."

„Und was ist mit Lea?"

„Ich kann nur hoffen."

Bucks Telefon klingelte.

„Wo bist du?", fragte Chloe.

„Ich bin mit Floyd unterwegs. Wollte dich nicht stören."

„Ich habe mir Sorgen gemacht, als ich dich wegfahren hörte und nicht wusste, wo du hinwillst. Am helllichten Tag bist du unterwegs? Das gefällt Daddy überhaupt nicht. Er wollte heute T. am Flugplatz besuchen."

„Er kann mit Kens Wagen fahren."

„Der ist zu bekannt, aber darum geht es nicht. Niemand hat gewusst, dass ihr weggefahren seid. Tsion hat sich Sorgen gemacht."

Buck seufzte. „Floyd geht es nicht gut und wir durften keine Zeit verlieren. Wir sind auf dem Weg ins ‚Young Memorial'. Ich halte dich auf dem Laufenden."

„Was ist denn –?"

„Später, Liebes, okay?"

Sie zögerte. „Sei vorsichtig und sag Floyd, dass wir für ihn beten werden."

„Wir sollten nicht so oft zusammen gesehen werden", meinte Mac. David und Annie nickten zustimmend. „Abgesehen von den normalen Begegnungen. Weiß jemand, dass Sie jetzt hier sind?"

Annie schüttelte den Kopf. „Heute Abend um zehn habe ich noch eine Verabredung."

„Ich habe frei", meinte David. „Aber heutzutage gibt es keine normalen Arbeitstage mehr, falls Sie das noch nicht bemerkt haben. Man fragt sich unwillkürlich, wann Carpathia mal schläft."

„Ich würde gern eure Geschichten hören", meinte Mac. „Ich weiß, dass Sie noch Familie in Israel haben, David. Woher kommen Sie, Annie?"

„Aus Kanada. Während des großen Erdbebens war ich von Montreal hierher unterwegs. Ich habe meine ganze Familie verloren."

„Damals waren Sie noch kein Christ?"

Sie schüttelte den Kopf. „Ich glaube nicht, dass ich, abgesehen von Hochzeiten und Beerdigungen, jemals in der Kirche gewesen bin. Wir waren viel zu gleichgültig, um Atheisten zu sein, aber genau das haben wir praktiziert. Vermutlich hätten wir uns zu den Agnostikern gezählt. Das klingt toleranter, weniger dogmatisch. Wir hielten zusammen. Waren gute Menschen, besser als viele religiöse Leute aus unserem Bekanntenkreis."

„Aber Sie haben sich nicht für Gott interessiert?"

„Nach dem großen Massenverschwinden habe ich angefangen, mir Gedanken zu machen, aber wir wurden sofort treue Anhänger Carpathias. Er erschien uns wie die Stimme der Vernunft, ein Mann mit großem Mitgefühl, voller Liebe und friedliebend. Ich bewarb mich um eine Stelle in der Organisation, als die Vereinten Nationen unter einem anderen Namen weiter existierten und Umzugspläne bekannt wurden. Der Tag, an dem ich die Zusage bekam, war der glücklichste Tag in meinem Leben, im Leben unserer ganzen Familie."

„Und was ist passiert?"

„Ich habe meine Familie verloren, das ist passiert. Ich war am Boden zerstört. Natürlich hatte ich auch vorher schon Angst. Einige unserer Bekannten waren verschwunden und andere in dem anschließenden Chaos ums Leben gekommen. Aber noch nie hatte ich einen mir nahe stehenden Menschen verloren. Und dann starben auf einmal meine Eltern und meine beiden jüngeren Brüder bei dem Erdbeben. Und nicht nur sie, die Hälfte unserer Stadt wurde ausgelöscht, während ich mich fröhlich in der Luft befand. Es gelang unserem Piloten, im Sand des Bagdader Flughafens notzulanden. Wir sahen auch andere Flugzeuge landen. Und dann erfuhr ich, dass das Hauptquartier der Weltgemeinschaft in Trümmern lag. Über Umwege erreichte ich den Schutzbunker und dort musste ich mir dann auf CNN die Überreste meiner kleinen Heimatstadt ansehen. Tagelang war ich zu nichts zu gebrauchen. Ich weinte, betete zu Wer-weiß-Wem, flehte die Kommunikationsabteilung an, Informationen über meine Familie zu beschaffen. Sie waren langsamer als ich, denn ich begann, im Internet zu suchen. Und schließlich fand ich Dutzende bekannter Namen auf der Liste der Toten. Ich hatte Angst, unter ‚C' nachzusehen, doch ich musste es tun."

Annie biss sich auf die Lippe.

„Sie brauchen nicht darüber zu sprechen, wenn Sie nicht möchten."

„Ich möchte es aber, Mr. McCullum. Es ist nur noch so frisch, als wäre es gestern gewesen. Ich bin also die Listen durchgegangen, wollte nach Hause fliegen, meine Familie bestatten lassen, aber das war nicht erlaubt. Massenverbrennungen aus gesundheitlichen Gründen, hieß es. Es war noch nicht einmal jemand übrig, mit dem ich hätte trauern können. Ich wollte mich umbringen."

David legte ihr die Hand auf die Schulter. „Erzähle ihm, was du im Internet gefunden hast."

„Das wissen Sie vermutlich", fuhr Annie fort. Sie sah ihn mit feucht schimmernden Augen an. Mac nickte. „Zuerst entdeckte ich die Klarstellung von Dr. Ben-Judah. Da hatte ich seine Website aber noch nicht gefunden. Als die Behörden der Weltgemeinschaft dann versuchten, den Zugang zu seiner Website zu verbieten, bin ich neugierig geworden. Ich musste sie einfach sehen. Noch immer war ich Carpathia treu ergeben, aber er predigte einerseits die Freiheit des Einzelnen und verweigerte sie ihm auf der anderen Seite. Diese ganze Sache machte mir Angst. Noch nie hatte ich mir Gedanken über Gott gemacht. Und jetzt wünschte ich, er wäre für mich da. Ich hatte doch sonst niemanden mehr."

„Und so haben Sie Tsion gefunden."

„Ich fand seine Homepage. Ich konnte es kaum glauben. Eine Zahl in der Ecke – bestimmt haben Sie sie schon gesehen – zeigte, wie viele Menschen diese Seite abriefen. Ich dachte, dies sei übertrieben, doch dann erkannte ich, warum die Weltgemeinschaft versuchte, ihn in Misskredit zu bringen. Jemand, der ein so großes Publikum hatte, war gefährlich. Ich sah mir die Seite an und las die Ausführungen Ben-Judahs. Ich erinnerte mich daran, dass ich schon einmal von ihm gehört hatte, als er im Fernsehen von seiner Umkehr berichtet hatte. Aber eigentlich haben mich damals weder die große Anzahl der Leser noch seine Überzeugungen beeindruckt. Und an diesem Tag habe ich auch nicht allzu viel von dem verstanden, was er geschrieben hatte. Es schien Bibelkram zu sein und sprach mich irgendwie nicht an, aber er hatte eine so herzliche Art. Es war, als säße er direkt neben mir und würde sich mit mir unterhalten, als würde er mir die Vorgänge erklären und wollte mich vor dem warnen, was noch kommen würde. Ich wusste, wenn ich ihm Fragen stellte, würde er mir Antworten geben können. Und dann entdeckte ich das Archiv und dachte: ‚Er hat schon ein Archiv?' Ich meine, wie alt konnte diese Website denn sein?

Und so sah ich mir die Auflistung durch und war erstaunt, dass er jeden Tag eine solche Botschaft im Internet veröffentlichte, und das bereits seit Wochen. Als ich eine Botschaft mit dem Titel ‚An die Trauernden' fand, bin ich beinahe zusammengebrochen. Mir wurde erst heiß, dann kalt. Ich schloss meine Tür zu und hoffte, dass die

Weltgemeinschaft noch nicht angefangen hatte, unsere Laptops zu überwachen. Eine unheimliche Vorahnung beschlich mich. Irgendwie wusste ich, dass dieser Mann etwas hatte, das ich unbedingt brauchte. Ich druckte die Botschaft aus und trug sie monatelang mit mir herum, bis David und ich uns kennen lernten und er mich warnte, ich solle mich nur nicht damit erwischen lassen. Also lernte ich sie auswendig und vernichtete sie."

Mac blickte sie erstaunt an. „Sie haben eine ganze Botschaft von Ben-Judah auswendig gelernt?"

„So ungefähr. Wollen Sie den Anfang hören?"

„Aber gern."

„Er schrieb: ‚Lieber Freund, Sie betrauern vielleicht den Verlust eines geliebten Menschen, der entweder bei der Entrückung verschwunden oder im anschließenden Chaos ums Leben gekommen ist. Ich bete darum, dass Gottes Friede Sie erfüllen und er Sie trösten möge. Ich weiß, wie es ist, einen lieben Menschen auf eine solche Art und Weise zu verlieren. Aber lassen Sie mich Ihnen eines sagen: Wenn Ihre Lieben heute am Leben wären, würden sie Sie dringend auffordern, dafür zu sorgen, dass Sie bereit sind zu sterben. Und dies ist nur auf eine Weise möglich.'"

David spürte, dass Mac gerührt war.

„Dr. Ben-Judah erklärte den Glauben an Gott und Jesus, die Entrückung und die Trübsalszeit so verständlich, dass ich verzweifelt glauben wollte. Ich brauchte mir nur seine anderen Ausführungen anzusehen, um zu erkennen, dass er mit dem, was er über die biblischen Prophezeiungen schrieb, Recht hatte. Bisher hat er alle Gerichte vorausgesagt."

Mac nickte lächelnd.

„Na ja", fuhr sie fort, „natürlich wissen Sie das. Ich blätterte also die archivierten Botschaften durch und las, wie man beten sollte. Ich legte mich auf mein Bett und sagte Gott, dass es mir Leid täte, dass ich ihn bislang aus meinem Leben ausgeklammert hatte, und dass ich erkannt hatte, dass ich ein Sünder sei und ihn brauchte. Ich wusste, dass ich die Wahrheit angenommen hatte, doch ich hatte keine Ahnung, was ich als Nächstes tun sollte. In der kommenden Zeit las ich Tag und Nacht Dr. Ben-Judahs Botschaften. Sehr schnell wurde mir klar, warum die Weltgemeinschaft versuchte, gegen ihn vorzugehen. Natürlich achtete er immer darauf, Nicolai nicht beim Namen zu nennen, aber es wurde sehr deutlich, dass die neue Weltordnung der Feind Gottes war. Ich verstand zwar nicht viel von dem, was er über den Antichristen schrieb, aber mir wurde klar, dass ich vermutlich allein unter den Angestellten der Weltgemeinschaft stand. Als Christ mitten im Lager des Feindes Gottes."

„Und nun betrete ich die Bühne", erzählte David. „Sie dachte, ich würde ihr schöne Augen machen."

„Greif meiner Geschichte nicht vor", ermahnte Annie. „Als ich das nächste Mal mit den anderen Angestellten zusammen war, hatte ich Angst, man würde mir ansehen, dass ich Christ war. Ich dachte, alle müssten merken, dass ich ein Geheimnis hatte. Ich wollte mit jemandem darüber sprechen, aber ich kannte niemanden. Mitten im Chaos war ich angekommen, und man hatte mir mein Quartier zugewiesen, eine Uniform gegeben und mir aufgetragen, mich in der Kommunikationsabteilung zu melden. Ich arbeitete mehrere Positionen unter David, aber ich bemerkte, wie er mich ansah. Zuerst schien er alarmiert zu sein, dann lächelte er."

„Er hat Ihr Zeichen entdeckt", folgerte Mac.

„Ja, tatsächlich, aber ich hatte Tsions Botschaften noch nicht alle gelesen und wusste nichts von dem Zeichen. Wie auch immer, David ließ mich zu sich bestellen.

Sobald ich die Tür geschlossen hatte, sagte er: ‚Sie sind gläubig!'

Ich stand Todesängste aus und sagte: ‚Nein, ich – gläubig an was?'

Er antwortete: ‚Leugnen Sie nicht! Ich sehe es Ihnen an!' Er musste geraten haben, darum leugnete ich erneut. Doch er antwortete: ‚Wenn Sie Jesus noch einmal verleugnen, sind Sie genauso wie Petrus. Passen Sie auf den Hahn auf.'

Ich hatte keine Ahnung, was er meinte, wusste nicht, dass Petrus ein Jünger war und Jesus verleugnet hatte. David hatte mein Geheimnis erraten, jemanden mit Namen Petrus erwähnt und plapperte etwas von einem Hahn daher. Trotzdem konnte ich nicht anders.

‚Ich verleugne Jesus nicht', sagte ich.

Er fragte: ‚Und wie nennen Sie das?'

‚Ich fürchte um mein Leben.'

‚Willkommen im Club', sagte er. ‚Ich bin auch Christ.'

‚Aber woher wissen Sie das?', fragte ich.

‚Man sieht es Ihnen an', erwiderte er.

‚Aber jetzt mal im Ernst, woher wissen Sie es?', fragte ich.

Und er antwortete: ‚Gott hat es buchstäblich auf Ihre Stirn geschrieben.' Und in diesem Augenblick wusste ich, dass ich tatsächlich den Sprung gewagt hatte."

Sobald Buck und Floyd Charles das *Young Memorial* betraten, rief das Mädchen am Empfang: „Miss Rose, Ihre Freunde sind hier."

„Seien Sie doch leise!", mahnte Lea und eilte aus ihrem Büro. „Meine Herren, ich weiß nicht, ob ich heute etwas für Sie tun kann. Was ist denn los?"

Floyd flüsterte es ihr schnell zu. „Gott möge uns helfen", stöhnte sie. „Hier entlang. Nehmen Sie das."

„Haben Sie irgendwelche Symptome?", fragte Doc.

Sie schüttelte den Kopf. Buck holte einen Rollstuhl und schob Doc hinter ihr her. Sie führte sie eine kurze Rampe herunter, an den Aufzügen vorbei und um eine Ecke zum Lastenaufzug. Mit einem Schlüssel von ihrem Schlüsselbund schloss sie auf. „Falls uns jemand begegnet, verstecken Sie Ihr Gesicht", mahnte sie. „Aber nicht so auffällig."

„Ja, das fällt bestimmt nicht auf", erwiderte Buck.

Sie funkelte ihn an. „Ich weiß, dass Sie die Gefahren kennen, Mr. Williams, darum würde ich es zu schätzen wissen, wenn Sie auch die Gefahr, in der ich mich befinde, nicht unterschätzen würden."

„Tut mir Leid."

Sie stiegen in den Aufzug und die Türen schlossen sich hinter ihnen. Sie steckte den Schlüssel ins Schloss und hielt den Knopf zum sechsten Stock gedrückt.

„Keine Ahnung, ob das funktioniert", meinte sie. „In den anderen kann man ohne Zwischenstopp in das gewünschte Stockwerk fahren, wenn man einen Schlüssel in die Steuerungsanlage steckt und gleichzeitig den Knopf des betreffenden Stockwerkes gedrückt hält."

Es funktionierte nicht. Der Aufzug hielt in der zweiten Etage an. Sofort kniete sich Buck vor Doc hin und tat so, als würde er sich mit ihm unterhalten. Auf diese Weise waren ihre Gesichter nicht zu sehen.

„Tut mir Leid", erklärte Lea den wartenden Leuten. „Notfall."

„Oh Mann!", stöhnte einer.

Dasselbe passierte im fünften Stock und dort reagierten die Wartenden noch ungehaltener.

„Das ist nicht gut", bemerkte Lea, als sich die Türen erneut schlossen. „Wir müssen im Flur des sechsten Stockwerks mit Patienten rechnen."

Glücklicherweise achtete niemand auf die drei Personen. Lea führte sie zu einem leeren Zimmer. Sie schloss die Tür hinter sich, verschloss sie und ließ die Rollos herunter.

„Sehen Sie zu, dass er ins Bett kommt“, trug sie Buck auf, „und ziehen Sie ihm die feuchten Sachen aus. Haben Sie etwa so geschlafen, Doktor?“

Doc nickte erschöpft.

Buck gefiel der hellrote Rand um seine dunklen Pupillen überhaupt nicht. „Was ist mit ihm los, Lea?“

Sie ignorierte Buck, holte einen Schlafanzug aus dem Schrank und warf ihn zu ihm hin. „Falls er zur Toilette muss, sollte er das jetzt tun. Vermutlich wird er nicht wieder aufstehen können.“

„Wie lange nicht?“, fragte Buck.

„Nie mehr“, nuschelte Doc. „Sie weiß, was mit mir los ist.“

Lea nahm das Wandtelefon ab und drückte den Knopf. „CDC hat gestern ein Gegengift geliefert. Bringen Sie mir zwei Ampullen zu Zimmer 6204.“

„Sofort?“, fragte das Mädchen am Empfang.

Lea schnitt eine Grimasse. „Natürlich sofort!“, sagte sie. „Auf der Stelle.“

„Hier kommt gerade ein Anruf für Sie herein.“

„Haben Sie den Eindruck, ich könnte jetzt einen Telefonanruf entgegennehmen? ‚Sofort‘ war Ihr Stichwort, Mädchen. Würden Sie sich bitte in Bewegung setzen?“

„In Ordnung“, erwiderte das Mädchen. „Aber sagen Sie später nicht, ich hätte es Ihnen nicht gesagt.“

Lea zupfte Buck am Ärmel und zog ihn dicht an Docs Bett heran. „Ich muss ihm einige Fragen stellen. Wenn das Mädchen klopft, nehmen Sie ihr die Medizin ab und schließen die Tür wieder.“

Er nickte.

„Also, Doktor“, begann sie. „Wann hatten Sie die ersten Symptome?“

„Schon vor einer Weile“, murmelte er.

„Nicht gut. Wann?“

„Ich bin ein Idiot.“

„Das wissen wir. Wie lange nach dieser Fehlgeburt?“

„Vielleicht sechs Monate.“

„Und Sie haben nichts dagegen unternommen?“

Er schüttelte den Kopf. „Ich habe einfach gehofft.“

„Das wird nicht funktionieren.“

„Das habe ich befürchtet.“

„Sie wissen, dass die CDC noch kein wirksames Gegengift gefunden hat. Niemand weiß –“

„Es ist sowieso zu spät."

Lea sah Buck an und schüttelte den Kopf. „Er hat Recht", meinte sie. „Das Gegenmittel wird nicht mal so viel helfen, dass er einen leichten Tod hat."

„Was sagen Sie da?", fragte Buck entsetzt. „Er hat gar keine Chance?"

Doc schüttelte den Kopf und schloss die Augen.

„Die größte Dosis an Gegengift wirkt nicht mehr, als würde man in den Wind spucken. Was sehen Sie, Doc?"

„Nicht viel."

Lea presste die Lippen aufeinander.

Es klopfte an der Tür. Buck öffnete sie und griff nach der Medizin. Die Schwester zuckte zurück. Er sprang auf sie zu und riss sie ihr aus den Händen.

„Miss Rose", rief sie über seine Schulter hinweg. „Dieser Anruf kam von der Weltgemeinschaft!"

Buck schloss die Tür, doch Lea drängte sich an ihm vorbei und rief hinter ihr her: „Und woher?"

„Aus Wisconsin, glaube ich."

„Was haben Sie ihnen gesagt?"

„Dass Sie gerade mit einem Patienten beschäftigt sind."

„Aber Sie haben nicht gesagt, mit wem?"

„Ich kenne ihn doch gar nicht. Ich weiß nur, dass er ein Doktor ist."

„Aber das haben Sie doch nicht gesagt, oder?"

„Hätte ich das nicht tun sollen?"

„Warten Sie hier."

„Es tut mir Leid."

„Warten Sie einfach eine Weile."

Lea kam ins Zimmer zurück und zog schnell zwei Spritzen auf. Dann stieß sie sie in Floyds Hüfte. Er zuckte nicht einmal zusammen.

„Lassen Sie sie hereinkommen", trug Lea Buck auf.

Er sah zur Tür hinaus und winkte das Mädchen heran. Sie zögerte, dann kam sie langsam näher. „Kommen Sie schon!", rief er. „Es wird Sie schon niemand fressen."

Sobald sie den Kopf zur Tür hereingesteckt hatte, sagte Lea: „Bringen Sie mir meine Tasche so schnell Sie können, ja?"

„Sicher, aber –"

„Sofort, meine Liebe. Sofort!"

Das Mädchen rannte davon.

„Was ist los?", fragte Buck.

„Fahren Sie Ihren Wagen zum Hinterausgang. Es gibt einen Kellerausgang, dorthin werde ich kommen."

„Aber wenn er stirbt, wie können Sie –"

Lea packte ihn am Arm. „Mr. Williams, dieser Mann könnte tot sein, bevor wir ihn zum Wagen schaffen. Wenn Sie ihn beerdigen, verbrennen oder sonst etwas mit ihm tun wollen, werde ich ihn zur Hintertür bringen. Ansonsten wird man ihn hier finden. Die Weltgemeinschaft in Wisconsin hat Verdacht geschöpft. Dort hat er doch früher gearbeitet, wissen Sie nicht mehr? Von dort ist er einfach verschwunden. Sie haben herumgeschnüffelt, nach ihm gesucht. Sie vermuten, dass er sich in diesem Gebiet aufhält und eines Tages vielleicht hier auftaucht. Sie wissen nicht – zumindest nicht von mir –, dass er bereits einmal hier war. Ich habe gelogen, was das Zeug hält. Wenn er hier gefunden wird, tot oder lebendig, stecken wir alle in Schwierigkeiten. Und jetzt gehen Sie!"

„Gibt es eine Möglichkeit, ihn zu retten?"

„Holen Sie den Wagen."

„Sagen Sie mir nur, ob er besser zu Hause dran ist oder in der K-"

„Er stirbt", flüsterte Lea verzweifelt. „Es ist nur noch eine Frage der Zeit. Die Frage nach dem Wo ist im Augenblick irrelevant. Was ich für ihn tun konnte, habe ich bereits getan. Aber es wäre eine Katastrophe, wenn er hier entdeckt würde."

Mac blickte auf die Uhr. „Gerade noch Zeit genug, dass Sie mir erzählen, wie Sie zusammengekommen sind, Sie wissen schon, in punkto Liebe und so."

„Ich glaube, Sie haben schon genug Einzelheiten von mir gehört, Captain."

„Ach, kommen Sie. Ich bin ein alter Romantiker."

„Das war nicht leicht", erzählte David. „Ich habe sie vor Ihnen und Rayford geheim gehalten."

„Ja, weshalb eigentlich?"

„Zu dieser Zeit dachten wir noch, je weniger Bescheid wüssten, desto besser."

„Aber wir brauchen doch so viele Verbündete wie möglich."

„Ich weiß", antwortete David. „Aber wir beide waren noch so neu dabei. Wir wussten nicht, wem wir trauen konnten."

„Falls Sie unsicher waren in Bezug auf Ray und mich, so haben Sie sich das nicht anmerken lassen."

„Es war eine gute Übung, könnte man sagen. Was wird aber passieren, wenn die hohen Tiere anfangen, nach einem Zeichen zu suchen, dass eigentlich da sein müsste, es aber nicht ist?"

„Dann wird es kein Versteckspielen mehr geben, Kinder."

Buck fuhr mit dem Aufzug in den ersten Stock. Ihm fiel die Empfangsdame ein, die ihn unweigerlich sehen würde. Auf keinen Fall durfte sie seinen Rover bemerken. Er überlegte schon, ob er sie mit einem gespielten Notfall ablenken sollte, als er entdeckte, dass an ihrem Tisch eine Vertretung saß. Es war eine dicke Frau mittleren Alters. Natürlich, die andere holte ja Leas Tasche. Lea war so schlau gewesen, sie fortzulocken.

Buck eilte zu seinem Wagen. Als er um das Gebäude herumfuhr, sah er, dass die Vertretung am Fenster stand und ihn anstarrte. Er hoffte nur, dass das Mädchen ihr nicht aufgetragen hatte, herauszufinden, welchen Wagen er fuhr.

Buck brachte den Wagen vor dem Kellerausgang zum Stehen. Er sprang aus dem Rover und öffnete die Tür, als Lea, die Tasche über die Schulter gehängt, eine Bahre mit Floyd Charles herausrollte, über den sie ein Laken gedeckt hatte.

„Er ist schon tot?", fragte Buck ungläubig.

„Nein! Aber die Leute halten Abstand und auf diese Weise wird ihn niemand identifizieren können."

„Nur Ihre Empfangsdame."

Buck klappte den Rücksitz des Wagens um und Lea schob die Bahre hinein.

„Sie wollen die Bahre stehlen?"

„Ich habe noch mehr in meine Tasche gesteckt, als diese Bahre wert ist", erklärte sie. „Wollen Sie mit mir über Ethik diskutieren oder gegen die Weltgemeinschaft ankämpfen?"

„Keins von beidem", erklärte er, während sie in den Wagen einstiegen. „Aber wir sind jetzt Komplizen, oder?"

„Ich weiß nichts über Sie, Williams, aber ich stecke mittendrin. Dieses Krankenhaus wird schon seit Jahren von der Weltgemeinschaft geleitet. Wie lange würde ich noch für Carpathia arbeiten können, wenn ich das ‚Zeichen des Tieres' nicht annehme? Ich würde lieber sterben, als das zu tun."

„Buchstäblich", meinte Buck.

„Nun, ich habe mir gerade ein Bett und einen Haufen Medizin angeeignet. Wenn Sie ein Problem damit haben, tut mir das Leid. Ich habe kein Problem damit. Wir leben im Krieg. Im Krieg und in der Liebe ist alles erlaubt, sagt man."

„Dem kann ich nicht widersprechen. Aber, äh, wo soll ich Sie jetzt hinbringen?"

„Was denken Sie denn? Fahren Sie links herum und ich führe Sie über einen Schleichweg hier weg. Niemand wird Sie vom Gebäude aus sehen."

„Und wohin dann?"

„Zu meiner Wohnung."

„Und wenn dort Leute von der Weltgemeinschaft warten?"

„Dann fahren wir einfach weiter."

„Aber wenn sie nicht da sind, werden Sie versuchen, Floyd in –"

„Das glauben Sie doch nicht im Ernst, Mr. W-"

„Ach, lassen wir doch die Formalitäten, Lea. Sie haben einen sterbenden Freund in meinen Wagen gelegt, also klären Sie mich doch auf."

„In Ordnung", meinte sie. „Falls wir schneller in meiner Wohnung sind als die Typen von der Weltgemeinschaft, werde ich schnell einige Sachen zusammenpacken. Sie werden hinter mir her sein, sobald bekannt wird, dass ich aus dem ‚Young Memorial' verschwunden bin."

„Und wohin soll ich Sie bringen?"

„Wo wohnen Sie denn?"

„Wo *ich* wohne?"

„Bingo, Buck. Ich brauche ein Versteck. Und Sie und Ihre Freunde sind die Einzigen, die ein Versteck haben."

„Aber wir erzählen niemandem, wo –"

„Oh doch, das werden Sie. Sie werden es *mir* sagen. Wenn Sie mir nach allem, was wir gemeinsam durchgemacht haben, noch immer nicht trauen, können Sie niemandem trauen. Ich habe Ihnen geholfen, Ihren Piloten, diesen Ritz, aus dem Krankenhaus zu schmuggeln. Und ich habe Doc bei der Fehlgeburt dieser mysteriösen Frau geholfen. Wie geht es ihr übrigens?"

„Wieder besser."

„Das ist wirklich eine Ironie des Schicksals. Doc hat ihr geholfen, das Gift zu bekämpfen, und jetzt wird er daran sterben."

„Wir haben Ritz verloren."

„Ihn verloren?"

„Er wurde in Israel getötet. Aber das ist eine lange Geschichte."

Lea wurde plötzlich schweigsam. Sie erklärte Buck den Weg, während Buck den Wagen über die holperigen Straßen lenkte.

„Ich habe diesen Burschen gemocht", brachte sie schließlich heraus.

„Das haben wir alle. Es ist einfach schrecklich. Alles."

„Aber Sie nehmen mich doch auf, Cowboy?"

„Diese Entscheidung kann ich nicht allein treffen."

Sie funkelte ihn an. „Und was haben Sie vor? Mich mit verbundenen Augen an der Ecke stehen zu lassen, während Sie mit Ihren Freunden abstimmen? Sie schulden mir etwas und das wissen Sie auch. Normalerweise ist es nicht meine Art, mich irgendwo aufzudrängen. Aber ich habe für Sie mein Leben riskiert, und ich weiß nicht, wohin ich sonst gehen kann."

Docs Todeskampf begann. Sein mühsames Keuchen erschütterte Buck. „Soll ich an die Seite fahren?"

„Nein", erwiderte sie. „Ich kann nichts tun, außer ihm Morphium zu geben."

„Und das hilft?"

„Es wird ihm die Schmerzen nehmen und ihn außer Gefecht setzen, bevor er stirbt."

„Geben Sie mir etwas!", rief Floyd gequält. „Geben Sie mir etwas!"

Lea kniete sich auf ihren Sitz und kramte in ihrer Tasche. Unwillkürlich wurde Buck langsamer. Das war zu viel. Floyd würde sterben, während Buck mit Höchstgeschwindigkeit durch die Straßen raste! Kein Abschied, kein Gebet, keine tröstenden Worte. Buck hatte das Gefühl, diesen Mann kaum zu kennen, obwohl er doch seit mehr als einem Jahr mit ihm zusammengewohnt hatte.

„Passen Sie auf die Straße auf", mahnte sie. „Das hier wird ihn ein wenig beruhigen, aber er wird diesen Wagen nicht mehr lebend verlassen."

Buck unterdrückte ein Schluchzen. So gern hätte er jetzt Chloe angerufen und ihr und den anderen von dem berichtet, was gerade passierte. Aber wie konnte man so etwas am Telefon erzählen? *Doc stirbt und ich bringe eine Krankenschwester mit, die von nun an bei uns wohnen wird?* Unbemerkt zum Versteck zu gelangen und Floyds Leichnam und einen neuen Hausbewohner hineinzuschmuggeln, würde auch nicht viel leichter sein. Aber Buck hatte keine andere Wahl.

In Leas Straße wimmelte es nur so von Fahrzeugen der Weltgemeinschaft. Das Morphium hatte Floyd ein wenig beruhigt. Lea rutschte vom Beifahrersitz herunter und versteckte sich unter dem Armaturenbrett. Buck fuhr an ihrer Straße vorbei und auf dem schnellsten Weg nach *Mount Prospect.* Er hoffte nur, dass Floyd wenigstens die Chance hatte, in seinem Bett zu sterben.

4

David Hassid begleitete Mac McCullum zu dessen Räumen im Angestelltenkomplex des Palastes der Weltgemeinschaft.

„Es gibt Dinge, die ich nicht einmal Annie erzählt habe“, gestand er.

„Ich wusste, dass Sie mir etwas zu sagen haben, Junge. Sonst hätten Sie sie zu ihren Räumen gebracht, oder?“

„Wir passen auf, dass wir nicht zusammen gesehen werden.“

„Also, worum geht es?“, fragte Mac, als sie im Flur vor seiner Wohnungstür standen.

„Sie wissen, dass ich zu dem Team gehöre, das im Palast die Abhörsicherungen eingebaut hat.“

„Ja, wie haben Sie das gedeichselt?“

„Ich habe Leon gegenüber immer wieder betont, wie wichtig es sei, vollkommene Abhörsicherung zu gewährleisten. Ich kam als blauäugiger Idealist zur Weltgemeinschaft und so werde ich noch immer gesehen. Wissen Sie über die Installation Bescheid?“

Mac nickte. „Die beste, die es je gegeben hat.“

„Ja, abgesehen davon, dass sie permanent gewartet werden muss.“

„Natürlich.“

„Dafür habe ich mich freiwillig gemeldet, und alle waren froh, mir diese Aufgabe zu überlassen“, erklärte David.

„Ich höre.“

„Ich auch.“

„Was?“

„Ich überprüfe die Abhörsicherung in den Büros von Carpathia und Fortunato.“

„Weiter.“

„Meine Aufgabe ist es, herauszufinden, ob irgendjemand zu lauschen versucht. Na ja, ich bleibe am Ball. Und dabei höre ich alles, was ich will, wann immer ich möchte.“

Mac schüttelte den Kopf. „Das hätte ich nicht unbedingt wissen müssen. Mann, David, Sie sitzen auf einer Zeitbombe.“

„Als ob ich das nicht wüsste. Aber es ist nicht zurückzuverfolgen."

„Garantiert?"

„In gewisser Weise ist es ganz einfach. Andererseits ist es auch wieder ein Wunder der Technik. Alles wird auf eine Minidiskette in dem großen Zentralcomputer gespielt, von dem aus ganz Neu-Babylon geleitet wird."

„Den die Leute gern das ‚Tier' nennen."

„Weil da drin so viele Informationen über jede lebende Seele gespeichert sind, ja. Aber wir beide wissen, dass das Tier keine Maschine ist."

Mac verschränkte die Arme und lehnte sich gegen die Wand. „Eines habe ich bei der Überwachungsarbeit gelernt, und das ist, dass man niemals irgendwelche Kopien von etwas haben sollte. Alles kann einmal in die falschen Hände gelangen."

„Das weiß ich", erwiderte David. „Ich will Ihnen erklären, wie ich mich davor geschützt habe."

Mac sah sich um. „Wissen Sie bestimmt, dass wir hier sicher sind?"

„Hey! Das ist doch mein Verantwortungsbereich. Was wir sagen, könnte auf meine Diskette gespielt werden, aber niemand wird das jemals abhören. Ich werde es nicht hören, es sei denn, ich möchte es. Alles ist nach Datum, Uhrzeit und Ort geordnet. Die Verlässlichkeit des Systems ist beispiellos."

Mac pfiff durch die Zähne. „Das hat sich bestimmt jemand für Sie ausgedacht."

„Das stimmt."

„Jemand, dem Sie vorbehaltlos vertrauen."

„Sie stehen vor ihm."

„Und wie stellen Sie sicher, dass es auch wirklich niemand herausfindet?"

„Das kann ich nicht garantieren. Ich sage nur, dass sie niemals Zugang dazu bekommen werden. Der Durchmesser der Diskette beträgt knapp einen Zentimeter und kann mehr als zehn Jahre lang 24 Stunden am Tag alle geführten Gespräche aufzeichnen. So viel Zeit brauchen wir nicht, stimmt's?"

Mac schüttelte den Kopf. „Der Computer wird doch bestimmt von Zeit zu Zeit überprüft."

„Das stimmt. Aber sie werden nichts finden."

„Und wenn doch?"

David zuckte die Achseln. „Nehmen wir an, jemand kommt mir auf die Schliche und fängt an, nach meinen Wanzen zu suchen. Sie finden sie, verfolgen sie zurück zum Zentralcomputer, nehmen das ganze Ding auseinander und finden die Diskette. Sie ist so gut gesichert, dass sie 1 000 Jahre lang rund um die Uhr versuchen können, sie zu knacken, und dann hätten sie gerade erst begonnen. Wissen Sie, bei einer 15-stelligen Zahl gibt es Milliarden von Kombinationsmöglichkeiten, aber theoretisch *kann* sie entschlüsselt werden. Wie würde es Ihnen gefallen, einen Code mit einer 300-Millionen-stelligen Zahl zu knacken?"

Mac rieb sich die Augen. „Ich bin schon zu alt für solche Spielereien. Wo habt ihr Jungs nur solche Verrücktheiten her? Wie können Sie denn die Informationen auf Ihrer Diskette abrufen, wenn sie dermaßen verschlüsselt ist?"

David erwärmte sich für dieses Thema. „Das ist das Schöne daran. Ich kenne die Formel. Ich weiß, wie die Millionste Stelle hinter dem Komma der Zahl ‚pi' lautet und inwiefern Datum und Zeit zur gegenwärtigen Sekunde als Multiplikator benutzt werden und inwiefern diese Zahlen abhängig von unterschiedlichen Faktoren vor- und zurückfließen. Der Zugangscode jetzt ist anders als der Zugangscode eine Sekunde später und diese Variation ist logisch nicht nachzuvollziehen. Aber nehmen wir einmal an, jemand würde tatsächlich meine Diskette entdecken und stände dicht davor, den Code zu knacken, was ein Wunder wäre. Selbst wenn er die Zahlen wüsste, könnte nur ein Computer mit Lichtgeschwindigkeit Zugang dazu bekommen und selbst der brauchte dazu noch mehr als ein Jahr."

„Und hat das, was Sie gehört haben, den Aufwand gelohnt?"

„Für die ‚Tribulation Force' bestimmt, meinen Sie nicht?"

„Aber wie können Sie es an uns übermitteln, ohne dass Sie Gefahr laufen, unsere oder Ihre eigene Sicherheit zu gefährden?"

David lehnte sich an die Wand und ließ sich zu Boden gleiten. „Auch das ist selbstverständlich alles verschlüsselt, aber natürlich braucht man nicht zu lange dazu, es zu entschlüsseln. Bisher haben wir sowohl über Telefon als auch mittels Carpathias zellularer Sonnenenergie miteinander kommunizieren können. Allerdings liegt er mir ständig in den Ohren, wir müssten einen Weg finden, alle Bürger zu überwachen."

„Zweifellos zu ihrem eigenen Besten."

„Oh, natürlich. Der Potentat macht sich große Sorgen um die Stimmung seiner weltweiten Familie."

„Aber David, kann nicht alles, was übermittelt wird, auch abgerufen werden?"

David zuckte die Achseln. „Mir gefällt der Gedanke, dass ich alles abhören kann. Aber ich selbst habe meine eigenen Geräte auf Abhörsicherung überprüft, und wenn ich nicht genügend Brotkrumen am Weg fallen lasse, kann auch ich den Code nicht knacken. Mit Hilfe der neuen Technologie … ich muss sagen, dass heutzutage nichts mehr unmöglich ist."

Mac erhob sich und streckte sich. „Haben Sie sich schon mal Gedanken über diese Dinge gemacht? Was Dr. Ben-Judah zum Beispiel darüber sagt, dass Satan der Fürst der Luft ist? Transmission durch das Weltall und alles …"

„Das ängstigt mich zu Tode", erwiderte David. Er blieb am Boden sitzen. „Es bedeutet, dass ich an vorderster Front stehe. Als ich Christ wurde, wusste ich nicht, worauf ich mich eingelassen habe, aber jetzt stehe ich auf der richtigen Seite, oder? Jetzt ist es zu spät, meine Meinung zu ändern. Ich laufe durch dieselben Flure wie der Antichrist und ich atme dieselbe Luft wie Satan. Ich bin vorsichtig, aber das ‚Zeichen des Tieres' wird alles verändern. Danach werden hier keine Christen mehr arbeiten, es sei denn, sie finden einen Weg, dieses Zeichen zu fälschen. Und wer würde das schon wollen?"

„Ich auf jeden Fall nicht", meinte Mac und schloss seine Tür auf. „Eines Tages werden wir alle in Verstecken leben. Ich hoffe nur, dass wir dasselbe finden."

David war von diesem Kompliment so bewegt, dass er nicht wusste, was er antworten sollte. „Langer Flug am Freitag", fügte Mac hinzu. „Ich muss herausfinden, wer Leon begleitet und ob ich Abdullah rechtzeitig hier hereinschleusen kann."

Die Last seiner Aufgabe, so aufregend sie für einen jungen Mann vielleicht auch war, lastete auf David. Trotzdem fühlte er sich erleichtert.

Floyd war ruhig. Das Morphium hatte anscheinend seine Wirkung nicht verfehlt. Buck fuhr langsamer, als er sich dem Versteck näherte. Er spähte in den Rückspiegel. Offensichtlich wurde er nicht verfolgt. Das Läuten seines Telefons ließ ihn zusammenzucken. „Hier spricht Buck", meldete er sich.

„Du wolltest mich doch auf dem Laufenden halten", beschwerte sich Chloe.

„Ich bin fast zu Hause. In ein paar Minuten."

„Ist Floyd bei dir?"

„Ja, aber es geht ihm nicht gut."

„Hattie und ich haben sein Bett abgezogen und das Zimmer gelüftet."

„Gut. Ich werde Hilfe brauchen, um ihn ins Haus zu schaffen."

„Ist er in Ordnung, Buck? Und wie geht's dir?"

„Wir sehen uns gleich, Liebes."

„Buck! Ist alles in Ordnung?"

„Bitte, Chloe! Ich bin gleich da!"

„In Ordnung", erwiderte sie unwillig.

Er stellte das Telefon ab und ließ es in seine Tasche gleiten. „Wird er die Nacht überstehen?", fragte er, an Lea gewandt.

„Es tut mir Leid, Buck. Er ist tot."

Buck ging in die Bremsen. Der Rover kam schlitternd zum Stehen. „Was?"

„Es tut mir Leid."

Buck drehte sich um. Lea hatte Floyds Gesicht zugedeckt, doch durch das abrupte Bremsen war sein Körper gegen die Rückenlehne des Vordersitzes gedrückt worden.

„Wissen Sie, wer dieser Mann ist?", fragte Buck. Die Verzweiflung in seiner Stimme erschreckte ihn.

„Ich weiß, dass er ein guter Arzt und sehr mutig war."

„Er hat sein Leben aufs Spiel gesetzt, indem er mir verraten hat, wohin die Weltgemeinschaft Chloe gebracht hatte. Kam höchstpersönlich dorthin, um bei ihrer Flucht zu helfen. Tagelang hat er an Hatties Bett gesessen. Ihr das Leben gerettet. Die Fehlgeburt. Er hat auch unseren Sohn auf die Welt gebracht. Nie war er sich zu gut, um bei jeder Arbeit mit anzupacken."

„Es tut mir so Leid, Buck."

Buck zog das Laken von Floyds Gesicht. In der Dunkelheit konnte er es kaum erkennen. Er knipste das Innenlicht an und zuckte beim Anblick des Toten zusammen. Floyd hatte die Zähne gebleckt; seine blutunterlaufenen Augen waren geöffnet. „Oh Doc!", stöhnte er.

Lea drehte sich um und suchte in ihrer Tasche nach Plastikhandschuhen. Vorsichtig schloss sie Floyds Augen und Mund, massierte seine Wangen, bis er aussah, als würde er schlafen.

„Helfen Sie mir mit der Schulter", sagte sie. Buck ergriff eine Seite, Lea die andere. Gemeinsam zogen sie an dem Leichnam, bis Floyd entspannt wirkte. Vorsichtig fuhr Buck weiter. Er mied alle Erschütterungen.

Als er vor dem Versteck vorfuhr, sah er Chloe am Fenster stehen. Sie stillte gerade Kenny. Er fuhr um das Haus herum und hielt im Hof an. „Geben Sie mir eine Minute", sagte er. „Sie haben doch hoffentlich nichts dagegen, hier bei ihm –"

„Gehen Sie nur", beruhigte Lea ihn.

Chloe hielt mit einer Hand die Tür auf. Kenny lag über ihrer Schulter. „Wer ist bei dir?", fragte sie. „Ich habe Floyd gar nicht gesehen."

Buck fühlte sich ausgelaugt. Er beugte sich vor, um Chloe die Wange zu tätscheln, dann streichelte er Kenny. Das Baby machte sein Bäuerchen. „Kannst du ihn hinlegen?", fragte er.

„Buck –"

„Bitte", beharrte er. „Ich muss mit allen reden."

Die anderen warteten bereits in der Küche. Chloe ging nach oben, um das Baby hinzulegen, kehrte jedoch rasch zurück. Rayford hatte am Tisch Platz genommen, und am Schmutz auf seiner Kleidung merkte man, dass er lange im Keller gearbeitet hatte. Hattie saß auf dem Sideboard. Tsion lehnte mit einem traurigen, wissenden Blick am Kühlschrank.

Buck fiel es schwer zu sprechen. Chloe kam zu ihm, legte ihm den Arm um die Taille. „Wir haben einen weiteren Märtyrer", erklärte er. Dann erzählte er, was passiert war. Auch, dass Lea im Wagen saß und wartete.

Tsion ließ den Kopf hängen. „Gott segne ihn", flüsterte er bewegt.

Hattie wirkte betroffen. „Und er hat sich bei mir angesteckt? Er ist wegen mir gestorben?"

Chloe nahm Buck in die Arme und weinte mit ihm. „Hat sich noch jemand von uns angesteckt?"

Buck schüttelte den Kopf. „Mittlerweile hätten wir bestimmte Symptome entdecken müssen. Floyd hatte sie, aber er hat uns nichts davon erzählt."

Buck warf einen Blick auf Rayford. Alle blickten auf ihn. Tsion würde beten, aber Rayford würde die Entscheidung treffen, was mit Lea geschehen sollte und wie sie es mit der Beerdigung halten sollten. Doch Rayford hatte sich noch nicht gerührt. Mit ausdruckslosem Gesicht saß er am Tisch. Als ihre Blicke sich trafen, spürte Buck, dass die unausgesprochene Frage darin lag, was erwartet wurde.

Wo war Rayford, der Führer, der Mann, der die Verantwortung für sie trug?

„Wir, äh, wir sollten Lea nicht so lange draußen warten lassen“, meinte Buck. „Und wir werden etwas mit dem Leichnam machen müssen.“

Rayford starrte Buck noch immer an. Schließlich konnte Buck seinen Blick nicht mehr länger ertragen. Hatte er etwas falsch gemacht? Hatte er denn eine andere Wahl gehabt, als mit Floyd ins Krankenhaus zu fahren und dann schließlich Lea mitzubringen?

„Daddy?“, fragte Chloe leise.

„Was?“, erwiderte Rayford leise und sah sie an.

„Ich … ich … wir fragen uns –“

„Was?“, entgegnete er. „Was? Ihr fragt euch, was wir jetzt machen sollen?“ Er erhob sich so heftig, dass sein Stuhl gegen die Wand stieß und umkippte. „Nun, ich auch!“ Noch nie hatte Buck gehört, dass sein Schwiegervater die Stimme erhob. „Ich auch!“, wütete Rayford. „Wie viel können wir noch ertragen? Wie viel *müssen* wir noch ertragen?“

Rayford hob seinen Stuhl auf und knallte diesen so fest auf den Boden, dass er einen Satz tat. Er trat erneut dagegen, so dass er zum Tisch hin umkippte. Hattie flüchtete sich in Tsions Arme.

„Rayford“, ermahnte Tsion leise.

Der Stuhl hatte Hattie nicht berührt. Er traf die Tischkante und kam schließlich zum Stehen. Rayford zerrte ihn zu sich heran, setzte sich und knallte die Faust auf den Tisch.

Tsion ließ Hattie los. Sie zitterte. „Ich denke, wir sollten –“, begann er, doch Rayford schnitt ihm das Wort ab.

„Verzeiht mir“, sagte er und die anderen spürten, dass er immer noch sehr aufgewühlt war. Er konnte seine Mitbewohner nicht ansehen. „Holt Lea herein, und dann wollen wir dafür sorgen, dass der Leichnam begraben wird. Tsion, würden Sie ein paar Worte –“

„Natürlich. Ich schlage vor, dass wir Lea einen Raum zuweisen und dann die Beerdigung vorbereiten. Danach können wir uns ein wenig näher mit ihr bekannt machen.“

Rayford nickte. „Verzeiht“, bat er erneut.

Buck setzte den Rover rückwärts in den Hof, dann brachte er Lea mit ins Haus und stellte sie allen vor.

„Es tut mir so Leid für Sie“, erklärte sie. „Ich kannte Dr. Charles nicht so gut, aber –“

„Wir wollten gerade beten“, unterbrach Tsion sie. „Dann würden wir Sie gern ein wenig näher kennen lernen.“

„Sicher.“

Als Tsion auf dem harten Boden niederkniete, folgten die anderen seinem Beispiel, außer Hattie, die es vorzog, stehen zu bleiben. „Gott, unser Vater“, begann Tsion mit bewegter Stimme. „Wir bekennen dir, dass es uns schwer fällt, in Augenblicken wie diesem zu dir zu kommen, wo wir einen der Unseren verloren haben. Wir wollen es nicht akzeptieren. Wir wissen nicht, wie viel mehr wir noch ertragen können. Wir können uns nur auf dein Versprechen berufen, dass wir eines Tages unseren lieben Bruder wiedersehen werden in dem Land, in dem alles Leid in Freude verwandelt und in dem es keine Tränen mehr geben wird.“

Nach dem Gebet ging Buck zur Kellertreppe.

„Wohin willst du?“, fragte Rayford.

„In den Keller, um Schaufeln zu holen.“

„Bring nur eine.“

„Es ist harte Arbeit, Rayford. Viele Hände –“

„Bring nur eine, Buck. Also, Miss Rose, ich möchte eines klarstellen. Floyd starb an dem Gift, das Carpathia Hattie verabreicht hat, um sie zu töten. Ist das richtig?“

„So sehe ich es.“

„Eine klare Antwort, Ma'am.“

„Sir, ich weiß nur, was Dr. Charles mir gesagt hat. Ich habe keine Ahnung, wie Hattie vergiftet wurde, aber es scheint festzustehen, dass Floyd sich bei ihr angesteckt hat, ja.“

„Dann ist also Nicolai für seinen Tod verantwortlich.“

Buck war beeindruckt davon, dass Lea keine Notwendigkeit sah, etwas zu entgegnen.

„Das war Mord, Leute“, fügte Rayford wütend hinzu. „Reiner Mord.“

„Rayford“, wandte Tsion ein, „Carpathia hat vermutlich noch nie von Doc Charles gehört, und wir können zwar sagen, dass er versucht hat, Miss Durham zu töten, aber –“

„Hier geht es nicht um Haarspalterei“, widersprach Rayford mit gerötetem Gesicht. „Ich sage, das Gift, mit dem Carpathia einen Menschen töten wollte, hat Doc getötet.“

Tsion zuckte resigniert die Achseln.

„Also, Buck“, fuhr er erregt fort, „wo ist meine Schaufel?“

„Bitte, lass mich dir doch helfen“, bat Buck.

Rayford erhob sich und richtete sich auf. „Erspare mir bitte, etwas zu sagen, das ich morgen bereuen werde. Das hier möchte ich allein tun. Ich muss es tun! In Ordnung?“

„Das Grab sollte tiefer als zwei Meter werden, nicht so dicht am Haus liegen und –“ Als er Rayfords ungeduldigen Blick bemerkte, hob Buck resignierend die Hände. Er stieg in den Keller und holte die größte Schaufel, die er finden konnte.

Während Rayford im Garten arbeitete, gab Lea einige Tipps zur Vorbereitung des Leichnams. Da kein Kalk vorhanden war, stellte sie ein Ersatzmittel aus dem zusammen, was sie in der Küche fand. „Und“, erklärte sie Buck, „wir sollten den Leichnam in eine Plastikfolie wickeln.“ Sie verteilte Plastikhandschuhe an diejenigen, die den Leichnam berühren würden, und suchte Desinfektionsmittel für den Rover.

Buck war erstaunt, was Rayford leistete, wenn man bedachte, dass er den ganzen Tag am Schutzbunker gearbeitet hatte. Er grub ein zwei Meter langes Loch, das knapp zweieinhalb Meter tief war. Um herauszukommen, brauchte er Hilfe. Die drei Männer legten den in eine Plane gewickelten Leichnam von Floyd in das Loch, und Rayford gestattete den anderen, ihm dabei zu helfen, das Grab zuzuschaufeln.

Die Gruppe blieb um das Grab herum im trüben Licht stehen, das aus dem Haus fiel. Chloe, Hattie und Lea hatten sich einen dicken Mantel angezogen. Die Männer waren verschwitzt vom Graben und begannen bald zu zittern.

Immer wieder war Buck darüber erstaunt, dass Tsion auch in schwierigen Situationen die richtigen Worte fand.

„Gesegnet im Angesicht des Herrn ist der Tod eines Heiligen“, sagte der Rabbi. „Floyd Charles war unser Bruder, ein geliebtes, engagiertes Mitglied unserer Familie. Jeder, der noch etwas sagen möchte, kann dies jetzt tun, dann werde ich beten.“

„Ich kannte ihn als einen talentierten Arzt und mutigen Christen“, begann Lea.

„Im Zusammenhang mit ihm denke ich unwillkürlich an unser Baby und Chloes Gesundheit“, sagte Buck.

„Ich auch“, bestätigte Chloe. „So viele Erinnerungen in so kurzer Zeit.“

Hattie stand zitternd am Grab und Buck bemerkte, dass Rayford sie ansah, als erwarte er auch von ihr einige Worte. Sie blickte ihn an, wandte den Blick ab und schüttelte den Kopf.

„Nichts“, sagte Rayford. „Sie haben über den Mann, der Ihnen das Leben gerettet hat, nichts zu sagen?“

„Rayford“, ermahnte Tsion.

„Natürlich habe ich das!“, widersprach Hattie mit hoher Stimme. „Ich kann kaum glauben, dass er wegen mir gestorben ist! Ich weiß nicht, was ich sagen soll! Ich hoffe, er bekommt seine Belohnung.“

„Ich möchte Ihnen noch etwas sagen“, fuhr Rayford fort. Sein Zorn war offensichtlich noch nicht verflogen. „Floyd hat Sie geliebt, Hattie. Sie haben ihn wie Dreck behandelt, aber er hat Sie geliebt!“

„Ich weiß“, jammerte sie. „Ich weiß, Sie alle lieben mich auf Ihre Weise –“

„Ich sage, er hat Sie geliebt. Sie geliebt. Er hat viel für Sie empfunden und wollte es Ihnen sagen.“

„Sie meinen –? Woher wollen Sie das wissen?“

„Er hat es mir erzählt! Ich denke, er würde wollen, dass Sie es erfahren.“

„Rayford“, unterbrach Tsion und legte ihm die Hand auf die Schulter, „möchten Sie sonst noch etwas über Floyd sagen?“

„Dieser Tod muss gerächt werden. Wie der von Ken, Amanda und Bruce.“

„‚Mein ist die Rache, spricht der Herr‘“, widersprach Tsion.

„Wenn er mich nur daran teilhaben lassen wollte“, sagte Rayford.

Tsion sah ihn erstaunt an. „Seien Sie vorsichtig mit dem, was Sie sich wünschen“, mahnte er. „Lassen Sie mich mit einem Gebet schließen.“ Aber Buck konnte seine Worte nicht verstehen. Rayford hatte zu weinen begonnen. Er atmete stoßweise und presste die Hand auf den Mund. Schon bald konnte er sein Schluchzen nicht mehr unterdrücken. Er fiel auf die Knie und jammerte. Chloe eilte zu ihm hin und drückte ihn an sich.

„Es ist schon gut, Daddy“, tröstete sie, als sie ihm aufhalf und ihn zum Haus begleitete. „Es ist alles gut.“

Rayford löste sich von ihr und eilte die Treppe hinauf. Buck nahm Chloe in die Arme.

Als Rayford unter der heißen Dusche stand, war er dankbar für den Brunnen und den Generator betriebenen Durchlauferhitzer. Seine Muskeln entspannten sich langsam. Was für ein Tag! Die unerklärliche Wut, die ihn früh am Morgen zu einem Spaziergang aus dem Haus getrieben hatte, hatte sich über Monate hinweg aufgestaut. Die Arbeit im Keller hatte sie nicht gedämpft, vor allem nicht, da er den ganzen Tag über allein gewesen war. Die schreckliche Nachricht von Floyds Tod hatte ihn schließlich zum Explodieren gebracht, wie er es seit dem schrecklichen Streit mit Irene vor 15 Jahren nicht mehr erlebt hatte. Und damals war zu viel Alkohol im Spiel gewesen.

Zwar hatte er Gewissensbisse wegen seines Verhaltens den anderen gegenüber, doch er hatte auch das Gefühl, ein Recht darauf zu haben, wütend zu sein. War es möglich, dass Gott diesen Hass über die Ungerechtigkeit nur aus dem einen Grund in sein Herz gepflanzt hatte, weil er ihn darauf vorbereiten wollte, dass er es war, der Carpathia ermorden sollte? Oder machte er sich selbst etwas vor? Rayford wollte nicht darüber nachdenken, dass er vielleicht den Verstand verlor. Niemand würde verstehen, dass ein Mann wie er versuchte, einen Mord zu rechtfertigen, auch wenn es der Mord am Antichristen war.

Rayford drehte das Wasser so heiß, wie er es ertragen konnte, und ließ es sich auf den Kopf prasseln. Seine Gebete waren Bitten an Gott, ihm das Undenkbare zu gestatten. Wie viel musste ein Mensch ertragen? Dass er seine Frau und seinen Sohn verloren hatte, daran war er selbst schuld. Er hätte mit ihnen in den Himmel gehen können, wenn er dem Glauben mehr Raum gegeben hätte als dem Stolz. Aber der Verlust von Bruce, dann Amanda, Ken und schließlich Doc – ach, warum sollte ihn das erstaunen? Das Leben war zum Glücksspiel geworden. Erwartete er wirklich, zu denen zu gehören, die die Wiederkunft Christi miterlebten? Bestimmt würde er das nicht, wenn er Nicolai zu töten versuchte. Aber vermutlich würde er sowieso nicht überleben. Dann konnte er sich genauso gut einen guten Abgang verschaffen, den so schnell niemand vergessen würde.

Rayford trat aus der Duschkabine und betrachtete sich in dem beschlagenen Spiegel. Das Handtuch hatte er sich über die Schultern gelegt. Als der Spiegel wieder klar wurde und sein Gesicht deutlicher zu sehen war, erkannte er sich kaum wieder. Noch vor einem Jahr hatte er sich recht wohl gefühlt und Amanda schien beeindruckt von seinem reifen Aussehen. Das Wort „reif“ wäre jetzt ein Kompliment. Er sah viel älter aus, als er war, und er fühlte sich auch so. Das ging natürlich allen so, aber Rayford hatte den Eindruck, schneller als seine Mitbewohner gealtert zu sein.

Sein Gesicht war ausgemergelt, dicke Tränensäcke lagen unter seinen Augen, die Mundwinkel waren nach unten gezogen. Es hatte ihm nie ähnlich gesehen, eine schwierige Lebensphase als Depression zu bezeichnen, aber jetzt fragte er sich tatsächlich, ob er unter Depressionen litt. Klinischen Depressionen. Er hätte einmal mit Floyd darüber sprechen sollen. Bei diesem Gedanken verspürte er einen Stich in der Magengegend. Um ihn herum starben Menschen, und es würde kein Ende nehmen, bis Jesus wiederkam. Das würde wundervoll sein, aber würde er bis dahin durchhalten? Wenn er bei jemandem, den er erst seit kurzer Zeit kannte wie Floyd, schon so reagierte, was würde passieren, falls, falls … er wollte gar nicht darüber nachdenken. Chloe? Das Baby? Buck? Tsion?

Diese Frau aus dem Krankenhaus, Lea war ihr Name, würde man mit ihr reden können? Ein Gespräch mit einer Fremden schien leichter zu sein, als dieselben Dinge mit den Bewohnern dieses Hauses zu besprechen. Auf eigentümliche Weise kannte Hattie ihn genauso gut wie die anderen. Aber sie war noch immer eine Außenseiterin, viel mehr als der Neuankömmling. Nie könnte er mit ihr über seine innersten Gedanken sprechen.

Natürlich würde er auch Lea Rose gegenüber nichts von seinen Mordgedanken an Carpathia verlauten lassen. Aber vielleicht würde ein Gespräch ihm helfen, seine Gedanken zu ordnen. Vielleicht hatte sie schon mit deprimierten Menschen zu tun gehabt oder kannte Ärzte, die Erfahrungen auf diesem Gebiet besaßen.

Als Rayford seine Haare trocknete, wurde ihm klar, dass er weder den Mann im Spiegel noch den Menschen kannte, der er im tiefsten Inneren war. Die Pläne, die er schmiedete, passten so gar nicht zu dem Rayford Steele, der zu sein er geglaubt hatte. Er konnte sich kaum vorstellen, was Chloe dazu sagen würde. Und sie kannte nur die Hälfte davon.

Seine neue Barschheit ließ sich vor den anderen nicht mehr verbergen. Immer wieder hatten sie sich gegenseitig vergeben, wenn sie ihren Frust aneinander ausgelassen hatten. Alle, außer Tsion natürlich. Er schien niemals beleidigt zu sein, ihm brauchte man niemals zu vergeben. Einige Menschen hatten die Fähigkeit, trotz unerträglicher Umstände freundlich zu bleiben. Und Tsion gehörte dazu. Aber obwohl sich Rayford mehr als selbstsüchtig verhalten hatte, kam ihm eine wichtige Aufgabe zu. Er bekleidete eine Autoritätsposition, er trug die geistliche Verantwortung wie ein Ältester in der Gemeinde.

War er noch würdig? Ein Teil von ihm zweifelte daran. Andererseits, falls er nicht verrückt wurde und falls er tatsächlich von Gott auserwählt worden war, an einem über Jahrhunderte hinweg geplanten Attentat teilzuhaben, dann war er doch etwas Besonderes.

Rayford zog seinen Morgenmantel an und verließ das Badezimmer. *Dann bin ich also entweder ein Gesalbter oder ein Größenwahnsinniger. Großartig. Wer wird es mich wissen lassen?* Der alte

Rayford Steele bemühte sich darum, wieder zu Verstand zu kommen, während der zornerfüllte, trauernde, deprimierte, frustrierte Teil von ihm auch weiterhin die Gedanken an eine große Tat nährte. Oder zumindest an Rache. *Ich bin krank*, redete er sich ein. Unten hörte er Stimmen. Stimmen, die beteten.

Mac McCullum joggte in gleichmäßigem Tempo in die über Neu-Babylon aufgehende Sonne hinein. Er bewunderte die Schönheit der Stadt. Unter anderen Umständen würde er es als großes Privileg betrachten, hier zu wohnen. Hier war alles vom Feinsten, erstklassige Materialien, hervorragende Architektur.

Aber durch seinen Glauben an Christus, von dem er niemandem erzählen durfte, war Mac zu einem „Maulwurf" geworden, einem Subversiven, einem Rebell. Das jahrelange militärische Training, die Selbstdisziplin, die Kommandokette, das Motto „Alle für einen, einer für alle" – alles wurde nun in Frage gestellt. Nachdem er den Höhepunkt seiner Karriere erreicht hatte und tatsächlich Pilot eines Großraumflugzeugs geworden war, diente er nun der Sache Gottes mit allen ihm zur Verfügung stehenden Tricks.

Die Befriedigung, die ihm seine Tätigkeit verschaffte, war mit der zu vergleichen, die er empfand, wenn er feststellte, dass er in seinem Alter noch immer sechs Meilen pro Tag laufen konnte. Einige ließen sich davon beeindrucken. Für ihn war es eine Notwendigkeit. Er kämpfte gegen die Zeit, die Schwerkraft und eine Vielzahl körperlicher Gebrechen an, die das Alter mit sich brachte. Genauso fühlte er sich in seinem Job. Eigentlich hätte er Zufriedenheit empfinden sollen, selbst wenn sein Arbeitgeber der Feind war. Und als wichtige Informationsquelle für die andere Seite hätte er sich auch über die Tatsache freuen müssen, dass er zweifelsfrei wusste, dass er auf der richtigen Seite stand – auf der Seite des Siegers.

Aber die Furcht überschattete diese Freude. In der Sekunde, in der er beginnen würde, seine Aufgabe zu genießen, wurde er verletzlich. Das Leben in der Gefahrenzone, das Wissen, dass ein einziger Ausrutscher ihn das Leben kosten konnte, trübte seine Freude an seinem Job. Das Wissen, dass er gut war in dem, was er tat, verschaffte ihm ein gewisses Maß an Befriedigung. Doch ständig wurde er von der Frage verfolgt, wann er entdeckt werden würde – nein, das war kein Leben.

Als die Sonne am Horizont stand und Mac den Schweiß auf seinem Gesicht spürte, wurde ihm klar, dass er vielleicht schon lange, bevor er es überhaupt merken würde, entlarvt werden könnte. Das war das eigentlich Schlimme an seiner Situation. Er wusste nicht nur *nicht,* wann oder ob er entlarvt wurde, er würde auch der Letzte sein, der es erfuhr. Wie lange würden ihn Carpathia, Fortunato und die anderen schmoren lassen, obwohl sie bereits die Wahrheit kannten? Würden sie ihn sich selbst ans Messer liefern lassen und die Kameraden, die er liebte und mit denen er zusammenarbeitete, mit hineinziehen? Würden sie ihn dazu bringen, sie zu verraten?

Möglicherweise war er bereits entlarvt. Wer konnte das schon wissen? Das Ende eines Verräters ist mit dem Ende eines Sterns vergleichbar – das Ergebnis ist immer erst lange nach dem tatsächlichen Ereignis zu sehen. Er würde einfach nach bestimmten Anzeichen Ausschau halten müssen. Würde er Hinweise darauf bemerken, dass er sich davonmachen musste, dass eine Flucht zum Versteck der *Tribulation Force* in den Vereinigten Staaten angebracht war? Oder würde er tot sein in dem Augenblick, in dem sie erfuhren, dass er aufgeflogen war?

Er hatte noch eine Meile vor sich, nahm eine letzte Kurve und nun war die Sonne hinter ihm. Er hatte Abdullah Smith eine letzte verschlüsselte Nachricht zukommen lassen:

„Die Personalabteilung wird Sie fragen, ob Sie der Sache, dem Potentaten, der Weltgemeinschaft loyal gegenüberstehen. Denken Sie daran, Sie kämpfen als Soldat an vorderster Front. Sagen Sie ihnen, was sie hören wollen. Beschaffen Sie sich unter allen Umständen diesen Job. Dadurch werden Sie in der Lage sein, die schlimmsten Pläne des Bösen abzuwehren und erleben, wie Frauen und Männer trotz allem zu Christus kommen.

Wenn Sie sich fragen, was Sie sagen sollen, wie Sie etwas ausdrücken sollen, berufen Sie sich einfach auf mich. Sagen Sie, ohne zu zögern, dass Sie Mac McCullums Ansichten zur Weltgemeinschaft teilen und dass Sie der Politik und der Führung der Weltgemeinschaft genauso treu ergeben sind wie er. Besser können Sie die Wahrheit gar nicht ausdrücken.

Ich behaupte nicht, dass der Job leicht ist. Die Bezahlung ist ausgezeichnet, wie Sie wissen, aber Sie werden nicht einen Cent davon genießen. Mit diesem Job sind Vergünstigungen verbunden, wie Sie sie sich vielleicht nicht einmal erträumen können, aber Sie werden permanent das Gefühl haben, sich vom Dreck reinigen zu müssen. Preis sei Gott, dass Reinigung da ist, denn wir stehen unter der Herrschaft des Allmächtigen. Der Job ist befristet, da Tsion Ben-Judah Recht hat: Wenn das Zeichen des Tieres Voraussetzung für Kauf und Verkauf sein wird, wird es auch eine Voraussetzung für eine Beschäftigung hier sein. Über Nacht werden wir von geschätzten Mitarbeitern zu Flüchtlingen werden.

Ich brauche Sie, Abdullah, das ist alles, was ich sagen kann. Sie, Ray und ich haben bereits in der Vergangenheit zusammengearbeitet. Es wird kein Vergnügen sein, aber es wird auch keine Langeweile geben. Ich freue mich darauf, das Cockpit wieder einmal mit einem versierten Piloten und einem Bruder, dem ich trauen kann, zu teilen. Alles Gute, Mac.“

Buck saß neben Chloe auf der Couch. Tsion hatte in der Nähe Platz genommen, genau wie Lea. Sie war gerade erst in das Haus gekommen und nahm schon an einer Gebetsgemeinschaft für ihren Leiter teil. Buck betete zögernd und nicht ohne Schuldgefühle. Hätten sie Rayford nicht einfach darauf ansprechen sollen? War dies nicht dasselbe, wie hinter seinem Rücken über ihn zu reden? Sicher würde Tsion zu gegebener Zeit mit Rayford ein Gespräch suchen.

5

Rayford hasste das Gefühl, von den anderen isoliert zu sein. Mit seinem Traum, Carpathia (wenn auch nur vorübergehend) auszuschalten, hatte er ironischerweise mehr mit Hattie gemein als mit allen anderen. Es war seine eigene Schuld, dass er die Kontrolle verloren und sie dazu gebracht hatte, ängstlich um ihn herumzuschleichen. Aber was ging um Mitternacht da unten vor? Eine Gebetsgemeinschaft mit allen zusammen hatte Rayford immer neue Kraft gegeben. Trafen sich die Mitglieder der *Tribulation Force* etwa ohne ihn? Sollte er jetzt beleidigt sein?

Natürlich konnte jeder sich jederzeit mit jedem Hausbewohner zusammensetzen. Hier ging es ja nicht um geschäftliche Angelegenheiten. Was war nur los mit ihm? Wann hatte er angefangen, sich über solche Trivialitäten den Kopf zu zerbrechen?

Rayford schlich nach unten, um sie nicht zu stören. Da saßen sie tatsächlich mit geneigten Köpfen zusammen und beteten. Alle außer Hattie.

Rayford war gerührt und verspürte plötzlich den Wunsch, sich ihnen anzuschließen. Doch seine Motive waren nicht in Ordnung. Er wollte sich mit ihnen versöhnen, ohne sich zu entschuldigen. Seine Beteiligung am Gebet würde Bände sprechen. Er konnte sogar um Vergebung für seinen Ausbruch bitten – doch das würde an seiner wahren Haltung nichts ändern.

Als er in das Wohnzimmer schlüpfte, meldete sich auf einmal sein Gewissen. Was war er doch für ein Narr! Trotz seines Kummers war er so gesegnet von Gott, und jetzt wollte er das Gebet missbrauchen, um zu manipulieren! Beinahe hätte er sich zurückgezogen, doch jetzt wollte er sich aus den richtigen Gründen heraus ihnen anschließen. Er wollte nicht einmal laut beten. Er wollte nur mit ihnen vor Gott eins sein, Glied dieses Leibes sein, dieser Gemeinde. Er wusste, dass er sich erst wieder würdig fühlen würde, sie zu leiten, wenn er erkannte, dass er ohne das Geschenk Gottes nichts war.

Er war der Gegenstand dieser Gebetsgemeinschaft. Immer wieder fiel sein Name. Sie beteten für ihn, dafür, dass er Kraft, Frieden,

Trost in seinem Kummer finden würde, eine übernatürliche Zufriedenheit, die menschlich gesehen unmöglich war.

Er hätte beleidigt sein können, weil sie sozusagen im Gebet über ihn tratschten. Aber er schämte sich. Es war schlimmer, als er befürchtet hatte. Leise kniete sich Rayford hin. Die Inbrunst dieser Gebete beschämte ihn so sehr, dass er schließlich nicht mehr unbemerkt bleiben konnte. Er ließ sich zu Boden sinken und weinte laut. Es tat ihm so Leid, so schrecklich Leid und gleichzeitig war er dankbar dafür, dass sie immer noch bereit waren, im Gebet für ihn einzutreten.

Chloe eilte als Erste zu Rayford, doch sie hob ihn nicht auf, sondern kniete sich neben ihn und umarmte ihn. Er spürte Bucks Hand auf seinem Rücken, und er wünschte, er könnte seinem Schwiegersohn sagen, er solle sich keine Sorgen machen und dass ihm seine Anteilnahme viel bedeutete. Tsion legte seine Hand auf Rayfords Kopf und betete dafür, dass Gott diesem Mann alles sein würde, was er in dieser schwierigen Phase der Geschichte brauche.

Zum zweiten Mal an diesem Abend schluchzte Rayford, jedoch war dies nicht das verzweifelte Jammern eines Menschen, der alle Hoffnung verloren hatte. Er fühlte sich eingebettet in die Liebe Gottes und die Unterstützung seiner Familie. Er hatte den Gedanken, dass Gott ihn vielleicht bei der Ermordung Nicolai Carpathias gebrauchen könnte, noch nicht aufgegeben, aber das war, zumindest im Augenblick, von untergeordneter Bedeutung. Sie konnten damit umgehen, dass er nicht immer stark war. Sie würden zu ihm halten, auch wenn er schwach war. Sie würden ihn unterstützen, auch wenn er versagte. Wie konnte er je in Worte fassen, was sie ihm bedeuteten?

Rayford war nicht entgangen, dass Lea, auch wenn sie ihn verständlicherweise nicht berührt, so doch für ihn gebetet hatte. Sie gab nicht vor, das Problem zu kennen, doch sie schien erkannt zu haben, dass er im Augenblick nicht er selbst war und Gottes Hilfe brauchte.

Als die Gebete verstummten, brachte Rayford nur wenige Worte hervor: „Danke, Gott."

Tsion summte ein bekanntes Lied. Chloe stimmte als Erste mit ein, dann begannen auch die anderen zu singen.

Schließlich erhoben sich die Vier und nahmen ihre Plätze wieder ein. Rayford zog sich einen Stuhl heran. „Ich dachte, ich würde aus dem Club ausgeschlossen", sagte er.

Tsion lachte leise. „Das würden wir nie zulassen", sagte er. „Ich möchte Sie fragen, Lea, ob Sie etwas dagegen haben, uns erst morgen Ihre Geschichte zu erzählen. Ich denke, für heute haben wir alle genug durchgemacht und wir würden Ihnen gern aufmerksam zuhören."

„Ich wollte schon denselben Vorschlag machen", erwiderte sie. „Vielen Dank."

„Macht es Ihnen etwas aus, Floyds Zimmer zu nehmen?", fragte Rayford.

„Eigentlich nicht, aber es könnte ja sein, dass die anderen Einwände erheben", antwortete sie. „Und ich weiß, es klingt seltsam, aber ich würde nicht gut schlafen, wenn ich das Haus nicht kenne. Könnte ich mich nicht einmal umsehen, damit ich weiß, wie es hier aussieht?"

„Chloe und ich werden Sie gern herumführen", bot Rayford an. Er hoffte, einen Anknüpfungspunkt für ein Gespräch zu finden.

„Ich sehe nach dem Baby", erklärte Buck.

Tsion erhob sich müde. „Gute Nacht, alle zusammen."

Rayford stellte erstaunt fest, dass Chloe vernünftig genug war, Lea nicht den Keller zu zeigen. Sie begann im hinteren Teil des Doppelhauses, wo Lea auch hereingekommen war.

„Die andere Wohnung steht leer", erklärte sie. „Sie ist sehr stark beschädigt. Das hier ist die Frühstücksecke. Sie ist nach dem Erdbeben wieder aufgebaut worden, nachdem ein Baum darauf gestürzt war und die Frau des Eigentümers erschlagen hatte. Ihr Mann hielt sich zu der Zeit in unserer Gemeinde auf und kam bei dem Einsturz des Gebäudes ums Leben.

Das hier ist natürlich die Küche und dahinten links das Wohnzimmer. Daneben das Esszimmer. Wir essen zwar nicht dort, aber viele von uns benutzen es als Arbeitszimmer. Hinter der Treppe befindet sich ein Bad und in dem vorderen Raum schlafen Buck, das Baby und ich."

Oben zeigten sie ihr das andere Bad und dann Rayfords, Tsions und Floyds Zimmer.

„Vielen Dank", sagte sie, „und wo hat Ritz gewohnt?"

Rayford und Chloe sahen sich an.

„Ach", antwortete er dann, „Sie wussten, dass er hier wohnte? Das war mir nicht klar."

„War es etwa ein Geheimnis?"

„Das ganze Haus ist ein Geheimnis."

„Ich sollte nicht wissen, dass er hier gewohnt hat? Mir war auch bekannt, dass Dr. Charles, Mr. Williams und Hattie hier wohnen."

„Es war mir nur nicht bewusst, das ist alles“, wehrte Rayford ab. „Ich wollte nicht misstrauisch sein.“

Sie blieb stehen. „Misstrauisch? Wollen Sie mein Zeichen untersuchen? Sie hatten so viel Vertrauen zu mir, dass Sie alle Notfälle zu mir brachten. Wenn ich nicht vertrauenswürdig war, hätte ich dann mein Leben für Sie aufs Spiel gesetzt?“

„Es tut mir Leid, ich –“

„Also wirklich, Mr. Steele. Wenn ich für die Weltgemeinschaft arbeiten würde, hätte ich dem Potentaten einen Tipp geben können, als seine Geliebte bei uns eine Fehlgeburt hatte. Ich hätte Dr. Charles verraten können, als er den Fötus verbrannt und sich über die legale Vorgehensweise hinweggesetzt hat. Ich hätte die Behörden verständigen können, als Ihr Schwiegersohn mich dazu überredete, Ritz mit einer klaffenden Kopfwunde zu entlassen. Denken Sie, ich hätte nicht gewusst, wer Sie waren und warum niemand wusste, wo Sie wohnen?“

„Miss Rose –“

„*Mrs.* Rose, und offen gesagt, der Grund, warum ich annahm, dass Ritz hier wohnte, war der, dass der Flugplatz vollkommen zerstört wurde. Und für den Fall, dass Sie sich nicht mehr erinnern: Er war bei Ihnen, als Sie Hattie vorbeibrachten. Sollte ich vielleicht annehmen, Sie kamen aus Ihrem Versteck und er hat sich irgendwo mit Ihnen getroffen?“

„Sie haben Recht. Ich bin nur –“

„Natürlich wird es Spione geben, Mr. Steele. Ich weiß zwar nicht, wie sie es machen werden, doch der Weltgemeinschaft traue ich alles zu. Aber bis sie eine narrensichere Fälschung des Zeichens zu Stande bringen, das nur wir erkennen können, kann ich mir nicht vorstellen, dass ein Spion dumm genug sein sollte, hier hereinzuspazieren. Sie können mir alles Mögliche unterstellen, aber ich möchte nicht, dass Sie mich noch einmal verdächtigen, nur weil ich angenommen habe, ein Mann, an dessen Vornamen ich mich nicht einmal erinnere, würde bei Ihnen wohnen.“

Rayford sah sie bittend an. „Würden Sie einen schweren Tag als Entschuldigung akzeptieren?“

„Ich hatte auch einen schweren Tag“, erklärte sie. „Sagen Sie mir, bevor ich mich schlafen lege, dass Sie keine Angst vor mir haben.“

„Ich habe keine Angst. Es tut mir Leid.“

„Mir auch. Verzeihen Sie, wenn ich überreagiert habe.“

„Vergessen Sie’s.“

„Dann trauen Sie mir also?"

„Ja! Und jetzt gehen Sie zu Bett. Wir werden dasselbe tun. Sie können gern vor uns anderen das Bad benutzen."

„Sie sagen, dass Sie mir vertrauen."

Rayford spürte, dass sogar Chloe langsam die Geduld verlor.

„Ich bin müde, Mrs. Rose. Ich habe mich entschuldigt. Ich bin überzeugt, okay?"

„Nein."

„Nein?", fragte Chloe. „Okay, ich muss jetzt ins Bett."

„Denken Sie, ich sei blind oder dumm oder so was?", fragte Lea.

„Wie bitte?", fragte Chloe verwirrt.

„Wo ist der Schutzbunker?"

Rayford zuckte zusammen. „Sie wollen nicht, dass ich misstrauisch bin, und jetzt fragen Sie nach einem Schutzbunker?"

„Sie haben keinen?"

„Sagen Sie mir, warum Sie danach fragen."

Lea schüttelte den Kopf. „Das ist ja noch schlimmer, als wenn Sie mich für eine Spionin halten würden. Sie halten mich für bekloppt."

„Nicht mehr, ich bestimmt nicht", verteidigte sich Chloe. „Sagen Sie mir, wieso Sie wissen, dass so etwas hier existiert, dann zeige ich es Ihnen."

„Vielen Dank. Wenn ich mich irgendwo verstecke, muss ich davon ausgehen, dass das Versteck irgendwann einmal verraten wird. Entweder Sie haben einen Ort, an den Sie sich von jetzt auf gleich zurückziehen können, oder diese Wohnung wird auf den Kopf gestellt. Außerdem ist das so offensichtlich, dass es mich beleidigt. Muss ich annehmen, dass Hattie draußen schläft?"

„Hattie?", fragte Rayford.

„Ja. Erinnern Sie sich an sie? Kein Siegel auf ihrer Stirn, aber ziemlich sichtbar hier, bis Sie anfangen zu beten oder so etwas. Wo schläft sie?"

Chloe seufzte. „Geh zu Bett, Dad. Ich werde es ihr zeigen."

„Danke!"

Sie drehten sich um und gingen die Treppe hinunter.

Rayford konnte sich nicht zurückhalten. „Sie können ganz schön lästig werden, Mrs. Rose, ist Ihnen das klar?"

„Daddy!", entrüstete sich Chloe. „Wir haben das verdient und das weißt du."

Lea blieb stehen und drehte sich zu ihm herum. „Ich respektiere alle Bewohner dieses Hauses", sagte sie. „Aber das war sexistisch.

Niemals würden Sie einem Mann, der so beleidigt wurde wie ich, sagen, seine Reaktion sei übertrieben."

„Der Punkt geht an Sie."

„Vielen Dank, dass Sie mir das Gefühl vermittelt haben, ein mieses Stück Dreck zu sein", meinte Lea. „Heute habe ich bereits mit Ihrem Schwiegersohn auf eine Weise gesprochen, wie ich es bisher selten getan habe. Und jetzt ist es schon wieder passiert. Ich weiß gar nicht, was mit mir los ist."

Rayford empfand genau dasselbe, aber er wollte es nicht zugeben. „Versprechen Sie mir, dass wir morgen darüber reden", schlug er vor.

„Abgemacht."

Die Frauen gingen hinunter und Rayford konnte sich endlich ins Bett legen. Er hängte seinen Morgenmantel auf und schlüpfte zwischen die kühlen Laken. Ein harter Tag lag hinter ihm und er war hundemüde. Er legte die Hände hinter den Kopf und innerhalb weniger Minuten spürte er, dass er langsam einschlief – bis er Schritte auf der Treppe und schließlich ein Klopfen an der Tür vernahm.

„Ich habe Lea den Keller gezeigt", erklärte Chloe, „und Hatties Zimmer. Aber sie ist nicht da."

„Hattie?"

„Wo kann sie denn sein? Sie hält sich nicht im Haus auf. Und draußen auch nicht, soweit ich sehen kann. Und, Dad, der größte Teil ihrer Sachen ist fort. Sie hat schweres Gepäck bei sich."

Rayford erhob sich und zog seinen Morgenrock wieder an. Er fragte sich, ob er die Energie hatte, eine weitere Krise zu bewältigen.

„Seht im Schuppen nach, ob Kens Wagen noch da ist. Und überprüft auch, ob Bucks Rover noch im Hof steht. Zu Fuß kommt sie nicht weit. Buck und ich können mit den beiden Wagen losfahren und nach ihr suchen."

„Dad, wir haben keine Ahnung, wann sie aufgebrochen ist. Sie könnte schon seit der Beerdigung fort sein. Ich kann mich nicht erinnern, sie seither gesehen zu haben, du etwa?"

Er schüttelte den Kopf. „Mit dem, was sie weiß, dürfen wir sie keinesfalls weg lassen."

„Da wir gerade von ‚angreifbar' sprechen: Falls sie jemand mitgenommen hat, werden wir sie nie finden – und dann haben wir ein ernsthaftes Problem."

Sie folgten den Fußspuren zu den Überresten der Straße vor dem Haus. Jetzt war sie nur noch ein mit Asphaltstücken übersäter Weg mit vielen Schlaglöchern. Hattie konnte in diese oder jene Richtung gegangen sein. Rayford ließ Ken Ritzs Wagen an, und Buck raste mit seinem Landrover in nördliche Richtung los, während sein Schwiegervater nach Süden fuhr.

Nachdem Rayford eine Weile herumgefahren war und sie nicht finden konnte, rief er Buck an.

„Hier ist sie auch nicht", erklärte dieser. „Ich habe ein schlechtes Gefühl bei der Sache. Wir können nicht einmal eine Vermisstenmeldung aufgeben."

„Ich habe eine andere Idee", meinte Rayford. „Wir treffen uns beim Haus."

Rayford rief den Flugplatz Palwaukee an, aber es meldete sich nur der Anrufbeantworter. „T., hier spricht Ray. Wenn Sie da sind, nehmen Sie bitte ab." Er wartete eine Weile, dann wählte er widerstrebend die Nummer von Delantys Handy. Verschlafen meldete er sich.

„Tut mir Leid, T. Habe ich Sie aufgeweckt?"

„Natürlich. Was ist los, Ray? Ich wünsche mir nicht, dass es sich um einen Notfall handelt, aber wenn das nicht der Fall ist, möchte ich doch fragen, warum um alles auf der Welt Sie mitten in der Nacht anrufen."

Rayford klärte ihn auf. „Darum habe ich mich gefragt, ob sich Tweedledee und Tweedledum noch in der Gegend herumtreiben."

„Ernie und Bo? Ich habe Ernie seit fast einem Jahr nicht mehr gesehen. Irgendwie vermisse ich ihn, auch wenn er ein Idiot war. Ich habe gehört, er sei nach Westen gegangen. Beauregard Hanson treibt sich noch immer hier herum und versucht, sein Fünf-Prozent-Spiel durchzubringen. Warum?"

„Ich habe mich nur gefragt, ob Hattie ihn vielleicht überredet hat, ihr jemanden zu besorgen, der sie von hier weg fliegt."

„Ich bin um sechs gegangen. Der Tower war bis neun besetzt. Danach haben wir geschlossen."

„Kann ich irgendwie herausfinden, ob ein großes Flugzeug heute Abend von Palwaukee aus gestartet ist?"

„Ray, ich kann den Jungen nicht um diese Zeit anrufen und ihm eine solche Frage stellen."

„Warum nicht? Ich habe es gerade getan."

„Ja, aber Sie waren ziemlich sicher, dass ich es Ihnen nicht übelnehmen werde."

„Tun Sie das nicht?"

„Ich darf es nicht aussprechen. Immerhin sind wir Brüder, oder?“

„Da wir gerade davon sprechen, Sie sind der einzige ‚Bruder‘, der mir noch geblieben ist, falls Sie verstehen, was ich meine.“

„Wie bitte?“

Rayford erzählte ihm von Doc.

„Oh Mann! Es tut mir Leid, Ray. Sie verdächtigen doch nicht etwa Hattie …?“

Ray berichtete ihm von Floyds Theorie darüber, wie das Gift in seinen Körper gekommen war. „Aber trotzdem, es gibt zwingende Gründe, warum ich wissen muss, wo sie sich aufhält.“

„Ich werde in den Aufzeichnungen nachsehen.“

„Ich möchte nicht, dass Sie um diese Zeit nach draußen gehen.“

„Das kann ich von hier aus, Bruder. Einen Augenblick.“

Rayford hörte das Quietschen von T.s Bett, dann vernahm er Computergeräusche. Nach einigen Augenblicken meldete T. sich wieder. „Ich sehe gerade alles durch. Nicht viel Verkehr heute Abend. Vor allem kleine Maschinen, Geschäftsflüge, einige von der Weltgemeinschaft. Hmmm.“

„Was ist?“

„Da gibt es tatsächlich einen ungewöhnlichen Eintrag. Übergroße Quantum, die ähnelt einem großen Learjet, stammt aber von einem anderen Hersteller. Sie landete um 22 Uhr 30, Weiterflug vollgetankt um 23 Uhr 30, ohne Ladung mit einem nicht identifizierten Passagier zu einem nicht genannten Ziel.“

„Das ist alles?“

„Na ja, es gibt da noch eine Spalte, wo abgefragt wird, ob bar bezahlt, vom Konto abgebucht oder genehmigt wurde. Dieser Flug wurde von BH genehmigt.“

„Ich kenne die Quantum nicht so genau“, meinte Rayford. „Wie schnell fliegt sie und welche Reichweite hat sie?“

„Oh, so schnell wie eine schwere Maschine, aber vermutlich muss sie noch mal aufgetankt werden, bevor sie nach Übersee fliegt. Was glauben Sie, wo Hattie hinwill?“

„Ich würde ihr zutrauen, sie ist fest davon überzeugt, dass sie einfach in Carpathias Büro marschieren und sich an ihm rächen kann. Ich schätze, es ist nicht möglich, das Flugzeug noch irgendwie einzuholen oder aufzuhalten?“

„Nein. Wie spät ist es? Fast eins? Dieses Ding ist vermutlich seit eineinhalb Stunden mit Höchstgeschwindigkeit in der Luft. Selbst wenn man 20 Minuten Aufenthalt zum Auftanken rechnet, ist sie mittlerweile schon zu weit entfernt."

„Haben Sie genügend Informationen, damit ich das Flugzeug anfunken kann?"

„Denken Sie doch mal nach, Rayford. Wer immer dieses Flugzeug fliegt, wird nicht antworten, es sei denn, er weiß, wer mit ihm sprechen will."

„Vielleicht könnte ich dem Piloten eine Geschichte auftischen, ihn dazu bringen, in Spanien zu landen, weil irgendetwas mit dem Treibstoff nicht stimmt, den er hier oder wo auch immer getankt hat."

„Träumen Sie weiter, Ray. Und ich würde das jetzt auch gern tun."

„Vielen Dank, mein Freund."

„Sie werden Sie selbst einfangen oder es durch einen Ihrer Kontaktleute drüben erledigen lassen müssen."

„Ich weiß. Vielen Dank für Ihre Hilfe. Ich werde versuchen, morgen zum Flugplatz zu kommen, damit wir über unsere Geschäfte und die Handelsgesellschaft reden können."

„Heute, meinen Sie?"

„Tut mir Leid", entschuldigte sich Rayford.

„Vielleicht bringe ich ein paar Leute aus unserer Hausgemeinde mit. Wir wollen uns mit all unserer Kraft hinter diese Sache stellen."

So weit Rayford wusste, konnte Hattie auch die Handelsgesellschaft hochgehen lassen.

Ein ausgefüllter Vormittag lag hinter Mac McCullum. In seinem Büro warteten drei Nachrichten auf ihn. Die erste war von Leon Fortunatos Sekretärin; sie enthielt die Liste der Passagiere, die mit ihm nach Botswana reisten. Der Supreme Commander, sein Diener, ein Assistent, ein Koch und zwei Kellner würden von Seiten der Weltgemeinschaft mitfliegen. Präsident Ngumo von Botswana würde in Begleitung von zwei Assistenten an Bord erscheinen. „Denken Sie daran, der Supreme Commander möchte, dass die Maschine am Boden bleibt, während die Botswaner an Bord sind."

Auf der Liste waren darüber hinaus der Kapitän und ein Erster Offizier im Cockpit aufgeführt; Letzterer war mit einem Sternchen versehen. Weiter unten auf der Seite war folgende Erklärung zu dem Sternchen zu lesen: „Supreme Commander Fortunato ist der Meinung, dass Sie mit der Lösung der Angelegenheit zufrieden sein werden."

Das war auch so. Die zweite Nachricht war eine Notiz von der Personalabteilung bezüglich der Bewerbung von Abdullah Smith als Erster Offizier der Condor 216. Seine Beurteilung war sehr gut, nicht nur in technischer Hinsicht, abgesehen von seiner Wortgewandtheit („ein wenig lakonisch" hieß es in der Zusammenfassung). Vor allem war er als „herausragender Bürger" eingeordnet worden, der „der Weltgemeinschaft loyal gegenübersteht".

Fortunato hatte höchstpersönlich an den Rand geschrieben: „Meine Gratulation zu diesem hervorragenden Mann, Mac. Smith wird der Sache mit großer Hingabe dienen! S.C.L.F."

Wenn du wüsstest, dachte Mac.

Macs dritte Nachricht kam von David Hassid. „Wichtige Nachricht für Sie, Captain", hieß es da. „Aber bitte nur persönlich."

Mac und David hatten gelernt, sich vor anderen unpersönlich und distanziert zu verhalten. Der Altersunterschied erleichterte ihnen dies. Der gesamte Komplex der Weltgemeinschaft gab sich zwar auf Grund von Carpathias zur Schau gestelltem Pazifismus antimilitärisch, doch der organisatorische Aufbau war durch und durch militärisch. Mac hatte keine Probleme mit der Kommandokette, da er den größten Teil seines Lebens in Uniform verbracht hatte. Mittlerweile nahmen sie gleiche Ränge in unterschiedlichen Bereichen ein und von daher erregten gelegentliche Besprechungen keinerlei Aufsehen.

Davids Sekretärin führte Mac in Davids Büro. „Captain", begrüßte ihn David und schüttelte ihm die Hand.

„Herr Direktor", erwiderte Mac und nahm Platz.

Nachdem die Sekretärin gegangen war, sagte David: „Lesen Sie das" und drehte seinen Laptop so, dass Mac den Bildschirm sehen konnte. Der Captain kniff die Augen zusammen und las Rayfords Bericht von den Ereignissen des Vortages in Illinois.

„Oh Mann", sagte er dann, „der arme Doktor. Das Mädchen lebt, der Doktor stirbt. Kaum zu glauben."

„Es wird noch schlimmer", fuhr David fort.

Mac las die Nachricht von Hatties Verschwinden. Er lehnte sich auf seinem Stuhl zurück. „Glaubt er wirklich –"

David hob den Finger, um ihn zum Schweigen zu bringen. „Ich will das eben löschen, während ich darüber nachdenke." Mit ein paar Tastenkombinationen löschte er die verschlüsselte Nachricht. „Dass sie hierherkommen wird? Das kann ich mir nicht vorstellen. Wie ich gehört habe, ist sie ein wenig verrückt, aber was denkt sie denn, wie weit sie kommen wird? Es ist ein Wunder, dass sie überhaupt so lange am Leben geblieben ist, wo Carpathia doch mit allen Mitteln versucht hat, sie los zu werden. Sobald sie ihr Gesicht in Neu-Babylon zeigt, ist sie Geschichte."

Mac nickte. „Bestimmt hält sie sich irgendwo versteckt und wartet darauf, ihn zu überraschen."

„Ich wüsste nicht, wie sie an ihn herankommen sollte."

Mac schüttelte den Kopf. „Ich weiß. Ihre Leute haben vergangene Woche zwei Metalldetektoren in die 216 geladen."

„Die sind für die Würdenträger bestimmt. Natürlich ist das auf das Misstrauen von Peter dem Zweiten zurückzuführen, wissen Sie."

„Ich weiß es aus erster Hand. Fortunato hat alle zehn Könige, pardon, die regionalen internationalen Subpotentaten oder wie immer der heilige Nick sie sich nennen lässt, darauf vorbereitet. Es ist fast so, als wolle er, dass sie die Tat höchstpersönlich in Angriff nehmen."

„Diese Burschen wären doch mit allem einverstanden", meinte David. „Wie viele von denen sind Ihrer Meinung nach Carpathia loyal ergeben?"

Mac zuckte die Achseln. „Mehr als die Hälfte. Keinesfalls mehr als sieben. Ich kenne drei, die sofort die Macht ergreifen würden, wenn sie die Gelegenheit dazu bekämen."

„Würden sie ihn absetzen?"

„Innerhalb von einer Minute. Natürlich wäre Pete auch sofort mit von der Partie."

„Meinen Sie?"

Mac beugte sich vor und legte die Hände ineinander. „Ich habe gehört, wie er das gesagt hat. Mit seiner Unverfrorenheit geht er Carpathia auf die Nerven, aber er tut so, als sei er kooperativ. Carpathia tut ihm gegenüber freundlich. Es ist, als würden sie sich gegenseitig die Hände küssen. Aber ich sage Ihnen was: Falls Leon Mathews nicht los wird, wird er sich zu verantworten haben. Diese Anweisung war so deutlich, als wäre sie schriftlich gegeben worden."

David erhob sich und holte einige Akten aus einem Schrank. Er legte sie auf den Schreibtisch. „Für den Fall, dass jemand uns beobachtet", erklärte er und Mac beugte sich vor, als würde er sie lesen.

„Sie liegen auf dem Kopf, Sie Idiot", beschwerte sich Mac. Nur mit Mühe konnte er sein Lächeln zurückhalten.

„Lenken Sie nicht ab“, erwiderte David.

„Wissen Sie, wovon Rayford geträumt hat?“

„Sagen Sie es mir.“

„Voller Absicht mit Carpathia an Bord abzustürzen.“

David richtete sich auf und legte den Kopf zur Seite. „Das ist nicht gerade biblisch, nicht wahr? Ich meine, wenn er der ist, für den wir ihn halten, wird er vor dem 42. Monat nicht sterben. Und selbst dann wird er nicht tot bleiben.“

„Ich habe es ja nur erzählt.“

„Das sieht Captain Steele überhaupt nicht ähnlich. Er schien immer so ausgeglichen und mitfühlend.“

„Ich wollte nicht das Bild, das Sie von ihm haben, zerstören.“

„Glauben Sie mir, das haben Sie nicht. Ich kann nicht leugnen, dass ich selbst schon überlegt habe, welche Möglichkeiten sich mir bieten würden.“

Mac erhob sich und ging zur Tür. „Ich auch“, sagte er.

6

Emotionaler Aufruhr erschöpfte Buck genauso wie schwere körperliche Arbeit. Häufig hatte er Schwierigkeiten, abends einzuschlafen, nachdem er den ganzen Tag zusammen mit Rayford und Floyd an dem unterirdischen Schutzbunker gearbeitet hatte. Doch an diesem Abend hatte er sehr viel zu verarbeiten, seine Trauer über Floyds Tod, die Angst vor dem Schaden, den Hattie der *Tribulation Force* zufügen konnte, und das seltsame Verhalten seines Schwiegervaters. Buck war vollkommen erschöpft. Während er neben seiner Frau lag, musste er sich krampfhaft wach halten, um ihr zuzuhören.

Er und Chloe hatten so wenig Zeit, miteinander zu sprechen, obwohl sie die meiste Zeit im selben Haus verbrachten. Sie beklagte sich darüber, dass sie nicht mehr in dem Maße wie früher in die Vorgänge involviert war, da sie nun das Baby zu versorgen hatte und sich noch immer nicht ganz von ihren Verletzungen durch das Erdbeben erholt hatte.

„Aber niemand könnte schaffen, was du mit der Handelsgesellschaft aufgebaut hast, Liebes“, sagte er. „Stell dir nur vor, Millionen von Menschen werden von dir abhängig sein.“

„Aber ich stehe nur am Rand des Geschehens“, wandte sie ein. „Den größten Teil des Tages bringe ich damit zu, dich und Daddy zu trösten und das Baby zu versorgen.“

„Wir brauchen dich.“

„Ich habe auch Bedürfnisse, Buck.“

Er legte den Arm um sie. „Soll ich auf Kenny aufpassen, damit du morgen mit Dad zu T. fahren kannst? Sie wollen über die Handelsgesellschaft sprechen.“

„Das wäre schön.“

Buck war fest davon überzeugt, dass er dies gesagt und auch ihre Antwort gehört hatte. Er hatte es jedenfalls vorgehabt. Doch als Chloe seinen Arm wegschob und sich umdrehte, wurde ihm klar, dass er eingeschlafen war. Sie hatte noch etwas gesagt, das wusste er nun. Er nahm alle Kraft zusammen, um seine Augen wieder zu öffnen und sich bei ihr zu entschuldigen, doch je mehr er es versuchte, desto mehr gingen seine Gedanken durcheinander. Verzweifelt darüber, dass er eine gute Gelegenheit verpasst hatte, seiner Frau zu geben, was sie brauchte, schlief er ein.

Am Spätnachmittag wurde David ins Büro des Supreme Commanders der Weltgemeinschaft, Leon Fortunato, zitiert. Leons Räume nahmen den gesamten 17. Stock des neuen Palastes ein und befanden sich nur ein Stockwerk unter denen Seiner Exzellenz, des Potentaten.

Obwohl David ihm verantwortlich war und Bericht erstattete, waren persönliche Begegnungen selten geworden. Das Organigramm sah vermutlich aus wie eine Spagettischüssel, so hatte Mac es einmal ausgedrückt. Abgesehen von seiner Sekretärin und den allgegenwärtigen stiefelleckenden Lakaien hatte Carpathia nur einen Untergebenen, das war Fortunato. Doch im gesamten Verwaltungsflügel des Palastes wimmelte es nur so von Kriechern, die sich wie der Potentat und der Supreme Commander kleideten, wie sie gingen, wie sie sprachen und in ihrer Gegenwart buckelten und krochen.

David, das jüngste Mitglied im Management, schien sich den Respekt der oberen Bosse durch Sachkenntnis und angemessene Bescheidenheit erworben zu haben. Doch für den Augenblick steckte er in Schwierigkeiten.

Sobald er die Tür hinter sich geschlossen hatte und noch bevor er Gelegenheit hatte, in dem riesengroßen Raum Platz zu nehmen, hagelten schon Leons Vorwürfe auf ihn herab. „Ich will wissen, wo die Computer abgeblieben sind und warum sie nicht schon längst installiert wurden.“

„Die, äh, Ladung –“

„Die größte Ladung Hardware, seit wir dieses Schloss eingerichtet haben, pardon, ich meine natürlich den Palast“, sagte Leon und nahm auf dem thronähnlichen Stuhl hinter seinem Schreibtisch Platz. „Sie wissen, wovon ich spreche. Je mehr Sie hier herumstottern, desto misstrauischer –“

„Nein, Sir, natürlich weiß ich es. Wir haben die Lieferung gestern entgegengenommen und –“

„Wo sind sie jetzt?“

„– sie können nicht sofort in den –“

„Was ist los?“, brüllte Leon. Jetzt erst forderte er David auf, Platz zu nehmen.

David setzte sich. „Es handelt sich um ein technisches Problem.“

„Ein technisches Problem?“

„Es geht um – um ein Einstellungsproblem. Sie funktionieren im Palast nicht.“

Leon funkelte ihn an. „Müssen sie ersetzt werden?“

„Das wäre die einzige Lösung, jawohl, Sir.“

„Dann ersetzen Sie sie. Sie haben mich verstanden, nicht wahr, Direktor Hassid?“

„Jawohl, Sir.“

„Sie verstehen meine Gedankengänge?“

„Sir?“

„Sie wissen, dass es hierbei nicht um das geht, was *ich* will?“

„Das weiß ich, Sir.“

„Seine Exzellenz kann es kaum erwarten, dass ich – Sie – dass wir dieses Problem in den Griff bekommen. Er vertraut mir, weil ich ihm zugesichert habe, dass Sie dieser Aufgabe gewachsen sind.“

„Wir werden diese Geräte so bald wie möglich installieren.“

Leon schüttelte den Kopf. „Ich spreche nicht nur von dieser verflixten Installation! Ich spreche davon, die Opposition aufzuspüren.“

„Natürlich.“

„Seine Exzellenz ist Pazifist, wie Sie wissen. Aber er weiß auch, dass die einzige Macht, die ein Mann des Friedens besitzt, die Information ist. Darum lässt er diese beiden verrückten Prediger in Jerusalem überwachen. Ihr Tag wird kommen. Das haben sie sogar selbst zugegeben. Und so duldsam er auch abweichenden Meinungen gegenüber ist, eine kleine, aber einflussreiche Partei zieht die Aufmerksamkeit derer auf sich, die der neuen Weltordnung negativ gegenüberstehen. Sind Sie nicht auch dieser Meinung?“

„Sir?“

Fortunato blickte ihn frustriert an. „Dass Seine Exzellenz Grund hat, sich um diesen Ben-Judah und seinen früheren Herausgeber Sorgen zu machen, die Propaganda gegen die Weltgemeinschaft betreiben!“

„Oh ja, absolut. Gefährlich. Ich meine, wenn nur ein paar von diesen Typen draußen herumlaufen würden, wen würde das schon stören? Aber sie scheinen unter dem Banner von –“

„Genau. Und sie haben der Mutter des Kindes Seiner Exzellenz Zuflucht gewährt. Sie muss gefunden werden, bevor sie versucht abzutreiben oder, schlimmer noch, Informationen preisgibt, die Seiner Exzellenz schaden …“

Leon ließ den Satz unausgesprochen. „Wie auch immer“, sagte er schließlich. „Bestellen Sie die Computer neu, oder bringen Sie sie in Ordnung. Tun Sie, was nötig ist, aber sehen Sie zu, dass Ihre Leute an die Arbeit gehen.“

Buck war froh, dass er vor Chloe wach war. Er küsste sie auf die Wange und strich ihre Decke glatt. Auf ihrem Nachttisch hinterließ er die folgende Nachricht: „Tut mir Leid, dass ich eingeschlafen bin. Fahre ruhig heute mit deinem Dad zum Flughafen, ich übernehme hier. Ich liebe dich.“

Er ging in die Küche, wo Tsion allein vor seinem Frühstück saß. „Cameron!“, flüsterte er. „Wenn ich gewusst hätte, dass Sie schon wach sind, hätte ich für Sie etwas mitgemacht.“

„Ist nicht nötig. Ich werde heute schreiben, damit ich auf das Baby aufpassen kann.“ Cameron goss sich ein Glas Saft ein und lehnte sich gegen die Theke. „Chloe wird Ray begleiten. Sie wollen mit T. über die Handelsgesellschaft sprechen.“

Tsion nickte müde. „Ich vermisse Floyd. Ich wusste, dass irgendetwas nicht stimmte, als er gestern nicht mit mir aufgestanden ist.“ Er seufzte. „Doc hatte einen scharfen Verstand. Er stellte viele Fragen.“

„Mein Verstand ist nicht so scharf, aber auch ich habe viele Fragen. Sie haben doch an Ihrem Kommentar zu dem zweiten Wehe, dem sechsten Posaunengericht gearbeitet.“

„Ich habe mich damit verspätet. Bei allem, was gestern passiert ist, konnte ich es nicht mehr auf den Weg geben. Ich hoffe, es heute Morgen zu schaffen. Und ich hoffe, dass die Leser nicht in Panik geraten, weil ich einen Tag lang nichts veröffentlicht habe.“

„Alle beten, dass man Sie nicht aus dem Internet verbannt.“

„David Hassid hat mir versichert, dass wir in technologischer Hinsicht Carpathia immer einen Schritt voraus sein können. Doch wenn er erklärt, wie er unser Signal von Satellit zu Satellit und von Zelle zu Zelle springen lässt, dann bin ich verloren. Ich danke Gott, dass er weiß, was er tut.“

Buck spülte sein Glas aus. „Gestern hat Sie etwas bedrückt.“

„Das ist noch immer so“, erklärte Tsion. „Über die Jahrhunderte hinweg gingen die Gelehrten davon aus, die prophetische Literatur sei bildhaft gemeint und offen für endlose Interpretationen. Das kann Gott nicht beabsichtigt haben. Warum sollte er es uns so schwer machen? Ich glaube, dass etwas symbolisch gemeint ist, wenn in der

Bibel von einer Vision gesprochen wird. Doch wenn der Schreiber einfach nur berichtet, dass bestimmte Dinge passieren, dann nehme ich sie wörtlich. Und bisher hat sich das als richtig erwiesen.

In der Passage, an der ich arbeite, wird berichtet, dass Johannes – in einer Vision – 200 Millionen Reiter sieht, die die Macht haben, ein Drittel der noch verbliebenen Bevölkerung zu töten. Diese Reiter scheinen bildhaft gemeint zu sein. Ich bezweifle, dass diese Männer und Tiere tatsächliche Lebewesen sind, aber ich glaube, dass das Ergebnis das gleiche sein wird. Sie werden tatsächlich ein Drittel der Menschheit töten."

Buck blinzelte und Tsion wandte den Blick ab. „Das ist neu", meinte Buck. „Sie wissen es nicht hundertprozentig, stimmt's?"

Tsion schüttelte den Kopf. „Und doch empfinde ich große Verantwortung für die Leser, die Gott mir anvertraut hat. Ich möchte ihm nicht vorgreifen, aber ich möchte auch nicht furchterfüllt nachhängen. Ich muss ehrlich sagen, dass ich meine Probleme mit dieser Stelle habe. Überhaupt ist es an der Zeit, dass die Christen anfangen, die Bibel selbst auszulegen."

„Wann soll dieses Gericht über die Erde kommen?"

„Ganz sicher wissen wir nur, dass es als Nächstes dran ist und vor der Halbzeit der Trübsalszeit über die Erde kommen wird. Wenn Gott es nicht in einem Augenblick geschehen lässt, könnte es sich durchaus über mehrere Wochen erstrecken."

Tsion hatte am Tag zuvor nur die Bibelstelle ins Internet eingegeben, über die er am folgenden Tag schreiben würde. Ein großes Internet-Publikum wartete auf Dr. Ben-Judahs Auslegung von Offenbarung, Kapitel 9, Verse 15 bis 21:

„Und es wurden losgelassen die vier Engel, die bereit waren für die Stunde und den Tag und den Monat und das Jahr, zu töten den dritten Teil der Menschen. Und die Zahl des reitenden Heeres war vieltausendmal tausend; ich hörte ihre Zahl. Und so sah ich in dieser Erscheinung die Rosse und die darauf saßen: Sie hatten feuerrote und blaue und schwefelgelbe Panzer, und die Häupter der Rosse waren wie die Häupter der Löwen, und aus ihren Mäulern kam Feuer und Rauch und Schwefel. Von diesen drei Plagen wurden getötet der dritte Teil der Menschen, von dem Feuer und Rauch und Schwefel, der aus ihren Mäulern kam. Denn die Kraft der Rosse war in ihrem Maul und in ihren Schwänzen; denn ihre Schwänze waren den Schlangen gleich und hatten

Häupter, und mit denen taten sie Schaden. Und die übrigen Leute, die nicht getötet wurden von diesen Plagen, bekehrten sich doch nicht von den Werken ihrer Hände, daß sie nicht mehr anbeteten die bösen Geister und die goldenen, silbernen, ehernen, steinernen und hölzernen Götzen, die weder sehen noch hören noch gehen können, und sie bekehrten sich auch nicht von ihren Morden, ihrer Zauberei, ihrer Unzucht und ihrer Dieberei."

Als David in sein Büro zurückkehrte, plagte ihn einerseits die Furcht, die Leon ihm eingejagt hatte, andererseits war er in Hochstimmung, weil er wieder einmal mit dem Mann gespielt hatte. Er ignorierte das blinkende Licht an seinem Laptop, das anzeigte, dass eine Nachricht für ihn eingegangen war, und bestellte eine weitere Ladung Computer. Sie sollten zum Palast geliefert werden. Es hatte keinen Zweck, noch mehr Misstrauen zu erwecken. Er konnte später noch einen Virus oder gleich mehrere Viren in die Systeme einprogrammieren, um die Arbeit seiner Leute zu sabotieren.

Um elf Uhr am Dienstag saß Buck mit den anderen Mitgliedern der *Tribulation Force* zusammen. Er berichtete, er habe von David gerade die Nachricht erhalten, dass Abdullah Smith Macs neuer Erster Offizier werden würde. Rayford klatschte erfreut in die Hände.

Dann ergriff Rayford das Wort: „Noch einige Informationen: Wir fordern die Leute, denen wir vertrauen, auf, nach Hattie Ausschau zu halten. Sie kann uns mehr Schaden zufügen, als man sich vorstellen kann. Die Arbeit im Keller wird für einen Tag ruhen. Chloe und ich treffen uns heute Nachmittag mit T. In Ordnung, Mrs. Rose, jetzt sind Sie an der Reihe."

Lea erhob sich beim Sprechen. Das schien die anderen genauso sehr zu erstaunen wie Buck. Sie rückten ihre Stühle vom Tisch ab, um ihr besser ins Gesicht sehen zu können. Sie sprach leise und wirkte viel unsicherer als am Abend zuvor. Sie sprach mit monotoner und ausdrucksloser Stimme, so, als wolle sie ihre Gefühle verbergen.

„Ich nehme an, dass Sie vor der Entrückung ganz normale Menschen gewesen sind, außer, dass Sie keine Christen waren. Auf mich trifft das nicht zu. Mein Leben war verpfuscht, mein Vater Alkoholiker, meine Mutter manisch-depressiv. Die Auseinandersetzungen meiner Eltern dienten zur Belustigung unserer Nachbarn, und als ich elf war, ließen sie sich scheiden. In den folgenden drei Jahren begann ich, zu rauchen und Alkohol zu trinken. Ich schlief mit vielen Jungs und probierte auch Drogen aus. Mehr als einmal versuchte ich, meinem Leben ein Ende zu setzen. Mit 17 hatte ich eine Abtreibung, und dann versuchte ich, das Entsetzen darüber im Alkohol zu ertränken. Ich flog von der Schule und wohnte in der Wohnung einer Freundin. Ich nahm mehr Drogen zu mir als Nahrungsmittel, und als ich einmal mitten in der Nacht auf den Straßen herumirrte, kam ich endlich zu mir.

Ich wusste, dass mein Leben keinen Sinn hatte, und wenn ich nichts dagegen unternahm, würde ich bald tot sein. Das wollte ich nicht, denn ich hatte keine Ahnung, was danach kommen würde. Ich betete, wenn ich tief in Schwierigkeiten steckte, aber die meiste Zeit verschwendete ich keinen Gedanken an Gott. Ich begab mich in ein kostenfreies Rehabilitationszentrum und fragte mich, ob ich überhaupt ohne Drogen würde leben können. Als ich schließlich anfing, rational zu denken, stellten die Leute dort fest, dass ich hochintelligent war. Sie ließen mich testen. Mein IQ war sehr hoch, ich konnte gut mit Zahlen umgehen und hatte eine wissenschaftliche Begabung – was immer das bedeutet.

Ich war diesen Leuten sehr dankbar und ich entdeckte eine empfindsame Ader in mir. Ich ging wieder zur Schule, machte einen hervorragenden Abschluss und arbeitete schließlich als Schwesternhelferin und Dolmetscherin für die Zeichensprache für taube Schüler, um meine Collegeausbildung bezahlen zu können. Dort lernte ich meinen Mann kennen und er ermöglichte mir eine Ausbildung zur Krankenschwester. Da ich keine Kinder mehr bekommen konnte, adoptierten wir nach sechs Jahren zwei Jungen.“ Lea versuchte, die Namen auszusprechen, doch sie brachte sie kaum über die Lippen. „Peter und Paul“, flüsterte sie. „Mein Mann war in einem christlichen Elternhaus aufgewachsen, und obwohl er jahrelang nicht mehr in die Kirche gegangen war, hatte er sich immer gewünscht, dass seine Söhne diese Namen tragen. Die Jungen sollten in die Kirche gehen, darum fingen wir an, die Gottesdienste zu besuchen. Aber wir hätten uns gerade so gut einem Verein anschließen können. Jede Menge gesellschaftlicher Aktivitäten, doch wir fühlten uns Gott nicht näher.

In dem Krankenhaus, in dem ich arbeitete, versuchte einer der Pfarrer, mir deutlich zu machen, dass sich in meinem Leben etwas ändern musste. Obwohl er es gut meinte, fühlte ich mich beleidigt. Und die Frau, die die Tagesstätte führte, in die unsere Jungs gingen, gab mir Literatur über Jesus. Ich versicherte ihr, wir würden zur Kirche gehen. Als meine Jungen mit biblischen Geschichten nach Hause kamen, war ich sehr aufgebracht. Ich rief die Frau an und sagte ihr, sie würden die Sonntagsschule besuchen und sie sollte sich gefälligst darauf beschränken, sie zu beaufsichtigen."

Aufgewühlt erzählte Lea weiter. „Am Morgen nach der Entrückung waren die Betten meiner Jungen leer. Das war der schlimmste Tag meines Lebens. Ich war davon überzeugt, dass sie entführt worden waren. Die Polizei konnte natürlich nichts tun, weil alle Kinder fort waren. Von der Entrückung hatte ich noch nichts gehört, doch in den Nachrichten wurde sie als eine der möglichen Erklärungen genannt. Ich rief den Krankenhauspfarrer an und musste erfahren, dass auch er verschwunden war. Ich rief in der Tagesstätte an. Die Leiterin war ebenfalls fort. Ich fuhr hin, doch niemand wusste etwas. In einem Zeitungsständer fand ich einige Traktate, die mir die Leiterin der Tagesstätte schon mal gegeben hatte. In einem mit der Überschrift: ‚Sorgen Sie dafür, dass Sie nicht zurückbleiben' hieß es, die Menschen, die an Jesus glauben, würden eines Tages von ihm in den Himmel geholt werden.

Ich trug dieses Traktat bei mir, als ich nach Hause kam und meinen Mann fand, der sich bei laufendem Motor in der Garage eingeschlossen hatte." Lea hielt inne und fasste sich. „Er hatte mir eine Nachricht hinterlassen, in der stand, es tue ihm Leid, aber er sei so verängstigt, dass er fürchte, den Verstand zu verlieren. Ohne die Jungen könnte er nicht leben, und er wüsste, dass er keine Antwort auf meine Trauer habe."

Mit zitternden Lippen brach Lea ab.

„Wollen Sie nicht lieber eine Pause machen, Lea?", fragte Tsion.

Sie schüttelte den Kopf. „Ich versuchte, mich umzubringen. Ich schluckte alles, was ich im Medizinschrank fand. Doch Gott wollte anscheinend nicht, dass ich starb, denn offensichtlich wirkte einiges, was ich geschluckt hatte, als Gegenmittel für die anderen Tabletten. Auf jeden Fall erwachte ich Stunden später mit schrecklichen Kopfschmerzen, Magenschmerzen und einem sauren Geschmack im Mund. Ich kroch zu meiner Tasche, um ein Pfefferminzbonbon zu suchen, und dieses Traktat fiel mir wieder in die Hände. Irgendwie schien mir plötzlich alles ganz logisch zu sein.

In den Schriften wurde genau das vorausgesagt, was passiert war, und der Leser wurde ermahnt, sich vorzubereiten. Wie – nun, das wissen Sie. Gott suchen, ihm sagen, dass man ein Sünder ist und ihn braucht. Ich wusste nicht, ob es nicht schon zu spät für mich war, aber ich betete trotzdem. Ich weiß nicht, wie ich die Kraft fand, doch sobald ich mich wieder aufrappeln konnte, machte ich mich auf die Suche nach Menschen wie mir. Ich fand sie in einer kleinen Gemeinde. Nur wenige waren zurückgelassen worden, aber sie wussten genau, warum. Jetzt trafen sich 60 Leute. Ich werde sie vermissen, aber sie werden sich nicht wundern, dass ich verschwunden bin. Ich habe ihnen von den Vorgängen erzählt und dass ich einen Flüchtling behandelt habe."

„Wir werden sie benachrichtigen, dass Sie in Sicherheit sind", meinte Rayford tief bewegt.

„Bin ich denn in Sicherheit?", fragte Lea, als sie sich traurig lächelnd setzte. „Kann ich bleiben?"

„Wir stimmen ab", meinte Tsion. „Aber ich glaube, Sie haben ein neues Zuhause gefunden."

Am frühen Abend saß David in seinem Büro in Neu-Babylon. Er vermisste Annie. Ein Treffen mit ihr war riskant, darum telefonierten sie häufig über abhörsichere Leitungen und schickten sich E-Mails. Er hatte besondere Sicherheitsvorkehrungen in seinen Computer eingebaut, damit ihre Nachrichten gesichert blieben, falls sie vergaß, sie abzurufen. Er konnte sich jedoch nicht vorstellen, dass einer von ihnen so etwas vergessen konnte.

„Vielleicht sollten wir uns zu unserer Liebe bekennen", schrieb sie. „Ich würde zwar vermutlich in eine andere Abteilung versetzt, aber wenigstens könnten wir uns sehen, ohne Verdacht zu erregen."

Er antwortete: „Das ist keine schlechte Idee. Wir könnten ein Augenpaar in anderen Abteilungen gebrauchen. Allerdings bist du in deiner jetzigen Position sehr wichtig, weil wir auf diese Weise viele Dinge in andere Länder und in die Hände von Christen schmuggeln können. Denk trotzdem weiter darüber nach. Ich kann es kaum ertragen, von dir getrennt zu sein."

Plötzlich schalteten sich die TV-Monitore in seinem Büro ein. Das passierte nur, wenn die obersten Bonzen der Weltgemeinschaft eine Sendung für so wichtig hielten, dass alle Angestellten sie sehen sollten. Meistens wurde dann eine Ansprache von Carpathia oder Fortunato an die Welt übertragen. Die Arbeit musste warten. Eine solche Sendung war obligatorisch für alle.

David drehte sich um und lehnte sich zurück, um besser sehen zu können. Ein Reporter berichtete von einem Flugzeugabsturz. „Zwar wurden bisher weder das Flugzeug, eine große Privatmaschine, noch der Pilot oder der Passagier in Portugal an die Küste gespült. Hören Sie sich den folgenden Notruf an, der von mehreren Flugüberwachungsstationen in der Region aufgezeichnet wurde: ‚Mayday! Mayday! Quantum zero-seven-zero-eight verliert an H öhe! Mayday!'

Kurz darauf verschwand das Flugzeug von den Radarschirmen. Rettungsmannschaften suchten das Gebiet ab. Gepäck und die persönliche Habe von einem Mann und einer Frau wurden entdeckt. Die Behörden nehmen an, dass es nur eine Frage der Zeit ist, bis das Wrack und die Leichen geborgen werden. Die Namen der Opfer werden noch zurückgehalten, damit zuerst die Angehörigen verständigt werden können."

David blinzelte und fragte sich, warum die obersten Bosse der Weltgemeinschaften eine solche Nachricht für beachtenswert hielten. Doch dann erschien ein internes Info auf dem Bildschirm:

„Achtung: An das Personal des Palastes der Weltgemeinschaft!
Opfer dieses Flugzeugabsturzes vermutlich: Pilot Samuel Hanson aus Baton Rouge, Louisiana, Vereinigte Staaten von Nordamerika, und Hattie Durham, gebürtig aus Des Plaines, Illinois, V. S. N. A. Miss Durham war ehemalige persönliche Assistentin Seiner Exzellenz.
Unser Beileid an alle, die sie gekannt haben."

David rief Mac an. „Ich habe es auch gesehen", meinte Mac. „Das ist doch ganz offensichtlich eine Falschmeldung!"

„Ja!", bestätigte David. „Der Pilot steckt vermutlich eine Versicherungssumme ein und Hattie hält sich irgendwo in Europa auf."

„Vielleicht gehen sie gerade shoppen", bemerkte Mac. „Sollen wir davon ausgehen, dass Carpathia und Fortunato darauf hereingefallen sind?"

„Bestimmt nicht", meinte David. „Es sei denn, sie haben sich das ausgedacht. Vielleicht haben sie Hattie gefunden und getötet und jetzt wird alles vertuscht. Ich glaube diese ganze Sache erst, wenn sie uns ein Wrack oder ihre Leichen liefern."

David hörte ein Klicken, das anzeigte, dass eine neue Nachricht für ihn eingetroffen war. „Ich rufe zurück, Mac."

Rayford und Chloe saßen in T.s Büro im Tower des Flugplatzes von Palwaukee mit zwei Männern seiner Hausgemeinde zusammen.

Chloe erklärte, wie sie die beiden Hauptlieferanten der Handelsgesellschaft zusammenbringen wollte. Sie hatte vor, das System zu testen, bevor der Handel tatsächlich begann.

„Wir müssen es von Anfang an geheim halten", sagte sie. „Sonst werden wir den anderen Handelsgruppen zugeordnet und unter die Schutzherrschaft der Weltgemeinschaft gestellt." Die anderen nickten. Rayfords Telefon klingelte. Es war Buck. Rayford lachte laut auf, als Buck ihm von dem seltsamen Bericht erzählte.

„Stellen Sie das Fernsehgerät an, T.", sagte er. Betrübt sprachen die Kommentatoren über das Unglück, wenn auch die Namen außerhalb von Neu-Babylon noch nicht bekannt geworden waren und bisher außer Papieren und Gepäck nichts gefunden worden war. Rayford schüttelte den Kopf. „Eines Tages wird Fortunato oder wer auch immer versucht, dies zu seinem Vorteil zu nutzen, sich schrecklich in Verlegenheit bringen."

Chloe zupfte ihn am Ärmel und flüsterte: „Zumindest können wir ziemlich sicher sein, dass es Hattie bis jetzt noch gut geht."

„Die Frage ist", sagte er, als sie sich voneinander verabschiedeten, „wo steckt sie? Sie ist nicht klug genug, um ein solches Täuschungsmanöver glaubwürdig zu inszenieren. Könnte sie Carpathia noch immer überraschen?"

Als die Leute aus seiner Gemeinde fort waren, liefen Rayford, Chloe und T. nach oben, um den Fluglotsen nach dem Flug vom vorangegangenen Abend zu fragen. Dieser saß vor seinem Radarschirm und las einen Science-Fiction-Roman.

„Ich hatte den Eindruck, dass er einen Südstaaten-Akzent hatte", berichtete der Mann. „Aber ich habe ihn nicht zu Gesicht bekommen. Bo hat die Landung und den Start genehmigt."

„Er war hier?", fragte T.

„Nein, er rief mich gegen acht Uhr an, um den Flug anzukündigen."

„Ich habe die Flugzeugnummer nicht im Computer gesehen."

„Ich habe sie aufgeschrieben. Ich kann sie noch eingeben." Er wühlte in seinen Papieren herum. „Zero-seven-zero-eight", sagte er schließlich. „Und ich denke, Sie wissen, dass es sich um eine Quantum handelte."

„Können wir herausfinden, auf welchen Besitzer sie registriert ist?", fragte Rayford.

„Sicher", erklärte der Mann. Er machte ein paar Eingaben in seinen Computer und schlug sich vor Überraschung aufs Knie, als er die

Information bekam. „Hmm“, meinte er. „Samuel Hanson aus Baton Rouge. Er muss mit Bo verwandt sein. Kommt Bo nicht aus Louisiana?“

7

Mac freute sich darüber, Abdullah Smith wieder zu sehen. Er hatte den ehemaligen Jagdflugzeugpiloten aus Jordanien durch Rayford Steele kennen gelernt. Abdullah hatte seinen Job verloren, als Carpathia alle internationalen Waffen konfisziert hatte. In den vergangenen Monaten war er jedoch schnell zu Rayfords führendem Schwarzmarktlieferanten aufgestiegen.

Vier Jahre vor der Entrückung war Abdullahs Frau Christ geworden. Daraufhin hatte er sich von ihr scheiden lassen und war in einen erbitterten Kampf um das Sorgerecht für ihre beiden Kinder, einen Jungen und ein Mädchen, getreten. Da er damals noch für die jordanische Luftwaffe tätig und häufig monatelang unterwegs gewesen war, wurde ihm das Sorgerecht verweigert. Seither wohnte er auf dem Stützpunkt.

Abdullah war kein Mann großer Worte. Mac und Rayford hatte er jedoch einmal erzählt, er sei so verzweifelt gewesen, dass ihm sogar schon Selbstmordgedanken gekommen seien.

„Ich habe meine Frau trotzdem geliebt", hatte er mit seinem ausgeprägten Akzent gesagt. „Sie und die Kinder waren meine Welt. Aber stellen Sie sich nur vor, Ihre Frau hätte eine Religion aus irgendeinem geheimnisvollen, weit entfernten Land angenommen. Wir schrieben uns lange Briefe, aber sie ließ sich nicht davon abbringen. Zu meiner Schande muss ich gestehen, dass es mit meiner Religiosität nicht weit her war und ich einen eher lockeren Lebenswandel führte. Meine Frau schrieb mir, sie würde jeden Tag beten, ich würde auch zum Glauben an Jesus Christus finden, bevor es zu spät sei. Immer wieder flehte ich sie an, sich von diesen Mythen abzuwenden und zu dem Mann zurückzukehren, der sie liebte. Dann wieder klagte ich sie des Betrugs an und beschimpfte sie. In ihrem nächsten Brief schrieb sie mir, sie würde mich noch immer lieben, und erinnerte mich daran, dass ich es schließlich gewesen sei, der die Scheidung gewollt hätte. Und wieder beschimpfte ich sie.

Ich habe die Briefe noch, in denen sie mich gewarnt hat, ich könnte sterben, bevor ich den einen wahren Gott gefunden hätte oder dass Jesus wiederkommen könnte für die Menschen, die ihn liebten, und ich zurückbleiben würde. Ich war außer mir vor Wut. Um sie zu verletzen, weigerte ich mich oft, meine Kinder zu besuchen, aber jetzt ist mir klar, dass ich dadurch nur mich selbst verletzt habe, und nicht sie. Ich fühle mich so schuldig, und es tut mir so Leid, dass sie vielleicht nicht gewusst haben, wie sehr ich sie geliebt habe."

Mac erinnerte sich noch, dass Rayford ihm geantwortet hatte: „Eines Tages werden Sie es ihnen sagen können." Abdullah hatte nur genickt. Mit feucht schimmernden Augen hatte er in die Ferne geblickt.

Abdullah wurde Christ, weil er die Briefe seiner Frau aufgehoben hatte. Ausführlich hatte sie ihm erklärt, wie er zu Gott kommen konnte, ihm Bibelverse aufgeschrieben und ihm erzählt, wie sie Christus im Gebet angenommen hatte. „Wie oft habe ich die Briefe zerknüllt und durch den Raum geschleudert", hatte Abdullah erzählt. „Aber irgendetwas hat mich davon abgehalten, sie zu zerreißen, zu verbrennen oder wegzuwerfen."

Als Abdullah über das Verschwinden seiner Frau und seiner Kinder informiert worden war, hatte er sich auf den Boden seines Quartiers in Amman geworfen. Die Briefe seiner Frau lagen ausgebreitet vor ihm. „Es war genauso passiert, wie sie es vorausgesagt hatte", berichtete er. „Ich schrie zu Gott. Nun musste ich einfach glauben."

Auf Grund seines mittelöstlichen Aussehens – er trug immer einen Fes, Militärhosen und Fliegerstiefel – kam niemand auf den Gedanken, er könne Christ sein. Die Araber lebten noch in dem Glauben, sie könnten einen Christen an seinem Aussehen erkennen. Das änderte sich mit der Umkehr der 144 000 jüdischen Zeugen aus der ganzen Welt und von Millionen Menschen aus allen Nationen. Jetzt allerdings erkannten sich die Christen an dem Zeichen an der Stirn, das nur sie sehen konnten.

Abdullah war klein und schlank, mit großen, ausdrucksvollen Augen und sehr schweigsam. Vor anderen gab er sich extrem förmlich, und durch nichts verriet er, dass er und Mac an denselben Gott glaubten und alte Freunde waren. Er leugnete ihre Bekanntschaft nicht, denn Mac hatte ihn schließlich empfohlen. Doch erst als sie allein in Macs Büro waren, umarmten sie sich.

„Ich möchte Ihnen gern jemanden vorstellen", sagte Mac und rief Annie aus ihrem Büro. Lächelnd betrat die junge Frau den Raum.

„Sie müssen der berüchtigte Abdullah Smith sein", sagte sie. „Sie haben ein nur für Jordanier reserviertes Zeichen."

Abdullah sah Mac verwirrt an, dann starrte er auf Annies Stirn. „Ich kann meines nicht sehen“, meinte er. „Sieht es nicht so aus wie Ihres?“

„Ich habe nur Spaß gemacht“, erklärte sie. „Ihres ist auf Ihrer Hautfarbe nur besser zu sehen.“

„Ich verstehe“, antwortete er noch immer verwirrt.

„Machen Sie sich nichts draus, das ist amerikanischer Humor“, tröstete Mac.

„Das ist *kanadischer* Humor“, korrigierte ihn Annie. Sie breitete ihre Arme aus, um Abdullah zu umarmen, doch das schien diesen in Verlegenheit zu bringen. Er streckte ihr lediglich die Hand entgegen und sie schlug ein. „Willkommen in der Familie“, begrüßte sie ihn herzlich.

Wieder sah Abdullah Mac fragend an.

„Eigentlich ist sie das neueste Mitglied in der Familie“, erklärte Mac. „Sie heißt Sie nur in dieser Abteilung der ‚Tribulation Force‘ willkommen.“

Abdullah ließ einen Teil seiner Sachen in seinem kleinen Büro. Zwei Mechaniker halfen ihm, den Rest seines Gepäcks in sein neues Quartier zu bringen. Auf dem Weg meinte Mac: „Wenn Sie ausgepackt haben, können wir den Flugplan für den Flug am Freitag nach Botswana festlegen. Wir brechen hier um acht Uhr morgens auf. Die Zeitverschiebung beträgt eine Stunde, darum –“

„Nach Johannesburg, nehme ich an“, warf Abdullah ein.

„Nein, nördlich von Johannesburg. Wir treffen Mwangati Ngumo in Gaborone an der ehemaligen Grenze zwischen Botswana und Süda–“

„Oh, verzeihen Sie, Captain, aber vermutlich sind Sie lange nicht mehr da gewesen. Der Flughafen wurde bei dem Erdbeben zerstört.“

„Aber bestimmt ist doch die alte Militärbasis –“

„Dasselbe“, widersprach Abdullah.

„Carpathias Wiederaufbauprogramm hat Botswana noch nicht erreicht?“

„Nein, aber da der … der, Verzeihung, Regionalpotentat der Vereinigten Staaten von Afrika in einem nur unwesentlich kleineren Palast als diesem hier wohnt, ist der neue Flughafen dort wirklich spektakulär.“

Mac dankte den Helfern und schloss Abdullahs Wohnung auf. Der Jordanier bekam große Augen, als er seine Räume sah. „Und das ist alles für mich?“, fragte er.

„Sie werden es noch hassen", erwiderte Mac.

Nachdem die Tür geschlossen war, betrachtete Abdullah die Wände und flüsterte: „Können wir hier reden?"

„David hat mir versichert, dass keine Gefahr besteht."

„Ich freue mich schon darauf, ihn kennen zu lernen. Ach, Captain, beinahe hätte ich den afrikanischen Potentaten einen König genannt! Man muss ja so vorsichtig sein."

„Na ja, wir wissen, dass er zu den Königen gehört, aber diese Beiden hätten das bestimmt nicht gemerkt. Ich dachte, Potentat Rehoboth – wie ist noch sein Vorname?"

„Bindura."

„Richtig, ich dachte, er würde seine Hauptstadt etwas zentraler wählen, zum Beispiel in seinem Heimatland. Das war doch der Tschad, nicht?"

„Der Sudan. Das hatte er gesagt, aber offensichtlich fand er Johannesburg geeigneter. Er lebt in solcher Pracht, dass es kaum zu glauben ist."

„Das tun alle Könige."

„Was halten Sie davon, Captain?", flüsterte Abdullah. „Hat sich Carpathia ihre Kooperation erkauft?"

Mac zuckte die Achseln und schüttelte den Kopf. „Gab es nicht irgendeine Kontroverse zwischen Rehoboth und Ngumo?"

„Oh ja! Als Ngumo noch Generalsekretär der Vereinten Nationen war, hat Rehoboth enormen Druck ausgeübt, um Vergünstigungen für Afrika, vor allem den Sudan zu bekommen. Und als Ngumo durch Carpathia ersetzt wurde, hat Rehoboth öffentlich den Wechsel befürwortet."

„Und jetzt ist er sein Nachbar."

„Und Rehoboth ist König", stellte Abdullah fest.

Am Donnerstagabend hatte Rayford endlich Gelegenheit, einmal allein mit Lea Rose zu sprechen. Sie trafen sich in der Küche. Mit einer Tasse Kaffee saß sie am Tisch. Er goss sich ebenfalls eine ein.

„Und, haben Sie sich eingerichtet?", fragte er.

Sie legte den Kopf zur Seite. „Ich weiß nie genau, was Sie meinen."

Er deutete auf einen Stuhl. „Darf ich?"

„Sicher."

Er nahm Platz. „Was könnte ich denn meinen?"

„Dass ich mich nicht zu sehr einrichten sollte."

„Wir haben Sie doch aufgenommen! Der Beschluss wurde einstimmig gefasst."
„Aber wenn die Situation anders gewesen wäre, wie wäre die Abstimmung denn dann ausgefallen?"
Rayford lehnte sich mit der Tasse in der Hand zurück. „Wir beide hatten einen schlechten Einstieg ", stellte er fest. „Das war sicherlich mein Fehler."
„Sie haben meine Frage ignoriert", beharrte sie.
„Hören Sie auf. Das hat mit Ihrer Person doch gar nichts zu tun. Hattie war monatelang hier und sie ist nicht einmal Christ."
„Ist dies Ihr Waffenstillstandsgespräch oder sind Sie nur höflich?"
„Sie wollen einen Waffenstillstand?", fragte er.
„Sie nicht?"
„Ich habe zuerst gefragt."
Sie lächelte. „Um ehrlich zu sein, ich möchte mehr als einen Waffenstillstand. Wir können nicht im selben Haus miteinander leben und uns nur höflich begegnen. Wir müssen Freunde sein."
Rayford war noch nicht ganz überzeugt, trotzdem sagte er: „Einverstanden."
„Aber alles, was Sie gesagt haben …"
Er hob das Kinn. „… hat mich als den Schuft entlarvt, der ich bin?"
Sie nickte. „Betrachten Sie dies als ein allumfassendes Pardon."
Er hatte sie nicht um Verzeihung gebeten.
„Und ich?", drängte sie.
„Was?"
„Ich bitte Sie auch um Vergebung."
„Das brauchen Sie nicht", widersprach er. Das klang großmütiger, als er empfand. „Alles, was Sie gesagt haben, war nur wegen dem, was ich –"
Lea legte ihm die Hand auf den Arm. „Ich habe mich gestern nicht wiedererkannt", erklärte sie. „Ich kann Ihnen nicht für alles die Schuld zuschieben. Ach, kommen Sie schon. Wenn wir noch einmal neu miteinander anfangen wollen, müssen wir dieselbe Ausgangsbasis haben."
„Okay", sagte er.
„Ich habe Geld", erklärte sie.
„Wechseln Sie immer so schnell das Thema?"
„Bargeld. Wir müssen es holen. Es liegt in einem Safe in meiner

Garage. Ich habe nicht vor, mich von Ihnen durchfüttern zu lassen. Ich möchte gern auf meine Weise dafür bezahlen."

„Wie wäre es, wenn wir Ihnen als Bezahlung für medizinische Versorgung und Ihr Fachwissen Kost und Logis bieten?"

„Ich kann eher die medizinische Pflege leisten, weniger das Fachwissen. Keinesfalls bin ich ein Ersatz für Floyd."

„Wir sind froh, Sie überhaupt hier zu haben."

„Aber Sie brauchen auch Geld. Wann können wir es holen?"

Rayford deutete auf ihre Tasse. Sie schüttelte den Kopf. „Über wie viel sprechen wir hier?", fragte er.

Als sie die Summe nannte, schnappte er nach Luft.

„In welchen Scheinen?"

„Zwanzigern."

„Und alles liegt im Safe?"

„Er ist bis oben hin voll. Ich habe keinen einzigen Schein mehr hineinstopfen können", erwiderte sie.

„Und Sie denken, dass es noch da ist? Die Weltgemeinschaft hat auf der Suche nach Ihnen doch bestimmt Ihr Haus auseinandergenommen."

„Der Safe ist so gut versteckt, dass wir immer wieder überlegen mussten, wo er sich befindet."

Rayford spülte die Tassen aus. „Sind Sie müde?", fragte er.

„Nein."

„Wollen wir jetzt fahren?"

Mac und Abdullah setzten sich am Freitagmorgen mit David zusammen. Nachdem Abdullah und David einander vorgestellt worden waren, fragte David, ob einer der beiden eine Idee habe, was sie mit den 144 Computern im Laderaum der Condor anfangen sollten.

„Mir fallen eine Menge Verwendungsmöglichkeiten ein", meldete sich Mac zu Wort. „Aber kein Zielflughafen liegt auf dem Weg nach Afrika."

„Ich hätte da schon so eine Idee", meinte Abdullah. „In Hawalli gibt es eine große Untergrundgemeinde. Viele qualifizierte Fachkräfte und sie könnten –"

„Hawalli?", fragte David. „In Kuwait?"

„Ja. Ich habe einen Kontaktmann im –"

„Das liegt im Osten. Sie fliegen nach Südwesten."

„Nicht sehr weit östlich", widersprach Abdullah. „Wir brauchen nur einen Grund für einen Zwischenstopp dort."

„Praktisch unmittelbar nach dem Start", überlegte Mac. „Das wird Verdacht erregen." Einen Augenblick lang schwiegen sie und dachten nach. „Es sei denn …", sagte er schließlich.

David und Abdullah blickten ihn an.

„Wie weit ist die Strecke?"

„Von hier bis nach Kuwait?", fragte Abdullah und holte seine Karten hervor.

„Nein, nach Afrika."

„Mehr als 4 000 Meilen."

„Dann brauchen wir einen vollen Tank, um Nonstopp zu fliegen. Wir wollen der Weltgemeinschaft Geld sparen und machen einen schnellen Umweg, um zu einem guten Preis zu tanken."

„Ausgezeichnet", lobte David. „Ich werde das sofort regeln. Alles, was wir brauchen, sind ein paar Cents Unterschied im Preis, dann lohnt es den Umweg."

„Was wird mein Kontaktmann brauchen, um die Ladung zu holen?", fragte Abdullah.

„Einen großen Gabelstapler und einen großen Lastwagen."

„Warum haben Sie eine Nachricht hinterlassen?", fragte Lea, als Rayford den Landrover nach Palatine steuerte. „Bestimmt sind wir wieder zurück, bis die anderen aufwachen."

„Es würde mich nicht überraschen", erklärte er, „wenn sich jetzt schon jemand die Nachricht ansieht. In diesem Haus hört man alles. Es ist einfach unglaublich, mitten in der Nacht hören wir Geräusche in den Wänden, Geräusche von draußen. Bisher haben wir Glück gehabt. Wir können nur hoffen, dass wir im Ernstfall gewarnt werden, damit wir uns unten verstecken können, bevor man uns entdeckt.

Wir sagen immer Bescheid, wohin wir fahren. Als Buck neulich Floyd ins Krankenhaus gebracht hat, hat er es versäumt, uns Bescheid zu geben. Wir haben uns große Sorgen gemacht."

Sie brauchten 40 Minuten bis nach Palatine. Die Straßen waren noch immer kaum passierbar, und Rayford fragte sich, wann Carpathias viel gelobtes Wiederaufbauprogramm die kleinen Vororte der großen Städte erreichen würde.

Lea hatte viele Fragen zu den einzelnen Mitgliedern der *Tribulation Force*, wie sie sich kennen gelernt hatten, Christen geworden waren und zusammengefunden hatten. „Das sind zu viele Verluste in einer so kurzen Zeit", sagte sie, nachdem er ihr ein wenig erzählt hatte. „Bei all diesen Belastungen ist es ein Wunder, dass Sie durchhalten."

„Wir versuchen, nicht darüber nachzudenken. Es wird noch schlimmer werden, das wissen wir. Das klingt zwar wie eine Phrase, aber man muss nach vorne sehen und nicht zurück. Wenn man zulässt, dass so vieles zusammenkommt, schafft man es nicht mehr."

Lea fuhr sich mit der Hand durch die Haare. „Manchmal weiß ich gar nicht, warum ich überhaupt bis zur Wiederkunft Christi durchhalten sollte. Doch mein Überlebensinstinkt lässt sich einfach nicht ausschalten."

„Da wir gerade davon sprechen …", meinte Rayford.

„Was denn?"

„Es herrscht ungewöhnlich viel Verkehr, das ist alles."

Sie zuckte die Achseln. „Dieses Gebiet wurde nicht so schwer getroffen wie Ihres. Hier versteckt sich niemand. Jeder kennt jeden."

Sie einigten sich darauf, dass Rayford den Wagen einige Straßen von ihrem Haus entfernt abstellen sollte. Im Dunkeln wollten sie sich dann zu Leas Haus schleichen. Rayford holte eine große Tasche und eine Taschenlampe aus dem Wagen.

An ihrem Grundstück angekommen, blieb Lea stehen. „Sie haben nicht mal die Tür geschlossen", klagte sie. „Bestimmt wurde das Haus geplündert."

„Wenn es nicht die Weltgemeinschaft gewesen ist, dann bestimmt Plünderer", meinte Rayford. „Sobald klar wurde, dass Sie auf der Flucht sind, war Ihr Haus geliefert. Wollen Sie nachsehen?"

Sie schüttelte den Kopf. „Wir sehen besser zu, dass wir in die Garage kommen. Meine Nachbarn werden das Tor hören."

„Gibt es einen Seiteneingang?"

Sie nickte.

„Haben Sie den Schlüssel?"

„Nein."

„Ich kann einbrechen. Das wird niemand mitkriegen, es sei denn, die Weltgemeinschaft wartet auf Sie."

Als Mac und Abdullah sich im Hangar trafen, damit Mac ihn auf der Condor 216 einweisen konnte, wartete Annie bereits auf sie.

„Noch mehr, Corporal?", fragte Mac.

„Ja, Captain. Der Leiter der Versorgungsabteilung möchte, dass wir diese Ladung überschüssiger Lebensmittel nach Kuwait bringen. Er hat einen spektakulären Treibstoffdeal ausgehandelt. Während die

Maschine aufgetankt wird, kann diese Ladung gelöscht werden."

Abdullah schwieg, bis sie das Cockpit erreicht und Mac ihm den Abhörknopf gezeigt hatte. „Sie können sich sicher vorstellen, was passiert, wenn das herauskommt."

Um zehn vor acht Uhr morgens hatten Mac und Abdullah ihre Startvorbereitungen erledigt und setzten sich mit dem Tower in Verbindung. Drei Gestalten in weißen Schürzen rannten auf das Flugzeug zu.

„Küchenpersonal", erklärte Mac. „Lassen Sie sie herein."

Abdullah öffnete die Tür und ließ die Treppe herunter. Der Koch, ein kleiner schwitzender Mann mit kurzen Fingern, hielt eine dampfende Pfanne in der Hand. „Aus dem Weg, aus dem Weg", rief er mit seinem skandinavischen Akzent. „Niemand hat mir gesagt, dass der Commander an Bord frühstücken möchte."

Abdullah trat zurück und der Koch und seine beiden Assistenten eilten an ihm vorbei. „Und woher wissen Sie das jetzt?", fragte er mit ruhiger Stimme.

Der Koch rannte in die Kombüse und bellte Befehle. Irritiert, dass Abdullah noch immer dastand, wandte er sich um. „War das eine rhetorische, eine sarkastische oder eine ernst gemeinte Frage?"

„Mit den ersten beiden Arten kenne ich mich nicht aus", erwiderte Abdullah.

Der Koch stützte sich auf der Arbeitsfläche ab, als könne er nicht glauben, dass er dabei war, seine kostbare Zeit mit einer Antwort zu vergeuden. „Ich meinte", sagte er langsam und deutlich wie zu einem unfolgsamen Kind, „dass es mir erst jetzt gesagt wurde, und zwar vom Supreme Commander höchstpersönlich. Wenn er, sobald die Maschine in der Luft ist, ‚Eier Benedict' essen möchte, wird er sie bekommen. Sonst noch etwas?"

„Ja, Sir."

Der Koch blickte ihn verwirrt an. „Was denn?"

„Würden Sie gern den Supreme Commander beeindrucken?"

„Wenn ich das nicht wollte, wäre ich nicht mit einem Tablett warmen Essens zum Flugzeug gerannt, oder?"

„Ich weiß zufällig, dass Commander Fortunato nicht in der Luft meint, wenn er in der Luft sagt."

„Tatsächlich?"

„Nein, wissen Sie, wir machen unmittelbar nach dem Start einen kurzen Zwischenstopp in Kuwait, da können Sie ihm sein Frühstück servieren. Es ist dann ruhiger, entspannter, und es besteht nicht die

Gefahr, dass etwas verschüttet wird."
„Kuwait?"
„Kurz nach dem Start. Wirklich."
„Kinder!", rief der Koch seinen Assistenten zu. „Haltet es warm. Wir servieren das Frühstück in Kuwait!"

Wie Rayford erwartet hatte, ließ sich die Seitentür zu Leas Garage ohne großen Lärm öffnen. Doch als er eintrat und sie bat, ihm den Safe zu zeigen, stand er plötzlich allein in dem leeren Raum. Rayford verkniff es sich, nach ihr zu rufen, da er die Situation nicht noch verschlimmern wollte, falls tatsächlich etwas nicht stimmen sollte. Langsam drehte er sich um und schlich auf Zehenspitzen zur Tür. Zuerst konnte Rayford sie nicht entdecken, doch dann hörte er ihren keuchenden Atem. Sie kniete im feuchten Gras und atmete heftig. „Ich – ich – ich –", keuchte sie.

Er hockte sich neben sie. „Was ist los? Sind Sie in Ordnung? Haben Sie jemanden gesehen?"

Sie wollte nicht aufsehen, sondern deutete vollkommen verschreckt an Rayford vorbei in die Dunkelheit. Er umklammerte die Taschenlampe und wirbelte herum, um zu sehen, ob jemand kam. Aber er konnte nichts und niemanden entdecken.

„Was haben Sie denn gesehen?", fragte er, aber sie wimmerte nur und brachte kein Wort heraus.

„Kommen Sie, ich helfe Ihnen hinein", sagte er.

Er half ihr auf und führte sie wie ein kleines Kind in die Garage. „Lea!", sagte er. „Helfen Sie mir doch. Sie sind in Sicherheit."

Sie hockte sich mit angezogenen Knien auf den Boden. „Sind sie noch da?", fragte sie mit angsterfüllter Stimme. „Können Sie die Tür verschließen?"

„Ich habe die Tür aufgebrochen", erklärte er. „Wer ist denn da?"

„Sie haben sie wirklich nicht gesehen?"

„Wen?", flüsterte er laut. Sie zitterte. „Kommen Sie, Sie müssen von dem kalten Boden aufstehen."

Er streckte ihr die Hand entgegen, doch sie entwand sich ihm. „Ich kann nicht gehen", erklärte sie und barg ihr Gesicht in ihren zitternden Händen. „Sie werden den Wagen hierher holen müssen."

Er hatte nicht gedacht, dass sie so schwierig sein würde. „Zu riskant."

„Ich kann nicht, Rayford! Es tut mir Leid."

„Dann holen wir jetzt schnell das Geld und machen uns davon."

„Vergessen Sie das Geld. Ich werde das Schloss jetzt sowieso nicht aufbekommen."

„Warum nicht?"

Wieder deutete sie nach draußen.

„Lea", beruhigte Rayford sie, so gut er konnte, „dort draußen ist niemand. Wir sind in Sicherheit. Wir werden Ihr Geld holen, damit auf direktem Weg zum Wagen marschieren und nach Hause fahren, in Ordnung?"

Sie schüttelte den Kopf.

„Doch, das tun wir", sagte er, packte sie am Ellbogen und zog sie hoch. Sie konnte sich nicht rühren. Er führte sie zur Wand und lehnte sie sanft dagegen. „Sagen Sie mir, was Sie gesehen haben."

„Pferde", flüsterte sie. „Große, dunkle Pferde. Hinter dem Haus, so weit man sehen konnte. Die Reiter konnte ich nicht erkennen, denn die Pferde haben Feuer und Rauch gespuckt. Aber sie standen da, Hunderte davon, vielleicht sogar noch mehr, groß und bedrohlich. Ihre Gesichter! Rayford, ihre Gesichter sahen aus wie die von Löwen und sie hatten riesige Zähne!"

„Warten Sie hier", forderte Rayford sie auf.

„Lassen Sie mich nicht allein!", flehte sie und umklammerte seine Handgelenke.

Er entwand sich ihr. „Ihnen droht keine Gefahr."

„Gehen Sie nicht zu nahe ran! Sie schweben in der Luft."

„Sie schweben in der Luft?"

„Ihre Hufe berühren den Boden nicht!"

„Tsion glaubte nicht, dass sie real seien", meinte Rayford.

„Tsion hat sie gesehen?"

„Haben Sie denn seine Botschaft darüber nicht gelesen?"

„Ich habe keinen Computer mehr."

„Es müssen die Reiter sein, die im 9. Kapitel der Offenbarung beschrieben werden, Lea! Sie werden uns nichts tun!"

„Sind Sie sicher?"

„Was sonst kann das sein?"

Lea schien etwas erleichtert zu sein, aber selbst im fahlen Licht konnte Rayford ihre Blässe erkennen.

„Ich werde nachsehen", sagte er. „Denken Sie an den Safe und versuchen Sie, sich an die Kombination zu erinnern."

Sie nickte, rührte sich aber nicht. Er eilte zur Tür. „Im Osten", flüsterte sie. „Am Horizont." Obwohl er nicht das Gefühl hatte, in Gefahr zu sein, behielt er die Tür zwischen sich und dem Horizont.

Der Abend war kühl und still. Aber er konnte nichts erkennen. Er trat ein Stück vor, stieg auf einen kleinen Hügel und suchte den Horizont ab. Sein Herz klopfte laut, doch er war auch ein wenig enttäuscht, dass er nicht sehen konnte, was Lea gesehen hatte. War es eine Vision gewesen? Warum nur sie?

Er eilte zurück. Sie hatte sich nicht vom Fleck gerührt. „Haben Sie sie gesehen?“, fragte sie.

„Nein.“

„Sie waren aber da, Rayford! Ich hatte keine Halluzinationen!“

„Ich glaube Ihnen.“

„Wirklich?“

„Natürlich! Aber Tsion sagte, seiner Meinung nach wären sie nicht sichtbar. Er wird froh sein, das zu hören.“

„Wo können sie nur sein? Es waren zu viele. Die können nicht einfach schnell verschwinden.“

„Lea“, begann Rayford vorsichtig, „wir sprechen hier über das Übernatürliche, über Gut und Böse, über die Schlacht der Menschheitsgeschichte. Es gibt keine Regeln, zumindest keine menschlichen. Wenn Sie die in der Offenbarung vorhergesagten Reiter gesehen haben … wer weiß schon, welche Macht zu erscheinen und zu verschwinden sie haben.“

Sie verschränkte die Arme und wiegte sich hin und her. „Oh, mein Gott! Ich habe das Erdbeben erlebt. Ich sah die Heuschrecken. Sie auch?“

Er nickte.

„Haben Sie sie sich genau angesehen?“

„T. und ich haben uns eine vorgenommen.“

„Dann wissen Sie es ja.“

„Natürlich.“

„Das war das schrecklichste Ding, das ich je gesehen habe. Diese Wesen habe ich nicht so genau gesehen, aber sie sind monströs. Sie waren weit entfernt, aber so groß, dass ich jede Einzelheit erkennen konnte. Dürfen sie uns etwas tun?“

„Tsion sagt, sie hätten die Macht, ein Drittel der Bevölkerung zu töten.“

„Aber keine Christen?“

Rayford schüttelte den Kopf. „Sie töten diejenigen, die ihre Sünden nicht bereut haben.“

„Wenn ich sie noch nicht bereut hätte, würde ich es jetzt tun!“, meinte sie.

Mit dem Koch, seinen Helfern, Fortunato und den beiden Assistenten an Bord ließ Mac die Condor zur Startbahn im Süden des Flugplatzes beim Palast der Weltgemeinschaft rollen. Nachdem sie abgehoben hatten, begrüßte er über die Bordsprechanlage seine Passagiere und informierte sie über den kurzen Zwischenstopp in Kuwait. Danach würden sie die mehr als 4 000 Meilen nach Afrika nonstopp zurücklegen. Kurz nach dem Start wurde an die Cockpittür geklopft.

„Das wird Leon sein", meinte Mac. Er bedeutete Abdullah, die Tür zu öffnen. „Es ist sowieso an der Zeit, dass Sie ihn kennen lernen."

Leon ignorierte Abdullah. „Was hat der Zwischenstopp in Kuwait zu bedeuten, Captain? Wir haben einen Zeitplan und sollten uns daran halten!"

„Guten Morgen, Commander", grüßte Mac. „Unser neuer Erster Offizier hat mir versichert, dass Sie pünktlich zu Ihrem Termin ankommen werden. Abdullah Smith, darf ich Ihnen Supreme C–"

„Zu gegebener Zeit", unterbrach ihn Fortunato. „Was ist los in Kuwait?"

„Wir schlagen zwei Fliegen mit einer Klappe, Sir", erklärte Mac ruhig. „Direktor Hassid hat einen guten Treibstoffpreis ausgehandelt und der neue Leiter der Frachtabteilung hat uns daraufhin Fracht für Kuwait mitgegeben, da wir sowieso da vorbeikommen. Ich wurde nur darüber informiert, dass die Regierung Tausende von Dollar sparen kann."

„Was Sie nicht sagen."

„Jawohl, Sir."

„Und wie ist Ihr Name noch mal, junger Mann?"

„Abdullah Smith, Sir."

„Ich bin jetzt sowieso hungrig. Möchten Sie auch ein paar ‚Eier Benedict', Officer Smith?"

„Nein, vielen Dank, Sir. Ich habe schon gegessen."

„Captain McCullum, ich hätte es zu schätzen gewusst, wenn man mich vorher von der Änderung der Flugroute verständigt hätte."

„Wie ich schon sagte, Sir, eigentlich ist es gar keine Änderung im Zeitplan. Nur ein kleiner Umweg –"

Die Tür fiel ins Schloss. Mit hochgezogenen Augenbrauen blickte Abdullah Mac an. „Sehr charmant."

Mac drückte den Knopf unter seinem Sitz und hörte, was in der Kabine gesprochen wurde. „Karl, wie geht es mit meinen Eiern voran? Ich hoffe, Sie haben für alle, Sie eingeschlossen, genug?"

„Jawohl, Supreme Commander, Sir. Ich werde sie servieren, wenn wir gelandet sind – also, lassen Sie mich das anders ausdrücken. Ich werde sie servieren, wenn wir in Kuwait unseren kurzen Zwischenaufenthalt haben."

„Ich bin aber jetzt hungrig, Karl."

„Es tut mir Leid, Sir. Ich verstand es so, dass Sie es vorziehen würden zu speisen, wenn das Flugzeug auf dem Boden steht."

„Wer hat Ihnen das gesagt?"

„Der Erste Offizier."

„Der Neue? Er kennt mich doch nicht einmal!"

„Na ja –"

„Dem werden wir nachgehen."

Mac ließ den Knopf los und sprach über Kopfhörer mit Abdullah. Schnell wiederholte er, was er gerade gehört hatte.

„Vielen Dank", sagte Abdullah, als es erneut an der Tür klopfte.

„Wie heißen Sie noch mal, Officer?", fragte Leon.

„Smith, Sir."

„Sie haben dem Koch aufgetragen, das Frühstück in Kuwait zu servieren und nicht in der Luft?"

„Ich habe ihn nur über unsere geringfügige Änderung der Flugroute informiert und ihm vorgeschlagen, dass Sie es vielleicht zu schätzen wüssten, falls es –"

„Es war also tatsächlich Ihre Idee. Sie haben ihm gesagt, was ich Ihrer Meinung nach mag. Sie hatten vollkommen Recht, Smith, Ich wundere mich nur darüber, dass Sie wissen, wie sehr ich es hasse, ein solches Gericht zu essen, wenn die Maschine so unruhig fliegt. Kein Problem, Mac – äh, Captain."

Mac war versucht, ihn „Leon" zu nennen und ihm zu sagen, er würde nichts übelnehmen, aber er winkte nur ab. Die Condor flog buchstäblich von allein, doch Mac vermittelte gern den Eindruck, dass er den Blick auf die Straße und die Hand am Steuerrad ließ, wie Rayford so gern sagte.

„Also, woher haben Sie das nun gewusst, Officer Smith?", fragte Leon.

„Ich habe es angenommen", entgegnete er. „Mir würde es nicht gefallen, Eidotter oder Sauce hollandaise auf das Hemd zu verkleckern, wenn ich eine wichtige Besprechung vor mir habe."

Es folgte ein langes Schweigen, und Mac drehte sich um, weil er sehen wollte, ob Fortunato bereits gegangen war. Mit geöffnetem Mund und geschlossenen Augen stand er noch immer da. Schließlich lachte er laut auf und schlug Abdullah freundschaftlich auf die Schulter. „Das ist wirklich gut!“, brüllte Fortunato. „Das gefällt mir!“ Und als er das Cockpit verließ und die Tür hinter sich zuzog, wiederholte er: „Eidotter oder Sauce hollandaise auf dem Hemd!“

Mac drückte erneut den Abhörknopf. „Ich wollte den Ersten Offizier nicht mit hineinziehen“, sagte Karl gerade.

„Unsinn! Gute Idee! Servieren Sie in Kuwait. Wie lange wird das noch dauern?“

„Wenn ich recht verstanden habe, Sir, nur noch wenige Minuten.“

„Gut. Auf diese Weise werde ich mit einem sauberen Hemd an der Besprechung teilnehmen können. Sie hätten selbst daran denken können, Karl.“

8

Leas Safe war hinter der schimmeligen Hundehütte ihrer Söhne auf einem der oberen Regale versteckt. Rayford half ihr, die Leiter hochzuklettern, dann wartete er, bis sie die Hundehütte und anderes Gerümpel beiseite geräumt hatte. Er folgte ihr und richtete die Taschenlampe über ihre Schulter hinweg auf das Kombinationsschloss.

„Wie haben Sie das Ding hier heraufgeschafft?“, flüsterte er. „Es muss doch eine Tonne wiegen.“

„Wir wollten nicht, dass die Nachbarn es mitbekamen“, erklärte sie mit belegter Stimme. „Darum haben wir es spätabends gemacht. Mein Mann Shannon hat den Safe in einem einfachen Karton liefern lassen und eine hydraulische Hebebühne gemietet. Ein Nachbar fragte, wozu das bestimmt sei, und Shannon hat ihm gesagt, wir müssten in der Garage das Dach reparieren.“

„Und dann haben Sie ihn an Ort und Stelle gebracht?“

Sie nickte. „Wir hatten schon Angst, das Regal würde sein Gewicht nicht tragen.“

Der Safe war etwa einen Meter hoch und einen halben Meter breit. Lea hatte nicht übertrieben, als sie sagte, er sei randvoll mit Bargeld. „Die anderen Wertsachen mussten wir bei der Bank aufbewahren“, erklärte sie, als sie das Kombinationsschloss öffnete.

Der Safe war vollgestopft mit Bündeln von Zwanzigerscheinen. „Den könnten wir im Versteck gebrauchen“, staunte Rayford.

„Darum sind wir ja hier.“

„Ich meine den Safe. Wir können nicht das ganze Geld nehmen. Es bleiben nicht mehr genügend Jahre, um es auszugeben.“

„Unsinn. Sie werden noch mehr Fahrzeuge brauchen, und man kann nie wissen, wie viele Menschen eines Tages bei Ihnen wohnen werden.“

Schnell stopften sie das Geld in die Tasche. „Das ist schwer“, bemerkte er. „Helfen Sie mir, die Tasche nach unten zu stoßen.“

Mit eingezogenem Kopf zerrten sie das Geld gemeinsam über das Brett zum Rand. Eine große Staubwolke aufwirbelnd fiel die Tasche zu Boden. Rayford knipste die Taschenlampe aus und hielt lauschend den Atem an. „Können Sie mich sehen?“, flüsterte er.

„Kaum.“

Er bedeutete ihr, ihm zu folgen, und ganz vorsichtig stiegen sie über die Regalbretter wieder nach unten. Als er den Boden erreichte, half er ihr herunter.

„Ich glaube, Sie sind doch ein Gentleman“, flüsterte sie.

„Nur wenn Sie eine Lady sind.“

Sie beugten sich über den Sack und tasteten im Dunkeln nach der Öffnung. Ein heller Lichtstrahl fiel auf sie.

„Sind Sie Mrs. Lea Rose?“, fragte eine Stimme.

Seufzend sah sie Rayford an. „Ja“, erwiderte sie leise. „Es tut mir so Leid, R–“

„Sprechen Sie meinen Namen nicht aus!“, zischte er. „Und Sie sollten nicht behaupten, jemand zu sein, der Sie gar nicht sind.“

„Sind Sie nun Mrs. Rose oder nicht?“, ertönte die Stimme erneut.

„Ich habe doch gesagt, dass ich es bin, oder etwa nicht?“, sagte sie. Das klang auf einmal so, als würde sie lügen. Rayford war beeindruckt davon, dass sie so schnell geschaltet hatte.

„Und Sie, Sir?“

„Was ist mit mir?“, wollte Rayford wissen.

„Ihren Namen, bitte.“

„Wer fragt mich das?“

„Die Friedenstruppen der Weltgemeinschaft.“

„Ach, das ist gut“, sagte Rayford erleichtert. „Wir gehören auch dazu. Commander Sullivan hat uns gebeten, hier für Ordnung zu sorgen. Nachdem unsere Jungs fertig waren, haben Plünderer das Haus heimgesucht. Er wollte, dass wir die Garage sichern.“

Jemand betätigte einen Schalter und das Licht ging an. Rayford blinzelte und erkannte nun die vier bewaffneten Offiziere der Weltgemeinschaft, drei Männer und eine Frau.

„Was haben Sie im Dunkeln gemacht?“, fragte der Anführer. Er trug Leutnantsstreifen.

Rayford sah hoch. Die Glühbirne war nur etwa eine Armeslänge von ihm entfernt. „Wir haben draußen etwas gehört und das Licht ausgemacht.“

„Mm-hm.“ Der junge Mann kam näher. „Zeigen Sie mir doch bitte Ihre Ausweise.“ Die Frau hinter ihm betrachtete Rayford unsicher. Einer der anderen Männer sah zu dem Regal hinauf.

„Ich bin Pafko“, erwiderte Rayford und überlegte, in welcher Tasche sein gefälschter Ausweis steckte. „Andrew. Hier ist er.“

„Und Sie, Madam?“

„Sie ist Fitzgerald.“

„Meine Papiere liegen im Wagen“, erklärte sie.

„Leutnant“, sagte der andere Beamte. „Dort oben steht ein geöffneter Safe.“

Der Leutnant reichte Rayford den Ausweis. „Sie haben doch nicht etwa selbst eine kleine Plünderung geplant, Pafko, oder?“

„Über jeden Penny werden wir Rechenschaft ablegen.“

„Mm-hm.“ Er wandte sich an die Frau. „Prüfen Sie das bei der Zentrale nach. Pafko, Andrew, aus Des Plaines. Und Fitzgerald. Ihr Vorname, Madam? Und Ihr Zuständigkeitsbereich?“

„Pauline“, erwiderte Lea. „Auch Des Plaines.“

Die Frau griff nach dem Telefon, das über ihrer Schulter hing.

Rayford hätte es fast geschafft, doch ein Anruf würde sie entlarven. Natürlich würden beide sofort identifiziert, vielleicht sogar gefoltert und getötet werden, wenn sie den Rest der *Tribulation Force* nicht verrieten. Er hatte es verdient, weil er nicht vorsichtiger gewesen war, aber Lea ganz bestimmt nicht.

„Das ist nicht nötig, Leutnant“, mischte Rayford sich ein. „Bevor wir dem Hauptquartier mitteilen, wo wir sind, sollten wir da nicht vielleicht erst einmal überlegen, ob wir nicht lieber vergessen, dass wir heute Abend hier waren? Ich bin genauso loyal wie Sie, aber wir beide wissen, dass diese Mrs. Rose Sympathisantin von Rebellen war. Wenn das ihr Geld ist, dann gehört es jetzt uns, oder?“

Der Leutnant zögerte und die Frau nahm ihre Hand von dem Telefon. Der Leutnant kniete sich neben den Sack hin.

„Fallen Sie wirklich darauf herein? Denken Sie, dass er zur Weltgemeinschaft gehört?“, fragte die Frau.

Er sah zu ihr auf. „Woher sonst sollte er wissen, warum wir nach Mrs. Rose suchen?“

Sie zuckte die Achseln und machte sich daran, sich den Safe näher anzusehen. Die anderen beiden Beamten gingen zur Tür. Offensichtlich wollten sie die Vorgänge im Haus vor neugierigen Augen schützen.

Er suchte Leas Blick und versuchte, ihr mitzuteilen, dass sie seiner Führung folgen sollte. Sie wirkte genauso entsetzt wie kurz zuvor, als sie die Reiter gesehen hatte. Rayford trat wie zufällig zwischen den Leutnant und die Tür. Lea blieb bei ihm.

Der Leutnant sah das Bargeld und pfiff durch die Zähne. Die Männer verrenkten sich den Hals, um einen Blick darauf zu werfen, und nun kam auch die Frau herüber. Da sie vom Sack abgelenkt waren, konnten Rayford und Lea sich noch näher an die Tür heranschieben. Lea hätte unbemerkt hinausschlüpfen können, aber Rayford wusste nicht, wie er ihr das deutlich machen sollte und sie rührte sich nicht.

„Das ist allerdings genug für uns alle", meinte einer der Männer. Der Leutnant nickte, aber Rayford bemerkte, dass die Frau Lea anstarrte. Sie zog einige Blätter aus ihrer Tasche und sah sie durch. Schließlich hielt sie inne und richtete ihren Blick auf Lea.

„Leutnant", sagte die Frau.

„Darf ich Ihnen etwas zeigen", unterbrach Rayford sie. Er griff in den Sack und holte ein Bündel Zwanziger heraus. „In jedem Bündel befinden sich 50 Zwanziger." Er hielt sie an einem Ende und ließ sie hin und her schwingen. Die Frau griff nach ihrer Waffe. Rayford hob die Geldscheine hoch. „Wäre es nicht schön, dieses Geld zu teilen und – zu verschwinden! Jetzt!" Rayford zerschlug die Glühbirne mit dem Geld und in der Garage wurde es dunkel.

Er drehte sich um und rannte hinter Lea durch die Seitentür. Er hörte einen Schuss und splitterndes Holz. Die große Taschenlampe des Leutnants wurde eingeschaltet. Während er und Lea über das feuchte Gras rannten, schätzte er ihre Chancen, den Landrover zu erreichen, fünf zu eins ein. Aber er würde nicht einfach stehen bleiben und sich verhaften lassen.

Jemand hatte den automatischen Toröffner betätigt, und Rayford hörte, wie sich das Garagentor hob. Er wagte einen Blick zurück und im Lichtschein des Toröffners erkannte er die vier Beamten, die mit schussbereiten Waffen auf sie zugelaufen kamen.

„Schneller!", rief Rayford Lea zu. Aber sie war stehen geblieben. Er rannte in sie hinein und beide stürzten zu Boden.

Irgendetwas hatte geknackst. Hatte er sich ein Bein gebrochen oder war sie verletzt? Warum war sie stehen geblieben? Sie war doch so schnell gerannt! Sie hatten eine Chance gehabt. Der Landrover kam in Sicht. Würden die Beamten der Weltgemeinschaft schießen? Oder würden sie sie nur verhaften? Auf keinen Fall durften sie ihnen in die Hände fallen.

„Sie werden bestimmt schießen", keuchte er und versuchte aufzustehen. Aber Lea hatte sich bereits auf alle Viere erhoben und starrte in Richtung Wagen.

Rayford drehte sich um. Die Beamten waren fort. Er blickte in die Richtung, in die auch Lea starrte. Und da waren sie: Pferde, kaum drei Meter von ihm entfernt – riesige, monströse, muskulöse Wesen, doppelt so groß wie alle Pferde, die er je gesehen hatte. Lea hatte Recht, ihre Hufe berührten den Boden nicht und doch bewegten sie sich ungeduldig vor und zurück.

Flammen schossen aus ihren Nüstern und Mäulern und dichter gelber Rauch stieg auf. Das Feuer erleuchtete ihre majestätisch breiten Köpfe – die Köpfe von Löwen mit einem enormen Gebiss und einer wehenden Mähne. Rayford erhob sich quälend langsam. Ihn wunderte es nun nicht mehr, dass Lea vor Schreck wie erstarrt gewesen war, als sie sie das erste Mal gesehen hatte.

„Sie werden uns nichts tun", beruhigte er sie.

Zitternd versuchte er, die Szene in sich aufzunehmen. Hunderte von diesen Wesen stampften und schnaubten, als könnten sie es kaum erwarten, loszurennen. Die Reiter waren proportional genauso groß wie die Tiere. Sie schienen menschlich zu sein, aber jeder von ihnen war bestimmt fast drei Meter hoch und wog über 200 Kilo.

Rayford schluckte. Seine Brust hob und senkte sich. Er wollte nach Lea sehen, aber er konnte den Blick nicht abwenden. Ein Pferd war kaum drei Schritte von ihm entfernt. Es trat auf der Stelle und drehte sich. Der Schweif bestand nicht aus Haar, sondern schien eine sich windende, kraftvolle Schlange zu sein mit einem Kopf, der doppelt so groß war wie Rayfords Faust. Sie wand sich und entblößte ihre Giftzähne.

Die Reiter schienen in die Ferne zu blicken, hoch über Rayfords Kopf hinweg. Jeder Reiter trug eine Brustplatte, die im Licht der Flammen schillernd gelb, dunkelblau und feuerrot schimmerte. Nur mit Mühe konnten die Reiter ihre Pferde im Zaum halten.

Rayford hörte weder die Pferde noch roch er das Feuer oder den Rauch. Er wusste nur, dass sie wieherten und schnaubten, weil er die Flammen und den Rauch sehen konnte. Kein Geräusch von Zügeln, Sätteln, Brustplatten. Und doch waren die Pferde und ihre Reiter deutlicher als alles, was er je zuvor gesehen hatte.

Endlich gelang es Rayford, den Blick von den Wesen abzuwenden und auf Lea zu blicken. Sie wirkte wie erstarrt.

„Atmen Sie", befahl er ihr.

Hatte Gott diese Wesen geschickt, um sie zu beschützen? Bestimmt waren die Beamten um ihr Leben gelaufen. Rayford drehte sich erneut um und konnte nichts erkennen. Doch dann entdeckte er die vier Beamten auf dem Boden der Garage. Sie lagen vollkommen still.

Er hörte Sirenen, sah Hubschrauber mit Suchscheinwerfern, hörte Beamte herumlaufen und rufen.

„Nichts wie weg hier, Lea", rief er. „Wir können durch die Pferde hindurchlaufen. Es sind keine physischen Wesen."

„Sie dort drüben!"

Rayford wirbelte herum. Zwei Beamte stießen die am Boden liegenden vier Kameraden mit ihren Stiefeln an, während sie Rayford und Lea zuriefen: „Bleiben Sie, wo Sie sind!"

Vorsichtig kamen sie näher und Lea wandte sich endlich von den Pferden ab und sah zu ihnen hin.

„Ich glaube, ich habe mir eine Rippe gebrochen", flüsterte sie. Sie blinzelte die Beamten an. „Haben die denn gar keine Angst vor den Pferden?"

Was war nur mit den beiden los? Als sie näher kamen – die Männer schienen Anfang 20 zu sein –, richteten sie ihre Waffen auf Rayford und Lea. Rayford wusste, dass die Pferde noch immer hinter ihm waren, denn er sah den Widerschein des Feuers auf den Gesichtern der Beamten.

„Was wissen Sie über diese toten Beamten?", fragte einer.

„Nichts", erwiderte Lea, die noch immer auf dem Boden hockte. „Was halten Sie von unserer Armee?"

„Stehen Sie auf, Madam."

„Sie können sie nicht sehen", meinte Rayford.

„Wen können wir nicht sehen?", fragte der Beamte. „Kommen Sie mit."

„Sie sehen gar nichts", wiederholte sie mit ausdrucksloser Stimme.

„Ich habe gesagt, Sie sollen aufstehen, Madam!", rief der andere. Als er zu ihr trat, stellte sich Rayford ihm in den Weg.

„Mein Junge, ich möchte Sie warnen. Wenn –"

„Sie wollen mich warnen? Ich könnte Sie erschießen und brauchte mich nicht einmal dafür zu verantworten."

„Sie sind in Gefahr. Wir haben diese Beamten nicht getöt-"

Der Mann ging in Flammen auf. Er schrie und wand sich und stürzte schließlich zu Boden. Ein Pferd trabte an Rayford vorbei und drehte sich ruhig um. Sein Schweif traf den anderen Beamten an der Stirn. Er flog wie eine leblose Puppe durch die Luft und krachte mit dem Kopf gegen einen Baum.

Lea erhob sich langsam. Schweiß tropfte von ihrer Stirn. Wie in Zeitlupe griff sie nach Rayford. „Wir … werden … sterben“, brachte sie mühsam heraus.

„Nicht wir“, widersprach Rayford, der endlich seine Sprache wiedergefunden hatte. „Wo tut es weh? Drücken Sie die Hand gegen die Stelle.“

Sie hielt sich den linken Rippenbogen und Rayford legte ihr den Arm um die Taille und führte sie zum Wagen. Er blinzelte in die Flammen. Sie gingen durch die Pferde hindurch wie durch ein Hologramm. Lea barg ihr Gesicht an seiner Schulter.

„Befinden sie sich in einer anderen Dimension? Was ist das?“

„Eine Vision“, erwiderte er. Zum ersten Mal wurde ihm klar, dass sie entkommen würden. „Tsion hatte Recht. Es sind keine physischen Wesen.“

Sie befanden sich jetzt mitten in der Herde. Das Ende der Schar war nicht abzusehen und Rayford fühlte sich wie ein Kind in einer großen Menge Erwachsener. Schließlich kamen sie an der letzten Reihe Pferde vorbei und sahen den Rover etwa 30 Meter entfernt stehen.

„Sind Sie in Ordnung?“, fragte er.

„Außer, dass ich träume“, erwiderte sie. „Morgen glaube ich bestimmt nicht mehr, dass ich das wirklich erlebt habe. Ich kann es ja jetzt schon kaum glauben.“

Rayford deutete eine halbe Meile nach Westen, wo sich eine weitere Kavallerie feuriger Rosse und Reiter sammelte. Lea deutete in die andere Richtung. Dort waren noch mehr zu sehen. Hinter ihnen die Hunderte, die sie gerade hinter sich gelassen hatten.

Sie stiegen in den Wagen und Rayford bog in ihre Straße ein. Die Pferde bliesen große Wolken schwarzen und gelben Rauchs aus, der die Truppen der Weltgemeinschaft aus der Gegend vertrieb. Viele der Beamten fielen hin und schienen auf der Stelle tot zu sein. Während sich der Rauch ausbreitete, kamen Menschen hustend und keuchend aus ihren Häusern getaumelt. Hier und da setzten die Pferde mit ihren Flammen ganze Häuser in Brand.

„Warten Sie hier“, sagte Rayford. Er blieb vor Leas Garage stehen.

„Rayford! Nein! Lassen Sie uns zurückfahren!“

Er sprang aus dem Wagen. „Ja, natürlich! Ich werde so viel Geld einfach hierlassen …“

„Bitte!“, rief sie ihm nach.

Rayford lief an den Leichen vorbei in die Garage. Er hob den Sack auf, warf ihn sich über die Schulter und verstaute ihn im Kofferraum. Dann setzte er sich wieder ans Steuer. Während er losfuhr, sah er Lea an. „Willkommen in der ‚Tribulation Force'", sagte er. Sie schüttelte nur den Kopf.

In Windeseile tippte Rayford Chloes Nummer. Erneut wandte er sich Lea zu. „Schnallen Sie sich besser an", sagte er.

Mac schlüpfte an Fortunato vorbei, dem gerade das Frühstück serviert wurde, und verließ das Flugzeug, um das Auftanken zu überwachen. Auf diese Weise konnte er auch das Entladen der Maschine beobachten. Abdullah öffnete die Ladeluke und eine ganze Reihe von Gabelstaplern rollte über die Aluminiumrampe in den Bauch des Flugzeugs. Während Fortunato sein Frühstück genoss, wurden 144 Computer und mehr als eine Tonne an Lebensmitteln aus der Condor 216 der Weltgemeinschaft in die Hände ihrer Feinde geschmuggelt. *Ausgezeichnet, Abdullah*, dachte Mac. *Nichts lenkt Fortunato besser ab als ein gutes Frühstück.*

Buck erwachte, als Chloe das Telefon abnahm.

„Wie viel Uhr ist es?", fragte er.

Sie deutete auf die Uhr. Es war halb eins.

„Schsch", flüsterte sie. „Es ist Daddy."

„Auf dem Zettel stand doch, dass er und Lea –"

Sie bedeutete ihm erneut zu schweigen.

„Draußen?", fragte sie. „Warum? … In Ordnung! Ich tue es … Tsion? Bist du sicher? Du willst, dass ich ihn wecke? … Na ja, beeile dich!"

Sie legte auf.

„Buck, steh auf."

„Was? Warum?"

„Komm schon. Daddy möchte, dass wir Tsion wecken und aus dem Fenster sehen."

„Was um –"

„Beeile dich! Er und Lea sind unterwegs."

„Wonach suchen wir denn?"

„Nach den 200 Millionen Reitern."

„Es hat angefangen? Man kann sie sehen?"

„Hol Tsion!"

Als sie wieder in der Luft waren, bat Mac Abdullah, die Maschine zu übernehmen. „Ich möchte sehen, ob Leon seine Strategie erläutert."

Er vergewisserte sich, dass die Tür verschlossen war, löste seinen Gurt, machte es sich bequem und drückte den Knopf der Abhöranlage. Einer von Fortunatos Assistenten versuchte gerade, seinen Boss zu beeindrucken.

„Das wird ein Spaß werden, wenn er herausfindet, dass Carpathia gar nicht hier ist und nur Sie gekommen sind."

„Habe ich da gerade gehört, dass Sie den Potentaten nur mit dem Nachnamen angesprochen haben?"

„Es tut mir Leid, Commander. Ich meine natürlich Seine Exzellenz, der Potentat. Zu gern würde ich miterleben, wenn Ngumo feststellt, dass Potentat Rehoboth nicht nur von der Besprechung weiß, sondern dazu eingeladen wurde."

Jetzt meldete sich der andere Assistent zu Wort. „Was ist denn eigentlich der Zweck dieser Reise. Wollen Sie Ngumo nur an seinen Platz verweisen?"

„Eine berechtigte Frage", antwortete Leon. „Naiv, aber berechtigt. Zuerst einmal ist es eine besonders clevere Art, dies zu tun. Die Tatsache, dass Seine Exzellenz es nicht für nötig hält, persönlich zu kommen, ist nicht nur eine Beleidigung, sondern eine sehr große Beleidigung. Trotz unseres Lächelns und unserer unterwürfigen Haltung wird für Ngumo kein Zweifel daran bestehen, dass dies ein Schlag ins Gesicht ist. Es wird kein Gespräch mit Seiner Exzellenz geben. Es wird nicht einmal ein Gespräch unter vier Augen mit dem Supreme Commander geben. Keine seiner Bitten wird erfüllt werden, und ihm wird nichts anderes übrig bleiben, als das zu akzeptieren. Natürlich hätte das auch telefonisch erledigt werden können, aber das hätte nicht so viel Spaß gemacht. Auf jeden Fall hat diese Mission zum Ziel, eine Allianz zu bilden."

„Mit Rehoboth?"

„Natürlich. Seine Exzellenz muss sich vorbehaltlos auf seine Regionalpotentaten verlassen können. Noch ein paar Vergünstigungen an Bindura und wir sind seiner Loyalität sicher. Es gibt Gerüchte über einen Aufstand, aber sechs Potentaten sind uns auf jeden Fall treu ergeben, Rehoboth haben wir zu 90 Prozent sicher, die Loyalität der anderen drei ist allerdings anzuzweifeln. Aber ich bin sicher, dass sie nach der Lösung des Jerusalem-Problems auf unserer Seite stehen werden, sonst werden sie eben ausgetauscht."

„Das Jerusalem-Problem?"

„Jetzt enttäuschen Sie mich aber! Sie haben so lange eng mit mir gearbeitet und wissen nicht, was ich meine, wenn ich vom ‚Jerusalem-Problem' spr–"

„Die beiden Zeugen."

„Ja, natürlich … nein! So werden sie von den Rebellen genannt. Und sie selbst geben sich irgendeinen biblischen Namen, Lampenständer, Baum oder so etwas. Aber übernehmen Sie nicht diese Ausdrucksweise. Sie sind die verrückten Prediger, die Mauerhocker, die –"

Die beiden Assistenten waren in brüllendes Gelächter ausgebrochen, was Leon veranlasste, sich immer neue Namen auszudenken, die er für lustig hielt. Wenn man seinen Ja-Sagern zuhörte, hatte er bisher sein komödiantisches Talent unterschätzt. Mac schüttelte nur den Kopf. Plötzlich wurde er durch Abdullah aufgeschreckt.

Mac fuhr hoch, als hätte er einen Schlag mit einem nassen Handtuch erhalten. „Tut mir Leid", rief Abdullah, „aber sehen Sie nur! Sehen Sie! Oh! Es war da!"

„Was denn?", fragte Mac. Links von ihnen ging gerade die Sonne auf. Vor ihnen breitete sich der endlose, wolkenlose Himmel aus. Mac konnte nichts entdecken. Abdullah scheinbar auch nicht mehr.

„Ich habe etwas gesehen, Captain. Ich schwöre es."

„Das glaube ich Ihnen. Was war es?"

„Wenn ich Ihnen das sage, glauben Sie mir nicht mehr." Abdullahs Augen waren noch immer weit aufgerissen. Er beugte sich vor und sah sich um.

„Versuchen Sie es."

„Eine Armee."

„Wie bitte?"

„Eine Kavallerie, meine ich."

„Abdullah, Sie können den Erdboden nicht sehen."

„Ich hätte Sie nicht aufgeweckt, wenn ich etwas auf dem Boden gesehen hätte."

„Ich habe nicht geschlafen."

„Man rechnet damit, Pferde auf dem Boden zu sehen."

„Sie haben Pferde im Himmel gesehen?"

„Pferde und Reiter."

„Es sind nicht mal Wolken am Himmel."

„Ich habe Ihnen ja gesagt, Sie würden mir nicht glauben."

„Ich glaube, dass Sie sich einbilden, etwas gesehen zu haben."

„Sie könnten mich geradeso gut einen Lügner nennen."

„Niemals. Ganz offensichtlich haben Sie doch geglaubt, etwas gesehen zu haben. Sie sind doch nicht etwa eingeschlafen?"

„Jetzt bin ich ein Lügner und schlafe auch noch während der Arbeit ein?"

Mac lachte. „Wenn Sie sagen, Sie haben etwas gesehen, glaube ich Ihnen."

„Sie sahen nicht aus wie die 200 Millionen, aber –"

„Ach, Sie haben Tsions Ausarbeitungen gelesen?"

„Natürlich, wer nicht?"

Mac neigte den Kopf. „Sie haben geträumt, sind vielleicht eingenickt. Sehen Sie mich nicht so an. Ich meine ja nur für den Bruchteil einer Sekunde. Sie haben an Dr. Ben-Judahs Ausarbeitung gedacht und –"

„Sie beleidigen mich, wenn Sie so weiterreden, Captain."

Mac versetzte Abdullah einen freundschaftlichen Schlag auf die Schulter. „Es tut mir Leid, Bruder. Sie müssen zugeben, dass es möglich wäre."

Abdullah zuckte vor Macs Hand zurück. „Und Sie müssen zugeben, dass es möglich ist."

Mac lächelte. „Was haben sie denn gemacht? Sind sie aufmarschiert? Haben sie sich für die große Parade gesammelt?"

„Captain! Sie beleidigen mich!"

„Kommen Sie, Abdullah! Tsion sagt, die Pferde und Reiter kämen aus der Tiefe, genau wie die Heuschrecken. Was hätten sie hier oben zu suchen?"

Abdullah wandte genervt den Blick ab.

„Denken Sie, ich würde Sie mit Absicht beleidigen?", fragte Mac.

Keine Antwort.

„Denken Sie das?"

Abdullah schwieg.

„Und jetzt schmollen Sie."

„Das Wort ‚schmollen' kenne ich nicht."

„Na ja", meinte Mac, „dafür, dass Sie es nicht kennen, füllen Sie es recht gut mit Inhalt."

„Falls ‚schmollen' bedeutet, wütend auf jemanden zu sein, den man für seinen Freund und Bruder gehalten hat, dann schmolle ich."

Mac lachte laut auf. „Tatsächlich? Was kann ich denn dagegen unternehmen?"

Und noch bevor Mac blinzeln konnte, tauchten Pferde und Reiter am Himmel auf. Abdullah reagierte automatisch und das Flugzeug schoss beinahe senkrecht in den Himmel. Mac wurde in seinen Sitz gedrückt. In der Kabine hörte er es krachen und knallen. Leon schrie.

Gerade als Mac klar wurde, dass er nicht angeschnallt war, überzog Abdullah die Maschine, und sie schoss im Sturzflug nach unten. Mac knallte mit dem Kopf gegen die Fensterscheibe. Zum Glück drehte er den Kopf gerade noch rechtzeitig, so dass er nur eine Wunde an der linken Schläfe davontrug. Einige Kontrollhebel brachen ab und schnitten ihm ins Ohr. Blut spritzte an die Windschutzscheibe und auf die Kontrollanzeigen.

Schließlich brachte Abdullah die Maschine wieder unter Kontrolle. Er starrte entsetzt nach draußen. „Ich habe es nicht getan, um mich dafür zu rächen, dass Sie mich ausgelacht haben", erklärte er mit zittriger Stimme. „Wenn Sie nicht sehen, was ich beinahe gerammt hätte, dann tut es mir schrecklich Leid, und ich hoffe nur, dass Sie nicht ernstlich verletzt sind."

„Ich habe sie genauso deutlich gesehen wie Sie", meinte Mac. Sein Herz klopfte zum Zerspringen. „Ich werde nie mehr an dem zweifeln, was Sie sagen. Ich muss die Blutung zum Stillstand bringen. Falls Sie sie wieder sehen, versuchen Sie nicht, ihnen auszuweichen. Halten Sie die Maschine gerade. Sie schweben im Weltraum herum. Sie werden sie nicht rammen."

„Es tut mir Leid. Ich habe instinktiv gehandelt."

„Ich verstehe."

„Sind Sie in Ordnung, Captain?"

„Nicht ganz, aber es sind übernatürliche Wesen, da bin ich sicher."

„Gut", erwiderte Abdullah. Er ahmte mit hoher Stimme eine Flugbegleiterin nach: „Während des Fluges sollten Sie immer angeschnallt bleiben, auch wenn das Zeichen zum Anschnallen erloschen ist."

Mac verdrehte die Augen.

„Ach, und jetzt sind Sie mit dem Schmollen dran?", fragte Abdullah grinsend.

Mac erhob sich und griff in dem Augenblick nach dem Türgriff, als jemand von außen energisch gegen die Cockpittür klopfte.

9

Buck entschuldigte sich bei Tsion und erklärte: „Rayford und Lea sind zu ihrer Wohnung gefahren, um etwas zu holen, und jetzt hat er angerufen und gesagt, wir sollten aus dem Fenster sehen."

Tsion zog einen Morgenrock an und folgte Buck in das untere Stockwerk. Seine Haare standen ihm wild vom Kopf ab und er wirkte noch sehr verschlafen. Chloe stand mit Kenny im Arm am Fenster. „Vielleicht sollten wir das Licht ausmachen", schlug sie vor. „Ich kann nichts sehen."

„Wonach suchen wir denn?", fragte Tsion.

„Nach den 200 Millionen Reitern", erwiderte sie.

Tsion eilte zu einem anderen Fenster und zog den Vorhang zurück. „Ich wäre nicht enttäuscht, wenn Gott die Wiederkunft Christi ein bisschen vorverschieben würde", meinte er. „Es scheint wolkig draußen zu sein. Keine Sterne. Wo steht der Mond?"

„Da hinten", erwiderte Buck.

„Ich kann mir nicht vorstellen, dass Rayford es ernst gemeint hat", überlegte Tsion, als er neben Buck und Chloe trat.

„Er war sehr aufgeregt", entgegnete Chloe. „Und er klang ausgesprochen verängstigt."

Buck spähte durch die Hintertür nach draußen in Richtung Osten. Der Horizont glühte rot. „Ich frage mich, ob es das ist", rief er.

„Da brennt irgendwas", meinte Tsion müde. „Aber liegt Mrs. Roses Haus nicht in der anderen Richtung?"

„Ich sollte mal losfahren. Vielleicht entdecke ich ja was", schlug Buck vor.

Chloe gefiel diese Idee überhaupt nicht. „Wir wollen abwarten. Falls es nur ein Feuer ist, dann lohnt es das Risiko nicht."

Das Telefon läutete. Chloe reichte Buck den unruhig gewordenen Kenny und eilte zum Apparat. „Nein, Dad", sagte sie. „Vielleicht brennt im Osten ein Feuer … Bist du sicher, dass es begonnen hat? … Hier, ich gebe dir Tsion."

Mac öffnete die Tür zum Cockpit und Leon platzte aufgebracht herein.

„Eine kleine Turbulenz“, erklärte Mac.

„Turbulenz?! Was ist mit dem Rauch, dem Geruch? Einer meiner Assistenten rührt sich nicht mehr und einer von Karls Leuten ist, wie dieser mir sagte, bewusstlos! Wir müssen landen, Mann! Wir werden abstürzen! Und Sie bluten ja auch!“

Mac folgte ihm in die Lounge, wo einer von Leons Assistenten Wiederbelebungsversuche bei seinem Kollegen machte. Aus der Bordküche rief Karl: „Wir werden alle sterben!“

Leon drückte sich das Taschentuch auf den Mund und hustete und würgte. „Schwefel! Woher kommt das nur? Das ist doch giftig, oder? Wird es uns nicht töten?“

Mac roch nichts. Er würde die Kontrollanzeigen überprüfen, aber die Condor war mit überaus sensibel reagierenden Warnsystemen ausgestattet, und keines davon hatte Alarm gegeben. Mac wusste, dass er sich verdächtig machen würde, wenn er von alledem nichts spüren würde. Er legte die Hand auf den Mund.

„Ich werde die Belüftung stärker aufdrehen“, sagte er, als Karl gerade seinen bewusstlosen Mitarbeiter aus der Bordküche zog. „Bringen Sie diese beiden in die Schlafquartiere. Es gibt genügend Sauerstoff für alle.“

„Können wir nicht irgendwo landen?“, fragte Leon.

„Ich werde es herausfinden.“

„Beeilen Sie sich!“

Mac eilte ins Cockpit zurück und verriegelte die Tür. „Was ist los?“, fragte Abdullah. „Sie verlieren viel Blut.“

„Ich bin okay“, erwiderte Mac. „Diese Pferde haben sogar hier oben Macht, selbst in einer Kabine mit Druckausgleich. Alle riechen Schwefel, sie schnappen nach Luft, brauchen Sauerstoff, verlieren das Bewusstsein. Leon möchte unbedingt landen.“

„Wir sollten auf direktem Weg nach Johannesburg weiterfliegen. Worunter sie leiden, hat nichts mit diesem Flugzeug zu tun. Am Boden sind sie auch nicht besser dran.“

„Sie brauchen medizinische Versorgung.“

Abdullah sah Mac an. „Sie auch, aber wenn sie von den 200 Millionen Reitern geplagt werden, dann wird keine Medizin der Welt sie retten.“

„Wie lautet unsere errechnete Ankunftszeit?“

„Wir brauchen noch ein paar Stunden.“

Mac schüttelte den Kopf. Seine Wunde ließ ihn zusammenzucken. „Wir werden landen müssen, sonst findet Leon heraus, dass wir unverwundbar sind."

Abdullah deutete auf den Steuerknüppel. Mac übernahm und Abdullah holte die Karten aus seiner Tasche.

„Sie werden jeden Augenblick hier sein", sagte Tsion, als er den Hörer auflegte. „Die Feuer-, Rauch- und Schwefelplagen haben begonnen. Ich habe nicht damit gerechnet, dass die Reiter sichtbar sind, zumindest für einige. Rayford und Mrs. Rose haben sie gesehen. Und Ungläubige werden getötet."

Buck stellte das Fernsehgerät an.

„Mayday! Mayday!" In seinen Kopfhörern vernahm Mac die Stimme eines anderen Piloten.

„Hier spricht die Condor, bitte kommen."

„Mayday! Mein Pilot ist tot! Ich bekomme keine Luft mehr! Das Cockpit ist voller Rauch! Ahh! Der Gestank! Ich kann nichts mehr sehen! Ich verliere die Kontrolle! Wir stürzen ab!"

„Wie lautet Ihre Position?"

Aber Mac hörte nichts mehr außer einem entnervenden Gejammer. Es war wie bei der Entrückung, nur dass jetzt die ungläubigen Piloten *abstürzten*, möglicherweise ein Drittel von ihnen.

Immer häufiger empfingen sie Notrufe. Mac war machtlos. Ihm war auch ein wenig schwindelig. Er stellte die Nachrichten im Radio an.

„Niemand hat eine Erklärung für diese erstaunlich rasche Ausbreitung von Brandherden, die unerklärliche Rauchentwicklung und nach Schwefel stinkenden Emissionen, durch die schon Tausende von Menschen auf der ganzen Welt ums Leben gekommen sind", teilte der Nachrichtensprecher mit. „Notärzte sind ratlos, entschlossen, dieses Phänomen aufzuklären. Hören Sie, was der Leiter des Krisenstabes der Weltgemeinschaft, Dr. Jürgen Haase, zu sagen hat."

„Wenn es sich hierbei um ein vereinzeltes Phänomen handeln würde, könnten wir es auf eine Naturkatastrophe zurückführen, der Explosion einer unterirdischen Gasquelle vielleicht. Aber es ist unvorherbestimmbar, ein unerklärliches Phänomen, und ganz eindeutig ist der Rauch tödlich. Wir fordern die Bürger dringend auf, Gasmasken zu tragen und mitzuhelfen, spontane Brände sofort zu löschen."

Der Nachrichtensprecher fragte: „Was ist denn gefährlicher, der schwarze oder der gelbe Rauch?“

„Zuerst waren wir der Meinung“, erwiderte Haase, „der schwarze Rauch würde von den Bränden aufsteigen, aber er scheint davon unabhängig zu entstehen. Er kann tödlich sein, doch die gelben Schwefeldämpfe führen sofort zum Tod.“

Mit vor Angst zitternder Stimme kündigte der Nachrichtensprecher an, er habe gerade neue Informationen erhalten. „Es gibt Gebiete, aus denen noch keine Brände, kein Rauch und keine Schwefeldämpfe gemeldet werden, doch in anderen Gebieten ist die Zahl der Todesopfer beträchtlich in die Höhe geschnellt. Sie wird weltweit auf mittlerweile Hunderttausende geschätzt. Seine Exzellenz, der Potentat der Weltgemeinschaft, Nicolai Carpathia, wird sich in der nächsten halben Stunde an die Weltöffentlichkeit wenden.“

Abdullah hielt Mac eine Karte unter die Nase. „Wir sind gleich weit von Addis Abeba und Khartum entfernt. Auf beiden Flughäfen könnten wir landen.“

„Das muss Leon entscheiden“, erwiderte Mac. „Immerhin will er auf die Erde zurück.“

Abdullah übernahm die Maschine und Mac verließ das Cockpit. Leon telefonierte gerade. Mac holte sich eine Serviette aus der Bordküche, befeuchtete sie und drückte sie an sein blutendes Ohr. Er nahm auch einen feuchten Lappen für das Cockpit mit, damit Abdullah die Fensterscheibe und die Instrumententafel sauber wischen konnte.

„Einen Augenblick, Exzellenz“, sagte Leon, „der Captain möchte mich sprechen … Ja, ich werde fragen.“ Leon legte die Hand auf die Muschel. „Seine Exzellenz fragt, wo wir uns befinden.“

„Über dem Roten Meer. Wir können entweder –“

Leon bedeutete Mac mit der Hand, dass er schweigen solle, und gab die Information an Carpathia weiter. Er reichte Mac das Telefon. „Der Potentat möchte mit Ihnen sprechen.“

„Wie sieht Ihr Plan aus, Captain?“ Carpathia klang erstaunlich gefasst.

Mac berichtete über die Alternativen.

„Können Sie nicht Mekka oder einen Flughafen im Jemen anfliegen?“

„Dort gibt es keine Landebahn, auf der eine so große Maschine landen kann, Sir.“

„Addis Abeba liegt im ehemaligen Äthiopien“, sagte Carpathia wie zu sich selbst.

„Genau“, bestätigte Mac. „Khartum liegt im früheren Sudan.“

„Fliegen Sie dorthin. Ich werde mich mit Potentat Rehoboth in Südaf-, … äh, in Johannesburg in Verbindung setzen und ihn bitten, dafür Sorge zu tragen, dass die Leute im Sudan Sie mit aller gebotenen Höflichkeit empfangen. Wenn Sie dann diese Reise fortsetzen können, wird dies der Sache dienen.“

„Darf ich fragen, wie die Situation bei Ihnen aussieht?“

„Hier? Wir haben Dutzende von Mitarbeitern verloren und der Gestank ist unerträglich. Ich bin davon überzeugt, dass es sich hierbei um eine chemische Waffe handelt, aber ich würde mich nicht wundern, wenn die Opposition dies wieder einer übernatürlichen Macht zuschreiben würde.“

„Mich auch nicht … Sir.“

„Das Jerusalemer Duo lässt sich bereits darüber aus.“

„Bitte?“

„Mein neuer Name für sie. Gefällt er Ihnen?“

Mac antwortete nicht. Menschen auf der ganzen Welt starben und Carpathia machte Wortspiele.

„Natürlich übernehmen sie die Verantwortung für das, was passiert“, fuhr Carpathia fort. „Das erleichtert mir meine Aufgabe. Ihr Tag wird kommen, und die Welt wird mir dankbar sein, wenn ich uns von diesen beiden befreie.“

Buck setzte sich mit Tsion und Chloe vor das Fernsehgerät. Gemeinsam warteten sie auf Rayford und Lea. Aus Ländern, in denen es hellichter Tag war, wurden Bilder von Feuer, dichtem Rauch, keuchenden und hustenden Menschen gezeigt. Panik hatte sich ausgebreitet.

Das Telefon läutete. Es war Mac, der Rayford sprechen wollte. Buck erzählte ihm, was passiert war, und war erstaunt zu hören, was Mac und Abdullah zu berichten hatten. Mac nannte ihm auch Carpathias Spitznamen für die beiden Zeugen.

„Er wird gleich im Fernsehen sprechen“, erklärte Buck. „Ich werde Rayford bitten, Sie anzurufen.“

Rayford und Lea bogen gerade in die Einfahrt ein, als Carpathia angekündigt wurde. Gemeinsam verfolgten die Mitglieder der *Tribulation Force* Carpathias Erklärung. Tsion erhob sich und lief herum, während Carpathia ernst in die Kamera blickte. Der Potentat sprach wie gewöhnlich sehr väterlich, versicherte den verängstigten Massen, dass „die Situation bald unter Kontrolle“ sein würde.

„Wir haben alle Kräfte mobilisiert. In der Zwischenzeit bitte ich die Bürger der Weltgemeinschaft, verdächtige Aktivitäten zu melden, vor allem das Tun und Treiben schädlicher Agenten. Traurigerweise haben wir Grund zu der Annahme, dass für dieses Massaker unschuldiger Menschenleben die religiösen Dissidenten verantwortlich sind, denen wir bisher immer mit großer Nachsicht begegnet sind. Obwohl sie uns bei jeder Gelegenheit angreifen, haben wir ihr Recht auf die freie Meinungsäußerung verteidigt. Und doch betrachten sie die Weltgemeinschaft auch weiterhin als Feind. Diese Leute haben sich zu einer intoleranten, engstirnigen Sekte zusammengeschlossen, die jeden ausschließt, der nicht ihrer Meinung ist.

Sie haben das Recht, ein gesundes, friedliches und freies Leben zu führen, meine lieben Mitbürger. Obwohl ich Pazifist bin und bleibe, plädiere ich dafür, die Welt von dieser Sekte, angefangen mit dem Jerusalemer Duo, zu befreien. Nicht einmal jetzt zeigen diese beiden Bedauern wegen der vielen Menschen, die bei diesem Angriff ihr Leben gelassen haben."

„Wisst ihr", sagte Tsion, der sich neben Chloe auf die Armlehne der Couch gesetzt hatte, „ich werde um Vergebung bitten müssen für die Freude, die ich empfinden werde, wenn für diesen Mann die Zeit gekommen ist."

Carpathia blendete ein Bild von Moishe und Eli an der Klagemauer ein. Sie sprachen mit einer Stimme, die ohne Verstärkung weit über den Tempelberg hinaus reichte.

Die Worte wurden mit Untertiteln auf dem Bildschirm eingeblendet. „Wehe den Feinden des allerhöchsten Gottes!", riefen sie. „Wehe den Feiglingen, die ihrem Schöpfer mit der Faust drohen und jetzt gezwungen sind, vor seinem Zorn zu fliehen! Wir flehen euch an, ihr Ottern und Schlangengezücht, diese Plage nicht nur als Gericht anzusehen! Ja, sie ist ein weiterer Versuch des liebenden Gottes, euch zu erreichen. Es bleibt keine Zeit mehr, um euch zu werben. Ihr müsst auf diesen Ruf hören und erkennen, dass er euch liebt. Wendet euch dem Gott eurer Väter zu, solange es noch Zeit ist. Denn der Tag wird kommen, an dem es zu spät ist!"

Mit einem herablassenden Lächeln war Carpathia wieder auf dem Bildschirm zu sehen. „Der Tag wird kommen, meine Freunde, an dem diese beiden nicht mehr länger ihr Gift verspritzen werden. Sie werden kein Wasser mehr in Blut verwandeln, den Regen von den Wolken nicht mehr zurückhalten, keine Plagen mehr über das Heilige Land und die Welt kommen lassen. Ich habe meinen Teil der Abmachung eingehalten, die wir vor Monaten getroffen hatten. Bestimmte Dissidenten blieben ohne Strafe. Und das ist nun der Lohn. So wird uns unsere Großmut vergolten.

Aber jetzt ist es vorbei mit der Großzügigkeit, meine lieben Bürger. Ihre Geduld und Standhaftigkeit sollen belohnt werden. Der Tag wird kommen, an dem wir als *eine* Welt in *einem* Glauben als *eine* Familie zusammenleben werden. Wir werden in einem Utopia des Friedens und der Harmonie leben; es wird kein Blutvergießen und keinen Tod mehr geben. In der Zwischenzeit nehmen Sie bitte meine tief empfundene Anteilnahme zum Tod Ihrer Lieben entgegen. Sie sollen nicht umsonst gestorben sein. Vertrauen Sie auch weiterhin den Idealen der Weltgemeinschaft, im Grundsatz des Friedens und im Geist eines allumfassenden universellen Glaubens, der die Anhänger jeder Religion willkommen heißt, sogar die, die gegen uns sind.

In vier Monaten werden wir in der Stadt, in der die Prediger jetzt gegen uns wettern, ein Fest feiern. Wir werden ihren Tod bejubeln und uns einer Zukunft ohne Plagen, Krankheit, Leid und Tod erfreuen. Vertrauen Sie darauf und freuen Sie sich auf diesen Tag. Bis ich wieder zu Ihnen spreche, möchte ich Ihnen für Ihre loyale Unterstützung der Weltgemeinschaft ganz herzlich danken."

In den beiden voll ausgestatteten Krankenwagen, die am Ende der großen Landebahn in Khartum warteten, fanden sie die neueste medizinische Technologie vor. Den feuchten Lappen an sein Ohr gepresst, half Mac Abdullah die Tür zu öffnen und die Treppe herunterzulassen. Karl und Leon taumelten hinaus, jeweils einen geschwächten Assistenten im Schlepptau. Beide ließen einen sterbenden Gefährten an Bord. Mit Handschuhen und Gasmaske ausgestattete Rettungssanitäter eilten mit Metallboxen an Bord. Mac und Abdullah standen auf dem Rollfeld und weigerten sich, Hilfe in Anspruch zu nehmen, bevor nicht alle anderen versorgt waren. Die Verletzten wurden in den Rettungswagen gebracht. Kurz nachdem die Rettungssanitäter aus dem Flugzeug gestiegen waren, kehrten sie mit Tragen wieder an Bord zurück und holten die beiden, mit einem Laken abgedeckten Opfer heraus.

Fortunato stand ohne Mantel, mit gelockerter Krawatte und verschwitztem Hemd neben einem Rettungswagen. Er fuhr sich über die Stirn und keuchte schwer. „Irgendwelche Vorsichtsmaßnahmen?", fragte er die Rettungssanitäter, als die Opfer vorbeigerollt wurden.

Sie schüttelten den Kopf.

„Sie sind doch nicht …"

„Doch, sind sie", erwiderte einer. „Erstickt."

Leon wandte sich an Mac. „Lassen Sie Ihre Wunde versorgen und das Flugzeug gründlich überprüfen. Einen weiteren Zwischenfall wie diesen können wir uns nicht leisten."

Mac war bei dem Aufprall an seinem Kopf an drei Stellen verletzt worden. Eine tiefe, klaffende Wunde an seinem Hals musste mit fünf Stichen genäht werden, sein Ohr sogar mit sieben Stichen.

„Das wird ziemlich weh tun, wenn die Betäubung nachlässt", informierte man ihn.

Zwei junge Menschen waren tot, vier andere Passagiere todkrank und die Welt versank im Chaos. Angesichts dieser Situation konnte Mac mit den Schmerzen leben.

Rayford blieb in den frühen Morgenstunden im Wohnzimmer sitzen, nachdem die anderen wieder zu Bett gegangen waren. Nass, durchgefroren und mit schmerzenden Gliedern war er hinter Lea ins Haus gehumpelt. Mit voller Wucht war er in sie hineingerannt, und er konnte sich durchaus vorstellen, welche Schmerzen sie zu ertragen hatte. Die Fürsorge und Anteilnahme der anderen Hausbewohner, sogar während Carpathias Ansprache, taten ihm gut. Sie waren tatsächlich Brüder und Schwestern in Christus und ohne sie würde es kein Überleben geben.

Nachdem Rayford und Lea erzählt hatten, was passiert war, dankten sie Gott für das Geld. Tsion hatte ein wenig von dem berichtet, was er am folgenden Tag ins Internet eingeben würde. Vor allem schien er davon fasziniert zu sein, dass Christen die Pferde und Reiter sehen konnten, während die Opfer dazu nicht in der Lage waren. Auf dem Filmmaterial wurden Menschen gezeigt, die von Schlangenbissen zusammenzuckten, eingehüllt waren von Rauchwolken und verbrannt durch scheinbar spontan entstandene Brände. Doch die Pferde und Reiter waren nicht zu sehen.

„Ich hatte mir die Reiter als eine einzige riesige Armee vorgestellt", erklärte Tsion, „und vielleicht wird das zu irgendeinem Zeitpunkt auch so sein. Aber bisher sieht es so aus, als würden sie sich auf die unterschiedlichen Orte aufteilen. Wie lange dies so sein wird, weiß ich nicht. Offen gestanden bin ich ein wenig enttäuscht, dass ich sie selbst noch nicht gesehen habe."

Schließlich blieben nur noch Rayford und Chloe im Wohnzimmer zurück.

„Willst du zu Bett gehen, Dad?“, fragte sie nach einer Weile.

„Gleich. Ich muss noch ein wenig abschalten. Das war wirklich ein ungewöhnlicher Tag. So etwas habe ich noch nie erlebt. Und ich möchte es auch nicht noch einmal erleben.“

Sie stellte sich hinter ihn und massierte ihm den Nacken und die Schultern. „Du brauchst Ruhe“, sagte sie.

„Ich weiß.“ Er tätschelte ihr die Hand. „Ich komme schon klar. Du brauchst deinen Schlaf, damit du das Baby versorgen kannst.“

Während er allein in der Dunkelheit saß, überdachte Rayford die Ereignisse der vergangenen Tage. Er hatte sich gefragt, wie viel sie ertragen konnten. Dies war erst der Anfang, und es überstieg einfach seine Vorstellungskraft, dass es in den kommenden Jahren immer so weitergehen würde. Er würde noch mehr Gefährten verlieren, in immer kürzerer Zeit.

Sein Zorn hatte nicht nachgelassen, aber er hatte es geschafft, ihn in die hinterste Ecke seines Gehirns zu verdrängen. Noch immer sehnte er sich nach dem Vorrecht, an Carpathias Tod teilzuhaben, doch er musste zugeben, er war dankbar für das, was er an diesem Abend erlebt hatte. Keinesfalls leugnete er Gottes mächtige Gegenwart in dieser Periode der Geschichte. Aber den Reitern der Offenbarung von Angesicht zu Angesicht gegenüberzustehen, einfach durch sie hindurch zu laufen …

Konnten die Reiter die Gläubigen nicht sehen? Sicherlich gehörten sie doch wie die dämonischen Heuschrecken zu den Handlangern Satans, der viel lieber die Gläubigen töten würde als die Feinde Gottes.

Rayford wusste noch immer nicht, was er von Lea halten sollte. Sie war schwer einzuschätzen. Auf der einen Seite wirkte sie jünger und naiver, als sie war. Sie hatten ein entsetzliches Szenario erlebt und doch hatte er immer noch den Eindruck, dass sie ein ausgesprochen temperamentvoller und eigensinniger Mensch war. Die Geschichte, wie sie zum Glauben gekommen war, hatte ihn bewegt, und er zweifelte nicht daran, dass sie es ehrlich meinte. War es sexistisch, dass er sich durch ihre offene Art abgestoßen fühlte? Würde er bei einem Mann genauso empfinden? Er hoffte es.

Sein ganzer Körper schmerzte. Eine lange, heiße Dusche würde ihm sicherlich guttun. Sein Zeh tat weh, er war vielleicht gebrochen. Sein linkes Knie schmerzte wieder wie vor seiner Operation damals auf dem College. Sein linker Ellbogen war aufgeschürft. Ein Finger war verrenkt, der Hinterkopf pochte. Zu schade, dass er die 45 schon weit hinter sich gelassen hatte. Wie dumm von ihm, in Lea hineinzurennen und mit ihr hinzufallen. So etwas passte eher zu einem Neunjährigen.

Auch bestürmten ihn Gedanken an seinen Sohn. Raymie war zwölf gewesen, als er bei der Entrückung verschwunden war. Obwohl Rayford es im Großen und Ganzen geschafft hatte, sich wegen ihm nicht mehr zu quälen, gab es doch kaum eine Minute, in der er nicht an ihn dachte. Er hatte Gewissensbisse wegen der verlorenen Augenblicke, die er nicht seinem Sohn gewidmet hatte. Die Erinnerungen an ihre gemeinsam verbrachten Stunden schnürten ihm die Kehle zu.

Rayford ließ sich von der Couch auf die Knie gleiten. Er dankte Gott für Irene und Raymie und dafür, dass sie diese schreckliche Zeit nicht miterleben mussten. Er dankte Gott auch für Amanda, die er nur so kurze Zeit gekannt hatte, die aber trotzdem ein Geschenk für ihn gewesen war. Für Chloe, Kenny, Buck, Tsion, Mac, David, Bruce, Ken … für alle war er so dankbar. Er durchlebte ein Wechselbad der Gefühle: Bedauern, Dankbarkeit, Sorge, Hoffnung.

Rayford betete darum, dass er für die *Tribulation Force* ein richtiger Führer sein würde, so wie Gott ihn haben wollte. Und er verlieh seiner Hoffnung Ausdruck, dass er sich nach den ersten dreieinhalb Jahren der Trübsalszeit, also in vier Monaten, in Nicolai Carpathias Nähe würde aufhalten dürfen. Und gerade erst hatte Nicolai verkündet, wo er zu diesem Zeitpunkt sein würde.

Mac war froh, dass Abdullah die Ausräucherung und Überprüfung der Maschine überwachte. Sein Kopf schmerzte. Er musste noch fliegen, aber auf Abdullah konnte er sich verlassen.

Alle waren sehr nervös, er eingeschlossen. Sie hielten die Augen offen, ob weitere Gefahren drohten. Mac stellte fest, dass er bei jeder Bewegung zusammenzuckte und damit rechnete, die riesigen Pferde mit ihren Reitern zu sehen. Abdullah schien genauso nervös zu sein.

Trotz seines Traumas schien es Fortunato kaum erwarten zu können, wieder loszufliegen. Auch Karl war besonders aufgeregt. Einerseits war er fassungslos, dann wieder lief er geschäftig herum, um sicher zu sein, dass alles in Ordnung war. Während Mac und Abdullah die Startvorbereitungen vornahmen, wurde Fortunato in den nagelneuen Terminal von Khartum geführt. Als er zurückkam, hatte er sich umgezogen, scheinbar auch geduscht, und er sah sehr viel besser aus. Sein Gesicht war jedoch noch Sorgen umwölkt. Er kam zum Cockpit, um sich zu versichern, dass Mac und das Flugzeug flugtüchtig waren. „Sobald Sie einen unangenehmen Geruch bemerken, fliegen Sie den nächsten Flughafen an“, sagte er.

Um ein Uhr mittags konnte David Hassid sich endlich eine Pause gönnen. Er hatte den Transport der Toten zur Leichenhalle organisiert und geholfen, die Kranken in die Krankenzimmer zu bringen. Die Auslöser der Katastrophe hatte er nicht gesehen, aber er zählte zwei und zwei zusammen, als immer mehr Berichte von Tod durch Feuer, Rauch und Schwefel hereinkamen. Bisher gab es unter den Angestellten der Weltgemeinschaft Hunderte von Opfern. Er wusste, dass seine Gefährten in den Staaten, zumindest Rayford und ein neues Mitglied der *Tribulation Force*, die Reiter mit eigenen Augen gesehen hatten. Aber es tat gut zu wissen, dass er nicht der einzige Christ war, der noch keine Begegnung mit ihnen gehabt hatte.

David machte sich große Sorgen um Annie. Seit dem Alarm war sie unauffindbar. Er konnte sie weder telefonisch noch über Computer erreichen und niemand wusste etwas über ihren Verbleib. Ihre Aufgabe bei einem Notfall war es, eine Reihe von Zahlencodes in einen Computer einzugeben, um den Hangar zu sichern. War dies erledigt, hatte sie David zur Verfügung zu stehen. Der Hangar war gesichert worden, aber David hatte sich selbst um das Personal kümmern müssen.

Es war eine entsetzliche Arbeit. Von seinen 140 Untergebenen waren zehn tot, zwei wurden wegen Rauchvergiftung behandelt und eine Person wurde vermisst: Annie. Drei von den Toten schienen spontan in Flammen aufgegangen zu sein. Während der schrecklichen Arbeit kam David zu einem Entschluss. Falls Annie irgendwie überlebt hatte, würden sie ihre Beziehung nicht mehr geheim halten. Er würde sogar die Initiative ergreifen und ihre Versetzung beantragen, damit man ihnen keinen Vorwurf machen konnte.

Nachdem er seinen Bericht verfasst hatte, rannte David an Dutzenden von Angestellten vorbei, die in kleinen Gruppen zusammensaßen, weinten, redeten, sich gegenseitig trösteten. Eigentlich hätte er mit ihnen beten, ihnen von Gott erzählen sollen. Aber er war noch nicht bereit, seinen Vorteil der Anonymität aufs Spiel zu setzen.

In seiner Sicherheitseinstufung konnte David sich den Schlüssel zu Annies Quartier holen. Sie war nicht da. Verzweifelt lief er zum riesigen Hangar und gab die notwendigen Codes ein, um die Sicherheitsschlösser zu öffnen. Die großen Türen glitten auf. Die Halle wirkte nun, da die Condor unterwegs war, noch größer. Die Hubschrauber und die kleinen Flugzeuge füllten sie nicht einmal zu einem Drittel.

David öffnete das Büro von Annie, Mac und Abdullah und knipste die Lichter an. Nichts. In diesem Augenblick hörte er ein gedämpftes, rhythmisches Klopfen. Es kam aus dem Schaltraum am Ende des Hangars. Schon bald erkannte er, dass es sich um einen Morse-Code handelte. Jemand klopfte SOS. David begann zu rennen.

Der Schaltraum war doppel gegen Lärm isoliert und aus Sicherheitsgründen mit Stahl verstärkt. Dies war Annies erster Alarm. Vielleicht wusste sie nicht, dass sich der Schaltraum von selbst schloss und dass man sich auf keinen Fall darin aufhalten durfte, wenn das ganze Gebäude gesichert wurde. War dieser Raum erst einmal verschlossen, gab es keine Möglichkeit mehr, sich von innen bemerkbar zu machen. Handy und Fernbedienungen schafften es nicht, den dicken Stahl zu durchdringen. Um herauszukommen, musste die Tür von außen geöffnet werden.

David erreichte die Tür. „Wer ist da?“, rief er.

„David!“, antwortete Annie. Sie schien außer sich zu sein. „Hol mich hier raus!“

„Gott sei Dank“, seufzte er, als er die Tür aufschloss. Sie flog in seine Arme und drückte ihn so fest, dass er kaum noch Luft bekam.

„Ich dachte, ich würde für ewig da drin festsitzen!“, stöhnte sie. „Ich habe den Raum inspiziert und wollte gerade die Codes eingeben. Ich hatte doch keine Ahnung, dass die Türen von innen schließen. Ich muss mich doch noch um deine Leute kümmern.“

„Hab ich schon erledigt.“

„Gut. Und danke, dass du mich über die Schaltzentrale aufgeklärt hast.“

„Tut mir Leid. Ich bin so erleichtert, dass ich dich gefunden habe.“

„Ich war zu Tode erschreckt. Ich habe befürchtet, dass Tage vergehen könnten, bis du daran denkst, hier zu suchen.“

David merkte, dass Annie wirklich wütend auf ihn war. „Eigentlich hätte Mac dich aufklären müssen über –“

Sie sah ihn misstrauisch an. „Du willst tatsächlich Mac den schwarzen Peter zuschieben? Ich denke schon, dass *du* mir etwas so Wichtiges hättest mitteilen müssen!“

Er sagte nichts mehr.

„Warum dieser Aufruhr?“, fragte sie. „War es schon wieder ein falscher Alarm?“

„Das weißt du nicht?“

„Woher denn, David?“, fragte sie. „Ich sah die Leute rennen und hörte ein paar husten, als der Alarm losging. Da bin ich geradewegs hierhergekommen.“

„Komm mit“, sagte er.

Sie setzten sich in ihr Büro und er erzählte ihr die ganze Geschichte.

„Ich hätte helfen können“, sagte sie. „Dank deiner Nachlässigkeit stehe ich jetzt als Feigling da.“

„Ich bin beinahe gestorben vor Sorgen“, stöhnte David. „Ich dachte, ich wüsste, was du mir bedeutest.“

„Du *dachtest*?“

„Ich habe mich getäuscht. Was soll ich sagen? Ich brauche dich. Ich liebe dich. Ich möchte, dass alle es erfahren.“

Sie schüttelte den Kopf und wandte den Blick ab. „Du sagst, du liebst mich, und lässt zu, dass ich mich einschließe?“

Jetzt wurde David wütend. „Hast du das Handbuch gelesen, wie ich dir gesagt habe? Darin stehen alle notwendigen Informationen.“

„Ich nehme an, ich bekomme jetzt einen Verweis.“

„Vermutlich. Es wird schwer zu verbergen sein, dass ich deine Arbeit übernommen habe.“

„Das war das Mindeste, was du tun konntest“, gab sie zurück.

David gab sich Mühe, ihr Verhalten ihrem traumatischen Erlebnis zuzuschreiben. „Ich liebe dich, auch wenn du unausstehlich bist.“

„Wie nett von dir.“

Er zuckte die Achseln und hob ergeben die Hände. „Ich gehe jetzt besser zurück. Bis wir unsere Beziehung öffentlich machen, dürfen wir nicht zusammen gesehen werden. Und außerdem muss ich darüber Bericht erstatten, wo du abgeblieben bist.“

„Na, toll!“

Er schüttelte den Kopf und erhob sich.

„Jemand hätte es mir sagen müssen!“, beharrte sie.

Er sah sie nicht an. „Da hast du Recht.“

„Ich meine ja nur“, fuhr sie fort, „dass ich diejenige bin, die ihren Job verlieren könnte. Du weißt, was das bedeutet.“

Er wandte sich um. „Noch vor zehn Minuten hätte mir das gefallen. Es hätte bedeutet, dass wir uns zu unserer Liebe bekennen könnten und ich mehr Zeit mit dir verbringen könnte.“

David merkte, dass er sie verletzt hatte.

„Und jetzt?“, fragte sie.

„Wie ich schon sagte, ich liebe dich auch wenn du –“

„Du kennst den Preis, David. Ich wünsche mir dasselbe wie du, aber was ist das Beste für die ‚Tribulation Force‘?“

„Ich kann für die ‚Tribulation Force‘ nicht viel Gutes bewirken, so frustriert wie ich ohne dich bin.“

„Wer hat schon Zugang zu den oberen Bonzen der Weltgemeinschaft so wie du?“

„Ich weiß. Dann vertragen wir uns also wieder?“

Sie kam zu ihm und sie hielten sich in den Armen.

„Es tut mir Leid“, entschuldigte sie sich.

„Mir auch.“

10

Seit dem großen Erdbeben, dem „Zorn des Lammes", war Mac nicht mehr in Johannesburg gewesen. Aus der Luft sah die Stadt mit ihrem wieder aufgebauten Flughafen aus wie Neu-Babylon. Im Haus des Regionalpotentaten Rehoboth wohnten seine verschiedenen Frauen, Kinder und Enkel, außerdem seine Dienstboten und Assistenten.

Mac hatte das Gefühl, dass die linke Seite seines Kopfes doppelt so dick war wie die rechte. Jeder Herzschlag verursachte ihm stechende Schmerzen in seinen Wunden. Selbst die Kopfhörer aufzusetzen war eine Qual. Er musste aufpassen, dass sie nicht zu fest auf die Wunde drückten.

Nach der Landung war es Macs und Abdullahs Aufgabe, die Türen zu öffnen und die Treppe herunterzulassen. Dann waren sie frei, das Flugzeug zu verlassen, sich in ihre Quartiere zurückzuziehen oder im Cockpit zu bleiben, solange sie die Gespräche nicht störten. Karl und ein Assistent sollte an Bord bleiben und das Essen servieren. Mac informierte Leon darüber, dass er und Abdullah ebenfalls bleiben würden, vermutlich in ihrem Quartier. Natürlich blieben sie im Cockpit, wo Mac Fortunato und seinen Assistenten belauschte.

„Clancy", sagte Leon, „rufen Sie bitte Ngumo im VIP-Gästehaus an. Es befindet sich dort hinten am Ende des Flughafens. Dies ist die Nummer. Vermutlich wird er nicht selbst am Telefon sein, aber stellen Sie bitte auf Lautsprecher, damit ich mithören kann. Nur für den Fall."

Mac wünschte, er könnte sich Notizen machen, aber keinesfalls durfte er riskieren, dass sie bei ihm gefunden wurden. Er würde sich so viel wie möglich merken müssen – was bei seinem Gesundheitszustand nicht leicht war. Er hörte, wie Clancy die Nummer eingab.

Eine ältere Frau meldete sich. „Sie sprechen mit Mwangati Ngumos Sekretärin. Kann ich Ihnen helfen?"

„Ja, Madam, vielen Dank. Ich bin Clancy Tiber, persönlicher Assistent des Supreme Commander der Weltgemeinschaft, Leon Fortunato. Ich freue mich, Ihnen sagen zu können, dass der Supreme Commander bereit ist, Mr. Ngumo und zwei Assistenten an Bord der ‚Global Community One' zu begrüßen."

„Vielen Dank, Mr. Tiber. Sie werden in fünf Minuten da sein. Mr. Ngumo freut sich schon sehr auf sein Treffen mit Potentat Carpathia."

Clancy legte auf und sagte: „Das ist zu köstlich. Wer hätte gedacht, dass es ein so großer Spaß wird?"

„Es kommt noch besser, mein Junge."

Die mit Fähnchen ausgestattete Limousine hielt 20 Meter vor dem Flugzeug an, und Mac beobachtete, wie die drei Würdenträger ausstiegen. Abdullah schnallte sich ab und drückte seine Nase ans Fenster. „Sieht der für Sie aus wie Ngumo, Mac?"

„Wie bitte?"

„Das ist nicht Ngumo."

„Ich bin ihm noch nie begegnet."

„Ich auch nicht, aber wenn er seit seinem letzten Fernsehauftritt nicht 50 Pfund verloren hat, dann ist er es nicht. Und seit wann trägt der große Mann seine Tasche selbst?"

Mac zog seinen Kopfhörer ab und beugte sich vor, aber er konnte die Männer nicht mehr sehen. Er fuhr zusammen, als sich Fortunato so heftig gegen die geschlossene Tür des Cockpits warf, dass sie aufsprang. „Los! Los!", sagte Leon. „Starten Sie sofort!"

„Wir haben die Triebwerke bereits abgestellt, Leon."

„Dann starten Sie sie eben wieder! Sofort! Diese Männer sind bewaffnet!"

„Die Tür steht offen, Leon! Wir haben keine Zeit!"

„Tun Sie doch etwas!"

„Stellen Sie die Triebwerke drei und vier an", sagte Mac und Abdullah betätigte mehrere Knöpfe. „Und jetzt volle Kraft!"

Die beiden Triebwerke auf der rechten Seite des Flugzeugs sprangen mit lautem Krach an, und Mac schob den Schubhebel nach vorn, so dass das Flugzeug sich nach links drehte. Mac konnte beobachten, wie die drei vermeintlichen Attentäter von dem heißen Ausstoß zu Boden geworfen wurden.

„Sie sind ein Genie!", rief Leon. „Und jetzt bringen Sie uns hier weg!"

Die Männer rappelten sich auf, hoben ihre Gewehre auf und liefen zu ihrem Wagen. Da die Tür der Condor noch offen stand, rannte Abdullah los, um die Treppe einzuziehen und die Tür zu schließen.

„Und jetzt los!“, rief Leon erneut. „Starten Sie!“

„Wir haben nicht genügend Treibstoff. Wir werden zurückkommen müssen.“

„Sie fahren uns entgegen! Starten Sie!“

Mac war klar, dass das Flugzeug auf einen so schnellen Start noch nicht vorbereitet war. Die Triebwerke auf der linken Seite sprangen an, doch zuerst mussten andere wichtige Checks vorgenommen werden, ohne die der Bordcomputer den Start verweigern würde. Falls Mac die Sicherheitsvorkehrungen überging, riskierte er eine Bruchlandung.

Er drehte die Maschine von den Verfolgern weg, doch sie überholten sie und setzten sich vor sie. „Überrollen Sie sie!“, forderte Leon. „Starten Sie endlich!“

Doch die Schützen brachten sich in Sicherheit und eröffneten das Feuer auf die Maschine. Mit einem lauten Knall zerbarsten die Reifen. Die Condor war angeschlagen. Mehr als die Hälfte ihrer Reifen war geplatzt und das Flugzeug hing mit Schlagseite auf der Startbahn. So würde Mac sie niemals zum Rollen bekommen. Ein Start war undenkbar.

Seltsamerweise war kein anderes Flugzeug in Sicht. Das ganze hektische Treiben konnte weder aus der Luft noch vom Bodenpersonal unbemerkt geblieben sein, doch scheinbar sahen die Leute bewusst weg. Die Insassen der Maschine saßen in der Falle und würden vermutlich alle sterben. Er und Abdullah waren dieser Gruppe von Killern ausgeliefert. Wer immer sie waren, ganz offensichtlich arbeiteten sie mit dem Rehoboth-Regime zusammen.

Die Kugeln durchlöcherten den Flugzeugrumpf. Mac und Abdullah sprangen von ihren Sitzen auf und folgten dem schreienden Leon durch die Bordküche, die Lounge bis hinein in die Hauptkabine.

„Legen Sie sich in der Mitte auf den Boden!“, rief Mac.

Die Killer wollten scheinbar sichergehen, dass niemand überlebte. Immer mehr Kugeln durchschlugen die Fenster und den Rumpf der Maschine. Mac konnte nur fünf Männer entdecken. Abdullah, Leon, Clancy, Karls Assistent und er lagen flach auf dem Boden unter den Sitzen.

„Wo ist Karl?“, fragte Mac, aber niemand rührte sich.

Mac spürte die Erschütterung von Schritten neben sich und blickte hoch. Der Koch taumelte blutend den Gang entlang. „Karl! Runter!“ Mit weit aufgerissenen Augen sank der Mann zu Boden. Das Loch in seiner Stirn ließ auf eine tödliche Verletzung schließen.

„Haben wir eine Waffe an Bord?“, rief Leon.

„Ist von Ihrem Boss verboten worden, Leon!“, antwortete Mac.

„Aber Sie brechen doch sicher manchmal die Regeln! Ich werde es Ihnen verzeihen, falls Sie irgendwo eine auftreiben! Unsere Lage ist hoffnungslos, Mac!“

Im Laderaum der Maschine befanden sich tatsächlich zwei Gewehre. *Ja,* dachte Mac, *manchmal halte ich mich wirklich nicht an die Regeln.* Aber es gab keinen Möglichkeit, an die Gewehre zu kommen, und was sollte man auch damit anfangen, wo sie unter so heftigem Beschuss standen.

„Tun Sie doch was!“, flehte Leon. „Haben Sie ein Telefon?“

Mac nahm sein Handy vom Gürtel und warf es Leon zu. In höchster Erregung gab Leon einen Spezialcode ein. Bei jeder neuen Salve, die in das Flugzeug einschlug, fuhr er zusammen.

„Höchste Alarmstufe, hier spricht LF 999 auf der abhörsicheren Leitung! Informieren Sie Seine Exzellenz davon, dass die ‚Global Community One‘ unter heftigem Beschuss steht. Johannesburg, internationaler Flughafen. Stellen Sie mich sofort zu Potentat Rehoboth durch!“

Mac hörte, wie in der Lounge das Telefon klingelte. Würde er es wagen, seine Deckung zu verlassen, um das Gespräch entgegenzunehmen? Immerhin bestand ja die Möglichkeit, dass es die Attentäter mit einer Forderung an sie waren. Er kroch über Karl hinweg in die Lounge und griff nach dem Hörer. Dabei fiel der Apparat zu Boden. „Was ist!“, brüllte er ins Telefon.

Es war die Frau, die er über die Gegensprechanlage gehört hatte. Sie klang regelrecht hysterisch. „Mr. Ngumo hat mit diesem Angriff nichts zu tun! Er wurde überwältigt von – oh nein! Oh –“ Der ohrenbetäubende Lärm weiterer Schüsse veranlasste Mac, den Hörer vom Ohr zu nehmen. Schließlich hörte er die Frau schreien: „Sie haben ihn getötet! Nein! Bitte!“ Weitere Schüsse. Der Hörer fiel zu Boden.

Mac kroch auf allen Vieren ins Cockpit und nahm das Mikrofon des Funkgeräts. „Mayday! Johannesburg Startbahn. ‚Global Community One‘ unter heftigem Beschuss!“ Aus der Mitte des Flugzeugs hörte er, wie Leon ins Telefon schrie: „Sie, Bindura? Warum? Carpathia befindet sich nicht einmal in diesem Flugzeug! Ich sage die Wahrheit! Rufen Sie sie zurück! Bitte!“

Falls tatsächlich Rehoboth hinter dem Ganzen steckte, waren sie so gut wie tot. Bestimmt hatte er alles bedacht. Wieder rief Mac ins Funkgerät: „Mayday! Johannesburg! Christen an Bord!“ Falls sich zufällig ein gläubiger Pilot im Gebiet aufhielt, konnte er ja vielleicht irgendetwas unternehmen.

Mac wurde von einer Explosion zu Boden geworfen. Das Flugzeug füllte sich mit Rauch. Leon und Clancy schrien: „Feuer!“, und Abdullah rannte los.

„Vermutlich werden sie uns erschießen, Mac, aber wir müssen hier raus! Sie haben die Maschine in Brand gesteckt.“

Mac und Abdullah öffneten die Haupttür, wobei sie versuchten, möglichst in Deckung zu bleiben. Leon schob Clancy wie einen Schutzschild vor sich her auf die Treppe zu. Der junge Mann war vor Furcht wie erstarrt und weinte. Sobald sie in der Türöffnung erschienen, wurde Clancy von einem Kugelhagel durchlöchert. Leon erstarrte. Erst als eine weitere Brandbombe explodierte, sprang er aus dem Flugzeug. Mac und Abdullah sprangen ihm nach, während die Kabine hinter ihnen in Flammen aufging.

Mac war fest davon überzeugt, dass er niemals lebend auf dem Beton der Startbahn ankommen würde. Er hatte jegliche Hoffnung verloren und sich nur aus dem Flugzeug gestürzt, um den Flammen zu entkommen. Er schloss die Augen und war sicher, sie im Himmel wieder zu öffnen.

Aber nichts geschah.

Leon schlug auf Händen und Knien auf der Landebahn auf und Abdullah fiel über ihn. Mac landete auf Leons Rücken und drückte ihn auf den Asphalt. Eine Kugel durchschlug Macs rechte Schulter, eine weitere seine rechte Hand.

„Oh Gott!“, rief Leon unter ihm. „Oh Gott, hilf mir!“

Mac spürte, dass sein Kopf das nächste Ziel sein und dass er gnädig von seinem Elend erlöst werden würde.

Dunkelheit.

Stille.

Nichts.

Nur der Geruch, der Geschmack, das Gefühl.

Mac konnte nichts sehen, weil er beschloss, die Augen geschlossen zu halten. Er hörte nur Leons raues Keuchen.

Es roch nach Metall und Gewehrpulver, er schmeckte Blut und das Gefühl war ein heißer, tiefer, bohrender Schmerz. Der Schmerz in der Schulter ließ ihn den Streifschuss am Kopf fast vergessen. Der Schmerz in seiner Hand war noch schlimmer. Er wagte nicht, die Augen zu öffnen. Mac hatte das Gefühl, als sei seine Hand zerschmettert worden.

Der unter ihm liegende Leon schnappte nach Luft. Mac rollte sich zur Seite. Noch immer hielt er die Augen fest geschlossen. Seine Gedanken überschlugen sich. War es vorbei, oder würden die Mörder vor ihm stehen, wenn er die Augen schließlich öffnete? War Leon getroffen worden? Und was war mit Abdullah?

Enttäuscht, dass er noch nicht im Himmel war, zwang sich Mac, ein Auge zu öffnen. Der Rauch war so dicht, dass er kaum etwas sehen konnte. Er hob seine zerschmetterte Hand dichter an die Augen, um sie sich näher anzusehen, doch diese Bewegung tat seiner Schulter gar nicht gut. Seine Hand zitterte so stark, dass sein ganzer Körper in Mitleidenschaft gezogen war. Blut spritzte ihm ins Gesicht.

Mit der linken Hand hielt er die verletzte am Handgelenk fest. Die Finger waren noch alle da, wenn sie auch seltsam gespreizt abstanden. Anscheinend hatte eine Kugel seinen Handrücken durchschlagen. Er zitterte am ganzen Körper und befürchtete, in einen Schockzustand zu verfallen.

Als sich der Rauch langsam lichtete, zwang er sich dazu, sich aufzusetzen. Leon lag keuchend mit geöffneten Augen am Boden. Clancy Tiber neben ihm war offensichtlich tot.

„Abdullah?“, rief Mac schwach.

„Ich bin hier“, antwortet Abdullah. „Ich habe eine Kugel im Oberschenkel. Wurden Sie getroffen?“

„Mindestens zweimal. Was ist mit den –“

„Sehen Sie die Pferde?“

„Ich kann nicht einmal Sie erkennen.“

„Ich hoffe, sie bleiben so lange, dass auch Sie sie sehen können.“

„Ich auch.“

Rayford erwachte um kurz nach neun Uhr am Sonntagmorgen. Nach den Ereignissen der Nacht hätte er gerne noch ein paar Stunden länger geschlafen, aber ein ungewöhnlicher Lärm hatte ihn aufgeweckt. Er öffnete die Augen und blieb still liegen in der Hoffnung, dass es später war und dass sein Körper Zeit hatte, sich zu erholen. Er fragte sich, ob seine Schmerzen wohl verschwunden sein würden.

Ein rhythmisches raschelndes Geräusch, so als würde jemand die Hände aneinander reiben, veranlasste ihn, sich aufzusetzen. Er lauschte angestrengt. Es konnte ein Schniefen sein. Und es kam aus dem Schlafzimmer, in dem Tsion schlief und arbeitete.

Die Ruhe hatte Rayfords Geist gut getan, aber seine Muskeln und Gelenke schmerzten entsetzlich. Laut stöhnend zog er seinen Morgenrock an und spähte durch die wenige Zentimeter offen stehende Tür in Tsions Zimmer.

Zuerst konnte Rayford Dr. Ben-Judah nicht entdecken. Der Stuhl vor seinem Computertisch war leer, ebenso das Bett. Doch das Geräusch kam aus diesem Zimmer. Rayford klopfte leise und schob die Tür noch ein Stück weiter auf. Unter dem Fenster neben dem Bett lag Tsion flach auf dem Boden, das Gesicht in den Händen vergraben. Seine Schultern zuckten und er weinte bitterlich.

„Sind Sie in Ordnung?", fragte Rayford leise, aber Tsion antwortete nicht. Rayford trat neben ihn und setzte sich auf das Bett, damit Tsion wusste, dass er da war. Der Rabbi betete laut.

„Herr, falls es Hattie ist, so bitte ich dich um ihre Seele. Falls es Chaim ist, ich wünsche mir so sehr, dass er dich findet. Falls es jemand aus diesem Haus ist, beschütze ihn, schirme ihn, rüste ihn zu. Vater, falls es einer der neuen Brüder oder Schwestern ist, jemanden, den ich noch nicht kenne, bitte ich dich um deinen Schutz und deine Gnade." Er weinte noch heftiger. „Gott, zeige mir, wie ich beten soll."

Rayford legte dem Rabbi die Hand auf die Schultern. Tsion drehte sich um. „Rayford, der Herr hat mir plötzlich deutlich gemacht, dass ich für jemanden beten soll, der sich gerade in Gefahr befindet. Ich schrieb gerade an meiner Botschaft, die ebenfalls schwer auf mir lastet. Es ist vermutlich die schwierigste, die ich je verfasst habe. Ich dachte, ich sollte für meine Leser beten, aber es schien sich doch um etwas Spezielles zu handeln, etwas Dringendes. Ich habe Gott gebeten, mir zu sagen, wer mein Gebet braucht, doch ich verspürte den Drang, sofort zu beten. Ich kniete nieder, und es war, als würde Gottes Geist mich auf den Boden drücken und meiner Seele eine Last auferlegen für denjenigen, der in Not ist, wer das auch sein mag. Ich weiß es immer noch nicht, und doch werde ich das Gefühl nicht los, dass mir hier nicht nur meine Einbildung einen Streich gespielt hat. Beten Sie mit mir, ja?"

Rayford kniete sich ungelenk hin. Er spürte noch jeden einzelnen Muskel und Knochen von seinem Abenteuer am Abend zuvor und hatte auch keine Ahnung, was er beten sollte.

„Herr, ich stimme mit meinem Bruder im Gebet überein. Wir verstehen nicht, wie wir sterblichen Menschen etwas sagen oder beten können, das Einfluss hat auf das Handeln des ewigen Gottes, aber wir vertrauen dir. Du trägst uns auf zu beten, darum treten wir mutig vor dich. Falls sich jemand, den wir kennen und lieben, in Gefahr befindet, bitten wir dich darum, dass du ihn auf übernatürliche Weise beschützt."

Rayford war bewegt und konnte nicht fortfahren. „Vielen Dank", sagte Tsion und nahm seine Hand.

Sie erhoben sich. Tsion setzte sich vor seinen Computer und wischte sich über die Augen. „Ich weiß nicht, was das sollte", meinte er, „aber ich habe aufgehört, die Art und Weise in Frage zu stellen, wie Gott mit uns Verbindung aufnimmt."

Tsion brauchte eine Weile, bis er sich gefasst hatte, dann fragte er Rayford, ob dieser sich die Botschaft für diesen Tag ansehen wolle. „Ich werde sie noch überarbeiten, bevor ich sie heute Nachmittag auf den Weg gebe, aber ich würde Ihre Anregungen gern aufgreifen."

„Ich werde sie gern lesen", erwiderte Rayford, „allerdings kann ich mir nicht vorstellen, was ich dazu beitragen könnte."

Tsion erhob sich und bot Rayford seinen Stuhl an. „Ich werde uns in der Zwischenzeit etwas zu trinken holen. Ich bin gleich zurück."

Mac war klar, dass er sterben würde, falls er nicht schleunigst von der Startbahn verschwand. Die Wunden an seinem Kopf und den Ohren hatten erneut zu bluten begonnen und die Schmerzmittel schon lange ihre Wirkung verloren. Seine Schulter fühlte sich an, als hätte jemand mit einem glühend heißen Hammer darauf eingeschlagen. Die Hand würde vermutlich nie wieder richtig in Ordnung kommen. Wahrscheinlich konnte er froh sein, wenn ihm die Finger erhalten blieben, aber vermutlich würden sie ihre Beweglichkeit einbüßen.

Der Rauch wurde langsam vom Nachmittagswind davongetragen. Etwa fünf Meter von sich entfernt entdeckte er Abdullah. Der junge Mann kniete am Boden. Sein Turban hatte sich gelöst und in seinen Gesichtszügen waren Furcht und Anspannung zu lesen. An seinem rechten Oberschenkel konnte man eine klaffende Schusswunde erkennen. Er deutete in die Ferne.

„Sie sind noch immer da", rief er.

Mac hatte nur einen kurzen Blick auf die geisterhafte Kavallerie Furcht erregender Reiter und Pferde werfen können, als Abdullah versucht hatte, ihr in der Luft auszuweichen. Nun war eine ganze Legion davon auf der Startbahn zu sehen. Die Pferde schnaubten Rauch, Feuer und Schwefel, ihre schlangenartigen Schweife schlugen nach den Opfern, die die Angreifer nicht sehen konnten.

Die löwenhaften Tiere hinterließen eine Spur von Leichen. Einige zuckten wie in Krämpfen, bevor sie in makabren Stellungen erstarrten. Andere gingen in Flammen auf, bis der Tod ihnen Erleichterung brachte, so dachten sie zumindest, überlegte Mac. In Wahrheit gingen die Opfer von einem Flammenmeer in ein anderes über. Einer der falschen Würdenträger rannte so schnell er konnte die Startbahn entlang. Die anderen beiden lagen tot neben dem Flugzeug, so nah, dass sie Mac mit ihrem nächsten Schuss sicherlich getötet hätten.

Selbst aus dieser Entfernung fand Mac die Reiter und ihre Pferde Furcht einflößend. Sie befanden sich einige Zentimeter über dem Boden, galoppierten, trabten und stiegen wie echte Pferde. Ihre Reiter drängten sie weiter. Sie trampelten über Menschen, Gebäude, Fahrzeuge hinweg und hinterließen eine Spur der Zerstörung.

Leon Fortunato rollte sich zu Mac herum. Er packte Macs Gesicht mit beiden Händen und dieser schrie vor Schmerz auf. „Sie haben mir das Leben gerettet, Mac!“, rief Leon. „Sie haben mich mit Ihrem Körper geschützt! Wurden Sie getroffen?“

„Zweimal“, erwiderte Mac. Er wich zurück und Leon ließ die Hände sinken. Mac deutete auf die Pferde. „Was sehen Sie dort drüben?“

„Ein Blutbad“, erwiderte Leon, nachdem er genau hingesehen hatte. „Feuer, Rauch. Und was war das für ein entsetzlicher Gestank im Flugzeug? Ihh!“

„Wir müssen weg von diesem Flugzeug“, forderte Mac. Die Flammen schlugen bereits aus den Fenstern.

„Die schöne Condor“, stöhnte Leon. „Der Stolz Seiner Exzellenz.“

„Wollen Sie Clancys Leichnam hier liegen lassen?“, fragte Mac.

Leon rappelte sich auf und taumelte, bevor er sein Gleichgewicht wiederfand. „Ja“, entgegnete er mit fester Stimme. „Auf der Welt gibt es nicht genügend Gräber. Wir würden ihn sowieso verbrennen. Das kann das Feuer übernehmen.“

Leon sah sich langsam um. „Ich dachte, wir wären tot“, meinte er. „Was ist passiert?“

„Sie haben gebetet.“

„Wie bitte?“

„Sie haben Gott um Hilfe angefleht und Gott hat geantwortet“, meinte Mac.

„Warum haben die Angreifer zu schießen aufgehört?“

Mac zuckte zusammen und wünschte, sie hätten noch früher aufgehört. „Das werden wir wohl nie erfahren. Einer ist davongelaufen. Die anderen beiden haben sich nicht gerührt.“

Leon und Mac nahmen Abdullah in die Mitte und brachten ihn vorsichtig zum Terminal.

Rayford empfand es als ein großes Privileg, als Erster die Botschaft lesen zu dürfen, auf die Millionen Menschen auf der ganzen Erde warteten. Tsion hatte Folgendes geschrieben:

Meine lieben Brüder und Schwestern in Christus,
mit schwerem Herzen wende ich mich heute an euch, was natürlich in dieser Zeit der Geschichte nichts Neues ist. Während die 144 000 von Gott berufenen Evangelisten Millionen von Menschen zu Christus führen, wird die Welteinheitsreligion immer mächtiger und – ich muss es aussprechen – immer ruchloser. Predigt es von den Bergspitzen und ruft es in die Täler, meine geliebten Geschwister: Es gibt nur einen Gott und einen Mittler zwischen Gott und Menschen, der Mensch Christus Jesus.
Die im Buch der Offenbarung, Kapitel 9 vorhergesagten Tod bringenden dämonischen Heuschrecken sind vor mehr als einem halben Jahr in Massen ausgestorben, nachdem sie Millionen von Menschen gequält hatten. Aber die Qualen derer, die gebissen worden waren, sind erst seit drei Monaten vorüber.
Zwar sind viele Menschen zum Glauben gekommen, nachdem dieses schreckliche Gericht sie davon überzeugt hat, dass sie auf dem falschen Weg sind, doch die meisten haben sich nicht ansprechen lassen. Der Führer des Enigma-Babylon-Welteinheitsglaubens hätte erkennen müssen, dass die Anhänger dieser Religion auf der ganzen Welt gelitten haben. Aber wir Jünger Christi, die so genannten Dissidenten, Feinde von Toleranz und Brüderlichkeit, wurden verschont.
Unsere geliebten Prediger in Jerusalem predigen trotz heftigster Opposition und Verfolgung weiter und gewinnen in der ehemals heiligen Stadt Menschen für Christus, die jetzt mit Ägypten und Sodom verglichen werden muss. Für diese neuen Geschwister dürfen wir in dieser Zeit der immer stärker werdenden Unruhe dankbar sein.
Mittlerweile wissen Sie, dass das sechste Posaunengericht, das zweite Wehe (Offenbarung, Kapitel 9) begonnen hat. Offensichtlich nahm ich ganz richtig an, dass die 200 Millionen Reiter geistliche und keine körperlichen Wesen sind, allerdings hatte ich gedacht, dass sie unsichtbar sein würden. Menschen, die ich

kenne und denen ich vertraue, haben gesehen, wie diese Wesen durch Feuer, Rauch und Schwefel getötet haben, wie es in der Bibel vorhergesagt wird. Die Ungläubigen jedoch behaupten, wir würden sie erfinden und vorgeben, Dinge zu sehen, die sie selbst nicht sehen können.

Diese Plage wurde von den vier Engeln gebracht, die losgelassen wurden, nachdem sie im Euphrat gebunden gewesen waren. Wir wissen, dass es sich hierbei um gefallene Engel handelt, weil wir nirgendwo in der Bibel eine Stelle finden, an der davon berichtet wird, dass gute Engel gebunden wurden. Offensichtlich sind diese Engel gebunden worden, weil sie Verwüstung auf die Erde bringen wollen. Da sie nun frei sind, können sie ihrer Aufgabe nachkommen. In der Bibel steht sogar, dass sie auf eine bestimmte Stunde an einem bestimmten Tag in einem bestimmten Monat und Jahr gewartet haben.

Es ist bedeutsam, dass die vier Engel, vermutlich Jahrhunderte lang im Euphrat gebunden gewesen sind. Dies ist der bekannteste Fluss in der Bibel. Er grenzte an den Garten Eden, war die Grenze zwischen Israel, Ägypten und Persien und wird in der Bibel häufig als Symbol für die Feinde Israels verwandt. In der Nähe dieses Flusses hat der erste Mensch gesündigt, wurde der erste Mord begangen, der erste Krieg ausgefochten, der erste Turm aus Trotz gegen Gott gebaut und dort wurde auch Babylon erbaut. In Babylon ist der Götzendienst entstanden und seither um die ganze Welt gegangen. Die Kinder Israels wurden als Gefangene ins Exil geschickt und dort wird auch die Sünde des Menschen ihren letzten Höhepunkt finden.

In Offenbarung, Kapitel 18, wird vorhergesagt, dass Babylon das Zentrum von Handel, Religion und der Weltherrschaft sein, aber dass es schließlich vergehen wird, weil Gott, der Herr, der die Stadt richtet, mächtig ist.

Diese gegenwärtige Plage wird nach Aussage der Bibel den Tod von einem Drittel der Bevölkerung zur Folge haben. Das ist eine enorme Zahl. Ein Viertel der nach der Entrückung auf der Erde verbliebenen Bevölkerung ist bereits als Folge von Plage, Krieg und Naturkatastrophe ums Leben gekommen. Bleiben also noch 75 Prozent übrig. Ein Drittel von 75 Prozent sind 25 Prozent. Nach dieser Plage werden also nur noch 50 Prozent der Menschen, die bei der Entrückung auf der Erde zurückgeblieben sind, am Leben sein.

Ich möchte betonen, dass das, was ich jetzt schreibe, Spekulation ist. Nachdem ich die Bibel in den Originalsprachen studiert und viele Kommentare zu dieser Prophezeiung gelesen habe, bin ich zu folgender Überzeugung gekommen: Gott versucht noch immer, die Menschen zu sich zu rufen. Doch diese Vernichtung eines weiteren Drittels der verbliebenen Ungläubigen könnte einem anderen Zweck dienen. In seiner Vorbereitung auf die letzte Schlacht zwischen Gut und Böse trennt Gott vielleicht die Unkorrigierbaren aus den Kräften des Bösen, die, wie er in seiner Allwissenheit weiß, sich sowieso ihm nicht zugewandt hätten.

In der Bibel wird aber auch vorhergesagt, dass die überlebenden Ungläubigen sich weigern werden, sich von ihrem gotteslästerlichen Verhalten abzuwenden. Sie werden auch weiterhin Götzenbilder und Dämonen anbeten, sie werden morden, sich der Zauberei, sexuellen Unmoral und dem Diebstahl hingeben. Sogar in den neuesten Berichten der Weltgemeinschaft können wir lesen, dass die Mord- und Diebstahlziffern rapide ansteigen. Götzendienst, Anbetung von Dämonen, Hexerei und zügelloser Sex werden von der neuen toleranten Gesellschaft ausdrücklich geduldet.

Dieses letzte Gericht vor der zweiten Hälfte der Trübsalszeit dauert wahrscheinlich vier weitere Monate an, bis zum Jahrestag des Vertrages der Weltgemeinschaft mit dem Staat Israel vor dreieinhalb Jahren. Dann wird auch der Dienst der beiden Zeugen in Jerusalem zu Ende sein. Darauf wird eine Periode folgen, in der zahlreiche Christen getötet werden.

Viele von Ihnen haben mir geschrieben und mich gefragt, wie ein Gott der Liebe und des Erbarmens solche schrecklichen Gerichte über die Erde kommen lassen kann. Gott ist nicht nur ein Gott der Liebe und des Erbarmens. In der Bibel lesen wir natürlich, dass Gott Liebe ist. Aber dort steht auch, dass er heilig ist – heilig und gerecht. Seine Liebe zeigt sich darin, dass er seinen Sohn für uns geopfert hat, damit wir alle gerettet werden. Aber wenn wir diese Liebesgabe zurückweisen, kommen wir in Gottes Gericht.

Ich weiß, dass viele hunderttausend Menschen meine täglichen Botschaften lesen. Sie lesen sie nicht als Christen, sondern als Menschen, die auf der Suche nach der Wahrheit sind. Also gestatten Sie mir, mich direkt an Sie zu wenden, falls Sie diese Wahrheit noch nicht gefunden haben. Ich flehe Sie an wie nie zuvor, Jesus Christus als Gottes Geschenk der Erlösung anzunehmen.

Die Sünden, die die Ungläubigen nicht aufgeben wollen (siehe oben), werden während der letzten Hälfte der Trübsalszeit weiter überhand nehmen.

Stellen Sie sich diese Welt mit der Hälfte ihrer Bevölkerung vor. Wenn Sie finden, dass die Situation schlimm ist, nachdem Millionen von Menschen bei der Entrückung verschwunden sind, nachdem die Kinder fort sind, nachdem Dienstleistungen und alle Annehmlichkeiten des täglichen Lebens eingeschränkt wurden, stellen Sie sich vor, wie das Leben aussehen wird, wenn die Hälfte aller Menschen fort ist. Feuerwehrmänner, Polizisten, Arbeiter, Manager, Lehrer, Ärzte, Krankenschwestern, Wissenschaftler und so weiter. Wir treten in eine Phase der Geschichte ein, in der das Überleben unsere ganze Kraft und Zeit in Anspruch nehmen wird.

Wenn ich nicht sicher wüsste, dass Gott bei mir ist, dass ich auf der Seite des Guten und nicht des Bösen stehe und dass wir schließlich gewinnen werden – wenn ich diese Sicherheit nicht hätte, dann würde ich mir wünschen, jetzt nicht hier zu sein. Beten Sie jetzt! Sagen Sie Gott, dass Sie erkannt haben, dass Sie sich gegen ihn aufgelehnt haben und seine Vergebung brauchen. Nehmen Sie Christus heute als Ihren Herrn und Erlöser an und schließen Sie sich der großen Familie Gottes an.

In aufrichtiger Liebe
Tsion Ben-Judah

11

Mac und Leon humpelten zum Terminal des Johannesburger Flughafens. In ihrer Mitte stützten sie den verletzten Abdullah. Als sie dort ankamen, sahen sie, dass auch dort das Chaos ausgebrochen war.

„Rehoboth steckte hinter diesem Anschlag“, erklärte Leon. „Er hat es mir selbst gestanden. Er dachte, Seine Exzellenz sei an Bord. Wir müssen Hilfe holen und sehen, dass wir die Macht zurückgewinnen, ohne unser Leben aufs Spiel zu setzen.“

„Dafür ist es ein wenig zu spät, oder?“, meinte Mac. „Hätten Sie nicht früher klarstellen können, dass Carpathia nicht bei uns ist?“

„Wir hatten unsere Gründe, Mr. Ngumo in dem Glauben zu lassen, dass Seine Exzellenz – so sollten Sie ihn ansprechen, Captain – an Bord sei. Regionalpotentat Rehoboth war eingeladen, aber wir wussten nicht, dass er Seiner Exzellenz ablehnend gegenüberstand.“

„Ich glaube, dass Ngumo und seine Sekretärin tot sind“, meinte Mac und erzählte Leon von dem letzten Telefonanruf.

„Wir können nur hoffen, dass Rehoboth ebenfalls tot ist“, meinte Abdullah. „Er kann es sich nicht leisten, uns am Leben zu lassen.“

Leon blieb abrupt stehen und erbleichte. „Ich nehme an, dass er sich in seinem Palast befand, als ich mit ihm sprach. Er ist doch wohl nicht etwa hier, oder?“

„Wir müssen weitergehen“, forderte Mac ihn auf. Er war einer Ohnmacht nahe. „Falls Rehoboth unseren Tod will, braucht er diesen Beamten nur ein Wort zu sagen.“ Aber die Wachen sahen genauso verschreckt aus wie alle anderen. Sie keuchten, husteten, kümmerten sich um am Boden liegende Kameraden. Überall im Terminal schrien Menschen, lagen Leichen und Gepäckstücke herum. Die Schalter waren verlassen, die Ankunft- und Abflugmonitore ausgeschaltet.

Kurz nachdem sie den Terminal betreten hatten, vernahm Mac das Kreischen eines Super J Jets. Das wie ein Jagdflugzeug konstruierte Gegenstück zur Gulfstream war schlank, schwarz und durch seine Form unglaublich aerodynamisch konstruiert. Es war das erste Flugzeug, das nach der Condor in Johannesburg landete. Über der Identifikationsnummer waren eine australische Flagge und die Worte „Fair Dinkum“ aufgemalt. Sobald das Flugzeug zum Stillstand gekommen war, sprangen der Pilot und eine Frau heraus. Beide rannten zum Terminal.

„Hey!“, rief der Mann schrill. Viele drehten sich zu ihm herum. „Wer hat von der Condor einen Notruf abgesetzt und gesagt, es seien Christen an Bord?“ Er war groß, blond und hatte Sommersprossen. Sein australischer Akzent war so ausgeprägt, dass es Mac nicht erstaunt hätte, wenn er nicht echt gewesen wäre. Die Frau war fast genauso groß wie er und hatte dichtes, dunkles Haar.

Mac und Abdullah sahen sich an. Langsam drehte sich Fortunato um.

„Ich“, erklärte Mac. Er hatte das Zeichen auf der Stirn des Mannes und der Frau bemerkt. Der Australier starrte ihn ebenfalls an. „Ich war verzweifelt“, fügte Mac hinzu. „Ich dachte, dass vielleicht jemand zu Hilfe kommen würde, der sonst nicht gekommen wäre. Hat es funktioniert?“

„Allerdings, Kamerad“, erwiderte der Pilot. Er betrachtete jetzt auch Abdullahs Stirn. „Wir sind tatsächlich Christen und schämen uns dessen nicht, auch wenn Sie uns unter Vorspiegelung falscher Tatsachen hergelockt haben. Nennen Sie mich Dart. Der Vorname ist unwichtig. Das hier ist meine Frau Olivia.“

„Liv“, sagte sie. „Sie sind verletzt und man sollte sich sofort um Sie kümmern!“

„Und wer sind Sie?“, fragte Dart Fortunato.

„Ich bin Supreme Commander Leon For–“

„Das dachte ich mir“, erwiderte Dart. „Es ist noch zu früh, Ihr Boss kann noch nicht tot sein, darum frage ich auch gar nicht, ob er sich an Bord dieses Feuerballes dort draußen befindet.“

„Zum Glück nicht“, erwiderte Fortunato.

„Also, was ist denn passiert? Haben die Reiter Sie gekriegt?“

„Ach, Sie gehören zu denen?“, meinte Fortunato. „Sie geben auch vor, diese Viecher zu sehen?“

„Natürlich sehe ich sie.“

„Dart“, meinte seine Frau leise, „wir müssen ihnen unbedingt helfen.“

„Ja, ich glaube auch“, erwiderte er. „Aber ich scheue mich nicht, Ihnen zu sagen, dass ich das Gefühl habe, dem Feind zu helfen. Ich persönlich würde Sie sterben lassen, aber Gott wird Sie schließlich schon kriegen. Lesen Sie die Bibel. Wir gewinnen.“

Fortunato wandte sich ihm zu. „Sie könnten ins Gefängnis geworfen werden, weil Sie so respektlos ge–“

„Ach übrigens, Mr. F. – Sie haben doch nichts dagegen, dass ich Sie Mr. F. nenne, nicht, denn ich würde es sowieso tun –, also, wo sind Sie verletzt? Sie sehen aus, als brauchten Sie unbedingt ambulante Hilfe.“

„Sie sind gesetzlich verpflichtet, mich anzusprechen als Su–“

„Ich will Ihnen was sagen, Mr. F. Ich lebe nicht mehr unter Ihren Gesetzen. Ich bin allein Gott verantwortlich. Sie können mir gar nichts antun, was er nicht zulässt, also regen Sie sich ab. Ihr Mann hier hat einen Notruf abgesetzt und so getan, als wären Christen in Not. Meine Frau und ich waren fasziniert von dem Gedanken, dass Christen an Bord des Flugzeugs des Antichristen sein könnten, darum haben wir –“

„Des Antichristen? Sie wagen es, Seine Exzellenz, Potentat Nicolai Carpathia als –“

„Sie haben es noch immer nicht verstanden, F., oder? Ich glaube, dass er der Antichrist ist, und Sie wissen, wozu Sie das macht.“

„Ich bin kein Anhänger dieser alten Religion, aber ich würde Ihnen raten –“

„Ich brauche keinen Rat in dieser Hinsicht, Kumpel, aber ich kann Ihnen medizinische Hilfe geben. Sieht so aus, als sei Ihnen nicht viel mehr passiert als eine zerrissene Anzughose und ein paar Schrammen an den Händen. Diese Jungs hier brauchen tatsächlich Hilfe.“

„Ehrlich, ich –“

„In dem dahinter liegenden Flügel gibt es einen Sanitätsraum, und bei Ihrem Einfluss sollten Sie in der Lage sein, einen Arzt oder Sanitäter von den anderen Opfern wegzulocken.“

Plötzlich war eine Durchsage zu hören. „Achtung! Achtung! Supreme Commander Leon Fortunato bitte im Hauptquartier der Friedenstruppen der Weltgemeinschaft im Flügel B melden.“

Während die Durchsage wiederholt wurde, meinte Dart: „Das ist neben dem Sanitätsraum, Mr. F. Wie wäre es, wenn Sie schon losgehen und wir Ihren Kameraden hier ärztliche Hilfe verschaffen?“

„Ich sollte Sie verhaften lassen, Sie –“

„Wenn das im Augenblick Ihr größtes Problem ist, dann mal los. Aber wenn ich Sie wäre, würde ich mich in Sicherheit bringen und zusehen, dass diese Jungs hier zusammengeflickt werden. Sie werden noch Zeit genug haben, uns zu jagen, wenn Sie wieder zu Atem gekommen sind.“

Fortunatos Gesicht rötete sich, und er sah aus, als würde er jeden Augenblick explodieren. Er wandte sich an Mac. „Zweifellos hat Seine Exzellenz Hilfe für uns bereitgestellt."

„Sie sollten losgehen, Commander", meinte Mac. „Erkundigen Sie sich nach Rehoboth, setzen Sie sich mit Carp-, mit dem Potentaten in Verbindung."

„Ich würde diesem Mann nicht trauen."

„Ach, kommen Sie, Mr. F. Ich bin harmlos wie eine Taube. So gern ich auch ein paar Leute Ihres Stabes töten würde, ich verspreche, ich werde es nicht tun. Wir werden dafür sorgen, dass sie Hilfe bekommen, und dann abhauen."

Sanft schob Dart Fortunato von Abdullah fort und nahm seinen Platz ein. Liv packte mit einer Hand Mac am Gürtel, die andere legte sie unter seinen linken Ellbogen, so dass Fortunato gehen konnte.

„Sie sind eine Schande für die Weltgemeinschaft, mein Herr", sagte Fortunato noch, bevor er widerwillig davonging.

„Danke für das Kompliment!"

„Danke, dass Sie uns nicht verraten haben", meinte Mac, als Leon außer Reichweite war.

„Ich konnte es kaum glauben. Fast hätte ich die Sache in den Sand gesetzt. Ich sah das Zeichen von Ihnen und dem Jungen hier und dachte, dass der große Mann vielleicht auch auf unserer Seite steht. Doch sobald ich ihn gesehen hatte, wusste ich, wer er war, und konnte Vorkehrungen treffen", sagte Dart. Er sprach nun mit Südstaatenakzent, der ähnlich wie der von Mac klang.

„Sie waren regelrecht Oscar-reif", meinte Mac. Er stellte sich und Abdullah vor.

„Und wie gefielen Ihnen Dart und Olivia?", fragte Dart.

„Das hat sogar mich überwältigt", bemerkte Liv.

„Du hast hervorragend mitgespielt, Liebling", lobte Dart. „Liv war ein Geniestreich."

Sie stellten sich als Dwayne und Trudy Tuttle aus Oklahoma vor. „Alle paar Tage ändere ich die Flagge und das Motto auf dem Flugzeug. Wir waren bereits Deutsche, Norweger und Briten. Wir gehören zur internationalen Handelsgesellschaft. Haben Sie schon davon gehört?"

„Falls das Großmaul uns nicht umbringen lässt", meinte Trudy.

„Ich hätte nie gedacht, dass ich jemals die Gelegenheit bekommen würde, dem Falschen Propheten ins Gesicht zu sagen, was ich von ihm halte."

„Dem falschen Propheten?“, fragte Mac. „Leon?“

„Er behauptet doch, Carpathia hätte ihn von den Toten auferweckt, oder? Er betet den Burschen an, nennt ihn Seine Exzellenz. Sie werden schon sehen. Also, wie lautet Ihre Geschichte? Haben Sie sich in die Weltgemeinschaft eingeschlichen, oder sind Sie erst zum Glauben an Jesus Christus gekommen, nachdem Sie bereits bei der Weltgemeinschaft gearbeitet haben?“

Buck blickte in den Spiegel. Selbst mehr als ein Jahr nach seiner Verletzung waren seine Narben noch immer rot und deutlich zu sehen. Die Operation in einer provisorischen Jerusalemer Klinik war zwar besser verlaufen als erwartet, aber seine Entstellung ließ sich nicht verbergen.

Chloe tauchte hinter ihm auf und reichte ihm Kenny. „Hör auf, so zu denken“, sagte sie.

„Was?“

„Tu nicht so, als würdest du mich nicht verstehen. Du denkst, du kannst dein neues Gesicht zu unserem Vorteil nutzen.“

„Natürlich“, erwiderte Buck.

Er fragte sich, ob sie ihn durch das Baby zum Bleiben bewegen wollte. Aber sie hatten so etwas schon einmal durchgemacht. Sie hatte akzeptiert, dass sie nicht mehr in der Welt herumreisen konnte. Sie hatte nicht vor, ein Baby in Gefahr zu bringen, so sehr sie sich auch wünschte, da zu sein, wo etwas los war. Ihre Handelsgesellschaft war sehr wichtig, nicht nur für die *Tribulation Force*, sondern auch für die Millionen von Christen, die bald vom Handel ausgeschlossen sein würden.

Chloe hatte Buck gesagt, sie wünschte, er wäre zufrieden mit seiner Arbeit hinter den Kulissen. Mit seiner Internetzeitung „Die Wahrheit“ arbeitete er der Propaganda der *Global Community Weekly* entgegen. Mit der neuen, von David Hassid zur Verfügung gestellten Technologie konnte Buck von überall aus arbeiten, ohne zurückverfolgt zu werden. Die Erweiterung des Kellers war beinahe abgeschlossen und Buck fühlte sich an so vielen anderen Orten gebraucht.

Sie hatten auch über seine Verantwortung dem Baby gegenüber gesprochen. Sicher, man konnte ihre Situation nicht mit der normaler Eltern vergleichen. Kenny würde in einer Welt aufwachsen, die von Gott regiert werden würde. Trotzdem war es wichtig für ein so kleines Kind, beide Eltern so oft wie möglich um sich zu haben. Buck hatte argumentiert, dass er, wenn er auch vielleicht zwei oder drei Wochen hintereinander unterwegs wäre, dann aber wieder über Wochen hinweg 24 Stunden am Tag zu Hause sein würde. „Das gleicht sich aus", sagte er. „Insgesamt verbringe ich genauso viele Stunden mit ihm, als wenn ich einen normalen Job hätte."

Buck brachte das Baby in die Küche. Chloe folgte ihm. „Du hast diesen gewissen Blick", meinte sie. „Noch ein paar Tage hier eingesperrt und nichts wird dich mehr aufhalten können. Wo willst du hin?"

„Du kennst mich viel zu gut", meinte er. „Die Wahrheit ist, Tsion möchte, dass jemand nach Israel fliegt. Ich soll nach Chaim sehen. Die E-Mails, die sie austauschen, machen ihm Mut, aber er ist der Meinung, jemand sollte noch einmal persönlich mit ihm sprechen, bevor der alte Mann eine Entscheidung trifft."

Chloe schüttelte den Kopf. „Ich möchte widersprechen, aber ich kann es nicht. Daddy kann es nicht riskieren. Er hat sich vorgenommen, Hattie aufzuspüren, bevor sie unser Versteck auffliegen lässt oder sich selbst in Gefahr bringt. Tsion kann ganz bestimmt nicht dorthin reisen. Ich weiß nicht, was die Welt ohne ihn tun würde. Sicher, Gott hält alles in der Hand, und ich denke, er könnte Ersatz für ihn schaffen, wie er es bei Bruce getan hat, aber –"

„Ich weiß. Wir sollten bewaffnete Wachen anheuern und ihn außer Sichtweite schaffen."

„Wann brichst du auf, Buck?"

Sie hatte eine ganz besondere Art, die Dinge auf den Punkt zu bringen.

„Tsion möchte mit dir darüber sprechen."

Sie lächelte. „So als Freund, der die Eltern um einen Gefallen bittet? Er denkt, ihm könnte ich nichts abschlagen."

„Kannst du es denn?"

Sie schnaubte. „Ich kann das nicht einmal dir abschlagen. Aber wenn du getötet wirst, werde ich dich für den Rest meines Lebens hassen."

„Nach Einbruch der Dunkelheit werde ich Zeke besuchen."

Sie nahm ihm Kenny ab. „Das dachte ich mir. Bring genügend Sachen für das Baby mit. Ich werde eine Liste der Dinge aufschreiben, die wir brauchen. Sprich auch mit Lea. Sie meint, einige unserer medizinischen Grundvorräte gingen zur Neige."

An diesem Abend fuhr Buck zu einer verfallenen Tankstelle die nur eine Zapfsäule hatte und sich in Des Plaines befand. Christen wussten, dass sie an dieser Tankstelle Benzin, Nahrungsmittel und verschiedene andere Dinge erwerben konnten. Zeke führte die Tankstelle zusammen mit Zeke Jr. Er wurde Z. genannt, war 25 Jahre alt, hatte lange Haare und unzählige Tätowierungen. Seinen Lebensunterhalt verdiente er mit Tätowierungen; außerdem bemalte er Autos und Lastwagen.

Mr. Zeke hatte in einem durch die Entrückung entstandenen Feuer seine Frau und zwei Töchter verloren. Ein Lastwagenfahrer hatte ihn und seinen Sohn zu Christus geführt. Die Zekes besuchten nun eine Untergrundgemeinde in Arlington Heights. Sorgfältig verbargen sie ihren Glauben Ungläubigen gegenüber, damit sie den Christen als Lieferanten dienen konnten. Z. war früher drogenabhängig gewesen und hatte mit Tätowierungen seinen Drogenkonsum finanziert. Jetzt war er ein junger Künstler, der mit seinen gefälschten Ausweispapieren vielen Christen das Überleben sicherte.

Zeke füllte den Tank von Bucks Rover und hielt Ausschau nach Fremden oder Kunden, die nicht das Zeichen Gottes auf ihrer Stirn trugen.

„Ich brauche einige Dinge“, meinte Buck. „Und außerdem Z.s künstlerische Leistungen.“

„Kein Problem“, meinte Zeke. „Er ist unten und sieht fern. Eben hat er die Botschaft von Ben-Judah gelesen. Geben Sie mir Ihre Liste. Ich werde Ihren Wagen in die Garage fahren und ihn für Sie beladen.“

Buck stieg aus und wollte gerade ins Haus gehen, als ein anderer Wagen hinter ihm vorfuhr.

„Haben Sie genug Benzin, um meinen Wagen vollzutanken?“, rief der Mann. „Oder wird heute rationiert?“

„Das geht schon“, erwiderte Zeke. „Ich will eben bei dem Wagen die Kupplung überprüfen, dann komme ich sofort zu Ihnen.“

Buck wusste, was es bedeutete, jeden Tag eine Lüge zu leben, um am Leben zu bleiben. Er schlenderte ins Haus, das in den Augen eines unbeteiligten Betrachters wie eine typische verkommene Tankstelle aussah. Kalender mit aufgedruckten Automarken, Bilder von Autos, ein ölverschmiertes Telefonbuch – alles war schmutzig. Ein Schild in dem winzigen Waschraum war jedoch eine Tarnung. Darauf stand: „Gefahr. Hochspannung. Nicht berühren.“ Und ein kleiner Hebel darunter wartete auf jeden, der daran zweifelte.

Buck legte den Hebel um, und die Wand öffnete sich zu einer Treppe hin, die zu Zekes Schutzbunker unter der Erde hinter der Tankstelle führte. Zeke würde inzwischen mit Hilfe von Bucks Liste in der Garage den Rover beladen. In dem fensterlosen kühlen unterirdischen Zimmer saß Z. in seinen schwarzen Cowboystiefeln, seiner schwarzen Jeans und der schwarzen Lederweste, die er auf der nackten Haut trug. Wie Zeke gesagt hatte, sah Z. sich die Nachrichten an, während er sich gleichzeitig Notizen machte.

„Hey, Buck“, grüßte Z. den Besucher. Er räumte seine Sachen weg und erhob sich langsam. „Was kann ich für Sie tun?“

„Ich brauche eine neue Identität.“

Z. griff hinter eine durchgesessene limonengrüne Couch und öffnete geräuschvoll einen kleinen Aktenschrank, der hier ganz fehl am Platz wirkte. Er ging mit dem Finger etwa zehn Aktendeckel durch und zog sie heraus. Als die Tür des Aktenschranks nicht ganz zuging, trat er mit dem Fuß danach. Einige Papiere hingen aus der vollgestopften Schublade heraus und Z. lächelte Buck verlegen an.

„Suchen Sie sich was aus“, sagte er und breitete die Aktendeckel auf der Couch aus.

Buck setzte sich und blätterte die Ordner unter der Lampe durch. Z.s Ablagesystem mochte zwar recht provisorisch wirken, aber zumindest wusste er, wo er alles finden konnte. In jedem Ordner war der Lebenslauf eines weißen Mannes in Bucks Alter und von Bucks Größe abgeheftet.

„Der Lagerbestand wird größer“, meinte Buck.

Z. nickte. Er konzentrierte sich jetzt wieder auf die Nachrichtensendung. „Diese rauchenden Pferde hinterlassen überall Leichen. Haben Sie sie bereits gesehen?“

„Noch nicht. Klingt Furcht erregend.“

„Ja. Aber es ist fast zu leicht. Ich brauche nur die Brieftaschen zu nehmen, bevor die Leute von der Weltgemeinschaft die Leiche finden. Auf diese Weise haben unsere Leute eine viel größere Auswahl.“

„Ich nehme diesen Burschen“, sagte Buck und reichte Z. einen aufgeschlagenen Aktenordner.

Z. warf die anderen Akten hinter die Couch und las die Angaben durch, während er seine Sofortbildkamera aufbaute. Buck setzte sich vor einem einfachen blauen Hintergrund in Positur. „Ich habe an Sie gedacht, als ich ihn gesehen habe“, meinte Z. „Führerschein, Pass, Bürgerkarte, sonst noch was?“

„Ja, ich möchte einen Mitgliederausweis des Enigma-Babylon-Welteinheitsglaubens. Und ich möchte einen Organspendeausweis. Kriegen Sie das hin?“

„Ja. Wie schnell?“

„In ein paar Tagen?“, fragte Buck.

„Kein Problem.“

Als Buck wieder zu Zeke in die Garage ging, hatte sich Z. bereits mit einem Vergrößerungsglas an die Arbeit gemacht. Wenn sich Buck das nächste Mal in die Öffentlichkeit wagen würde, würde er echt wirkende Ausweispapiere bei sich tragen mit seinem Lichtbild statt eines Bildes von dem verstorbenen Greg North.

Noch nie hatte Mac eine medizinische Behandlung so genossen. Während sich Johannesburg im Chaos befand, Tausende von Bürgern tot waren oder im Sterben lagen, öffnete ihnen Fortunatos Einfluss alle Türen. Die regionalen Friedenstruppen der Weltgemeinschaft besetzten auf Carpathias Befehl hin Rehoboths Palast. Man fand ihn tot in seinem Büro, zusammen mit Dutzenden seiner Angestellten.

Mac und Abdullah waren in der Krankenstation des Flughafens untersucht und dann zur chirurgischen Versorgung in den Palast gebracht worden.

„Man wird Ihnen erzählen“, sagte Leon, „Rehoboths Familie sei durch Rauch und Feuer ausgelöscht worden, aber das stimmt nicht. Der Pulverdampf von Gewehren der Weltgemeinschaft hing noch in der Luft.“

Als Mac und Abdullah in ihren Rollstühlen in den Palast gerollt wurden, brachte man die Familienangehörigen Rehoboths gerade nach draußen.

„Wir werden bekannt geben, dass der Attentatsversuch Rehoboths fehlgeschlagen ist, aber vermutlich werden wir den Tod der Familienangehörigen in Zusammenhang stellen mit den Plagen. Unsere Feinde werden die Wahrheit kennen.“

„Und Ngumo?“, fragte Mac.

„Oh, der ist natürlich auch tot. Und seine Sekretärin, wie Sie gesagt haben. Rehoboth hat sich das Ganze ausgedacht und von seinem Büro aus organisiert. Ngumo wurde eliminiert, Rehoboths Mörder an seine Stelle gesetzt. Rehoboth wollte den Platz Seiner Exzellenz einnehmen, sobald Seine Exzellenz ermordet worden war.“

Mac wurde mehrere Stunden lang von einem Handspezialisten operiert. Gleichzeitig versorgte man dabei seine Schulterverletzung und kümmerte sich um seine Kopf- und Ohrwunden. Als er aus der Narkose erwachte, lag er auf der linken Seite, mit dem Gesicht zu

Abdullahs Bett. Das Bein seines Ersten Offiziers war verbunden und ruhte in einer Schlinge. Abdullah deutete auf eine Schale, die auf seinem Nachttisch stand. Darin lag eine platt gedrückte Kugel, die aus seinem Oberschenkel herausoperiert worden war.

„Hat viel Schaden angerichtet“, sagte Abdullah. „War aber nicht lebensbedrohend.“

Macs Schulter war noch gefühllos. Seine dick verbundene rechte Hand lag an seiner Seite.

Ein indischer Arzt, der für die Weltgemeinschaft arbeitete, betrat das Krankenzimmer. „Man sagte mir, dass Sie allmählich aufwachen“, begann er. „Die Operation ist im Großen und Ganzen gut verlaufen. Um Ihren Kopf haben wir uns als Letztes gekümmert; er wird am schnellsten heilen. An der Schulter werden Sie eine beträchtliche Narbe zurückbehalten, aber wir brauchten nur Kugelfragmente zu entfernen, die keine bleibenden Schäden angerichtet haben. Einige Nerven werden taub bleiben und vielleicht werden Sie in Ihrer Beweglichkeit ein wenig eingeschränkt sein. Ihre Hand konnte gerettet werden, die Finger sind intakt geblieben. Sie wird Ihnen noch viele Wochen zu schaffen machen, und vermutlich werden Sie in einer Therapie lernen müssen, sie wieder zu gebrauchen. Der Ring- und Mittelfinger werden allerdings steif bleiben. Wir haben sie in eine bleibende Haltung gebogen. Den kleinen Finger werden Sie nicht, den Zeigefinger eingeschränkt gebrauchen können. Der Daumen wird nicht mehr zu biegen sein.“

„Wenn ich die Schalter und Knöpfe mit einem Finger bedienen kann, dann kann ich auch wieder fliegen“, meinte Mac.

„Sie haben wirklich großes Glück gehabt“, bejahte der Arzt.

Fortunato kam zu Besuch. „Sie werden sich freuen zu hören, dass Sie beide die höchste Tapferkeitsmedaille bekommen werden, die von der Weltgemeinschaft vergeben wird“, verkündete er. „Der Goldene Kreis wird Ihnen von Seiner Exzellenz höchstpersönlich verliehen werden als Dank für die Rettung meines Lebens.“ Weder Mac noch Abdullah antworteten. „Nun, ich weiß, dass Sie sich freuen und nur zu bescheiden sind, um sich dessen würdig zu fühlen. Und jetzt ruhen Sie sich aus. Sie werden sich hier so lange wie nötig erholen, danach werden Sie von Ihrem ehemaligen Ersten Offizier in der neuen ‚Global One‘ nach Neu-Babylon gebracht werden.“

„Wann wird das neue Flugzeug einsatzbereit sein?“, fragte Mac, der wusste, dass Fortunato keine Ahnung davon hatte, wie lange es dauerte, ein Flugzeug zu bauen.

„Es wird morgen lackiert“, erwiderte er. „Peter der Zweite hat sich großzügigerweise erboten, Seiner Exzellenz die Maschine zum Geschenk zu machen. Durch diesen traurigen Zwischenfall werden die Staatsgeschäfte also nicht beeinträchtigt werden. Der neue Regionalpotentat der Vereinigten Staaten von Afrika – ein loyaler Anhänger der Weltgemeinschaft, von Potentat Carpathia sorgfältig ausgewählt – wird im Laufe dieser Woche in sein Amt eingeführt werden.“

Mit hochbeladenem Wagen und vollem Tank fuhr Buck nach Hause. Er machte sich Sorgen um Mac und Abdullah. Im Radio wurden laufend von Aufstand und Tod Bindura Rehoboths berichtet. Zu den Opfern auf Seiten der Weltgemeinschaft gehörten ein Koch und zwei Assistenten, doch die Berichte über die Zerstörung der *Global Community One* stimmten Buck nachdenklich. Er rief zu Hause an und freute sich zu hören, dass David mit Rayford gesprochen und erzählt hatte, ihre Kameraden seien zwar verletzt, aber am Leben.

Eine Woche später saßen David und Annie im Personalbüro des Palastes der Weltgemeinschaft. Der Personaldirektor hielt Davids Memo in der Hand.

„Um es kurz zu machen, Mr. Hassid, Sie übernehmen also die Verantwortung für Miss Christophers Verstoß gegen die Notfallregelung?“

David nickte. „Ich hätte sie über eine so grundlegende Bestimmung informieren müssen.“

„Vielleicht. Vielleicht auch nicht. Warum trägt der Abteilungsleiter die Verantwortung, wenn der Untergebene über ein Handbuch verfügt?“

David rutschte unruhig auf seinem Stuhl hin und her. „Annie – Miss Christopher – war vielleicht von einem romantischen Interesse auf Seiten eines Mitarbeiters abgelenkt.“

Der Direktor sah sie über seine Brillengläser hinweg an. „Tatsächlich“, sagte er. Es war eher als Feststellung gemeint und nicht als Frage. „Das entschuldigt wohl kaum den Verstoß. Sind Sie daran interessiert, diese Beziehung weiterzuverfolgen, Miss Christopher?“

„Unbedingt.“

„Und dieser Mitarbeiter arbeitet in Ihrer Abteilung?“

„Sie sitzen vor ihm“, erklärte David.

„Ausgezeichnet. Nun, sehen Sie … in Miss Christophers Akte findet sich eine Liste geringfügiger Verstöße, Insubordination und Ähnliches. Ich werde darauf verzichten, Sie wegen dieses letzten Verstoßes zu degradieren, vorausgesetzt, Sie sind damit einverstanden, dass ich Sie an geeigneter Stelle einsetze, wo Sie von Nutzen sein können.“

Sie zögerte. „Und das wäre?“

„In der Verwaltung. Durch diese Krise haben wir mehr als ein Dutzend Analytiker verloren. Ihrer Akte entnehme ich, dass Sie eine solche Aufgabe übernehmen könnten.“

„Und was würde dazugehören?“

Er schlug eine Seite auf und las murmelnd vor: „Verwaltung, Kommandokette: Potentat, Supreme Commander, Direktor des Geheimdienstes, Direktor der Analyseabteilung, Mitarbeiter. Aufgaben: Untersuchung und Interpretation von Daten aus der Weltgemeinschaft kritisch gegenüberstehenden Quellen bla, bla, bla. Geheimdienstanalytikerin ja oder nein?“

„Ja.“

„Und versuchen Sie, sich nicht in Ihrem Büro einzuschließen.“

Sobald sie das Personalbüro verlassen hatten, nahm David sie bei der Hand. Jetzt, wo alles geregelt war, fühlte er sich frei! Dann sah er Leon Fortunato mit Peter dem Zweiten im Schlepptau einem Aufzug zustreben.

„Ich möchte aber kein Gespräch unter vier Augen mit Ihnen, Leon.“

Fortunato drückte den Knopf und wandte sich zu ihm um. „Für Sie immer noch Supreme Commander, Peter.“

„Dann erweisen Sie mir die Höflichkeit, meinen –“

„Das werde ich, wenn Sie es tun“, erwiderte Leon.

„In Ordnung, Commander! Aber ich werde nicht zulassen, dass sich Carpathia mein Flugzeug an–“

„Seine Exzel–“

„Ist ja schon gut! Aber er hat mir Rede und Antwort zu stehen, wenn er sich in meinem Flugzeug davonmachen will und –“

Als sie den Aufzug bestiegen, sagte Leon gerade: „Wenn Sie denken, der Potentat der Weltgemeinschaft würde Ihnen jemals Rede und Antwort stehen …“

„Das muss ich unbedingt hören“, meinte David. „Ich rufe dich an, Annie.“

„Sei vorsichtig“, ermahnte sie ihn.

David rannte zu seinem Zimmer, verschloss die Tür und rief in seinem Computer die Wanze in Fortunatos Büro auf. Peter II sprach gerade:

„… weigere mich zu sitzen, wo ich nicht möchte."

„Aber näher werden Sie nicht herankommen."

„Warum versucht Seine Exzellenz, mich zu schikanieren, Commander? Sie erzählen der Welt, ich hätte ihm mein Flugzeug angeboten, was ich vielleicht sogar gern getan hätte. Aber ich wurde überhaupt nicht gefragt, man hat mir nicht die Chance gegeben zu –"

„Alles, was Sie sind und haben, verdanken Sie dem Potentaten. Denken Sie etwa, der Enigma Babylon Welteinheitsglaube sei unabhängig von der Weltgemeinschaft? Denken Sie, Sie würden einem anderen als Seiner Exzellenz Bericht erstatten?"

„Ich verlange, sofort mit ihm zu sprechen!"

„Sie verlangen? Sie verlangen etwas von mir? Ich bin der Torhüter, Supreme Pontifex. Ihnen wird der Zugang verweigert. Sie werden keine Audienz bei Seiner Exzellenz bekommen. Haben Sie das verstanden?"

„Ich schwöre Ihnen, Leon, Sie werden es noch bereuen, mich so beleidigt zu haben."

„Ich muss Sie bitten, mich nicht –"

„Ich nenne Sie so, wie ich will. Ihre Autorität ist doch nur künstlich. Sie ist doch nicht aus irgendeiner Leistung erwachsen, sondern basiert doch nur darauf, dass Sie die Kunst des Einschmeichelns bei Ihrem Chef bis zur Perfektion beherrschen. Nun, ich schmeichle mich nicht ein und ich werde mir trotzdem Gehör verschaffen."

Eine lange Stille folgte.

„Vielleicht", meinte Leon schließlich. „Aber nicht heute."

David hörte schwere Schritte und das Knallen einer Tür. Dann Leons Stimme. „Margaret?"

Über die Gegensprechanlage: „Ja, Sir?"

„Fragen Sie, ob der Potentat einen Augenblick Zeit hat. Sie können ihm erzählen, wer gerade hier herausgestürmt ist."

„Sofort, Sir."

David schaltete zu Carpathias Büro um und hörte sich das Gespräch an. Seine Sekretärin gab die Nachricht von Fortunatos Sekretärin weiter.

„Was will er?", fragte Carpathia.

„Sie sagt, er hätte gerade mit dem Supreme Pontifex gesprochen."

„Lassen Sie ihn hochkommen."

12

Mac war lange vor Abdullah wieder auf den Beinen und lief herum. Er konnte es kaum erwarten, wieder nach Neu-Babylon zu kommen. So schwierig sein Job auch war, die Therapie war durchaus kein Zuckerschlecken. Sonst hätte er sich in dem Palast in Johannesburg vielleicht verwöhnt gefühlt, doch seine Wunden gönnten ihm keine Ruhe. Wenn die Wirkung der Schmerzmittel nachließ, litt er Höllenqualen. Trotzdem nahm er nur die kleinst mögliche Dosis. Auf keinen Fall wollte er von den Medikamenten abhängig werden.

Zwei Fehler hatte Mac gemacht, über die er sich sehr ärgerte. Er hatte über Funk verkündet, an Bord der *Global One* befänden sich Christen. Glücklicherweise hatte Dwayne „Dart" Tuttle ihn gedeckt. Der zweite Fehler war der, ausgerechnet Fortunato sein abhörsicheres Telefon zu geben.

Es war beinahe doppelt so schwer wie ein normales Handy, vollgestopft mit der modernsten Technologie. Leon schien es nicht bemerkt zu haben, aber wenn nun jemand Mac angerufen hatte, während sich das Telefon in Fortunatos Händen befand? Wenn sie Leons Stimme nicht erkannt oder einen schlechten Empfang gehabt hatten, hatten sie vielleicht die *Tribulation Force* verraten.

Was Mac besonders beschäftigte, war die Tatsache, dass beide Fehler nicht die Folge von Panik oder Verzweiflung gewesen waren, sondern von mangelndem Glauben. Er hatte tatsächlich geglaubt, dass sie das Gemetzel nicht überleben würden und dass es von daher ja auch egal wäre.

Glücklicherweise war er bei seiner Wahl des neuen Ersten Offiziers klug gewesen. Abdullah hatte die Situation gerettet. In der Nacht nach seiner Operation war er aus dem Schlaf hochgefahren. Er hatte Abdullah aufgeweckt.

„Leon hat noch mein Telefon", flüsterte er. „Ein Anruf von der falschen Person und wir sind Geschichte."

„Schlafen Sie ruhig weiter, mein Freund", beruhigte Abdullah ihn. „Ihr Zimmergenosse ist ein Taschendieb."

„Wie bitte?"

„Als Sie und Leon mich zum Terminal gebracht haben, habe ich ihm das Telefon aus der Tasche gestohlen."

„Es ist sehr schwer. Wieso hat er es nicht bemerkt?"

„Er war zu Tode erschreckt. Ich habe die Gelegenheit beim Schopfe gepackt. Das Telefon befindet sich in meinem Besitz."

„Wie viel Uhr ist es?"

Abdullah sah auf seine Uhr. „Zwei Uhr morgens."

„Welche Zeit ist es in den Staaten?"

„In Neu-Babylon sind sie neun Stunden zurück, hier acht."

„Geben Sie mir mein Telefon."

Mac rief Rayford an und erzählte ihm von den Tuttles, die kurz, nachdem sie Mac und Abdullah zur Krankenstation gebracht hatten, verschwunden waren. „Ich hatte nicht einmal die Gelegenheit, ihnen zu erklären, in welcher Beziehung wir zur Handelsgesellschaft stehen", meinte Mac. „Aber Ihre Tochter kennt sie sicher."

Chloe kannte die Tuttles tatsächlich. „Sie werden den riesigen Südseebereich für uns abdecken", erklärte sie. „Dass sie in der Nähe waren und Macs Notruf gehört haben, ist ein Wunder."

„Dieser Kontakt wurde von Gott hergestellt", erwiderte Rayford. „Wenn du sie entbehren kannst, könnten sie mich nach Europa fliegen."

„Warum fliegst du nicht selbst, Dad?"

„Ich möchte nicht allein fliegen, um meine Identität nicht zu verraten. Ich würde mich mit Dwayne abwechseln. Wir können seinen Super J oder die Gulfstream nehmen."

„Weißt du denn, wohin du fliegen musst?"

„Beauregard Hanson wird es mir sagen, sobald er in Palwaukee auftaucht. T. wird ihn unter irgendeinem Vorwand dort festhalten. Ich werde ihm Geld unter die Nase halten, dann wird er schon singen. Er weiß es nur noch nicht."

David Hassid saß wie gebannt vor den Lautsprechern seines Computers und hörte zu, was Carpathia und Fortunato miteinander zu besprechen hatten.

„Leon, Sie brauchen sich nicht verpflichtet fühlen, jedesmal meinen Ring zu küssen, wenn Sie zu mir kommen. Ich schätze dies in der Öffentlichkeit, aber –"

„Ich bitte um Verzeihung, Exzellenz, aber –"

„Und Sie dürfen mich im privaten Gespräch auch ruhig informell anreden. Wir beide haben schon viel zusammen erlebt –"

„Oh, das könnte ich nicht. Nicht jetzt. Nicht nach allem, was ich gesehen und erlebt habe. Sie müssen verstehen, Potentat, dass ich dies aus reiner Hingabe an Sie tue. Ich glaube, dass Sie von einer höheren Macht gesandt sind, Sir. Ich empfinde es zwar als höchste Auszeichnung, dass Sie mich für wert erachten, Sie beim Namen zu nennen, doch verzeihen Sie, wenn ich dies nicht über mich bringe."

„Wie Sie meinen, Leon. Und jetzt erzählen Sie mir von Ihrem Gespräch mit dem Mann, der so gern König sein möchte."

David hörte zu, wie Fortunato das Gespräch wiedergab. Carpathia schwieg einen Augenblick. Dann: „Peter weiß es nicht, oder? Er hat noch keine Ahnung, dass ich über seine Allianz mit Rehoboth Bescheid weiß. Er glaubt, er könnte mich meinen Regionalpotentaten entfremden und sie für sich einnehmen."

„Ich bin sicher, dass er so denkt, Exzellenz."

„Was für ein Narr!", schnaubte Carpathia.

„Sollen wir abwarten und uns von ihm zu einigen anderen Abtrünnigen führen lassen oder ist der Zeitpunkt gekommen?"

David hörte eine Bewegung, so als hätte sich Carpathia erhoben. Seine Stimmqualität hatte sich verändert, und David nahm an, dass er herumlief. „Vor zwei Monaten habe ich beinahe die Geduld mit Ihnen verloren, als er noch immer nicht eliminiert worden war. Aber schließlich war es doch von Vorteil für uns. Er hat uns nicht nur zu Rehoboth geführt. Ein kürzlich von ihm veröffentlichtes Kommuniqué unsere beiden Freunde im Süden betreffend war überaus aufschlussreich."

„Das Duo aus Jerusalem?"

„Genau. Ihnen gefällt dieser Ausdruck, nicht?"

„Er ist genial, Sir. Nur Sie …"

„Ich hatte ihn gebeten, seine Gelehrten auf alle geheimnisvollen Manuskripte aus der Vergangenheit anzusetzen, von Nostradamus bis hin zu den alten Heiligen Schriften. Sie sollten versuchen herauszufinden, ob es irgendwelche Hinweise auf die Verletzlichkeit dieser beiden gibt. Ich weiß, dass die Anhänger Ben-Judahs der Meinung sind, sie seien die beiden in den christlichen Schriften vorhergesagten Zeugen. Für den unwahrscheinlichen Fall, dass dies tatsächlich so ist, hat Mathews mir gesagt, sie seien in vier Monaten angreifbar. Sie selbst haben häufig davon gesprochen, dass sie bis zum festgesetzten Zeitpunkt vor jedem Schaden bewahrt werden."

„Aber, Sir“, jammerte Fortunato, „die Leute, die behaupten, diese beiden seien die vorhergesagten Zeugen, halten Sie für den Antichristen.“

„Ich weiß, Leon. Sie und ich, wir wissen, dass ich nur tue, wozu ich berufen worden bin.“

„Aber falls es für sie einen festgesetzten Zeitpunkt gibt, dann doch auch für ihre Feinde!“

„Leon! Jetzt beruhigen Sie sich doch. Verhalte ich mich vielleicht wie ein Antichrist?“

„Ganz gewiss nicht, Exzellenz!“

„Wer bin ich denn Ihrer Meinung nach?“

„Sie wissen sehr gut, dass ich im tiefsten Inneren der Überzeugung bin, dass Sie Christus selbst sind.“

„Ich werde dies niemals von mir selbst behaupten, mein vertrauenswürdiger Freund. Zumindest noch nicht. Erst wenn für die ganze Welt offenbar wird, dass ich göttliche Macht habe, könnte ich persönlich diesen Anspruch erheben.“

„Ich habe die Geschichte meiner Auferstehung immer wieder erzählt –“

„Das weiß ich zu schätzen, und ich bin zuversichtlich, dass viele es glauben. Aber es gab keine Zeugen dafür und darum zweifeln viele daran. Es ist mir nicht gelungen, die beiden Prediger in ihre Grenzen zu verweisen, und das hat meine Glaubwürdigkeit erschüttert. Aber ich bete eine Gottheit an, die entschlossen ist, der Gott über alle Götter zu sein, hoch über dem Himmel zu sitzen und sich zu dem vollkommenen ewigen Wesen zu entwickeln. Wie kann ich versagen, wenn ich mich ihm verschrieben habe?“

„So wie ich mich selbst Ihnen verschrieben habe, Exzellenz.“

David hatte den Eindruck, dass Carpathia zu seinem Stuhl hinter dem Schreibtisch zurückgekehrt war, wo die Abhörqualität am besten war. „Wir wollen in Bezug auf Peter abwarten“, sagte er schließlich. „Wie sieht es mit den anderen Potentaten aus? Ist ihre Geduld mit ihm bereits erschöpft?“

„So ist es, Sir, obwohl Potentat Rehoboth mich in Bezug auf dieses Thema in die Irre geführt hat, bin ich der Meinung, dass die anderen aufrichtig waren. Sie haben mir versichert, sie wären nicht nur dafür, ihn zu eliminieren, sondern sie würden auch dabei mithelfen.“

„Leon, ich habe lange genug mit Herrschern gearbeitet, um zu wissen, dass ihr Wort wertlos ist, bis es durch die Tat untermauert wird. Wir müssen Peter in dem Glauben lassen, dass noch andere Regionalpotentaten mir unloyal gegenüberstehen. Sein Ziel ist ganz eindeutig, meinen Platz einzunehmen. Rehoboth wäre sein Fortunato gewesen, wenn dieser Attentatsversuch nicht fehl geschlagen wäre. Bestimmt ist Peter der Meinung, er besäße das Vertrauen der anderen. Wir sollten dies zu unserem Vorteil nutzen."

„Ich werde dieser Angelegenheit meine volle Aufmerksamkeit widmen, Sir. Und vielen Dank noch einmal, dass Sie mich in Johannesburg beschützt haben."

„Das ist doch selbstverständlich. Wann werden die Piloten zurückkehren, damit wir ihnen die Medaillen verleihen können?"

„Schon bald, Sir."

„Die Menschen lieben große Auftritte, oder?"

Leon stimmte zu, doch Carpathia sprach einfach weiter. „Bei den Aufregungen der vergangenen Zeit hatten wir viel zu wenig Gelegenheiten, ihnen Beispiele von vorbildlichen Bürgern, von Helden vor Augen zu führen."

„Wir sind knapp an Arbeitskräften, Exzellenz, aber mit Kreativität können wir das Beste aus der Situation und ihre Rückkehr nach Neu-Babylon zu einem Weltereignis machen."

Mit träumerischer Stimme fuhr Carpathia fort. „Ja, ja", erwiderte er. „Das gefällt mir. Das gefällt mir sehr gut. Und setzen Sie jemanden auf dieses Duo in Jerusalem an. Falls es stimmt, dass dieser so genannte festgesetzte Zeitpunkt, wie die Ben-Judah-Anh änger ihn nennen, dreieinhalb Jahre nach Inkrafttreten unseres Vertrages mit Israel liegt, dann möchte ich das genaue Datum wissen."

Davids Herz klopfte; er konnte Carpathias Aufregung regelrecht spüren. Der Potentat erhob die Stimme, sprach schneller. „Apropos Pomp und Gepränge, mein Freund! Wir sprechen über ein Ereignis. Führen Sie die beiden hinters Licht. Überraschen Sie sie. Halten Sie sie hin bis zum festgesetzten Zeitpunkt. Geben Sie ihnen das Publikum, das sie ihrer Meinung nach verdient haben. Ziehen Sie alle Fäden, Leon. Weltweite Fernsehübertragung. Planen Sie ein großes Ereignis. Und ich werde da sein.

Ja, ich werde mich in Jerusalem aufhalten, im Herzen des Landes, mit dem ich ein feierliches Bündnis geschlossen habe. Wir werden die Halbzeit des Friedensvertrages feiern, der dort geschlossen worden ist. Laden Sie hohe Würdenträger ein. Peter in seinem lächerlichen Staat soll ebenfalls anwesend sein. Mein alter Freund Dr. Rosenzweig muss unbedingt als Ehrengast eingeladen werden. Wir werden die so genannten Heiligen nachahmen und uns noch einmal neu zu der Erhaltung des Friedens bekennen. Ich werde mich neu dem Schutz Israels verschreiben!

Vor den Augen der ganzen Welt werde ich das Ende der beiden Prediger herbeiführen. Wie sehr werden die Bürger das Ende der Plagen, der Strafpredigten, der Dürre, der Hungersnot, des blutigen Wassers begrüßen! Leon, machen Sie sich eine Notiz. Bringen Sie die Potentaten dazu, Peter bei seinen Intrigen gegen mich zu unterstützen. Sie sollen ihn in dem Glauben lassen, dass sie auf seiner Seite stehen, dass sie eins sind in ihrer Antipathie gegen mich. Sie sollen so tun, als wollten sie ihn zu ihrem Herrscher machen. Sorgen Sie dafür, dass er in dem Glauben nach Jerusalem kommt, sie alle hinter sich zu haben."

„Ich werde mein Bestes tun, Sir."

„Es bleiben uns nur ein paar Monate. Diese Angelegenheit muss oberste Priorität haben. Höchste Ebene, vertrauliche Gespräche, wann immer und wo immer Sie es für nötig erachten. Ihnen stehen alle Mittel zur Verfügung. Dies muss ein stolzer Augenblick werden, eine gelungene Vorstellung. Es wird das Ende von Rebellion und Opposition sein. Der Führer von ‚Enigma Babylon' wird danach nicht mehr versuchen, meine Autorität an sich zu reißen. Und wenn es in Jerusalem keine Prediger mehr anzubeten gibt, wird auch Ben-Judah erledigt sein."

„Aber Ben-Judah hat noch immer ein breites Publikum –"

„Selbst er wird den Mut verlieren, wenn klar wird, dass es nur eine Macht auf der Erde gibt und dass sie in Neu-Babylon residiert. Laden Sie ihn ein! Laden Sie seine Jünger dazu ein! Sie waren so stolz darauf, mich im vergangenen Jahr in Verlegenheit gebracht zu haben! Nun, laden wir sie doch ein zu diesem Ereignis und sehen uns ihre Reaktion an!"

„Das ist brillant, Exzellenz."

„Halten Sie sich vor Augen, Leon, dass Sie Ihr Bestes geben müssen. Fangen Sie damit an, Peter anzuvertrauen, dass es zwischen Ihnen und mir Unstimmigkeiten gegeben hat."

„Aber, Exzellenz, ich liebe –"

„Ich weiß, Leon."

„Aber das weiß auch der Supreme Pontifex. Ich kann mir nicht vorstellen, dass es mir gelingen könnte, ihn davon zu überzeugen, dass meine unerschütterliche Loyalität Ihnen gegenüber ganz plötzlich –"

„Natürlich nicht! Es darf nicht plötzlich geschehen. Lassen Sie es ihn ansprechen! Bestimmt versucht er, Ihnen negative Dinge über mich einzureden, oder? Hat er mich nie kritisiert?“

„Sicherlich, aber ich verteidige immer Ihre Motive und –“

„Zögern Sie nur einmal, Leon. Schweigen Sie nur einmal dazu. Ich kenne ihn. Er wird darauf anspringen. Er glaubt, alle überzeugen zu können. Wie hoch muss er sich einschätzen, wenn er meint, die zehn Potentaten würden ihn bewundern, wo wir doch wissen, dass die meisten von ihnen ihm ablehnend gegenüberstehen, ihn am liebsten eigenhändig töten würden! Schaffen Sie das, Leon?“

„Ich werde es versuchen.“

„Ich setze mein vollstes Vertrauen in Sie. In vier Monaten werden wir alle Macht und Autorität konsolidieren und die Opposition zum Schweigen bringen. Allein der Gedanke daran gibt mir neue Kraft! Gehen Sie jetzt, mein Freund. Zögern Sie nicht, um alles zu bitten. Alle meine – *unsere* – Mittel stehen Ihnen zur Verfügung.“

„Vielen Dank, Exzellenz. Vielen Dank für das Vorrecht, Ihnen dienen zu dürfen.“

„Das haben Sie aber nett gesagt“, bedankte sich Carpathia.

Allein vom Zuhören hatte David Kopfschmerzen bekommen. Er war drauf und dran, den Computer abzustellen, als er die Stimme einer anderen Person in Carpathias Büro hörte. Die Sekretärin plauderte kurz mit dem Potentaten, dann bat er sie, bis auf Weiteres keine Besucher hereinzuführen und keine Anrufe durchzustellen. David hörte, wie die Tür geschlossen wurde, dann ein Klicken, und er nahm an, dass Carpathia sie verschlossen hatte. Er wartete, ob Carpathia ein wichtiges Telefongespräch führen würde.

Er hörte das Knarren von Nicolais Sessel. Schließlich das Flüstern des Potentaten. „O Luzifer, Sohn des Morgens! Ich habe dich seit meiner Kindheit angebetet.“ David erschauderte. Sein Herz klopfte laut. Carpathia fuhr fort: „Wie dankbar bin ich für die Kreativität, die du mir schenkst, o Löwe der Herrlichkeit, Engel des Lichts. Ich preise dich für deine Ideen, mit denen du mich immer wieder aufs Neue erstaunst. Du hast mir die Nationen gegeben! Du hast versprochen, dass ich mit dir gemeinsam in den Himmel auffahren werde, dass wir unsere Throne über die Sterne Gottes erheben werden. Ich ruhe sicher in deinem Versprechen, dass ich über die Wolken aufsteigen werde. Ich werde sein wie der Allerhöchste.

Ich werde tun, was du von mir verlangst, damit ich mich auf dein Versprechen berufen kann, dass ich an deiner Seite über das Universum herrschen werde. Du hast mich erwählt und mir gestattet, die Erde erbeben zu lassen und Königreiche zu erschüttern. Dein Ruhm wird mein Ruhm sein und wie du werde ich niemals sterben. Ich warte ungeduldig auf den Tag, an dem ich deine Macht und Majestät allen offenbar machen kann."

Der Anruf für Rayford kam am späten Freitagabend.

„Er ist da", sagte T. „Und ich habe ihm gesagt, dass ihm jemand einen interessanten und möglicherweise profitablen Vorschlag zu machen hat. Bisher ist er darauf angesprungen, aber seit Ihre Freundin verschwunden ist, habe ich ihn nicht mehr gesehen, und ich spüre, er wartet darauf, dass ich das Thema anspreche."

„Ich komme sofort. Halten Sie ihn warm."

Rayford setzte sich zu Lea und fragte, ob er etwas von ihrem Geld haben könne, um Bo Hanson Informationen über den Aufenthaltsort von Hattie Durham zu entlocken.

„Nun", meinte sie, als würde sie ihre Position genießen, „seit Tagen sprechen Sie kaum ein Wort mit mir, nie fragen Sie, wie es mir geht oder ob meine Rippen heilen, aber jetzt brauchen Sie etwas, und schon sind Sie da."

Rayford wusste nicht, was er sagen sollte. Ihr Ton und ihre Haltung gefielen ihm überhaupt nicht, aber er fühlte sich schuldig. „Ich bin nachlässig gewesen", versuchte er sich zu entschuldigen.

„Ich setze mein Leben aufs Spiel und spende alle meine Ersparnisse der ‚Tribulation Force', und Sie behandeln mich wie einen Eindringling. Das ist nachlässig?"

„Offensichtlich ist es unverzeihlich."

„Offensichtlich? Sie sagen das, als wäre es nur in meinen Augen unverzeihlich." Rayford erhob sich. „Jetzt seien Sie bitte nicht auch noch so unhöflich, mich einfach hier sitzen zu lassen."

Er wandte sich um. „Es gibt auch einen einfacheren Weg, nein zu sagen. Könnten Sie es nicht aussprechen?"

„Aber ich sage doch gar nicht nein."

„Das war aber nicht zu erkennen."

„Es gefällt mir, wenn es mir gelingt, Sie aus der Façon zu bringen."

„Wenigstens gefällt das einem von uns beiden."

„Rayford, bitte. Die Tatsache, dass Sie mir aus dem Weg gehen, hat mich verletzt, aber mir ist auch klar, dass Sie viele Verluste erlitten haben, unter anderem zwei Frauen in drei Jahren. Ich erwarte nicht, dass Sie sich in meiner Nähe wohl fühlen, aber ich dachte, wir hätten den etwas holprigen Anfang unserer Bekanntschaft überwunden und das, was wir gemeinsam durchgemacht haben, würde etwas zählen."

Er setzte sich wieder. „Ich weiß nicht, wie es Ihnen geht, Lea, aber die Ereignisse der vergangenen Jahre gehören für mich zum erschreckendsten, was ich je erlebt habe, vor allem der Fund der Leiche meiner Frau auf dem Grund des Tigris. Ich denke nicht gern darüber nach und ganz bestimmt möchte ich nicht dabei verweilen. Dies ist keine Entschuldigung, aber vielleicht erinnern Sie mich einfach an all das Entsetzliche."

„Das ist bestimmt so. Aber Sie tragen die Verantwortung hier und ich muss unbedingt irgendetwas tun. Geben Sie mir eine Aufgabe, Chef. Ich bin bereit, meine medizinischen Kenntnisse zur Verfügung zu stellen, aber ich möchte nicht nur arbeiten, wenn jemand krank oder verletzt ist. Ich habe versucht, Chloe bei dem Baby und der Handelsgesellschaft zu helfen, aber sie ist zu bescheiden, um mich um Hilfe zu bitten. Ich muss mich ihr regelrecht aufdrängen. Wenn Sie mir diese Aufgabe zuweisen, wird es ihr nicht so schwer fallen, sich von mir helfen zu lassen."

„Okay, dann betrachten Sie es als Ihre Aufgabe."

„Sagen Sie es ihr."

„Das werde ich."

„Und Sie alle sind so schrecklich höflich, dass niemand mich auch nur darum bittet, im Haushalt zu helfen. Ich bin zufällig eine gute Köchin, und mir macht alles Spaß, was damit zusammenhängt. Die Planung, Vorbereitung, sogar das Geschirrspülen. Darf ich das für Sie tun, damit Sie alle sich auf Ihre Aufgaben konzentrieren können?"

„Das würden Sie tun? Das wäre wirklich ein Segen."

„Ich hätte dann das Gefühl, nützlich zu sein. Vergessen Sie das Geld. Sie brauchen nicht einmal zu fragen. Von Anfang an habe ich gesagt, dass ich es der Sache zur Verfügung stelle, und das habe ich auch so gemeint. Falls die Umstände mich zwingen würden, morgen von hier fortzugehen, würde ich nicht einen Penny mitnehmen. Ist die Sache damit erledigt?"

„Das ist so großzügig und –"

„Sie haben mir bereits ausreichend gedankt. Wir bringen ein, was wir haben, und keiner ist wichtiger als ein anderer. Außer vielleicht Tsion."

„Dann haben Sie mich also so behandelt, weil ...?"

„Sie hatten es verdient. Sie sollten mehr Anteilnahme zeigen. Habe ich Sie gefragt, wie es Ihrem Knie geht?"

„Mehrmals."

„Ich war nicht nur höflich. Ich war der Grund für diese Verletzung. Ich wusste nicht, dass Sie nicht hinsahen, aber ich hätte nicht einfach so stehen bleiben dürfen. Sie sind ein wundervoller Mensch. Sie wurden verletzt. Das ist mir nicht egal. Sie gaben mir eine oberflächliche Antwort, die typisch ist für einen Macho, Ende des Gesprächs. Ich war auch verletzt und dafür waren allein Sie verantwortlich. Sie folgten mir viel zu dicht auf den Fersen und sind zu schnell gelaufen."

Rayford schüttelte den Kopf. „Also, wie geht es Ihren Rippen?"

„Es geht langsam, um ehrlich zu sein. Vermutlich ist mehr als eine gebrochen. Manchmal merke ich den ganzen Tag überhaupt nichts, aber eine falsche Bewegung, und ich könnte schreien."

„Das tut mir Leid. Ich hoffe, es geht Ihnen bald besser." Sie sah ihn an. „Ich meine es ehrlich."

„Ich weiß. Und Sie beschäftigt sehr viel mehr als mein Wohlergehen."

„Sind alle anderen nett zu Ihnen?"

„Sehr. Keine Klagen."

„Ich bin der Einzige, der keinen goldenen Stern bekommt."

„Und da ich gerade Ihre Aufmerksamkeit habe, würden Sie meine Dienste in Anspruch nehmen, wenn ich wieder gesund bin? Ich bin mobil. Ich bin klug. Ich gehe Risiken ein, das habe ich mehr als einmal für Sie alle getan. Ich habe keine Familie mehr, also nichts zu verlieren. Falls ich für Sie irgendwohin fahren, etwas tun, etwas überbringen, holen, weitergeben soll, würde ich das sehr gern übernehmen. Stimmt, neulich abends hätte ich es bei den Leuten von der Weltgemeinschaft beinahe geschmissen –"

„Sie haben nur zu früh aufgegeben. Aber, um ehrlich zu sein, Sie haben sehr schnell geschaltet und alles wieder gut gemacht."

„Denken Sie an mich, das wollte ich nur sagen. Mit gefärbten Haaren und Make-up sind Frauen schwerer wiederzuerkennen als Männer. Die Weltgemeinschaft wird mein Bild nicht allzu lange im Umlauf behalten. Beschaffen Sie mir gefälschte Papiere und schicken Sie mich an die Arbeit."

„Wenn es nötig wird. Im Augenblick freue ich mich darüber, dass Sie sich des Kochens annehmen."

„Ich habe schon befürchtet, dass ich dieses Angebot bereuen werde.“

Rayford erhob sich. Sein Zeh und seine Knie taten noch immer weh. Chloe betrat das Zimmer.

„Daddy, ich habe schlechte Neuigkeiten. Du weißt doch, dass ich versucht habe, Nancy, Hatties Schwester, zu erreichen, um ihr zu sagen, dass Hattie bestimmt noch am Leben ist. Ich habe sie gefunden. Ihr Name steht auf einer bestätigten Liste mit Opfern von Rauchvergiftung.“

Rayford sah zu Boden. „Nun“, meinte er traurig, „ein weiterer Grund, Hattie zu finden.“

Mac und Abdullah sollten am frühen Freitagabend an Bord der neuen *Global Community One* gehen, um sich von Macs ehemaligem Ersten Offizier nach Neu-Babylon zurückbringen zu lassen. Das Flugzeug, das von Peter II übernommen worden war, war von *II One* in *Phoenix 216* umbenannt worden. Leon Fortunato würde die verwundeten Helden höchstpersönlich abholen.

Mac konnte es kaum erwarten, David und Annie wieder zu sehen. Das neue Flugzeug musste verwanzt werden, und David hatte etwas Wichtiges mit Mac zu besprechen, das er am Telefon nicht einmal anzudeuten wagte. Wenn der führende Kommunikationstechniker der Welt etwas nicht am Telefon besprechen wollte, dann musste es sich um etwas ganz besonders Wichtiges handeln.

Mac packte gerade seine Sachen zusammen, als er einen Anruf von Rayford bekam. „Ich bin auf dem Weg nach Palwaukee, um auf diesen Bo ein wenig Druck auszuüben. Ich werde bald nach Europa kommen und brauche ein paar Sachen. Ist Albie noch immer Ihre beste Quelle?“

„Allerdings. Was brauchen Sie?“

„Oh, äh, ich glaube, ich werde direkt mit ihm sprechen. Haben Sie seine Nummer?“

„Nicht bei mir. Ich rechne damit, heute Abend wieder zu Hause zu sein. Können Sie bis dahin warten?“

„Ich denke schon, falls Sie David nicht dazu bringen, sie für mich auszugraben.“

„Sie ist in meinem Computer gespeichert. Machen ein paar Stunden wirklich so viel aus?“

„Vermutlich nicht.“

Mit seinem neuen Gesicht und seinen abgegriffen wirkenden neuen Ausweispapieren flog Buck mit einer kommerziellen Fluglinie nach Tel Aviv. Es hatte ihn erstaunt, wie schwierig es war, einen Flug zu bekommen. Die Rauch-, Feuer- und Schwefelplage suchte noch immer die Erde heim und buchstäblich jeder Bereich des Lebens wurde davon beeinträchtigt. Die Entrückung hatte das Gesicht der Gesellschaft verändert, und auch seit dem großen Erdbeben war das Leben nicht mehr dasselbe, aber Buck wusste, dass es noch schlimmer werden würde. Fast jeder hatte einen geliebten Menschen verloren.

Es war ihm schwer gefallen, Chloe und das Baby allein zu lassen. Seit mehr als zehn Monaten war er nun ununterbrochen mit ihnen zusammen gewesen. Buck hatte nicht damit gerechnet, dass eine so feste Bindung zwischen ihnen bestehen könnte, und nie hätte er sich vorstellen können, wie sehr er sich danach sehnte, sein Kind im Arm zu halten. Ebenso sehr sehnte er sich nach Chloe, obwohl sie ihn manchmal fast zum Wahnsinn getrieben hatte. Irgendwie war dieses Gefühl bei Kenny noch stärker.

Im Flugzeug hatte eine asiatische Frau mit einem kleinen Jungen einige Reihen hinter ihm gesessen. Buck war so eifersüchtig, dass er sich zwingen musste, auf seinem Platz zu bleiben, als der Junge beim Start unruhig wurde. Sobald er sich abschnallen konnte, ging er zu der Frau hin und fragte sie, ob sie Englisch sprechen würde.

„Ein wenig", antwortete sie.

„Wie heißt Ihr Baby?"

„Li", erwiderte sie.

„Hallo, Li", sagte er und der Junge sah ihn an. „Wie alt ist er?"

„Sieben Monate", erzählte sie.

„Ein hübscher Junge."

„Vielen Dank, Sir."

„Denken Sie, ich könnte ihn auf den Arm nehmen?"

„Wie bitte?"

Buck streckte dem Baby die Arme entgegen. „Darf ich ihn halten?"

Sie zögerte. „Ich halte ihn", sagte sie.

„Das ist in Ordnung", erwiderte er. „Ich verstehe das. Ich würde meinen Jungen auch keinem Fremden geben."

„Sie haben auch einen kleinen Jungen?"

Er zeigte ihr ein Bild, und sie hielt das Foto ihrem Baby hin, das danach greifen wollte.

„Auch ein hübscher Junge. Sie vermissen ihn?“

„Sehr.“

Sie reichte ihm das Baby und Buck streckte erneut die Arme nach ihm aus. Der Junge wollte zu ihm, doch als Buck ihn auf den Arm nahm, wurde Li unruhig und wand sich, um seine Mutter nicht aus dem Blick zu verlieren.

„Sie ist doch da“, beruhigte ihn Buck. „Mama sitzt gleich hier drüben.“ Aber Li wand sich und sie nahm ihn ihm wieder ab.

Buck streckte ihr die Hand hin und sie schüttelte sie schüchtern. „Greg North“, stellte er sich vor.

„Nett, Sie kennen zu lernen, Mr. Greg“, sagte sie, nannte aber ihren Namen nicht.

Etwas später, nachdem Buck gegessen hatte, bat die junge Mutter ihn um Hilfe. Er hatte gesehen, wie sie im Gang herumgelaufen war, bis Li eingeschlafen war.

„Sie halten, ich essen?“, fragte sie ihn. Buck hielt das schlafende Baby fast 20 Minuten lang im Arm, bis sie es wieder bei ihm abholte. Nur ungern gab er den Jungen aus der Hand.

In Tel Aviv suchte Buck auf jedem Gesicht nach dem Zeichen des Kreuzes. Er entdeckte nur eines, und zwar auf dem Gesicht eines Mannes, der von Beamten verhört wurde, darum hielt sich Buck zurück, um sich nicht in Gefahr zu bringen.

In Israel war es neun Uhr morgens, als Buck sich seine Tasche über die Schulter hängte und den Terminal am Ben-Gurion-Flughafen verließ, um Chaim Rosenzweig anzurufen. Eine junge Frau meldete sich auf Hebräisch. Buck überlegte fieberhaft.

„Englisch, bitte“, sagte er in der Hoffnung, dass ihm ein Name einfiel.

„Hier bei Dr. Rosenzweig“, sagte sie. „Kann ich Ihnen helfen?“

„Hannelore?“

„Ja“, erwiderte sie vorsichtig. „Wer spricht, bitte?“

„Ich sage es Ihnen, aber Sie dürfen meinen Namen nicht laut nennen, in Ordnung?“

„Wer spricht?“

„Ich möchte Chaim überraschen.“

„Wer?“

„Hannelore, hier spricht Buck Williams.“

„Buck!“, flüsterte sie aufgeregt. „Niemand kann mich hören. Wo sind Sie?“

„Am Ben-Gurion.“

„Können Sie kommen? Der Doktor und Jacov werden sich freuen!“

„Ich freue mich auch darauf, alle wieder zu sehen.“

„Warten Sie dort. Ich werde Jacov schicken.“

„Schärfen Sie ihm ein, dass er meinen Namen nicht nennen darf, Hannelore. Falls er mich ausrufen lassen muss: Ich nenne mich Greg North.“

„Greg North. Er wird gleich da sein, Buck. Greg. Es tut mir Leid. Ich werde Ihr Geheimnis vor Dr. Rosenzweig wahren. Er wird sich so –“

„Und wie geht es Jonas?“

„Oh Buck, es tut mir Leid. Er ist gestorben. Preis sei Gott, er ist jetzt im Himmel. Wir werden Ihnen alles erzählen.“

13

Rayford nahm die Tasche mit dem Bargeld und stieg die Stufen zum Tower im Flughafen von Palwaukee hoch. Da er zwei Wagen auf dem Parkplatz gesehen hatte, wusste er, dass es T. gelungen war, Bo Hanson festzuhalten. Wenige Stufen, bevor er sein Ziel erreicht hatte, begannen Rayfords Knie zu protestieren, und er humpelte zur Tür.

Er war schon oft im Tower gewesen und wusste, dass alle dort seine Schritte bereits kannten. T. winkte ihm von seinem Schreibtisch aus zu. Bo sah von seinem Stuhl aus auf, so als hätte er gerade erst gemerkt, dass jemand hereinkam. Rayford hatte bereits festgestellt, dass Bo nicht besonders intelligent war, trotz seiner guten Erziehung. Sein gebleichtes Haar war in Form gebürstet, und er atmete tief durch, um, wie Rayford annahm, seine Muskeln zu zeigen. Doch trotz allem konnte er seine Furcht nicht verbergen.

„Wir haben uns lange nicht gesehen, Bo."

Er nickte. „Mr. Steeles."

„Steele."

„Tut mir Leid."

„Was haben Sie gemacht, Bo?"

„Nicht viel. Was ist mit Ihnen?"

„Habe vor kurzem einen lieben Freund verloren. Zwei, um genau zu sein."

Rayford nahm Platz und stellte die Tasche zu seinen Füßen auf den Boden.

„Zwei?", fragte Bo.

„Der eine war mein Arzt. Sie haben ihn kennen gelernt."

„Ja. Was ist passiert?"

„Eine Krankheit, die er sich von Hattie geholt hat."

„Oh. Ich habe das mit ihr gehört. Schlechte Neuigkeiten."

„Was haben Sie gehört?"

„Es kam doch in den Nachrichten", erklärte Bo. „Flugzeugabsturz. In Spanien, glaube ich. Ich habe auch jemanden verloren. Ernie ist neulich in Kalifornien verbrannt."

„Tut mir Leid, das zu hören."
„Danke. Mir tut es mit, äh, Hattie auch Leid."
„Wie viel hat sie Ihnen bezahlt, Bo?", fragte Rayford.
„Mir bezahlt?"
„Damit Sie sie von hier wegbringen, eine Geschichte erfinden und ihren Tod vortäuschen."
„Ich weiß nicht, wovon Sie reden."
„Sie haben den Flug genehmigt. Ihre Initialen stehen im Logbuch. Sie haben nicht daran gedacht, die Identifikationsnummer der Maschine zu ändern, darum konnte es als das Flugzeug Ihres Bruders Sam aus Baton Rouge identifiziert werden, obwohl der Pilot sich nicht hat sehen lassen."
„Er – ich – ich weiß noch immer nicht, wovon Sie sprechen."
„Sie halten sich für einen Geschäftsmann, Bo?"
Bo sah T. an. „Mir gehört ein Teil dieses Flughafens. Also bin ich ein Geschäftsmann."
„Fünf Prozent", stellte T. klar.
Bo wirkte betroffen. „Ich habe noch andere Holdings, andere Interessen, andere Geschäfte."
„Wow!", staunte Rayford. „Eindrucksvolle Worte. Haben diese anderen Dinge auch einen Namen?"
„Ja", erwiderte Bo. „Eines davon heißt: Das geht Sie nichts an."
Rayford sah T. an und wandte sich wieder Bo zu, dessen Brust sich hob und senkte. Seine Halsschlagader trat deutlich hervor. „Das verstehe ich nicht. Es geht mich nichts an?"
„Ja, es ist mein Geschäft. Und das geht Sie nichts an. Verstanden? Ha! Das geht Sie überhaupt nichts an."
„Verstanden, Bo. Ein guter Spruch. Darum brauchen Sie die Bezahlung von jungen Frauen, die verschwinden wollen."
„Ich habe Ihnen doch gesagt, dass ich nicht weiß, wovon Sie sprechen."
„Aber Sie haben es nicht geleugnet."
„Was geleugnet?"
„Dass Sie Hattie Durham in die Quantum Ihres Bruders gesetzt und von hier ausgeflogen haben."
„Das leugne ich."
„Tatsächlich?"
„Tatsächlich. Ich hatte damit nichts zu tun."
„Es ist passiert, aber Sie haben nichts damit zu tun?"
„Richtig."

„Aber jetzt wissen Sie, wovon ich spreche."

„Ich weiß es nicht. Ich kann es erraten. Aber ich war nicht einmal da."

„Warum stehen dann Ihre Initialen im Logbuch?"

„Der Bursche aus dem Tower hat mich angerufen. Sagte, da wolle jemand eine Quantum auftanken. Ich sagte, das sei in Ordnung. Wenn das mein Bruder war, so wusste ich nichts davon. Und falls es sich bei seinem Passagier um Hattie gehandelt hat, dann wusste ich das auch nicht. Ich habe es Ihnen doch gesagt. Ich war gar nicht hier. Ich habe niemanden in irgendein Flugzeug gesetzt."

„Aber Sie haben ein sehr gutes Gedächtnis. Sie kennen alle Details im Zusammenhang mit dem Flug, den Sie an dem Abend, an dem Sie gar nicht hier waren, genehmigt haben."

„Beweisen Sie es."

„Was beweisen?"

„Was Sie gerade gesagt haben."

Rayford schüttelte den Kopf. „Ich soll Ihnen beweisen, dass Sie ein gutes Gedächtnis haben?"

„Ich weiß nicht. Wollen Sie mich auf den Arm nehmen, oder was? Ich verstehe das nicht."

Rayford beugte sich vor und schlug Bo leicht auf den Oberschenkel. „Ich sage Ihnen was, Bo", meinte er. „Ich bin auch Geschäftsmann. Was wäre, wenn ich Ihnen sagen würde, dass ich kein Problem damit habe, dass Hattie nach Europa geflogen ist und nun vorgibt, tot zu sein?"

Bo zuckte die Achseln. „Okay."

„Sie ist eine erwachsene Frau, verfügt über ihr eigenes Geld, trifft ihre eigenen Entscheidungen. Sie ist mir nicht verantwortlich. Ich meine, ich mache mir Sorgen um sie. Es geht ihr noch nicht wieder richtig gut. Sie trifft nicht gerade clevere Entscheidungen, aber das ist ja ihr gutes Recht, nicht?"

Bo nickte feierlich.

„Aber sehen Sie, ich muss sie finden."

„Ich kann Ihnen dabei nicht helfen."

„Da wäre ich nicht so sicher. Ich muss mit ihr sprechen, ihr etwas sagen, das ich ihr nur persönlich übermitteln kann. Und was werde ich jetzt tun, Bo? Wie werde ich sie finden?"

„Keine Ahnung. Das habe ich Ihnen doch gesagt."

„Sie haben mir gesagt, Sie seien ein Geschäftsmann, der ganz gut zurecht käme. Wie gut sind Sie als Geschäftsmann, Bo? So gut?"

Rayford bückte sich und zog langsam den Reißverschluss der Tasche auf.

Bo beugte sich vor und spähte hinein. Er sah zuerst Rayford, dann T. an.

„Na, los", forderte Rayford ihn auf. „Nehmen Sie sich ein Bündel. Es ist echt. Nur zu."

Bo nahm sich einen Packen Zwanziger und blätterte die Scheine durch.

„Gefällt Ihnen, was Sie sehen?", fragte Rayford.

„Natürlich. Wie viel haben Sie davon?"

„Zählen Sie doch selbst."

Bo beugte sich über die Tasche und bekam große Augen. „Ich könnte was davon gebrauchen."

„So dringend, dass Sie mir sagen, was ich wissen muss?"

Seine Nase steckte noch immer in der Tasche. „Nichts ist so gut wie der Geruch von Bargeld. Was wollen Sie wissen?"

„Ich möchte morgen nach Europa fliegen und Hattie Durham gesund und munter eine Stunde, nachdem ich gelandet bin, vorfinden. Kennen Sie jemanden, der mir dabei helfen kann?"

„Vielleicht."

Rayford nahm zwei Hände voller Geldbündel aus der Tasche und stapelte sie auf den Schreibtisch. Als drei Stapel dort lagen, fragte er: „Kann ich dafür einige Informationen bekommen?"

„Ein paar."

„Zum Beispiel?"

„Frankreich."

„Stadt?"

„Mehr."

Rayford legte ein weiteres Bündel dazu.

„Küste."

„Sie sind ein harter Verhandlungspartner. Nord oder Süd?"

„Ja."

Bei jeder Frage legte Rayford mehr Geld auf den Tisch. Schließlich waren sie bei einer Stadt am englischen Kanal angekommen. „Le Havre."

„Da liegt eine ganze Menge Geld", meinte Rayford, „aber jeder einzelne Schein wandert zurück in die Tasche, wenn ich keine genaue Adresse bekomme, wenn ich nicht erfahre, mit wem sie zusammen ist und welche Überraschungen sonst noch auf mich warten könnten. Sie schreiben es auf, dann lasse ich Ihnen dieses Geld bei T. –"

„Hey, Sie verschaukeln mich!“

„– und wenn ich sie finde, rufe ich ihn an, und Sie bekommen die Kohle. Aber Sie müssen es niederschreiben.“

„Es ist bereits alles aufgeschrieben“, sagte Bo und holte einen Brief aus seiner Brieftasche, der alle Informationen enthielt, die Rayford brauchte. „Sie halten mich da raus, verstanden?“

„Das verspreche ich“, erwiderte Rayford. „Jetzt ist da noch die Sache mit dem Stillschweigen.“

„Stillschweigen?“

„Darin sind Sie nicht gerade ein Meister, nicht?“

„Vermutlich nicht.“

„Ich bin auch nicht gut darin.“

„Sie haben gesagt, Sie würden mich raushalten.“

„Ich nehme an, Sie haben gemeint, dass ich es nicht Hattie oder demjenigen erzähle, der bei ihr ist.“

„Genau das habe ich gemeint.“

„Aber mein vollständiges Stillschweigen kann erkauft werden.“

„Stillschweigen wem gegenüber?“

„Der Weltgemeinschaft gegenüber natürlich. Versicherungsbetrug durch einen vorgetäuschten Tod, Rettungsmannschaften wurden losgeschickt, all dies mag die Weltgemeinschaft nicht besonders. Das sind strafbare Handlungen, die mit einer lebenslangen Gefängnisstrafe bestraft werden können. Als Bürger bin ich verpflichtet, der Polizei zu helfen, wenn ich Kenntnis von einem Verbrechen habe.“

„Das würde ich leugnen.“

„Ich habe einen Zeugen.“ Er nickte zu T. hin, der auf seinen Schreibtisch starrte.

„Sie ergreifen für ihn Partei, Delanty? Sie sind ein Schuft.“

„Das ist eine Sache zwischen Ihnen und –“, verteidigte sich T.

„Vergessen Sie's“, unterbrach ihn Bo. „Ich werde eine gute Gelegenheit nutzen, wenn diese kommt. Das, was Sie hier tun, ist Erpressung.“

„Bo“, meinte Rayford, „kommen Sie an das Telefon heran? Sie rufen besser an und melden diese Erpressung, und passen Sie nur auf, dass Sie denen erzählen, womit ich Sie erpresse. Sie wissen schon, das Schwerverbrechen.“

Bo schnaubte und verschränkte die Arme vor der Brust.

„Oh, sind Sie fertig mit Telefonieren?“, fragte Rayford. „Ich muss ein Verbrechen melden.“

„Das würden Sie nicht wagen. Sie sind ja selbst untergetaucht.“

„Es werden auch anonyme Anzeigen entgegengenommen, ist es nicht so, T.?“ T. antwortete nicht. „Wir wollen es herausfinden.“ Rayford nahm den Hörer ab und begann zu wählen.

„Ist ja schon gut! Legen Sie auf!“

„Dann sind wir also wieder im Geschäft, Bo? Sind Sie bereit zu verhandeln?“

„Ja!“

„Ich werde es Ihnen leicht machen. Es wird Sie nicht einen Penny kosten, den Sie nicht bereits haben. Wie wäre das?“ Bo zuckte die Achseln. „Zum Beispiel haben Sie das hier noch nicht.“ Rayford schob das Geld in die Tasche zurück.

„Wunderbar! Ich werde einfach dem Betreffenden einen Tipp geben und Sie werden Hattie Durham niemals finden.“

„Sehen Sie, Bo, das habe ich bedacht. Es ist nur ein wenig kurzsichtig. Ich halte jetzt die Karten in der Hand. Falls Hattie aus irgendeinem Grund verschwunden ist, dann sind Sie ein international gesuchter Verbrecher.“ Rayford streckte ihm die Hand hin. „War schön, mit Ihnen Geschäfte zu machen, Bo.“

Und Beauregard Hanson nahm die dargebotene Hand. „Hey!“, rief er und zog die Hand zurück. „Es war gar nicht schön, Geschäfte mit Ihnen zu machen, Sie – Sie Mistkerl!“

Bo knallte die Tür hinter sich zu, stapfte die Treppe hinunter, knallte die Tür zum Tower hinter sich zu und ebenfalls seine Wagentür. Mit durchdrehenden Reifen brauste er davon, durch das Tor hindurch, dann blieb sein Wagen stehen, weil er kein Benzin mehr hatte. Rayford beobachtete von oben, wie er versuchte, einen Wagen anzuhalten, der ihn mitnehmen sollte.

Jacov fuhr vor dem Flughafen vor und sprang aus dem Wagen.

„Greg!“, freute er sich und umarmte Buck herzlich. Sobald sie im Wagen saßen, fragte er: „Wie geht es Ihnen, mein Bruder?“

„Ich habe mir Sorgen um Chaim gemacht. Und ich konnte es kaum erwarten, Sie alle wieder zu sehen.“

„Hannelore hat Ihnen von Jonas erzählt?“

Buck nickte. „Was ist passiert?“

„Sagen Sie, haben Sie die Reiter gesehen?“

„Nein.“

„Glauben Sie mir, das wollen Sie auch gar nicht. Schreckliche Wesen. Sie zogen durch unsere Gegend, als Jonas gerade Wachdienst hatte. Sie wissen ja, wo.“

„Sicher."

„Auf der gegenüberliegenden Straßenseite ging ein Haus in Flammen auf, und ein Mann, der vorbeifuhr, erstickte an dem Rauch. Der Wagen geriet außer Kontrolle und raste gegen das Wachhäuschen. Chaim war überaus betrübt. Er glaubte nicht, dass wir diese Wesen sehen konnten. Er denkt noch immer, wir würden lügen, aber er betrauert Jonas' Tod. Immer wieder lamentiert er: ‚Ich dachte, er wäre einer von euch. Ich dachte, er würde beschützt.' Und jetzt hat er sich immer weiter entfernt. Vorher hat er jeden Tag Dr. Ben-Judahs Botschaften studiert, aber jetzt beteuert er Tag und Nacht: ‚Es ist nicht wahr, es sind alles Lügen, alles Lügen.'

Und Buck, er hat etwas ganz Seltsames getan. Obwohl er alt und exzentrisch ist, ist er ein brillanter Wissenschaftler. Aber er hat einen Rollstuhl gekauft. Einen motorisierten Rollstuhl, der sehr teuer war."

„Braucht er ihn?"

„Nein! Er hat sich von dem Heuschreckenstich erholt. Er fürchtet sich ganz schrecklich vor der gegenwärtigen Plage, sitzt oft am Fenster und hält Ausschau nach den Dämpfen. Will nicht nach draußen gehen. Verbringt viel Zeit in seinem Arbeitsraum. Sie erinnern sich noch daran?"

Buck nickte. „Aber der Rollstuhl?"

„Er fährt darin durch das Haus, und wenn er sich in einem Stockwerk langweilt, ruft er nach mir und einem Diener, und wir müssen ihn in ein anderes Stockwerk bringen. Dieses Ding ist schrecklich schwer."

„Was soll das?"

„Es ist, als würde er darin üben, Buck. Zuerst kam er nicht besonders gut damit zurecht und ist überall dagegen gestoßen. Konnte nicht zurückfahren, nicht drehen. Brachte sich in unmögliche Positionen, wurde dann wütend und rief uns schließlich, damit wir ihn befreien. Doch mittlerweile geht er recht geschickt damit um. Er muss nicht mehr zurücksetzen und einen neuen Anlauf nehmen. Er kommt durch den engsten Gang, kann überall drehen, wirklich ganz erstaunlich. Er beherrscht jedes Stockwerk. Ich glaube, dass er sich dadurch ablenkt."

„Was macht er in seinem Werkraum, Jacov?"

„Das weiß niemand. Er schließt sich stundenlang dort ein und dann hören wir ihn feilen."

„Metall?"

„Ja! Und wir finden die Späne, aber nie sehen wir, woran er arbeitet. Er war noch nie besonders geschickt mit seinen Händen. Er ist ein brillanter Denker, kreativ, mit einem analytischen Verstand, aber er hat eben nie mit den Händen gearbeitet. Er liest noch viele botanische Bücher und schreibt für Fachzeitschriften. Und beschäftigt sich mit biblischer Geschichte."

Buck sah Jacov erstaunt an, als sie in Chaims Straße einbogen. „Im Ernst?"

„Allerdings! Er vergleicht die Inhalte von wissenschaftlichen Büchern mit der Bibel und dem, was Tsion lehrt. Er und Tsion stehen in Kontakt miteinander."

„Das weiß ich. Darum bin ich ja hier. Tsion macht sich große Sorgen um ihn. Er glaubt, er stehe dicht vor einer Entscheidung."

„Das dachte ich auch, Buck. Wir Christen haben uns nach Ihrer Abreise sehr um ihn gekümmert. Doch dann sieht er die Nachrichten und ist so enttäuscht von Carpathia. Er fühlt sich betrogen, hat das Gefühl, dass Israel betrogen worden ist. Er kann nicht zu Nicolai durchkommen, wird immer von seinem Commander abgewimmelt."

„Fortunato."

„Ja. Das ist höchst beunruhigend. Sie werden schockiert sein zu sehen, wie sehr er gealtert ist, Buck, aber bestimmt freut er sich, Sie zu sehen."

„Sonst noch was?"

„Nicht, dass ich wüsste. Warten Sie, ja. Sprechen Sie nicht von einem Schlaganfall."

„Schlaganfall?"

„Sie wissen schon, wenn der Körper –"

„Ich weiß, was ein Schlaganfall ist, Jacov. Warum sollte ich je davon sprechen?"

„Er scheint von diesem Thema besessen zu sein."

„Vom Thema ‚Schlaganfall'?" Buck blickte ihn verständnislos an. „Warum?"

„Wir haben es mittlerweile aufgegeben, ihn verstehen zu wollen, Buck. Ein entfernter Verwandter von ihm hat einen Schlaganfall erlitten. Er hat Fotos von dem Mann gesehen. Eine erbarmungswürdige Veränderung. Vermutlich hat ihm das Angst gemacht. Er ist nicht mehr er selbst."

Der Palastkomplex der Weltgemeinschaft war zu einem deprimierenden Anblick geworden. Etwa 15 Prozent der Angestellten waren durch Rauch, Feuer oder Schwefel ums Leben gekommen. Carpathia gab öffentlich Tsion Ben-Judah die Schuld daran. In den Nachrichtensendungen wurden die Anschuldigungen des Potentaten gesendet: „Vor Tausenden von Zeugen hat dieser Mann vor etwas mehr als einem Jahr im Teddy-Kollek-Stadion in Jerusalem versucht, mich zu töten. Er hat sich mit den beiden alten Radikalen an der Klagemauer verbündet und prahlt damit, dass sie das Trinkwasser vergiftet haben. Ist die Annahme, dass diese Sekte auch vor chemischen Waffen nicht Halt machen würde, um die Welt unter ihre Kontrolle zu bekommen, so abwegig? Ganz eindeutig haben sie für sich selbst ein Gegenmittel entwickelt, denn man hört nicht, dass auch nur einer von ihnen ums Leben kommt.

Trotzdem, sie haben sich einen Mythos ausgedacht, dem sich kein vernünftig denkender Mensch anschließen kann. Sie wollen uns glauben machen, unsere geliebten Angehörigen und Freunde würden von Horden von riesigen Reitern auf Tieren, die halb Pferde, halb Löwen sind und Feuer speien, dahingerafft. Natürlich können die Christen, die Heiligen, diese monströsen Wesen sehen. Wir, die Nichtinspirierten, sind blind und verletzlich. Die Anhänger Ben-Judahs können uns mit ihren exklusivistischen, intoleranten und hasserfüllten Hetzreden nicht überzeugen, darum haben sie beschlossen, uns zu töten!“

Auch Davids Abteilung dezimierte sich langsam. Die Überlebenden hatten Angst, nach draußen zu gehen, und waren doch auch im Innern des Gebäudes nicht weniger verletzlich. Sie legten Doppelschichten ein und waren vor Entsetzen wie erstarrt.

Die Freude, die David und Annie in ihrer Liebe fanden, wurde gedämpft durch das Leid der vielen Menschen in ihrer Umgebung. Ihre Bekannten, die sich für sie hätten freuen können, fanden eine Liebesbeziehung angesichts solcher Tragödien trivial. Und so sehr David und Annie sich auch liebten, dem konnten sie nicht widersprechen. Menschen um sie herum starben und kamen in die Hölle. David war so betrübt, dass er allen Ernstes darüber nachdachte, mit Annie den Palast zu verlassen und irgendwohin zu gehen, wo sie helfen konnten, den Menschen von Christus zu erzählen, bevor es zu spät war.

Annie stellte ihm erneut vor Augen, in welch einzigartiger Situation er sich befand. Eines Abends saßen sie händchenhaltend in seinem Büro vor dem Computer. Beide hörten ein Gespräch zwischen Leon und Peter II in dessen Büro im Glaubenspalast ab.

„Carpathias Zeit ist abgelaufen, Leon. Sie müssen aufhören, jedes Mal so zu reagieren, wenn ich diese lächerlichen Titel nicht verwende, die Sie beide sich gegeben haben."

„Aber Sie bestehen doch darauf –"

„Ich habe mir meinen Titel verdient, Leon. Ich bin ein Mann Gottes. Ich bin das Oberhaupt der größten Kirche in der Geschichte. Millionen von Menschen auf der ganzen Welt beugen sich meiner geistlichen Führung. Wie lange wird es dauern, bis sie fordern, dass ich sie auch politisch führe? Die religiösen Juden und fundamentalistischen Christen sind die einzigen Splitterparteien, die sich noch nicht dem Enigma-Babylon-Welteinheitsglauben angeschlossen haben."

„Splitterparteien? Pontifex, wir schätzen, dass etwa eine Milliarde von Menschen Tag für Tag Ben-Judahs Website lesen."

„Das bedeutet gar nichts. Ich gehöre dazu. Wie viele davon sind überzeugte Anhänger? Ich ganz bestimmt nicht und doch muss ich über ihren Unsinn informiert sein. Ich habe viel Geduld mit ihnen gehabt, habe ihnen im Namen der Toleranz die Ausübung ihrer Religion gestattet, aber langsam ist meine Geduld erschöpft.

Ich habe Carpathia gebeten, die Ausübung jeder anderen als der Welteinheitsreligion für verfassungswidrig zu erklären. Schon bald werde ich mich für die Bestrafung einer Zuwiderhandlung einsetzen und von ihm fordern, dass er etwas dagegen unternimmt. Will er wirklich in die Geschichte eingehen als der Mann, der sich dem beliebtesten religiösen Führer aller Zeiten widersetzt hat? Meine Leute erwarten von mir, dass ich entschieden gegen diese intoleranten Abtrünnigen vorgehe. Aber Sie denken, Carpathia sei selbst eine Gottheit."

„Ja, das glaube ich."

„Die angebetet werden sollte."

„Allerdings, Pontifex."

„Warum ist dieser Gott-Mensch dann in Bezug auf diese beiden Prediger so machtlos? Sie haben ihn zur Witzfigur gemacht."

„Aber er hat mit ihnen verhandelt und sie haben –"

„Und er hat seinen Vorteil verschenkt. Er sagte selbst, er hätte seinen Teil des Abkommens erfüllt. Er würde die Gläubigen nicht verfolgen, wenn die beiden so genannten Zeugen das Trinkwasser der Israelis in Ruhe ließen! Nun, sie können jetzt vielleicht reines Wasser trinken, aber dafür ersticken sie in Massen! Wer hat sich da zum Narren gemacht, Leon?"

Keine Antwort.

„Das können Sie nicht sagen, nicht, Leon? Sie können nicht zugeben, dass Ihr gottähnlicher Chef unfähig ist, das Richtige zu tun. Sie selbst würden eine solche Unverschämtheit Ihrer Untergebenen nicht dulden. Seien Sie versichert, wer immer diese beiden komischen Gestalten auch sind, wo auch immer sie herkommen und welche magischen Kräfte sie auch haben mögen, sie stehen nicht über dem Gesetz. Sie sind Untertanen der Weltgemeinschaft, und falls Leon Fortunato Potentat wäre, hätte er schon lange eine Lösung für dieses Problem gefunden. Habe ich Recht? Sie würden tun, was ich tun würde, nicht wahr? Sie würden diese beiden eliminieren."

Keine Antwort.

„Und wenn ich das tue, Leon, wollen Sie doch sicher dabei sein, hören Sie? Bleiben Sie in der Nähe. Wenn ich jetzt geliebt und verehrt werde, wenn man sich meinem Willen beugt, stellen Sie sich vor, wie sich meine Untertanen verhalten werden, wenn ich sie von diesen Ungeheuern befreien werde. Geben Sie es zu, Leon, Nicolais Zeit ist abgelaufen. Nicht wahr? Er wartet einfach ab. Das ist wirklich mutig! Das ist diplomatisch! Das ist die reine *Ohnmacht*, Leon! Verteidigen Sie ihn doch! Sie können es nicht, oder? Sie können es nicht!"

„Ich habe noch eine Besprechung, Pontifex, aber ich muss sagen, wenn ich Sie so entschlossen sprechen höre, sehne ich mich nach der Rückkehr einer solchen Führung."

„Es gibt Regionalpotentaten, die mit Ihnen einer Meinung sind, Leon", vertraute Mathews ihm an.

„Nun, um offen zu sein, Pontifex, ein Mann in meiner Position müsste taub und blind sein, um nicht zu erkennen, wie die Potentaten Sie verehren."

„Auch ich bin ihrem Respekt gegenüber nicht blind, Leon. Ich freue mich zu sehen, dass Sie das ebenso erkennen. Ich denke, sie würden meine Führung auch in anderen Bereichen als dem geistlichen zu schätzen wissen."

14

Die neuen Computer waren installiert worden und Davids dezimierte Belegschaft biss sich durch. Helle Köpfe kombiniert mit der neuesten Technologie versuchten mit Hilfe der Computer herauszufinden, von wo aus Tsion Ben-Judah und Cameron Williams sendeten. Ersterer war der bekannteste Mann der Welt, abgesehen von Carpathia selbst. Er verbreitete Ermutigung, Ermahnungen, Predigten, Bibelauslegungen, sogar Sprach- und Wortstudien, die auf seinen lebenslangen Studien basierten.

Williams dagegen gab wöchentlich eine Internetzeitung heraus, die den Namen „Die Wahrheit" trug. Auch er hatte eine große Leserschaft gefunden, die sich noch daran erinnerte, dass er früher ein bekannter Reporter des *Global Weekly* gewesen war. Er wurde Herausgeber, als Carpathia alle Nachrichtenorgane übernommen und die Zeitung in *Global Community Weekly* umbenannt hatte. Nachdem bekannt geworden war, wem Bucks Sympathien galten, und er sich als Christ zu erkennen gegeben hatte, wurde er zum Flüchtling. Da er mit Carpathias früherer Geliebten Hattie Durham sowie mit Tsion Ben-Judah in Verbindung gebracht wurde, musste er sich versteckt halten und inkognito reisen.

Buck forderte seine Leser auf: „Bewahren Sie Ihre Ausgaben des ‚Global Community Weekly' als bestes Beispiel für Manipulation seit Erfindung dieses Ausdrucks unbedingt auf. Lesen Sie am Tag vor Erscheinen jeder neuen Ausgabe im Internet ‚Die Wahrheit'. Dort erfahren Sie, was hinter der Propaganda der Regierung steckt."

David Hassid liebte es, die Reaktion im Palast auf Bucks wöchentliche Veröffentlichung mitzuerleben. „Die Wahrheit" schrieb tatsächlich die Wahrheit und alle wussten es. David hatte ein Programm entwickelt, das es ihm ermöglichte, jeden Computer im Palast zu überprüfen. Seine Statistiken ergaben, dass mehr als 90 Prozent der Angestellten der Weltgemeinschaft jede Woche Bucks Veröffentlichung lasen.

Mit Hilfe der riesigen Satellitensuchschüsseln und der Mikrotechnologie war es theoretisch möglich, jede Eingabe ins Internet bis zur

Quelle zurückzuverfolgen. Viele, die sich heimlich das Internet zu Nutze machten, waren ständig in Bewegung oder bauten Aufspürsicherungen in ihre Computer ein. David hatte nicht nur geholfen, den Übermittlungsweg der *Tribulation Force* festzulegen, er hatte sich doppelt abgesichert, indem er in die Computer in seiner Abteilung eine Sperre eingebaut hatte.

Hierbei handelte es sich um eine mathematische Sperre. Eine Schlüsselkomponente bei der Erstellung von Koordinaten misst Winkel und die Entfernung zwischen den verschiedenen Punkten. Auf dem Papier würden solche Berechnungen Stunden dauern. Auf einer Rechenmaschine weniger. Aber mit einem Computer sind die Ergebnisse praktisch sofort abrufbar. David hatte jedoch einen, wie er es nannte, „schwebenden Multiplikator" eingebaut. Laienhaft ausgedrückt: Wann immer der Computer eine Berechnung vornahm, transponierte eine Zufallskomponente die in der Nähe liegenden Digits in entweder den dritten, vierten oder fünften Schritt. Nicht einmal David wusste, welcher Schritt gewählt werden würde, geschweige denn welche Digits. Wenn die Berechnung wiederholt wurde, würde sich der Fehler dreimal hintereinander vervielfältigen. Es war also sinnlos, den Computer gegen sich selbst zu überprüfen.

Sollte jemand Verdacht schöpfen und den Computer gegen einen anderen Rechner ohne Virus laufen lassen, würde der Computer den Virus ausschalten und korrekte Zahlen angeben. War der Techniker erst einmal davon überzeugt, dass es sich bei der vorhergehenden Berechnung um einen menschlichen Fehler gehandelt hatte, würde er die nächste Berechnung eingeben und vermutlich erst Stunden oder Tage später erkennen, dass der Computer wieder eigene Wege ging.

David rechnete damit, dass zu dem Zeitpunkt, an dem die Schwankungen in der Zuverlässigkeit der Computer bemerkt würden, das Projekt weit hintenan gestellt und schließlich ganz gestrichen werden würde. In der Zwischenzeit waren die Computer, die Tsions Lehren und Bucks Internetzeitung verbreiteten, darauf programmiert, ihr Signal nach dem Zufallsprinzip zwischen neun Billionen unterschiedlichen Streckenkombinationen zu wechseln.

Unter dem Vorwand, das Versteck von Buck und Tsion ausfindig zu machen, verbrachten die Techniker in Davids Abteilung viel Zeit damit, die Zeitung zu lesen. Allen war klar, dass Cameron Williams über Insiderinformationen verfügen musste, aber niemand kannte seine Quellen. David wusste, dass Buck Dutzende von Kontakten hatte, natürlich auch David, aber Buck verstand es, seine Informationen immer so weiterzugeben, dass seine Quellen unentdeckt blieben.

In der letzten Ausgabe des *Global Community Weekly* war ein Artikel über den gescheiterten Attentatsversuch auf Carpathia durch Regionalpotentat Rehoboth erschienen. Dieser Artikel vermittelte den Eindruck, als sei dieser Anschlag für das Carpathia-Regime unerwartet gekommen. „Ehrliche, aufrichtige Männer mit Charakter bemühen sich, ihre Differenzen auf diplomatischem Weg aus der Welt zu schaffen", lautete der Einleitungssatz.

„Ein solcher Mann von Ehre war Mwangati Ngumo von Botswana, der vor drei Jahren Nicolai Carpathia dazu gedrängt hat, seinen Platz als Generalsekretär der Vereinten Nationen einzunehmen. Diese selbstlose, vorausschauende Geste führte zur Gründung der Weltgemeinschaft, an der wir uns Tag für Tag erfreuen, eine Welt, die in zehn gleiche Regionen eingeteilt ist und von zehn Subpotentaten regiert wird.

Seine Exzellenz hatte Supreme Commander Fortunato gebeten, dem ehrenwerten Mr. Ngumo einen Besuch abzustatten. Er sollte versuchen, diesen zu überreden, Botswana durch den Potentaten wiederaufbauen zu lassen. Ngumo, der große afrikanische Staatsmann hatte darauf bestanden, dass seine eigene Nation mit dem Wiederaufbau warten würde, bis ärmeren Ländern geholfen werden konnte. Mr. Ngumo hatte großzügigerweise angeboten, dieses Gespräch in Johannesburg zu führen und nicht in Gaborone, weil die große Maschine der Weltgemeinschaft auf dem Flughafen der botswanischen Hauptstadt nicht landen konnte.

Als der Potentat der Vereinigten Staaten von Afrika, Rehoboth, von dem Treffen erfuhr, bot er an, aus diplomatischen Gründen an diesem Gespräch teilzunehmen. Dies lehnte die Weltgemeinschaft jedoch ab, da der Gegenstand der Besprechung eher persönlicher und nicht politischer Natur war. Potentat Rehoboth wurde im Gegenzug ein persönliches Gespräch mit dem Potentaten zugesichert.

Auf Grund eines Missverständnisses war Rehoboth davon ausgegangen, Potentat Carpathia würde persönlich das Gespräch mit Mr. Ngumo führen. Während die Weltgemeinschaft keine Ahnung von Rehoboths Zorn über seinen Ausschluss von dem Treffen hatte, schmiedete der Regionalpotentat Mordpläne. Er wies die Mörder an, Ngumo und seine Assistenten zu ermorden, sie durch

Betrüger zu ersetzen und an Bord der ‚Global Community One' (der Condor 216) zu gehen, um Seine Exzellenz zu ermorden. Seinen Häschern gelang es zwar, das Flugzeug zu zerstören und vier Angehörige des Personals zu ermorden, doch das mutige Eingreifen des Piloten und seines Ersten Offiziers, Captain Montgomery ‚Mac' McCullum und Mr. Abdullah Smith, rettete dem Supreme Commander das Leben. Die sofortige Reaktion der Friedenstruppen der Weltgemeinschaft führten zum Tod der Attentäter."

Fotos von der großen Feier zu Ehren der verwundeten Cockpit-Crew waren dem Artikel angefügt. In der Internetzeitung „Die Wahrheit" wurde dieser Artikel sechs Tage später auseinander genommen. In seinem unverkennbaren Stil nannte Buck die Fakten:

„Die Führer der Weltgemeinschaft wollen auf keinen Fall, dass die Bürger erfahren, wie belastet die Beziehung zwischen Carpathia und Ngumo war. Ngumo ist keineswegs so großherzig gewesen, wie man uns glauben machen will. Nur unter starkem Druck ist er von seinem Posten als Generalsekretär der Vereinten Nationen zurückgetreten und weil er glaubte, er würde zu einem der zehn Regionalpotentaten ernannt werden. Außerdem ließ man ihn in dem Glauben, Botswana käme in den Genuss der in Israel entdeckten botanischen Formel, die Carpathia auch bei der Verhandlung mit vielen anderen Ländern als Trumpfkarte eingesetzt hatte.

Wegen der schamlosen Vernachlässigung von Seiten der Weltgemeinschaft ist Ngumo von einem Gott-ähnlichen Status zu dem eines Paria abgestiegen. Botswana wurde bei den Wiederaufbaubemühungen ignoriert. Ngumo musste zusehen, wie der Posten des Regionalpotentaten an seinen Erzrivalen, den Despot Rehoboth, fiel, der sein eigenes Land Sudan ausplünderte, um seine zahlreichen Frauen und Nachkommen zu Multimillionären zu machen. Er war im Sudan so unpopulär, dass er sich seinen prächtigen Palast nicht in Khartum, sondern in Johannesburg baute.

Die Weltgemeinschaft wusste genau, dass Rehoboth und Ngumo erbitterte Feinde waren, und haben dieses Gespräch absichtlich an Bord der ‚Global Community One' und somit in den Herrschaftsbereich von Rehoboth verlegt. Rehoboth nahm an, Carpa-

thia würde sich an Bord befinden. Auch Ngumo ging von derselben Annahme aus. Ganz bewusst hatte man ihn in diesem Glauben gelassen und auch die Einladung an Rehoboth zur Teilnahme an dem Gespräch war als Schlag in Ngumos Gesicht gedacht.

Die Leute, die bei dem Angriff mit dem Leben davongekommen sind, haben diesen Umstand eher ihrem Glück zu verdanken als ihrem Heldenmut. Die Friedenstruppen der Weltgemeinschaft waren von Rehoboth überrascht worden und reagierten erst mehrere Minuten, nachdem das Flugzeug unter Beschuss genommen worden war. Die Attentäter wurden nicht erschossen. Einer floh und zwei kamen durch die Rauch-, Feuer- und Schwefelplage ums Leben wie viele andere an diesem Tag.

Rehoboth war klug genug, sich während Carpathias vermeintlicher Exekution in seinem Palast aufzuhalten. Als die Sache fehl schlug und er selbst eliminiert wurde, stellten sich die Truppen der Weltgemeinschaft sofort wieder auf die Seite der Weltgemeinschaft und säuberten den Bereich. Rehoboths gesamte Familie wurde ganz eindeutig exekutiert und ist nicht der Plage zum Opfer gefallen, wie die Weltgemeinschaft den Bürgern weismachen möchte. Bisher hat grob geschätzt ein Zehntel der Weltbevölkerung bei dieser Plage ihr Leben verloren."

In seiner Internetzeitung kommentierte Buck von allen Eskapaden des Carpathia-Regimes vor allem die „Neigung, einer internationalen Tragödie ein hübsches Gesicht zu verleihen, und die Annahme, dass sie interessiert seien an Paraden zu Ehren des Potentaten, wo der Tod auf der Erde umgeht".

David machte es Spaß, kurz nach Erscheinen der Zeitung im Internet die Büros von Carpathia und Fortunato abzuhören.

„Wo stehen wir bei der Suche nach Williams?", fragte Carpathia Leon an diesem Morgen.

„Eine ganze Abteilung ist mit der Suche nach dem Aufenthaltsort beschäftigt, Sir."

„Wie viele Männer?"

„Ich glaube, zunächst waren es 70, mittlerweile sind es noch 60."

„Das sollten doch eigentlich genug sein, nicht wahr?"

„Das würde ich meinen, Sir."

„Woher um alles in der Welt bezieht er nur seine Informationen? Es ist, als würde er vor unserer Tür kampieren."

„Sie sagten selbst, dass er der beste Reporter der Welt sei."

„Das hier geht über Fähigkeit und Begabung hinaus, Leon! Ich würde ihm ja vorhalten, dass er sich das alles ausdenkt, aber wir beide wissen, dass das nicht der Fall ist."

An diesem Nachmittag erhielt David ein Memo von Leon, in dem dieser darum bat, die zerstörten Metalldetektoren im Flugzeug zu ersetzen, „bevor Seine Exzellenz wieder in der Öffentlichkeit erscheint". Beim Lesen des Memos hatte David eine Idee. Vielleicht konnte er teilhaben an Carpathias Ermordung, indem er dafür sorgte, dass die Metalldetektoren in kritischen Augenblicken versagten? Er hatte bereits die Computer sabotiert. Vielleicht würde ihm das bei den Metalldetektoren auch gelingen?

Er schrieb zurück: „Supreme Commander Fortunato, ich werde dafür sorgen, dass die neuen Metalldetektoren innerhalb der nächsten zehn Tage geliefert und an Bord der Phoenix 216 gebracht werden. In der Zwischenzeit werde ich ein Team von Leuten die Maschine sorgfältig überprüfen lassen, damit sie den Ansprüchen des Potentaten entspricht. Ich werde die Arbeiten persönlich zusammen mit der Cockpit-Crew überwachen."

David, Annie, Mac und Abdullah, deren Genesung nur langsam fortschritt, installierten in ihrer Freizeit eine Abhöranlage in der Phoenix 216. Diese Anlage war technisch so ausgefeilt, dass der Pilot und sein Erster Offizier eine beinahe studioreife Klangqualität in den Kopfhörern erhielten.

Nachdem die Anlage installiert war, bat David seine besten Techniker, das Flugzeug nach Wanzen abzusuchen. Vier Experten arbeiteten sechs Stunden in dem Flugzeug und kamen zu dem Schluss, dass es „sauber" sei.

Rayford amüsierte sich über Bo, der draußen vor dem Tor des Flugplatzes stand und versuchte, ein Fahrzeug anzuhalten.

„Was für ein Idiot", meinte er.

T. saß noch immer hinter seinem Schreibtisch. „Was macht er?", fragte er.

„Er versucht zu trampen", erwiderte Rayford. „Er hat kein Benzin mehr." Er griff nach dem Telefonhörer. „Ich muss Dwayne Tuttle erklären, wie er hierherkommt." T. erhob sich. „Sie brauchen nicht aufzustehen", wehrte Rayford ab. „Es wird nur ein kurzer Anruf."

„Ich habe sowieso noch etwas zu erledigen", erklärte T. „Können wir dann miteinander reden?"

Rayford blickte auf die Uhr, während Tuttles Telefon klingelte. „Ich habe noch etwas Zeit."

Mrs. Tuttle meldete sich. Rayford stellte sich vor und erzählte ihr von den E-Mails seiner Tochter und wie er ihre Nummer bekommen hatte. Während des Gesprächs schlenderte er langsam zum Fenster. Trudy rief Dwayne ans Telefon. Rayford war froh, dass er ein paar Sekunden lang nichts zu sagen brauchte. Ihm stockte der Atem. T. war zu Bos Wagen hinausgefahren und füllte aus einem Kanister Benzin in seinen Tank. War es möglich, dass sie miteinander im Bunde standen? Konnte es sein, dass T. ihn die ganze Zeit zum Narren gehalten hatte?

Eine innere Stimme sagte ihm, dass er bestimmt eine Erklärung finden würde, wenn er einen Augenblick darüber nachdachte. Die Heuschrecken hatten T. nicht gebissen. Er trug das Zeichen Gottes auf der Stirn. Er kannte Gemeindeleute, sagte das Richtige und schien es ehrlich zu meinen. Aber wie kam es dann, dass er jetzt dem Feind half? Dass er dem Mann half, der die Verantwortung für Hatties Flucht trug?

„Steele!", begrüßte ihn Dwayne.

„Mr. Tuttle, oder sollte ich Sie lieber Dart nennen? Das war ja eine Geschichte, Sir."

T. kam zurück und stieg langsam die Treppe hinauf, während Rayford mit Dwayne den Flug nach Frankreich besprach. Nachdem er aufgelegt hatte, sah er T. fragend an.

„Denken Sie, ich hätte es nicht bemerkt?", begann Rayford.

„Was bemerkt?"

„Was Sie gerade getan haben. Was Sie gerade noch zu erledigen hatten."

„Was habe ich denn getan?"

Rayford verdrehte die Augen. „Ich habe Sie gesehen, T. Sie haben Bo Benzin gegeben."

T. gab keine Antwort.

„Der Bursche, der –"

„Ich weiß, wer Bo ist, Ray. Allerdings fange ich langsam an, mich zu fragen, wer *Sie* sind."

„Ich? Ich bin nicht derjenige, der –"

T. erhob sich. „Sie wollen mein Zeichen überprüfen, nicht wahr? Nun, tun Sie es nur."

Rayford war verblüfft. Wie war es dazu gekommen? Sie waren doch Freunde gewesen, Brüder. „Ich brauche Ihr Zeichen nicht zu überprüfen, T. Ich möchte nur wissen, was Sie sich dabei gedacht haben."

„Ich habe Sie um ein Gespräch gebeten, schon vergessen?"

„Tatsächlich?"

„Ich wollte wissen, was Sie sich bei Ihrem Verhalten Bo gegenüber gedacht haben."

„Worum geht es hier, T.? Ich habe ihn dazu gebracht, mir die Informationen zu geben, die ich brauchte. Ich habe ihm nicht geholfen oder ihn begünstigt."

„Wie ich."

„Wie Sie."

„So nennen Sie das also."

„Wie nennen Sie es denn, T.? Sie arbeiten zusammen gegen mich, hinter meinem Rücken."

T. schüttelte traurig den Kopf. „Ja, Ray. Ich stehe mit diesem Mann im Bunde, damit ich mich gegen einen Bruder in Christus wenden kann."

„So sieht es aus. Was soll ich denn sonst denken?"

T. erhob sich und ging zum Fenster. Rayford konnte sich sein Verhalten nicht erklären.

„Sie sollten daran denken, Ray, dass Bo Hanson vermutlich nicht mehr lange auf dieser Welt leben wird. Er wird sterben und in die Hölle kommen, genau wie sein Kumpel Ernie. Sicher, er ist der Feind, aber er gehört nicht zu denen, die wir wie Schurken behandeln, damit sie nicht herausfinden, wer wir sind, Bruder. Wir sind Anhänger Ben-Judahs und glauben an Jesus. Wir kaufen und verkaufen nicht wie Bo, Rayford. Wir spielen nicht mit ihnen, lügen sie nicht an, täuschen sie nicht, bestehlen sie nicht, erpressen sie nicht. Wir tun alles, damit auch sie zum Glauben finden.

Bo ist so dumm gewesen, Ihnen zu geben, was Sie brauchten, ohne daran zu denken, dass sein Schiff am Sinken ist. Okay, ich weiß auch nicht, wie wir die Informationen sonst hätten beschaffen sollen, aber die Art, wie Sie mit ihm umgegangen sind, war in meinen Augen ganz bestimmt nicht liebevoll und christlich. Es wäre mir lieber gewesen, Sie hätten die Information tatsächlich gekauft. Lassen Sie ihn doch der Böse sein. Sie waren genauso schlimm wie er.

Ich habe bereits mehr gesagt, als ich vorgehabt habe. Sie spielen nach Ihren Spielregeln, aber halten Sie mich bitte in Zukunft aus Ihrem Spiel heraus."

Buck rechnete beinahe damit, Chaim Rosenzweig in seinem Rollstuhl anzutreffen, aber der alte Mann war noch genauso, wie er ihn in Erinnerung hatte. Klein, mit abstehenden, weißen Haaren, vielleicht ein wenig gealtert, aber trotzdem voller Leben. Als er Buck erblickte, machte sich ein strahlendes Lächeln auf seinem Gesicht breit. Er öffnete die Arme. „Cameron! Cameron, mein Freund! Wie geht es Ihnen? Wie schön, Sie zu sehen! Das ist ein Anblick für meine alten, müden Augen! Was führt Sie nach Israel?"

„Sie, mein Freund", erwiderte Buck, als Chaim ihn am Arm ins Wohnzimmer führte. „Wir machen uns Sorgen um Sie."

„Ach!", wehrte Chaim ab. „Tsion hat Angst, er könnte mich nicht bekehren, bevor die Pferde mich niedertrampeln."

„Und hat er nicht Recht? Darf ich die Nachricht von Ihrer Umkehr mit nach Hause nehmen?"

„Man kann nie wissen, Cameron. Aber Sie brauchen doch gar nicht zu fragen, habe ich nicht Recht? Sie, die Sie die Pferde sehen können, können doch auch das Zeichen der anderen erkennen. Also sagen Sie mir, können Sie mein Zeichen sehen?"

Die Art, wie er das Wort mein aussprach, ließ Bucks Herz höher schlagen und er beugte sich vor, doch er konnte nichts erkennen. „Wie Sie wissen, können wir unser Zeichen erkennen", erklärte Buck.

„Und die mächtigen Männer auf den Löwenpferden auch."

„Aber Sie glauben es nicht."

„Würden Sie es tun, wenn Sie an meiner Stelle wären?"

„Oh, Dr. Rosenzweig, ich war doch an Ihrer Stelle. Ich war Journalist, Pragmatiker, Realist. Ich konnte nicht überzeugt werden, bis ich mich überzeugen lassen wollte."

Chaims Augen funkelten, und Buck fiel wieder ein, wie sehr dieser Mann eine gute Diskussion genoss. „Dann will ich also nicht? Ist das mein Problem?"

„Vielleicht."

„Und doch macht es keinen Sinn, oder? Warum sollte ich nicht wollen? Ich wünsche mir doch, dass es stimmt! Was für eine Geschichte! Eine Antwort auf diesen Irrsinn, Erleichterung von der Grausamkeit. Ach, Cameron, ich bin näher dran, als Sie denken."

„Das haben Sie auch das letzte Mal gesagt. Ich fürchte, dass Sie zu lange warten."

„Alle meine Hausangestellten sind jetzt Christen, wie Sie wissen. Jacov, seine Frau, seine Schwiegermutter, Stefan. Auch Jonas, aber wir haben ihn verloren. Haben Sie das schon gehört?"

Buck nickte. „Traurig."

Chaim hatte auf einmal seinen Humor verloren. „Sehen Sie, Cameron, das sind die Dinge, die ich nicht verstehe. Wenn Gott sich persönlich um seine Kinder kümmert, wie Sie sagen, wenn er allmächtig ist, gibt es dann keinen besseren Weg? Warum die ganzen Plagen, die Zerstörung, den Tod? Tsion sagt, wir hätten unsere Chance gehabt. Und jetzt ist es vorbei? Das alles ist so grausam, dass ich die Liebe nicht erkennen kann, die dabei im Spiel sein soll."

Buck beugte sich vor. „Tsion sagt auch, dass sogar die sieben Jahre Trübsalszeit eigentlich mehr sind, als wir von Gott erwarten können. Wir haben nicht geglaubt, weil wir es nicht erkennen konnten. Nun, jetzt gibt es keinen Zweifel mehr. Wir erkennen es, und trotzdem gibt es noch immer Menschen, die sich Gott verweigern und sich gegen ihn auflehnen."

Chaim wurde still, dann schlug er sich auf die Oberschenkel. „Nun", meinte er schließlich, „machen Sie sich um mich keine Gedanken. Ich gestehe, ich spüre mein Alter. Ich bin furchtsam, verängstigt, ans Haus gefesselt. Ich kann mich nicht überwinden, nach draußen zu gehen. Carpathia, an den ich geglaubt habe, wie ich an meinen eigenen Sohn geglaubt hätte, hat sich als Betrüger entpuppt."

Buck wollte weiter in ihn dringen, aber er wagte es nicht. Die Entscheidung musste Rosenzweig allein treffen, sie durfte nicht von Buck oder jemand anderem forciert worden sein.

„Ich studiere. Ich bete, Tsion möge Unrecht haben, die Plagen und Quälereien mögen nicht noch schlimmer werden. Und ich halte mich beschäftigt."

„Wie?"

„Durch bestimmte Projekte."

„Ihre Wissenschaft und Lesen?"

„Und mehr."

„Zum Beispiel?"

„Oh, heute sind Sie aber wieder ganz Journalist. In Ordnung, ich werde es Ihnen erzählen. Mein Personal hält mich für verrückt. Vielleicht bin ich das auch. Ich habe einen Rollstuhl. Möchten Sie ihn sehen?"

„Sie brauchen einen Rollstuhl?"

„Noch nicht, aber der Tag wird kommen. Der Heuschreckenstich hat mich sehr geschwächt. Meine Blutwerte und andere Testergebnisse zeigen, dass bei mir ein hohes Schlaganfallrisiko besteht."

„Sie sind doch gesund wie ein Pferd, nein, wie ein Maulesel."

Rosenzweig lehnte sich zurück und lachte. „Sehr gut. Niemand möchte mehr so gesund sein wie ein Pferd. Aber das bin ich nicht. Ich bin gefährdet und möchte auf alles vorbereitet sein."

„Das klingt sehr defätistisch, Doktor. Die richtige Ernährung und Bewegung … frische Luft."

„Ich wusste, dass Sie darauf anspielen würden. Ich bin gern vorbereitet."

„Wie bereiten Sie sich sonst noch vor?"

„Wie bitte?"

„Woran arbeiten Sie? In Ihrem Arbeitsraum?"

„Wer hat Ihnen davon erzählt?"

„Niemand wusste etwas Genaues. Jacov hat nur gesagt, dass Sie viel Zeit in dem Raum verbringen."

„Ja."

„Was ist es? Was tun Sie?"

„Es sind Projekte."

„Ich wusste gar nicht, dass Sie handwerklich so geschickt sind."

„Es gibt noch vieles, das Sie von mir nicht wissen, Cameron."

„Darf ich Sie als guten Freund betrachten, Sir?"

„Ich wünschte, Sie würden das tun. Aber sprechen sich gute Freunde so an?"

„Mir fällt es schwer, Sie Chaim zu nennen."

„Nennen Sie mich, wie Sie wollen, aber Sie sind tatsächlich mein lieber Freund, und ich bin froh, dass ich Ihr Freund bin."

„Dann möchte ich mehr über Sie erfahren. Es gibt vieles, was ich noch nicht weiß, und deshalb habe ich nicht das Gefühl, ein Freund zu sein."

Chaim zog einen Vorhang zurück und sah nach draußen. „Kein Rauch heute. Aber er wird wiederkommen. Tsion sagt, die Reiter würden nicht verschwinden, bis ein Drittel der Menschheit tot ist. Können Sie sich eine solche Welt vorstellen, Cameron?"

„Dann gibt es nur noch halb so viele Menschen wie vor dem großen Massenverschwinden."

„Wir stehen tatsächlich vor dem Ende der Zivilisation. Es ist vielleicht nicht das, was Tsion meint, aber irgendetwas ist es."

Buck schwieg. Chaim hatte seine Argumentation ignoriert, aber vielleicht, wenn er ihn nicht drängte …

Rayford ließ den Kopf hängen. „T.", sagte er mit rauer und leiser Stimme, „ich weiß nicht, was ich sagen soll."

„Sie wussten sehr genau, was Sie Bo sagen wollten. Sie haben mit ihm gespielt wie mit einem –"

Rayford hob die Hand. „Bitte, T., Sie haben ja Recht. Ich weiß nicht, was ich mir dabei gedacht habe."

„Es schien Ihnen Spaß zu machen."

Rayford wünschte, der Boden würde sich unter ihm auftun und ihn verschlucken. „Gott verzeihe mir, ich habe es tatsächlich genossen. Was ist nur los mit mir? Es ist, als hätte ich den Verstand verloren. Zu Hause benehme ich mich wie der letzte Mensch. Lea, die Neue, von der ich Ihnen erzählt habe, sie hat wirklich das Schlimmste in mir zum Vorschein gebracht – und jetzt, nein, ich kann ihr dafür nicht die Schuld geben. Ich habe mich ihr gegenüber einfach schrecklich benommen. Ich verstehe mich selbst nicht mehr."

„Falls Sie sich selbst jemals verstanden haben, dann wären Sie mir weit voraus. Aber gehen Sie nicht zu hart mit sich ins Gericht, Bruder. Sie sind hohem Stress ausgesetzt."

„Das sind wir alle, T. Sogar Bo. Wissen Sie, für mich war Bo schon immer nur ein Schurke."

„Er ist ja auch ein Schurke, Ray. Aber er ist auch –"

„Ich weiß. Das meine ich ja. An dem Tag, an dem ich ihn kennen lernte, machte er Christen herunter, und seither habe ich nichts mehr mit ihm zu tun gehabt. Ich wollte ihn an seinen Platz verweisen und war froh über die Gelegenheit, das zu tun. Ich bin wirklich ein schöner Heiliger, nicht wahr?"

T. antwortete nicht, aber Rayford verstand ihn auch so.

„Und was soll ich jetzt tun? Ihm hinterher jagen und freundlich zu ihm sein?"

T. schüttelte den Kopf und zuckte die Achseln. „Ich glaube nicht, dass das was bringt. Ich denke, es wäre besser, Sie verschwinden aus seinem Leben. Er wird nur unnötig misstrauisch, wenn sich Ihr Verhalten radikal verändert."

„Ich sollte mich wenigstens entschuldigen."

„Nicht, bevor Sie bereit sind, diese Entschuldigung zu untermauern, indem Sie ihn für die Informationen bezahlen, die er zu kaufen glaubte."

„Jetzt ist er der Gute und ich bin der Böse?"

„Ich habe nie gesagt, Bo sei der Gute, Ray. Und ich habe auch nie gesagt, Sie seien der Böse. Das haben Sie getan."

Rayford saß eine Weile zusammengesunken auf seinem Stuhl, während T. sich mit seinem Papierkram beschäftigte. „Sie sind ein guter Freund", sagte Rayford schließlich. „Dass Sie ehrlich zu mir waren, meine ich. Es gibt nicht viele, die das tun würden."

T. stand auf und setzte sich auf die Schreibtischkante. „Ich möchte gerne glauben, dass Sie dasselbe bei mir getan hätten."

„Als ob Sie das nötig hätten."

„Warum nicht? Ich hatte auch nicht damit gerechnet, dass es bei Ihnen nötig sein würde."

„Na ja, wie auch immer. Vielen Dank."

T. schlug ihm freundschaftlich auf die Schulter. „So, wie steht es nun mit den Tuttles? Werden Sie einen Super J fliegen?"

„Denken Sie, ich könnte damit umgehen?"

„Nach all den Maschinen, die Sie bereits geflogen haben? Ich habe gehört, dass Sie bereits eine Gulfstream gesteuert haben – die große. Sie ist die schnelle Ausgabe dieser Maschine. Wie Porsche und Ford."

„Ich werde wie ein Anfänger fliegen."

„Seien Sie ehrlich, Sie können es kaum erwarten."

David freute sich, als er am folgenden Abend eine E-Mail von Tsion Ben-Judah erhielt. Doch dann war er alarmiert. Nach ein paar freundlichen Einleitungssätzen kam Tsion zur Sache.

„Ich verstehe nicht alles, was Sie für uns mit Ihrem hoch entwickelten technischen Verstand tun. Normalerweise halte ich mich aus den politischen Aspekten unserer Arbeit heraus, und ich frage nicht einmal, was vorgeht. Meine Berufung ist es, die Bibel auszulegen, und darauf möchte ich mich konzentrieren. Dr. Rosenzweig, von dem Sie sicherlich bereits gehört haben, hat mir vieles beigebracht, als ich mich an der Universität mit Botanik beschäftigte. Meine Spezialgebiete sind Geschichte, Literatur und Sprachen; die Wissenschaft gehörte nicht dazu. Ich hatte große Schwierigkeiten und schließlich wandte ich mich an ihn. Er sagte mir: ‚Die Hauptsache ist, die Hauptsache die Hauptsache sein zu lassen.' Mit anderen Worten: sich auf das Wesentliche zu konzentrieren!

Also konzentriere ich mich auf das Wesentliche und lasse Captain Steele und seine Tochter die Handelsgesellschaft aufbauen, Buck Williams seine Zeitung herausgeben und so weiter. Aber, Mr. Hassid, wir haben ein Problem. Ich ließ Captain Steele seine Suche nach Hattie Durham antreten (ich bin sicher, Sie wissen

darüber Bescheid), ohne ihn zu fragen, ob Carpathia ihren Aufenthaltsort kennt.
Die Öffentlichkeit ist der Meinung, sie sei mit einem Flugzeug abgestürzt. Die Tatsache, dass die Weltgemeinschaft dieses Gerücht unterstützt, zeigt mir, dass es ihnen in irgendeiner Weise in die Hände spielen muss. Ich habe jetzt natürlich Angst, dass sie sie aufspüren und töten, denn im Gedächtnis der Öffentlichkeit ist sie bereits tot. Ihr einziger Vorteil in der Vortäuschung ihres Todes ist der, dass sie Carpathia irgendwie in Verlegenheit oder gar in Gefahr bringt.
Ich will damit Folgendes sagen: Ich hatte den Eindruck, dass Ihre Nachforschungen keine Anhaltspunkte dafür zu Tage gefördert hatten, dass Carpathia ihren Aufenthaltsort kennt. Trotzdem denke ich, dass es klüger gewesen wäre, wenn Rayford mit seiner Suche nach Hattie gewartet hätte, bis er ganz sicher war, dass er nicht in eine Falle der Weltgemeinschaft läuft.
Ich bin vielleicht ein paranoider Gelehrter, der bei seiner Arbeit bleiben sollte, aber wenn Sie meine Geschichte kennen, dann wissen Sie, dass dieses Weltregime viel Unheil in meinem Leben angerichtet hat. Ich bitte Sie, Mr. Hassid, falls die Möglichkeit besteht, auch nur den entferntesten Hinweis auf eine Falle auszugraben, dies zu tun und Captain Steele eine Warnung zukommen zu lassen, bevor er sich blindlings in Gefahr begibt. Wenn Sie so freundlich wären, mir den Erhalt dieser Nachricht zu bestätigen und mir zu schreiben, ob Sie in der Lage sein werden, hilfreiche Hinweise zu bekommen, wäre ich Ihnen sehr dankbar.
Im unvergleichlichen Namen Christi, Tsion Ben-Judah.“

Schnell tippte David eine Antwort:

„Ich habe meine Zweifel an einem Erfolg. Zwar habe ich die Computer und Telefone überwacht und auch persönliche Gespräche auf höchster Ebene abgehört, aber nicht einmal ist der Name Hattie gefallen. Trotzdem werde ich mich sofort darum kümmern. Ich werde Captain Steele unverzüglich informieren, sollte ich etwas Wichtiges herausfinden. Später mehr, ich möchte jetzt keine Zeit verlieren.“

David machte sich auf der Stelle an die Arbeit. Er schaltete sich in den großen Hauptrechner ein und begann, alle verschlüsselten Dateien zu entschlüsseln. Er gab alle möglichen Begriffe ein, zum Beispiel „Hattie", „Durham", „HD", „persönliche Assistentin", „Geliebte", „Schwangerschaft", „Kind", „Flüchtling", „Flugzeugabsturz" und andere Stichwörter, die ihm dazu einfielen. Natürlich war alles, was in den Verwaltungsbüros gesagt worden war, auf seiner Minidisk gespeichert worden, aber die einzigen Untertitel darauf waren Daten und Orte. Die Zeit, alles abzuhören, was Fortunato oder Carpathia gesagt hatten, seit die Meldung von Hatties Tod hereingekommen war, hatte er nicht.

Schließlich rief er Annie an, die sofort in sein Büro geeilt kam. Er schloss die Rollos und verriegelte die Tür, damit niemand ihn nervös herumlaufen sah. „Was soll ich nur tun, Annie? Tsion hat Recht. Rayford rennt in sein Unglück. Du weißt, dass die Weltgemeinschaft Hattie entweder in Gewahrsam nehmen oder sie töten muss. Sie werden den Ort, an dem sie sich angeblich versteckt hält, unter Beobachtung halten. Wer immer sich auf die Suche nach ihr begibt, wird nicht sie, sondern die Weltgemeinschaft finden. Sie ist nur der Köder. Rayford müsste das eigentlich wissen."

„Das sollte man meinen", sagte sie.

„Hilf mir", stöhnte er.

„Nicht, dass ich das nicht wollte, David, aber ich stimme mit dir darin überein, dass du nach der sprichwörtlichen Nadel im Heuhaufen suchst."

„Was haben sich die Leute in den Staaten denn gedacht? Dass die Weltgemeinschaft die erfundene Geschichte von dem Flugzeugabsturz geschluckt hat? So dumm sind die doch auch nicht! Ich hatte keine Ahnung, dass Rayford überhaupt ihren Aufenthaltsort herausgefunden hatte, bis er bereits unterwegs war. Warum hat er mich nicht um Hilfe gebeten?"

Sie schüttelte den Kopf. „Wie sicher bist du, David?"

„Wie bitte?"

„Du bist in ihren Computern, ihren Büros, ihrem Flugzeug, hörst ihre Telefone ab. Hat nicht schon jemand angefangen, Verdacht zu schöpfen?"

Er schüttelte den Kopf. „Die Verzögerung bei der Installation der Computer hätte Verdacht erregen können, aber ich spüre keinerlei Misstrauen von Leon. Falls ich raten sollte, würde ich sagen, dass sie mir vertrauen. Ich habe zu viele Eisen im Feuer, um nicht schließlich verbrannt zu werden, aber für den Augenblick bin ich sicher."

„Da hast du deine Antwort, Superman."

„Was soll das heißen?“

„Frag sie doch einfach.“

„Wie bitte?“

„Geh zu Leon, sag ihm, es ginge dich zwar nichts an, aber du hättest von dem Flugzeugabsturz gehört. Du hättest seine Einsicht und Weisheit immer bewundert – du weißt schon, was ich meine. Du könntest andeuten, dass der Flugzeugabsturz vielleicht nicht echt war, und sagen, du würdest gern Nachforschungen anstellen.“

„Annie, du bist ein Genie!“

15

Möchten Sie meine Projekte sehen, Cameron?", fragte Chaim Rosenzweig. „Würde Sie das glücklich machen? Würden Sie sich dann eher als Freund fühlen?"

„Das könnte sein."

„Versprechen Sie, dass Sie mich nicht für verrückt halten, für einen alten Exzentriker, wie mein Hauspersonal."

Buck folgte ihm. Ihm wurde klar, dass, egal, wie verschroben Chaim den Christen im Haus erschien, er um alles wusste.

Die Tuttles waren ein typisch amerikanisches Ehepaar. Sie hatten ihre vier Söhne bei der Entrückung verloren. „Wir haben es verpasst", erzählte Dwayne, als sie in dem Super J saßen und über den Osten der Vereinigten Staaten hinwegflogen. „Der älteste Junge ging von uns fort zum College und wurde religiös, wie wir dachten. Es schien ihm nicht zu schaden, außer, dass er anfing, auch die anderen drei zu bearbeiten, und bevor wir uns versahen, besuchte unser Jüngster auf einmal den Gottesdienst. Das war okay, aber wir dachten, er wolle sich dadurch nur die Bewunderung des größeren Bruders sichern. Sie verstehen schon, was ich meine.

Dann wurden die mittleren Jungen zu irgendeiner Kirchenveranstaltung eingeladen. Vermutlich wären sie nicht hingegangen, wenn nicht ihre Brüder bereits Christen gewesen wären. Man bat sie, im Basketballteam mitzuspielen. Sie fuhren zu einem Camp und kamen beide als Christen zurück. Mann, ich hasste dieses Wort und sie führten es immerzu im Munde. ‚Ich wurde errettet, er wurde errettet, sie wurde errettet, du musst errettet werden.' Ich liebte die Jungen über alles, aber –"

Dwaynes Stimmung schlug so schnell um, dass Rayford es gar nicht hatte kommen sehen. Nur mit Mühe konnte er weitererzählen. Immer wieder kämpfte er gegen die Tränen an. Trudy legte ihm die Hand auf die Schulter.

„Ich habe diese Jungen so geliebt", krächzte er, „und ich hatte wirklich kein Problem mit ihrer Religiosität, wirklich nicht."

„Sie haben dich auch geliebt, Dwayne“, bestätigte sie. „Es hat keine Probleme gegeben.“

„Aber sie haben mir hart zugesetzt, verstehen Sie? Sie waren niemals gemein, aber sie drängten mich. Ich habe ihnen gesagt, es wäre okay, solange sie nicht von mir erwarteten, dass ich sie zur Kirche begleite. Davon hatte ich als Kind genug gehabt. Es hat mir nie gefallen und ich hatte schlimme Erinnerungen daran. Ihre Gemeinde sei besser, sagten sie. Ich sagte: ‚Prima, ihr könnt ja gehen, aber lasst mich damit in Ruhe.‘ Sie sagten mir, ich wäre dafür verantwortlich, wenn auch ihre Mutter nicht errettet würde. Das machte mich wütend, aber wie kann man zornig bleiben auf sein eigen Fleisch und Blut, wenn sie sich um die Seelen ihrer Eltern Gedanken machen?“

Rayford schüttelte den Kopf. „Das geht nicht.“

„Ganz bestimmt nicht. Sie haben mich ständig bearbeitet. Ihren Eigensinn haben sie schließlich von mir geerbt. Aber ich war auch gut darin. Und ich gab nicht nach. Tru hätte es beinahe getan, nicht wahr, Liebes?“

„Ich wünschte, ich hätte es.“

„Ich auch. Wir hätten Mr. Steele erst im Himmel kennen gelernt, aber ich wäre trotzdem lieber dort als hier. Sie nicht auch, Cap?“

Rayford nickte zustimmend.

„Den Rest können Sie sicher erraten. Bevor wir auch nur einmal die Kirche besucht hatten, ist genau das passiert, wovor sie uns gewarnt hatten. Sie waren fort. Wir sind zurückgeblieben. Wohin sind wir also zuerst gegangen?“

„Zur Kirche.“

„Zur Kirche! Jetzt sind wir nicht mehr so eigensinnig. Jetzt klingt das Wort ‚errettet‘ gar nicht mehr so übel, oder? Kaum jemand in dieser Gemeinde war zurückgelassen worden, aber wir brauchten ja nur einen, der wusste, wie man errettet wird. Mr. Steele, ich bin selbst ein Schauspieler. Nun ja, natürlich bin ich Flieger, aber ich habe seit dem College immer geschauspielert. Meine Spezialität sind Stimmen.“

„Mac hat mir von Ihrer Vorstellung als Australier erzählt.“

„Genau, so etwas zum Beispiel. Es hat ihm gefallen, oder?“

„Ich weiß nicht, ob er sich gut genug fühlte, um es zu genießen, aber er ist sicher, dass Sie Fortunato zum Narren gehalten haben.“

„Eine taube Schildkröte könnte diesen Jungen zum Narren halten, Rafe. Sie haben doch nichts dagegen, wenn ich Sie Rafe nenne, oder? Ich benutze gern Abkürzungen, dann kann ich mehr Wörter in kürzerer Zeit aussprechen. Ich mache nur Spaß, aber Sie haben doch nichts dagegen, oder?"

„Meine erste Frau hat mich so genannt. Sie wurde entrückt."

„Dann ist es Ihnen vielleicht nicht recht –"

„Nein, es ist schon okay."

„Wie auch immer, Rafe, ich bin ein geselliger Mensch – ich denke, das haben Sie bereits bemerkt. Ein Verkäufer muss das sein. Aber ich habe immer auch mein schauspielerisches Talent mit hineingelegt. Ich war bekannt als ein aufrichtiger, sturer Mensch, aber die Leute mochten mich irgendwie. Wenn sie nicht zu weltgewandt waren. Wenn das der Fall war, dann bin ich ihnen schrecklich auf die Nerven gegangen. Ich bin also ein freundlicher, zutraulicher, offener Mensch, der –"

„‚Laut' ist das Wort, das du suchst, Liebling", half Trudy ihm aus.

Dwayne lachte, als sei das der beste Witz, den er je gehört hätte. „Okay, Tru, du hast ja Recht. Ich bin also ein lauter Mensch. Aber du musst zugeben, dass ich immer gut mit Leuten umgehen konnte. Ich war nur kein Kirchgänger. Nun, und plötzlich bin ich das. Ich bin errettet. Ich war zwar einen Tag zu spät, aber ich lerne, dass nur das noch zählt. Wir werden noch mehr leiden, und wir werden nie aufhören, uns zu wünschen, wir hätten unsere Entscheidung schon früher getroffen, aber wir sind errettet. Ich bin also ein sehr gesell-"

„Lauter."

„Ein sehr lauter Mensch, aber ich habe jetzt eine ganz neue Sichtweise bekommen. Ich überrumpele die Leute damit. Sogar unser Pastor sagt, manchmal wundere er sich, ob ich die Menschen nicht eher davor abschrecke, als sie zu umwerben – so hat *er* es ausgedrückt, nicht ich –, zu Jesus zu kommen. Diese Lektion habe ich im Verkaufsgeschäft gelernt, aber ich denke, das ist jetzt etwas anderes. Es geht hier nicht darum, ob ich meine Quote erreiche oder meinen Bonus bekomme oder ob Sie es sich leisten können, dieses wundervolle Flugzeug nicht zu kaufen. Die Leute müssen erfahren, dass es hier nicht um ein Geschäft geht, Bruder. Sondern um die Seele. Ach, ich rede mich wieder in Rage.

Ich habe mich immer gefragt, was ich tun würde, wenn ich dem Antichristen einmal persönlich begegnen würde. Ich sage Ihnen was, ich wette, er würde mich entweder töten oder sich erretten lassen, eins von beidem. Kapiert? Nun, Sir, ich habe mich gefreut, dass ich nicht den Mut verloren habe, als ich neulich seinem Mädchen für alles gegenübergestanden habe. Mein Herz hat mir bis zum Halse geklopft, das leugne ich nicht, aber, hey, ich werde sowieso sterben. Ich möchte gern hier sein, wenn Jesus wiederkommt, aber vorher in den Himmel zu kommen kann auch so übel nicht sein. An dem Tag, an dem ich meine Entscheidung für Christus getroffen habe, habe ich beschlossen, mich nie dafür zu schämen, dass ich zu ihm gehöre. Ich werde meine Jungen wiedersehen und –"

Und wieder kam der Stimmungsumschwung ganz plötzlich. Dieses Mal konnte Dwayne nicht mehr weiterreden. Trudy legt ihm wieder die Hand auf die Schulter und blickte Rayford entschuldigend an. Der übernahm sofort den Steuerknüppel und lenkte den Super J in Richtung Osten durch die Nacht.

„Was um alles in der Welt ist das?", fragte Buck, als er ein glänzend poliertes Metallstück entdeckte.

Chaim betrat den Raum und schloss die Tür hinter sich. Buck wurde klar, dass Rosenzweig ihm hier etwas zeigte, das er noch mit niemandem geteilt hatte.

„Nennen Sie es ein Hobby, das zur Besessenheit geworden ist. Dies ist gar nicht mein Arbeitsbereich, und fragen Sie mich nicht, woher dieser Drang kommt. Aber ich habe vor, die schärfste Klinge herzustellen, die je von Hand gearbeitet wurde. Ich weiß, dass die großen Maschinen mit ihren Mikrometern, Computern, Lasern und all ihren Finessen der Vollkommenheit sehr nahe kommen. Ich bin nicht interessiert an dem künstlich Hergestellten. Ich möchte das Beste hervorbringen, das zu schaffen ich in der Lage bin. Mit einfachen festgeklammerten Winkelmessern feile ich die Klingen so scharf, dass ich sie mit dem bloßen Auge nicht sehen kann. Nicht einmal ein starkes Bifokalglas wird ihnen gerecht. Nur unter hellem Licht mit meinem stärksten Vergrößerungsglas kann ich sie betrachten. Glauben Sie mir, das ist sehr viel ansprechender als diese Wesen, die wir beide uns vor einem halben Jahr angesehen habe. Hier, sehen Sie."

Er reichte Buck das Vergrößerungsglas und deutete auf eine glänzende, etwa ein Meter lange Klinge, die in einem Schraubstock festgeklemmt war. „Berühren Sie auf keinen Fall die Klinge, Cameron. Ich meine das sehr ernst. Sie würden einen Finger verlieren, bevor Sie auch nur die Klinge, geschweige denn den Schmerz spüren würden."

Ausreichend gewarnt, spähte Buck staunend durch das Vergrößerungsglas. Die Klinge wirkte um ein Vielfaches dünner als jede Rasierklinge, die er je gesehen hatte. „Wow."

„Und jetzt kommt das Interessante, Cameron. Treten Sie bitte vorsichtig zurück. Das Material ist besonders gehärteter Fluss-Stahl. Obwohl die Klinge biegsam wie eine Rasierklinge wirkt, weil sie mikroskopisch scharf ist, ist sie dennoch stabil und fest. Ein normales Messer wird bei Gebrauch stumpf. Und normalerweise ist es so, dass es umso schneller stumpf wird, je schärfer die Klinge ist." Buck nickte. „Sehen Sie sich das hier an."

Rosenzweig holte eine getrocknete Dattel aus der Tasche. „Ein Imbiss für später", erklärte er. „Aber diese hier ist faserig, ich möchte sie nicht waschen, und ich habe ja noch mehr. Darum nehme ich sie als Gegenstand für meine Lektion. Sehen Sie genau hin."

Er nahm die Dattel vorsichtig zwischen Daumen und Mittelfinger. Langsam und ganz sacht zog er sie über die Klinge. Die andere Hand hielt er darunter. Die abgeschnittene Hälfte fiel ihm in die Hand, als wäre sie nicht berührt worden. „Und jetzt möchte ich Ihnen noch etwas zeigen."

Rosenzweig sah sich in dem voll gestopften Raum um und hob einen zusammengerollten Lumpen auf, der vor Schmutz starrte. Er hielt den Lumpen etwa 20 Zentimeter über die Klinge und ließ ihn fallen. Buck blinzelte. Er konnte seinen Augen nicht trauen. Der Lappen war geräuschlos und scheinbar ohne Widerstand in der Mitte durchtrennt worden.

„Sie sollten nur sehen, was mit einer Frucht passiert", meinte Rosenzweig mit strahlendem Blick.

„Es ist erstaunlich, Doktor", sagte Buck. „Aber warum?"

Der alte Mann schüttelte den Kopf. „Fragen Sie nicht. Nicht, dass ich ein dunkles Geheimnis hätte, ich weiß es nur selbst nicht."

David meldete sich gar nicht erst telefonisch bei Fortunato an. Am späten Abend ging er einfach in das Vorzimmer zu Leons Büro. „Ich möchte nur eine Minute mit dem Commander sprechen, falls das möglich ist", sagte er zu Margaret, die nach einem langen Arbeitstag gerade ihre Sachen zusammenpackte.

„David Hassid?", bellte Leon in die Gegensprechanlage. „Natürlich! Schicken Sie ihn sofort rein!"

Leon erhob sich, als David eintrat. „Ich hoffe, Sie wollen mir sagen, dass es Fortschritte bei der Suchaktion gibt", begann er.

„Unglücklicherweise nicht", erwiderte David. „Diese Leute verwenden anscheinend eine Technologie, von der noch niemand gehört hat. Wir kommen einfach nicht weiter."

„Setzen Sie sich", forderte Fortunato ihn auf.

„Nein, vielen Dank", entgegnete David. „Ich brauche nur eine Minute. Sie wissen, es ist nicht meine Art, Sie wegen Dingen zu belästigen –"

„Bitte! Ich bin ganz Ohr!"

„– wegen Dingen, die nicht in meinen Verantwortungsbereich fallen."

Fortunatos offener Blick verdüsterte sich. „Natürlich gibt es viele vertrauliche Angelegenheiten in meinem Bereich, über die ich nicht die Freiheit habe –"

„Ich wollte nur einen Vorschlag machen, aber eigentlich geht es mich nichts an."

„Sprechen Sie."

„Nun, der Tod der ehemaligen Assistentin Seiner Exzellenz …"

Fortunato blinzelte. „Ja?"

„Das war natürlich tragisch …"

„Ja …"

„Nun, Sir, es war kein Geheimnis, dass die Frau, Miss Dunst–"

„Durham. Hattie Durham. Weiter."

„Dass sie schwanger und nicht glücklich darüber war."

„Tatsache ist, Hassid, dass sie versucht hat, Geld von uns zu erpressen, damit wir Stillschweigen bewahren. Seine Exzellenz hatte das Gefühl, ihr etwas schuldig zu sein für die Zeit, die sie gemeinsam erlebt hatten, und so wurde ihr eine, äh, großzügige Summe gezahlt. Miss Durham hat diese Geste vielleicht missverstanden und gedacht, das Geld sei ihr für ihr Stillschweigen gezahlt worden, aber so war es nicht. Verstehen Sie, sie war niemals eingeweiht in irgendwelche Dinge, die die internationale Sicherheit gefährden könnten, konnte also keine Geschichten erzählen, die den Potentaten in Verlegenheit hätten bringen können, zumindest keine wahren. Als sie nun mehr Geld haben wollte, wurde sie abgewiesen und, ja, es trifft wohl zu, dass sie nicht glücklich war."

„Vielen Dank, Sir. Ich weiß, Sie haben mir mehr erzählt, als ich wissen müsste, und Sie können versichert sein, dass ich mich Ihres Vertrauens würdig erweisen werde. Ich hatte nur eine Frage zu diesem Flugzeugabsturz, aber das ist jetzt nicht so wichtig. Ich danke Ihnen, dass Sie mir Ihre Zeit gewidmet haben."

„Nein, bitte, ich erzähle Ihnen alles, was Sie wissen wollen."

„Es ist ein wenig peinlich, weil, wie ich schon sagte, ich weiß, dass das nicht in meinen Zuständigkeitsbereich fällt – es geht mich wirklich nichts an. Ich würde das auch lieber nicht weiterverfolgen, wenn ich jetzt so darüber nachdenke."

„David, bitte. Ich möchte gern wissen, was Sie beschäftigt."

„Nun denn. Ich weiß, dass ich mir bei Ihrem Geschick und Ihrem Durchblick in Bezug auf die Sicherheit oder die Öffentlichkeitswirkung keine Sorgen zu machen brauche –"

„Wir alle sollten uns jederzeit um diese Dinge Gedanken machen."

„Ich habe nur den Eindruck, dass mit dem Bericht über ihren Tod irgendetwas nicht stimmt. Ich meine, vielleicht habe ich zu viele Kriminalromane gelesen, aber kam das nicht ein wenig zu passend? Wurden je irgendwelche Wrackteile gefunden oder die Leichen? Irgendetwas, das ihren Tod bestätigen könnte?"

„David, setzen Sie sich. Jetzt bestehe ich darauf. Das sind interessante Gedanken. Die Wahrheit ist, dass Miss Durhams so genannter tödlicher Flugzeugabsturz nie stattgefunden hat. Ich habe Ihren Geheimdienstchef darauf angesetzt, sobald wir die Nachricht erhielten. Tatsache ist, dass Miss Durham, ihr Amateurpilot und das Flugzeug sehr schnell ausfindig gemacht werden konnten. Dummerweise ließ es der Pilot zum Kampf kommen, als unsere Leute Miss Durham verhören wollten, und er kam bei einem Schusswechsel ums Leben. Sie verstehen sicher, dass aus Sicherheitsgründen und aus Gründen der Moral und Stimmung im Volk solche Zwischenfälle in der Presse lieber nicht breitgetreten werden sollten."

„Natürlich."

„Miss Durham befindet sich in Gewahrsam."

„In Gewahrsam?"

„Sie hält sich in einer bequemen, aber sicheren Einrichtung in Brüssel auf. Die Anklage lautet auf Vortäuschung eines Todesfalles. Natürlich stellt sie für die Weltgemeinschaft keine Bedrohung dar, aber wir hoffen, ihre Komplizen zu ihrem ursprünglichen Versteck locken zu können. Sobald wir sie haben, wird man sie frei lassen."

„Ihre Komplizen?"

„Ehemalige Angestellte der Weltgemeinschaft und Ben-Judah-Anhänger hatten ihr Asyl gewährt, als ihre Anwesenheit hier in Neu-Babylon erforderlich gewesen wäre. Sie stellen eine viel größere Bedrohung dar als sie."

„Sie ist also sozusagen der Lockvogel und auch noch selbst schuld daran."

„Genau."

„Und diese Falle war Ihre Idee?“

„Nun, wir arbeiten hier als Team zusammen, David.“

„Aber so war es doch, nicht? Es passt zu Ihnen. Sehr klug.“

Fortunato legte den Kopf zur Seite. „Wir umgeben uns mit guten Leuten, und wenn jeder nicht nur auf seinen eigenen Vorteil bedacht ist, kann viel erreicht werden.“

„Aber den Komplizen eine Falle zu stellen, das war Ihre Idee.“

„Es könnte sein.“

„Und es hat funktioniert?“

„Noch nicht. Niemand weiß von dem Tod des Piloten. Wir haben seinem Bruder, der ihm geholfen hat, die Nachricht geschickt, er würde sich verstecken und vielleicht mehrere Monate lang nichts von sich hören lassen.“

„Brillant!“

Fortunato nickte, als könne er dem nicht widersprechen.

„Ich möchte Ihre Zeit nicht mehr länger in Anspruch nehmen, Commander, und ich glaube nicht, dass ich mir über diese Angelegenheit noch weitere Gedanken zu machen brauche, da ich nun weiß, dass Sie und Ihre Leute sich der Sache angenommen haben.“

„Nun, Sie können beruhigt sein, und zögern Sie nicht zu fragen, falls etwas unklar ist. Wir setzen großes Vertrauen in eine Person in Ihrer Stellung und Ihrem Verantwortungsbereich. Nicht jeder hat Zugang zu Informationen wie dieser, darum –“

„Sie brauchen nichts weiter zu sagen, Sir“, unterbrach ihn David und erhob sich. „Ich danke Ihnen für Ihr Vertrauen.“

Rayford hatte einen großen Teil des Fluges über den Atlantik übernommen, aber das hatte Dwaynes Redefluss nicht geschmälert. Rayford hatte es sogar genossen, obwohl er auch Trudy gern ein wenig näher kennen gelernt hätte. Als es schließlich an der Zeit war, das Steuer wieder Dwayne zu überlassen, hielt Rayford den Augenblick für gekommen, Albie (was nicht nur eine Abkürzung von Al Basrah, sondern auch der Spitzname eines Freundes war) anzurufen.

Albie war Fluglotse in Al Basrah, einer Stadt am Südufer des Tigris in der Nähe des Persischen Golfes. Er war weithin als hervorragender Schwarzmarkthändler bekannt. Mac hatte ihn mit Rayford bekannt gemacht und Albie hatte tatsächlich eine Tauchausrüstung für Rayfords Ausflug in die Tiefen des Tigris beschaffen können.

Albie war überzeugter Moslem und hasste das Carpathia-Regime abgrundtief. Er gehörte zu den wenigen heidnischen Nichtchristen, die sich auch beharrlich weigerten, dem Enigma-Babylon-Welteinheitsglauben beizutreten. Sein Geschäft war einfach. Leuten, denen er vertraute, konnte er für den entsprechenden Preis alles besorgen. Der Preis war doppelter Marktpreis plus Spesen, und falls man mit Schmuggelware erwischt wurde, hatte er nie von einem gehört.

Dwayne war im Augenblick ungewöhnlich schweigsam und Trudy döste. Rayford suchte in seiner Tasche nach seinem einzigartigen Telefon – Macs Ausdruck für Davids Spezialanfertigung.

Es läutete beim Teilnehmer, als Dwayne das Telefon bemerkte. „Na, das ist aber ein Ding! Uihh! Jawohl, Sir, das ist mehr als nur ein Telefon. Ich wette, da sind technische Finessen eingebaut, von denen ich noch nie gehört habe –"

Rayford hob den Finger und unterbrach ihn. „Sie können es sich gleich einmal ansehen."

„Ich zähle die Sekunden, Partner. Das will ich ganz bestimmt sehen."

„Al Basrah Tower, Albie am Apparat."

„Albie, hier spricht Rayford Steele. Können Sie reden?"

„Von Osten mit vier Knoten. Ihre Situation?"

„Ich möchte mich wegen eines Kaufes mit Ihnen treffen."

„Bestätigt. Tut mir Leid wegen Ihres Fehlschlags. Erster Offizier?"

„Mac erholt sich langsam. Ich bin sicher, Sie haben von –"

„Bestätigt. Einen Augenblick, bitte." Albie legte die Hand auf die Muschel und Rayford hörte ihn etwas in seiner Sprache sagen. Dann meldete er sich wieder. „Ich bin jetzt allein, Mr. Steele. Es tat mir so Leid, von Ihrer Frau zu hören."

„Vielen Dank."

„Ich habe mir auch Sorgen um Mac gemacht. Er hat schon eine ganze Weile nichts mehr von sich hören lassen. Natürlich braucht er als Captain meine Dienste jetzt nicht mehr so oft. Was kann ich für Sie tun?"

„Ich brauche eine Waffe, klein, aber mit großer Durchschlagskraft."

„Mit anderen Worten: Sie soll zu dem in der Lage sein, zu dem sie bestimmt ist."

„Sie verstehen mich, Albie."

„Sehr schwierig. Da der Potentat Pazifist ist –"

„Das bedeutet, Sie sind die einzig verlässliche Quelle."

„Sehr schwierig."

„Aber nicht unmöglich für Sie, richtig?"
„Sehr schwierig", wiederholte Albie.
„Mit anderen Worten: teuer?"
„Jetzt verstehen Sie mich laut und deutlich."
„Wenn Geld kein Thema ist, gibt es dann noch einen anderen Hinderungsgrund?"
„Wie gut muss sie zu verstecken sein? Soll sie von einem Metalldetektor nicht erfasst werden?"
„Ist das denn möglich?"
„Wenn sie aus Holz und Plastik hergestellt wird. Kann zwei Runden abfeuern, drei Mal geladen werden, bevor sie auseinanderfällt. Natürlich mit eingeschränkter Reichweite. Keine Tötungskraft bei mehr als sechs Metern Entfernung."
„Die Reichweite ist 30 Zentimeter. Ein Schuss."
„Mr. Steele, dann habe ich *die* Waffe für Sie. Sie hat kaum die Größe Ihrer Hand. Schwer, aber zielgenau. Das Gewicht liegt im Feuermechanismus, der normalerweise nur bei übergroßen Hochleistungsgewehren verwendet wird."
„Was für ein Mechanismus?"
„Einzigartig. Er arbeitet sowohl mit Einspritzung als auch mit hydraulischem Vakuum."
„Das ist eher die Beschreibung einer Maschine. Von so etwas habe ich noch nie gehört."
„Wer hat das schon? Das Projektil fliegt mit einer Geschwindigkeit von 2 000 Meilen in der Stunde."
„Munition?"
„48er Kaliber, Hochgeschwindigkeit – natürlich weiche Spitze, leerer Punkt."
„Bei einer Pistole?"
„Mr. Steele, die durch das Drehen der Kugel entstandene Luftverdrängung kann menschliches Gewebe aus zwei Zentimeter Entfernung durchtrennen."
„Ich kann nicht folgen."
„Ein Mann wurde aus etwa zehn Meter Entfernung mit einer dieser Pistolen erschossen. Der Schuss zerriss seine Haut und schädigte das Gewebe seines Oberarms. Die Ärzte fanden heraus, dass keine Spuren von Metall im Gewebe zu finden waren. Der Schaden war allein durch die Geschwindigkeit entstanden, mit dem die Luft um die sich drehende Kugel verdrängt wurde."
„Mann, Sie wissen genau, was ich hören möchte. Hunderte?"

„Tausende."
„Tausend?"
„*Tausende!* Plural, mein Freund."
„Wie viel?"
„Das hängt davon ab, wo Sie die Lieferung in Empfang nehmen, ob wir uns persönlich treffen, was ich vorziehen würde."

David war frustriert. Er war in sein Zimmer zurückgeeilt und rief Rayford an. Doch die Leitung war besetzt. Leider gab dieses Telefon keinen Signalton ab, dass ein Anrufer wartete. David hatte sogar eine Weckvorrichtung eingebaut, so dass das Telefon auch läutete, wenn es abgestellt war, vorausgesetzt, der Benutzer schaltete den Schlafmodus ein. Rayford tat dies immer.

David wählte erneut. Noch immer besetzt.

„Ich wollte nicht lauschen, Cap, aber das scheint ja wirklich ein besonderes Teil zu sein, das Sie gerade bestellt haben. Ihnen scheint es gar nichts auszumachen, dass es illegal ist. Das gefällt mir. Schließlich sind wir den Gesetzen des Antichristen nicht unterworfen."

„So sehe ich das auch. Sie wollten das Telefon sehen?"

„Ja, danke. Übernehmen Sie?"

Dwayne untersuchte das Telefon von allen Seiten und legte es in seine Handfläche. „Schweres Teil. Vermutlich kann es alles, außer Frühstück machen, habe ich Recht?"

„Es kann sogar das, wenn Sie es zerhackt haben wollen."

„Ha! Tru, hast du das gehört?! Oh!" Er legte die Hand auf den Mund, als er bemerkte, dass seine Frau schlief. Dann flüsterte er nur noch. „Gehört das zu den Dingern, die von überall senden und empfangen können?"

Rayford nickte. „Und vor allem ist es abhörsicher. Es wechselt die Kanäle vier Mal in der Sekunde, daher ist es nicht zurückzuverfolgen. Hat eine Menge guter Eigenschaften."

„Sie bewahren es in Ihrer Tasche auf?", fragte Dwayne.

„Ja, danke."

Dwayne stellte es ab und wollte es in Rayfords Tasche legen. Doch dann überlegte er es sich anders und stellte auch den Hauptschalter ab.

„Ich übernehme jetzt", meinte er. „Und wenn ich Ihnen nicht zu neugierig bin, verraten Sie mir vielleicht, wofür Sie eine solche Waffe brauchen?"

Rayford dachte einen Augenblick lang nach. Er hatte es sich angewöhnt, Mitchristen gegenüber offen zu sein, sogar in Bezug auf Angelegenheiten, die die *Tribulation Force* betrafen. Zwar verriet er nicht, wo sich ihr Versteck befand, auch behielt er ihre falschen Namen für sich, damit der Zuhörer nicht wegen etwas leiden musste, das er nicht zu wissen brauchte. Aber die Pistole und der damit verbundene Plan war eine persönliche Angelegenheit, die Rayford sehr zu schaffen machte, weil er genau wusste, woher das große Geld kam. Im Augenblick konnte er sich nicht vorstellen, seinen Plan durchzuziehen.

„Die Weltgemeinschaft ist vielleicht offiziell pazifistisch eingestellt und unbewaffnet“, begann er. „Aber wir haben einen Piloten im Kugelhagel verloren und auf fast jeden von uns ist schon geschossen worden, *mindestens* einmal. Ein paar wurden auch getroffen. Auf Buck und Tsion ist geschossen worden, als sie über Ägypten aus Israel geflohen sind. Buck wurde dabei verletzt. Auch als Buck jemandem bei der Flucht aus einer Einrichtung der Weltgemeinschaft in Colorado half, wurde auf ihn geschossen. Und erst vor kurzem standen unser neuestes Mitglied und ich unter Beschuss. Und Sie wissen natürlich, was Mac und Abdullah zugestoßen ist.“

„Ich habe verstanden, Bruder. Von mir hören Sie keinen Widerspruch. Aber es wird eine schöne Stange Geld kosten, jeden von Ihnen mit einer so teuren Waffe auszustatten.“

„Ich werde sie zuerst allein testen“, widersprach Rayford.

„Gute Idee. Natürlich werden die beiden, von denen Sie gerade gesprochen haben, während der Arbeit keine Waffe tragen dürfen. Sie werden ihre an Bord verstecken müssen.“

„Als ich noch Captain der ‚Global Community One‘ war, haben wir genau das getan. Ich hatte ein paar Pistolen im Laderaum versteckt. Zwar war es schwer, dranzukommen, aber sie waren eine letzte Zuflucht für uns. Natürlich sind sie jetzt für immer verloren.“

„Ach, übrigens, Rafe“, sagte Dwayne und deutete auf den Horizont, „wir werden in etwa 40 Minuten landen. Der Zoll in Le Havre ist sehr streng, falls Sie noch nicht da gewesen sind. Haben Sie das britische Visum?“

Rayford nickte.

„Habe ich Sie schon gefragt, wer Sie heute sind und warum ich Sie von England aus über den Kanal fliege?“

Rayford zog seinen Pass heraus und schlug ihn auf. „Thomas Agee. Import/Export. Und Sie sind?“

Dwayne lächelte und begann mit britischem Akzent zu sprechen. Er reichte Rayford zwei Pässe der Vereinigten Staaten von Großbritannien. „Zu Ihren Diensten, Sir."

Rayford las laut vor. „Ian Hill. Und seine Frau … Elva. Schön, Sie beide kennen zu lernen."

David hörte kein Besetztzeichen mehr. Sorgfältig wählte er erneut, um sicher zu sein, dass er sich nicht verwählt hatte. Entweder hörte Rayford das Läuten nicht oder er hatte das Telefon abgestellt. David rief Tsion an und weckte ihn mit seinem Anruf auf. Jemand musste über einen offenen Kanal mit dem Flugzeug Kontakt aufnehmen. Und zwar schnell.

16

Buck litt unter dem Jetlag und der Entscheidung, bis spät in die Nacht hinein aufzubleiben und Dr. Rosenzweig Gesellschaft zu leisten. Er hatte den größten Teil des Abends mit dem Versuch verbracht, Chaim zu Christus zu führen. „Das ist der Grund, aus dem ich hier bin", sagte Buck zu seinem alten Freund. „Sie dürfen die Entscheidung nicht mehr länger aufschieben. Sie werden nicht jünger. Die Gerichte werden bis zum Ende immer schlimmer. Es besteht durchaus die Möglichkeit, dass Sie nicht überleben."

Chaim war mehrere Male beinahe eingedöst. Er saß Buck gegenüber auf der Couch. „Ich befinde mich an einer Kreuzung, Cameron. Ich sage Ihnen eines: Ich bin kein Agnostiker mehr. Jeder, der Ihnen das erzählt, ist ein Lügner. Ich erkenne den großen übernatürlichen Krieg zwischen Gut und Böse."

Buck beugte sich vor. „Was denn, Doktor? Und dann können Sie neutral bleiben? Neutralität bedeutet Tod. Neutralität ist keine Stimme. Sie tun so, als würden Sie das Thema anderen überlassen, aber schließlich verlieren Sie doch."

„Es gibt so vieles, das ich nicht verstehe."

„Wer versteht schon alles von dem, was vorgeht, außer Tsion vielleicht? Das ist für uns alle Neuland und wir tasten uns vorsichtig voran. Sie müssen kein Theologe sein. Sie müssen nur die Grundlagen kennen, und das tun Sie. Die Frage ist jetzt, was tun Sie mit Ihrem Wissen? Was tun Sie mit Jesus? Er erhebt Anspruch auf Ihre Seele. Er möchte Sie, und er hat alles versucht, Sie davon zu überzeugen. Was ist denn noch nötig, Chaim? Müssen Sie zuerst von den Pferden niedergetrampelt werden? Müssen sie Sie mit ihrem Schwefel ersticken, Sie in Brand stecken?" Chaim schüttelte traurig den Kopf. „Doktor, ich möchte es noch einmal deutlich sagen. Das Leben wird nicht leichter. Wir alle haben den Zug verpasst. Für uns alle wird es schlimm kommen. Aber für die Gläubigen wird es sogar noch schrecklicher werden als für die Ungläubigen, weil der Tag kommt –"

„Den Teil kenne ich schon, Cameron. Ich weiß, was Tsion über das Zeichen gesagt hat, das notwendig sein wird, um zu kaufen und zu verkaufen. Sie rufen mich also auf zu einem Leben, das schlimmer ist als meine jetzige armselige Existenz?“

„Ich rufe Sie auf zur Wahrheit. Ihr Leben mag vielleicht noch schlimmer werden, aber Ihr Tod wird das Beste sein. Egal, wie Sie sterben, Sie werden im Himmel aufwachen. Falls Sie die Wiederkunft Christi erleben … stellen Sie sich das nur vor! Das sind die Möglichkeiten des Gläubigen, Doktor. Sterben und bei Christus sein, um dann mit ihm zusammen wiederzukommen. Oder bis zu seiner Wiederkunft am Leben zu bleiben.

Chaim, wir möchten, dass Sie sich uns anschließen. Wir möchten, dass Sie unser Bruder werden, jetzt und für immer. Wir können uns nicht vorstellen, Sie zu verlieren und zu wissen, dass Sie auf ewig von Gott getrennt sind, der Sie so sehr liebt.“ Buck konnte die Tränen nicht zurückhalten. „Sir, wenn ich nur den Platz mit Ihnen tauschen könnte! Wissen Sie denn nicht, was wir für Sie empfinden, was Gott für Sie empfindet? Jesus hat Ihre Stelle eingenommen, damit Sie den Preis für Ihre Sünde nicht zu bezahlen brauchen.“

Chaim sah erstaunt auf, als er die Verzweiflung in Bucks Stimme hörte. Er schien etwas verstanden zu haben. Vielleicht hatte der alte Mann doch nicht gewusst, wie sehr sie ihn liebten. Buck hatte das Gefühl, in Gottes Abwesenheit für Gottes Sache einzutreten. Gott war natürlich da, aber offensichtlich schien Chaim weit von ihm entfernt zu sein.

„Ich schwöre Ihnen, wie ich es Tsion bereits geschworen habe“, erwiderte Chaim. „Ich werde das Zeichen Nicolai Carpathias nicht annehmen. Selbst wenn ich verhungern sollte, weil ich diesen Standpunkt vertrete, werde ich mich nicht zwingen lassen, ein Zeichen zu tragen, um in dieser Gesellschaft als freier Mann zu leben.“

Das war schon ein Schritt in die richtige Richtung, fand Buck. Aber es reichte nicht. Im Gästezimmer betete Buck für Chaim, bis er schließlich einschlief. Als er um neun Uhr morgens erwachte, fühlte er sich noch immer erschöpft. Er hatte gehofft, die Zeugen noch einmal sehen zu können, aber er hatte Chloe versprochen, im Zeitplan zu bleiben und auf dem Rückweg Lukas Miklos in Griechenland einen Besuch abzustatten. Ihr Freund Laslo würde in ihrer neu gegründeten Handelsgesellschaft eine Schlüsselrolle übernehmen.

Um sieben Uhr morgens brachten Rayford und die Tuttles als Thomas Agee und Ian und Elva Hill die Zollformalitäten hinter sich. Trudy sollte einen Wagen mieten und im Hotel „Le Petit“, in dem sie Zimmer reserviert hatten, einchecken. Es war ein teures kleines Hotel, in dem sie wenig Aufmerksamkeit erregen würden.

Dwayne würde einen zweiten Wagen mieten und Rayford einige Straßen von der Adresse in der Rue Marguerite absetzen, wo sich Bo Hansons Bruder und Hattie Durham unter falschen Namen versteckt hielten. Rayford hatte vor, einfach an ihrer Wohnungstür zu erscheinen und sie zu überreden, die Tür zu öffnen. Er wollte sie vor der Weltgemeinschaft warnen, die sich an ihre Fersen geheftet hatte, und sie dazu bewegen, sich eine andere Bleibe zu suchen. Hattie würde sicher denken, dass Bo sie an ihn verraten habe und dass die Geschichte mit der Weltgemeinschaft wahr sein müsste. Rayford würde ihnen anbieten, sie zu einem Hotel zu bringen, wenn sie sofort mitkommen würden. Die drei würden sich mit Dwayne treffen und dann improvisieren. Irgendwann würden sie Samuel Hanson sich selbst überlassen. Er hatte schließlich ein Flugzeug. Ihre Differenzen konnten sie in den Staaten austragen.

Rayford wollte Hattie und Samuel so früh wie möglich überraschen, darum nahmen er und Dwayne den erstbesten Mietwagen, der ihnen angeboten wurde. Schnell verabschiedeten sie sich von Trudy, die gerade ihr Gepäck in den Wagen lud, und fuhren davon.

„Sind Sie sicher, dass Sie sich so tief in eine Operation der ‚Tribulation Force‘ verstricken lassen wollen?“, fragte Rayford.

„Machen Sie Witze? Seit ich zum Glauben an Christus gekommen bin, warte ich auf so eine Gelegenheit. Und jetzt hören Sie, wir können diesen Jungen loswerden, sobald wir in den Wagen steigen. Sie könnten ihn bitten, noch einmal kurz auszusteigen, weil Sie ihm noch etwas zu sagen hätten. Zum Beispiel eine Nachricht von seinem Bruder. Sie steigen aus, gehen mit ihm hinter den Wagen, dann sagen Sie ihm, Sie hätten den Zettel im Wagen liegen gelassen. Sie springen hinein und ich brause davon.“

„Könnte funktionieren“, meinte Rayford.

„Oder wie wäre es damit?“, fragte Dwayne, während er sich von Rayford durch die Stadt dirigieren ließ. „Wenn Sie das Mädchen zum Wagen bringen, steige ich höflich aus, und Sie stellen mir unsere Passagiere vor. Ich öffne die Tür für die Dame und helfe ihr beim Einsteigen. Dann versetze ich diesem Hanson einen heftigen Stoß. Er wird zu Boden stürzen, sich aber nicht verletzen. Bevor er weiß, wie ihm geschieht, sind wir lange fort.“

Rayford beschäftigte sich mit der Stadtkarte und dem Zettel von Bo Hanson.

„Sie nennen sich James Dykes und Mae Willie. Manchmal fragt man sich …“

„Ich habe noch eine Idee“, meinte Dwayne, aber Rayford unterbrach ihn.

„Seien Sie mir nicht böse, Dwayne, aber mir ist es ganz egal, wie wir es tun, solange wir es schaffen.“

„Sie müssen einen Plan haben.“

„Wir haben viele Pläne. Falls es mir nicht richtig erscheint, ihn aus dem Wagen zu bitten, wissen Sie ja, was Sie zu tun haben.“

„Alles klar, Partner.“

Mittlerweile war David der Verzweiflung nahe. In Neu-Babylon war es Vormittag und er und Mac hockten zusammengesunken in Macs Büro. David hatte sein abhörsicheres Telefon so programmiert, dass es alle 60 Sekunden Rayfords Nummer wählte, eine digitale Botschaft hinterließ, die lautete: ABBRECHEN und Davids Nummer weitergab.

„Wenn ich gewusst hätte, dass etwas passieren würde“, meinte Mac, „hätte ich nach Frankreich fliegen und ihn selbst aufspüren können.“

David fühlte sich so hilflos. Um sich abzulenken, rief er auf seinem Computer Telefonanrufe zwischen Leon und seinem Geheimdienstchef Walter Moon auf, die am Tag vor dem Flugzeugabsturz, am Tag des angeblichen Unglücks und am Tag danach stattgefunden hatten. Als David schließlich die notwendigen Informationen für Rayford aufspürte, fühlte er sich noch schlechter.

„Hören Sie sich das an, Mac. Das sind Leon und Moon.“

„Wie sieht Ihr Plan in Bezug auf die Durham-Sache aus, Wally?“

„Ist schon erledigt, Commander. Sie hat es uns so leicht gemacht. Wie lange haben wir auf diese –“

„Zu lange. Und was ist erledigt? Was haben Sie getan?“

„Wie wir sagten, wir haben uns des Piloten entledigt. Er nannte sich Dykes, aber das Flugzeug konnten wir bis zu einem Sam Hanson aus Louisiana zurückverfolgen.“

„Und Sie haben sich –“

„Wollen Sie es wissen oder nicht? Sagen wir, Sam hat seine letzte Schüssel Cornflakes verspeist. Das Mädchen haben wir nach Brüssel gebracht. Sie nannte sich Mae Willie, wir haben sie auch

unter diesem Namen eingesperrt, damit sie sich auch in dieser Einrichtung verstecken kann, wenn sie will. Ich weiß, der große Boss, 'tschuldigung, die Exzell-, Seine Exzellenz möchte keinen Aufruhr."

„Richtig, und überhaupt, wer würde schon denken, dass es sich um Hattie Durham handelt? Sie ist doch angeblich tot."

„Und sie hat dieses Gerücht selbst in Umlauf gebracht. Wir könnten sie in Belgien versauern lassen."

„Und wie machen wir uns diese Situation jetzt zu Nutze?"

„Wir haben dem einzigen lebenden Verwandten des Piloten, seinem Bruder, eine Nachricht von Sam zukommen lassen, in dem er ihm mitteilt, er würde sich eine Weile in Frankreich verstecken, er solle nicht darauf warten, von ihm zu hören. Wir denken, dass der Bruder irgendwann misstrauisch wird oder die Geduld verliert und sich auf die Suche nach ihm macht. Wir hoffen nur, dass ihre Christenfreunde sie zuerst durch den Bruder aufstöbern, weil wir dann eine Überraschung für sie haben."

„Ich höre."

„Ein Mann, der dem Piloten sehr ähnlich sieht, wohnt im Augenblick unter dem Namen Dykes in der Wohnung. Er wird sich zuerst etwas zieren und dann versprechen, sie zu Hattie zu bringen. Ihre Freunde werden dann in derselben Situation sein wie der Cajun, falls Sie verstehen, was ich meine."

„Ausgezeichnet, Wally."

Mac schüttelte den Kopf. „Sie halten Tsion auf dem Laufenden? Rayford marschiert geradewegs in eine Falle hinein, und die Leute dort drüben, vor allem seine Tochter, sollten darauf vorbereitet sein, für den Fall, dass er nicht mehr wiederkommt."

David nickte und griff nach seinem Telefon, aber in diesem Augenblick begann es zu läuten. Er konnte die Nummer auf dem Display erkennen. „Er ist es!"

Mac beugte sich vor, um mitzuhören, als David den Knopf drückte. „Captain Steele, wo stecken Sie? Ich versuche schon seit –"

„Entschuldigung, Sir, hier spricht Mrs. Dwayne Tuttle. Sie können mich Trudy nennen. Mein Mann und Captain Steele haben mich beauftragt, mich um die Hotelzimmer und das Gepäck zu kümmern. Ich habe das Telefon in Captain Steeles Tasche entdeckt, und es tut mir Leid, dass ich es aus Neugier angestellt habe. Na ja, Dutzende Nachrichten erschienen auf dem Display, immer mit Ihrer Nummer und Ihrer kurzen Nachricht, und ich dachte, ich rufe besser an, um zu sehen, ob was passiert ist."

„Vielen Dank, Madam. Wo befindet sich Rayf –, Captain Steele im Augenblick?"

„Er und mein Mann sind unterwegs, um Miss Durham zu holen."

„Hat Ihr Mann ein Telefon?"

„Nein, Sir, ganz bestimmt nicht –"

„Gibt es eine Möglichkeit, sie zu erreichen?"

„Ich habe die Adresse, wo sie hinfahren, falls Sie die junge Dame anrufen wollen."

Mac entriss David das Telefon. „Madam, hier spricht Mac McCullum. Erinnern Sie sich noch an mich? Wir haben uns in Afrika kennen gelernt."

„Ja, Sir, wie geht es Ihnen –?"

„Trudy, hören Sie mir zu und tun Sie genau, was ich sage. Es geht um Leben und Tod. Kennen Sie sich in der Stadt aus?"

„Ich bin nur vom Flughafen hierher gefahren."

„Besorgen Sie sich eine Stadtkarte an der Rezeption und lassen Sie sich den schnellsten Weg zu Hatties Adresse zeigen. Fahren Sie so schnell Sie können dorthin. Falls jemand versucht, Sie aufzuhalten, lassen Sie es nicht zu und erklären Sie es später. Sie müssen Captain Steele unter allen Umständen sagen, er solle die Aktion abbrechen und sofort verschwinden."

„Abbrechen, jawohl, Sir."

„Noch Fragen?"

„Nein, Sir."

„Dann brechen Sie sofort auf, Trudy. Und sagen Sie uns Bescheid, was passiert."

Dwayne fuhr an dem Haus in der Rue Marguerite vorbei und blieb einen Straßenzug entfernt stehen.

„Hübsche kleine Absteige, nicht wahr?", meinte Dwayne.

„Einfach perfekt, wirklich", erwiderte Rayford. „Ich bin beeindruckt. Das ist vermutlich die beste Entscheidung, die sie in dem ganzen Fiasko getroffen haben. Lassen Sie uns eine Weile warten und sehen, ob sie kommt oder geht."

Nach zehn Minuten wurde Rayford ungeduldig. Nur zwei Leute hatten das Gebäude verlassen. Hattie war nicht dabei. „Wenn ich in fünf Minuten nicht zurück bin, kommen Sie mir nach."

„Sind sie bewaffnet?"

„Das bezweifle ich. Wenn Sam so helle ist wie sein Bruder, würde er nicht wissen, mit welchem Ende er zielen soll. Und Hattie hätte Angst, sich einen Fingernagel abzubrechen."

Trotzdem wünschte sich Rayford, er hätte die von Albie beschriebene Waffe bei sich. Natürlich hätte er Hattie nie erschießen können, und vermutlich würde er es auch nicht riskieren, Bos Bruder etwas zu tun, aus Angst vor den Konsequenzen. Eigentlich dürfte dieses ganze Unternehmen nicht übermäßig riskant sein. Hattie würde ihn hereinlassen. Wenn nicht, hatte er sich schon eine Geschichte ausgedacht, die er Sam Hanson auftischen würde.

In der Wand des dreistöckigen Gebäudes waren drei Reihen mit jeweils zehn Briefkästen eingelassen. Rayford war erstaunt, dass sie sich nicht wenigstens ein Gebäude mit Sprechanlage ausgesucht hatten. Auf dem Briefkasten Nummer 323 fand er den Namen „Dykes, J." und stieg die Treppe hinauf.

In jedem Stockwerk waren in einem Rechteck vier Treppenfluchten angeordnet. Als Rayford das oberste Stockwerk erreichte, war er erschöpft und sein Knie tat weh. Die Wohnung Nr. 323 befand sich an der Vorderseite des Gebäudes. Er hätte die Wohnung von außen beobachten können. Vielleicht hatten Sam und Hattie den Wagen bereits gesehen.

Rayford sammelte sich und suchte den Klingelknopf. Entschlossen drückte er die Klingel. Ein lauter Gong schlug an. Rayford meinte, eine Bewegung wahrgenommen zu haben, aber niemand öffnete. Als er erneut klingeln wollte, war er ganz sicher, etwas gehört zu haben. Er glaubte, dass sich jemand eine Hose anzog.

„Nehmen Sie sich Zeit", rief er. „Nur keine Eile."

Er stellte sich vor, wie jemand auf Zehenspitzen zur Tür schlich und lauschte. In der Tür gab es kein Guckloch. Schnell drückte er noch einmal auf die Klingel.

Eine männliche Stimme fragte: „Wer ist da?"

„Tom Agee."

„Wer?"

„Thomas Agee."

„Ich kenne den Namen nicht."

„Ich bin ein Freund von der Frau, die hier wohnt."

„Hier wohnt keine Frau. Nur ich."

„Mae Willie wohnt nicht mehr hier?"

Stille.

„Kann ich bitte mit Mae sprechen? Sagen Sie ihr, es sei ein Freund."

Rayford hörte, wie eine halbautomatische Pistole entsichert wurde, ein unverwechselbares Geräusch. Er überlegte, über die Treppe die Flucht zu ergreifen, doch plötzlich wurde die Tür von einem muskulösen jungen Mann geöffnet, der eine Hand hinter dem Rücken versteckt hielt. Er war barfuß, mit bloßem Oberkörper, nur mit einer Jeans bekleidet.

Rayford beschloss, die Initiative zu ergreifen. „Darf ich hereinkommen?"

„Wen, sagten Sie, suchen Sie?"

„Sie haben mich genau verstanden, sonst hätten Sie die Tür nicht geöffnet. Also, wo ist sie?"

„Ich habe Ihnen doch gesagt, hier wohne nur ich. Was wollen Sie von ihr?"

„Von wem? Von der Frau, die nicht hier wohnt?"

„Kommen Sie zur Sache oder verschwinden Sie."

„Sind Sie Samuel Hanson?"

Der Mann senkte den Blick. „Ich heiße Jimmy Dykes."

„Dann sind Sie also tatsächlich Samuel Hanson. Wo ist Hattie Durham?"

Der Mann wollte die Tür schließen. „Sie haben sich geirrt. Hier gibt es niemanden, der so heißt –"

Rayford trat vor und schob den Fuß zwischen die Tür. „Wenn ich in der falschen Wohnung bin, woher kenne ich dann Ihren und Hatties richtigen Namen? Und jetzt möchte ich bitte mit ihr sprechen."

Dykes schien zu überlegen.

„Sie sind nicht von der Weltgemeinschaft, oder?"

„Ich bin ein Freund von Hattie", erwiderte Rayford so laut, dass Hattie ihn durchaus hätte hören können.

„Sie sind also auch nicht Tommy Agee, nicht?"

„Wir alle müssen vorsichtig sein, Samuel. Ich bin Rayford Steele. Ich soll Sie von Ihrem Bruder Bo grüßen."

Samuel hatte sich noch nicht gerührt. „Auch hallo. Hattie ist nicht hier, aber ich kann Sie zu ihr bringen. Kommen Sie rein, während ich mich anziehe."

Samuel schob die Tür weiter auf und Rayford trat ein. Als die Tür zurückschwang, hörte Rayford eilige Schritte im Treppenhaus. Samuel ging in einen anderen Raum, und als er ihm den Rücken zuwandte, bemerkte Rayford, wie er die Pistole nach vorne nahm.

Samuel legte die Waffe auf den Tisch. Noch immer versperrte er Rayford mit seinem Körper den Blick darauf. Er nahm sich ein Hemd und hatte gerade einen Arm hineingesteckt, als ein lautes Klopfen an der Tür und die Klingel die Männer zusammenfahren ließen.

Rayford hoffte, es wäre Hattie. Er ignorierte Samuels Blick und öffnete die Tür. Trudy?! Sein Leben lief plötzlich in Zeitlupe ab und verzweifelt versuchte er, sich an ihren Decknamen zu erinnern. Er drehte sich noch einmal zu Samuel um, der sich mit seinem Hemd abmühte und nach der Waffe greifen wollte.

„Abbrechen!", schrie Trudy und griff nach ihm, als wolle sie ihn in den Flur ziehen, aber er wusste, dass keiner von ihnen der Waffe würde entkommen können. Die Tatsache, dass Trudy hier aufgetaucht war und ihn zum Abbrechen der Aktion veranlassen wollte, sagte ihm, dass dieser Mann, wer immer er war, sie töten würde.

Trudy rannte die Treppe hinunter, und Rayford stellte sich vor, wie sie eine Kugel in den Rücken und eine weitere in den Kopf bekommen würde. Trudy würde niedergemetzelt werden, bevor sie den ersten Stock erreicht hatte. Er durfte einfach nicht zulassen, dass dieser Mann ihm ungehindert aus der Wohnung folgte.

Er schloss langsam die Tür und drehte sich um. Der Mann hatte gerade den Kampf mit seinem Hemd ausgefochten und die Waffe gepackt. Rayford sah, wie er die bereits gespannte Waffe hob und seinen Zeigefinger auf den Abzug legte.

Rayford wollte nicht riskieren, mit einem bewaffneten Mann zu kämpfen. Er hätte versuchen können, dem Mann die Waffe aus der Hand zu schlagen, aber das war zu gefährlich. Stattdessen ging er auf ihn los und bohrte seine Fäuste regelrecht in den Brustkorb seines Gegenübers.

Der Mann war aus dem Konzept gebracht und wich zurück. Rayford hatte ihn mit einem seiner Unterarme in den Nacken getroffen, und sein Körper taumelte zurück, während der Kopf nach vorne flog. Ein niedriger Tisch stand im Weg.

Er fiel rückwärts darüber, seine Füße ragten in die Luft, während er mit dem Hinterkopf durch das Wohnzimmerfenster krachte. Dort blieb er wie betäubt liegen, die Pistole in der Hand, den Finger am Abzug, während Rayford zur Tür eilte. Seine Füße bewegten sich so schnell, dass sie kaum den Boden berührten. Er hatte das Gefühl, einen Alptraum zu erleben, von einem Ungeheuer gejagt zu werden.

Er riss die Tür auf und spähte während des Laufens zurück. Der Kopf des Mannes steckte noch immer in dem zerbrochenen Fenster.

Sein Körper lag tiefer als seine Füße, und er trat um sich und wand sich wie eine Schlange, was ihm das Aufstehen nur erschwerte.

Jedoch hielt ihn das nicht davon ab, zwei Schüsse auf Rayford abzugeben.

Drei Stufen auf einmal nehmend, raste Rayford die Treppe hinunter, und bald hatte er Trudy eingeholt, die, so schnell sie konnte, ebenfalls die Flucht ergriffen hatte. Im zweiten Stockwerk umklammerte Rayford das Treppengeländer und schwang sich trotz seines protestierenden Knies darüber. Als Trudy die letzte Stufe erreichte, sprang er hinunter.

Während des Laufens stöhnte sie, als sei sie sicher, jeden Augenblick von einer Kugel getroffen zu werden. Ein seltsames Kribbeln machte sich in Rayfords Rücken bemerkbar, als ob auch er jeden Augenblick mit einer Kugel rechnete.

Trudy hatte ihren Wagen mit laufendem Motor und offener Tür unmittelbar vor dem Wohnhaus stehen gelassen. Dwayne hatte sie bemerkt und sich hinter sie gestellt. Er wusste nicht, was los war. Als er Rayford und seine Frau auf ihn zulaufen sah, rief er: „Was um alles in der Welt ...?"

„Fahren Sie!" Rayford winkte ihm zu. „Wir holen Sie schon ein!"

Rayford rannte zur Fahrerseite, und Trudy öffnete gerade die Beifahrertür, als aus dem dritten Stock Schüsse abgegeben wurden. Sobald sie eingestiegen war, trat er das Gaspedal durch, und der Wagen schoss mit durchdrehenden Reifen die Straße entlang.

Sein Instinkt hatte sie gerettet, das wusste er, doch sein Herz klopfte schneller als je zuvor. Rayford konnte nicht einmal Dankbarkeit für diese Geistesgegenwart empfinden. Er wusste, dass Gott bei ihm gewesen war, ihn beschützt und ihn vor allem Unheil bewahrt hatte. Doch Rayford fühlte nichts außer einem Wiederaufflackern des Zorns, der ihn bereits seit Monaten quälte.

Dies alles hatte mit Nicolai Carpathia begonnen und endete auch mit ihm. Er wollte den Mann ermorden, und das würde er tun, beschloss er, und wenn es seine letzte Tat auf Erden wäre. Und es war ihm egal, wenn er tatsächlich dabei sein Leben würde lassen müssen. Er würde diese Waffe von Albie kaufen und jeden Preis dafür bezahlen. Und egal, was es ihn kostete, er würde am richtigen Ort sein, wenn der Zeitpunkt gekommen war.

Trudy legte keuchend den Sicherheitsgurt an. Während Rayford Dwayne durch die engen Straßen folgte, suchte sie auf dem Boden herum und tauchte mit dem Telefon wieder auf. „Gibt – gibt es eine – Schnellwahltaste – für Mac McCu–“

„Die Zwei.“

Sie drückte die Taste, und Rayford hörte es läuten, dann erklang Macs Stimme. „Mrs. Tuttle?“

„M-M-Mission gegl ückt!“, keuchte Trudy. Sie reichte das Telefon an Rayford weiter und brach in Tränen aus.

17

David war vollkommen erledigt. Er und Mac hörten sich Rayfords Bericht an, während die Wagen durch Le Havre brausten. Sie waren sich darin einig, dass sie, wenn sie nicht verfolgt wurden, unter ihrem Decknamen im Hotel sicher sein müssten, dass sie aber so schnell wie möglich das Land verlassen sollten. Rayford hatte „Samuel“, dem Handlanger der Weltgemeinschaft, sowohl seinen Decknamen als auch seinen richtigen Namen verraten. Vorausgesetzt, dieser war an seinen Kopfverletzungen nicht verblutet, hatte er mittlerweile gemeldet, dass sich Rayford in Frankreich aufhielt.

Es war unwahrscheinlich, dass Rayford unbehelligt durch den Zoll kommen würde. Glücklicherweise hatten er und die Hills die Zollformalitäten getrennt voneinander erledigt und konnten über den Computer nicht miteinander in Verbindung gebracht werden.

„Von hier aus können wir Ihnen nicht helfen“, entschuldigte sich David.

„Wir bleiben in Verbindung“, erwiderte Rayford. „Aber ich werde nicht auf direktem Weg nach Hause fliegen.“

Buck verließ Israel, ohne an der Klagemauer gewesen zu sein. Auch hatte er Tsion noch nicht über sein Gespräch mit Chaim Rosenzweig informiert. Das wollte er lieber persönlich tun, da er wusste, dass Tsion genauso traurig sein würde wie er. Wie sehr hatten sie Chaim schätzen gelernt! Sie wussten, dass sie ihm die Entscheidung nicht abnehmen konnten. Doch wie gern hätten sie es getan.

Sehr herzlich wurde Buck von Lukas Miklos und seiner Frau willkommen geheißen. In ihrem gebrochenen Englisch sagte Mrs. Miklos zu Buck: „Laslo liebt die Intrige. Seit Wochen schärft er mir Tag für Tag ein: ‚Denk daran, dass unser Freund Greg North und nicht Du-wei ßt-schon-Wer ist.‘“

Laslo hatte seine Hausaufgaben gemacht. Er hatte den Profit seines Lignitgeschäfts beträchtlich gesteigert und plante, den Betrieb an die Weltgemeinschaft zu verkaufen, kurz bevor die Restriktionen in Kraft treten sollten.

Laslo zeigte Buck eine große Baustelle an einem neuen Ort, an dem er Lastwagen und Ladeausrüstung unterbringen würde, um die Waren zu den Lagerräumen der Handelsgesellschaft zu transportieren. Sein neuer Konzern würde nach außen wie ein von der Weltgemeinschaft sanktioniertes Transportunternehmen wirken, aber es würde zehn Mal größer sein, als es aussah, und das Zentrum der Handelsaktivität in diesem Teil der Welt darstellen.

Buck besuchte auch Laslos Untergrundgemeinde, eine große Gruppe von Gläubigen, deren Leiter ein messianischer Jude war. Ermutigt von dem, was er in Griechenland gesehen hatte, flog Buck in die Staaten zurück. Allerdings war seine Freude ein wenig durch die Tatsache getrübt, dass sich in geistlicher Hinsicht bei Chaim Rosenzweig nichts verändert hatte.

Chloe und Tsion hatten in der Zwischenzeit eine Entscheidung in Bezug auf Lea getroffen. Buck fand die Idee großartig; er fragte sich allerdings, ob sie, ohne Rayford zu fragen, in Aktion treten sollten. Nach der Beinahe-Katastrophe in Frankreich und der Komplexität der Kommunikation zwischen den Mitgliedern der *Tribulation Force* auf der ganzen Welt hatte Tsion vorgeschlagen, einer Person die Koordination der Informationen zu übertragen. Lea hatte sich sofort freiwillig gemeldet. Sie habe Zeit, sich während des Kochens um diese Dinge zu kümmern. Chloe hatte sich mit ihr zusammengesetzt und sie in den Computer eingewiesen.

Die vier setzten sich vor den Computer, und Lea zeigte, wie sie alle ein- oder ausgehenden Informationen zusammenlaufen lassen konnte. Mit ein wenig Überlegung und einigen Tastenkombinationen konnte sie alles an jedes Mitglied weitergeben. „Auf diese Weise brauchen wir uns nie zu fragen, wer in der Schleife hängt, wer worüber informiert ist und wer nicht. Wenn Mac oder David etwas schicken, das alle wissen sollten, sorge ich dafür, dass alle es bekommen."

Sie näherten sich langsam der Hälfte der Trübsalszeit und Buck hatte das Gefühl, dass sie so gut wie möglich darauf vorbereitet waren.

Rayford musste den Hut vor Dwayne ziehen. Er hatte vielleicht ein lautes Mundwerk, aber er hatte einen guten Plan entwickelt, um Rayford aus Le Havre herauszuschmuggeln. „Wir haben ja meine Ideen, um Hatties Freund auszutricksen, nicht verwenden können", sagte er, „darum ist das nur fair."

Trudy war sehr stolz auf das, was sie an diesem Morgen geleistet hatte, aber sie war noch ziemlich ausgelaugt und wollte keinesfalls die Verantwortung für eine Flucht aus dem Land übernehmen.

Sie und ihr Mann fuhren 15 Minuten vor Rayford zum Flughafen, um ihren Wagen abzugeben und das Flugzeug für den Start vorzubereiten. Rayford würde folgen und seinen Wagen abgeben, dann unauffällig zum Zaun am hinteren Teil des Parkplatzes laufen. Dwayne hatte entdeckt, dass von dem Parkplatz aus ein Weg hinter dem Terminal direkt zur Startbahn führte. „Sie können entweder über den Zaun klettern und zum Flugzeug rennen – natürlich erst, wenn die Motoren auf Hochtouren laufen, oder ich lasse das Flugzeug so dicht wie möglich an den Zaun rollen, dann ist es leichter für Sie."

„Pros und Cons?", fragte Rayford.

„Vermutlich müssen Sie eine ganz ansehnliche Strecke bis zum Flugzeug laufen und Ihr Knie ist ja nicht ganz in Ordnung. Auf der anderen Seite könnte es Aufmerksamkeit erregen, wenn ich mit dem Super J so dicht an den Zaun rolle. Vielleicht werden gewisse Leute versuchen, mich von dem Bereich fern zu halten."

Sie kamen schließlich zu dem Entschluss, dass Dwayne das Flugzeug in Startposition bringen und dann um die Erlaubnis bitten würde, aus der Sonne heraus in die Nähe des Terminals rollen zu dürfen, um etwas an dem Flugzeug zu überprüfen. Auf diese Weise könnte er sich unauffällig dem Zaun nähern. „Ich werde ihnen sagen, ich hätte ein Knacken an der Radachse gehört und wollte nachsehen, was damit los sei. In dieser Zeit können Sie ins Flugzeug steigen."

Alles lief gut, bis Rayford auf den Parkplatz für die Mietwagen einbog. Der Super J stand mit laufenden Motoren auf der Startbahn. Der Angestellte der Mietwagenfirma fragte ihn etwas auf Französisch, übersetzte es dann ins Englische. „Sollen wir es auf Ihre Kreditkarte setzen?"

Rayford nickte, während der junge Mann die Quittung ausdruckte und immer wieder von der Maschine in seiner Hand zu Rayford blickte. „Entschuldigen Sie", sagte er und drehte Rayford den Rücken zu. Dann sprach er in sein Walkie-Talkie. Rayford verstand nicht viel Französisch, aber er war sicher, dass der Mann seinem Mitarbeiter eine Frage zu einem „Agee, Thomas" stellte.

Die Quittung wurde ausgedruckt, doch als er sie herausnahm, reichte er sie nicht an Rayford weiter. „Das ging nicht durch", erklärte er.

„Was meinen Sie?“, fragte Rayford. „Da ist sie doch.“

„Bitte warten Sie, ich versuche es noch einmal.“

„Ich bin spät dran“, entgegnete Rayford und wich zurück, als er beim Terminal eine Bewegung bemerkte. „Schicken Sie mir eine Rechnung.“

„Nein, Sie müssen warten. Sie brauchen eine neue Karte.“

„Schicken Sie mir eine Rechnung“, wiederholte Rayford. Über die Schulter hinweg vergewisserte er sich, dass der Super J in seine Richtung rollte. Drei Männer rannten vom Terminal zum Mietwagenparkplatz. Rayford sprintete zum Zaun. Der Angestellte schrie um Hilfe.

Rayford schätzte den Zaun etwa eineinhalb Meter hoch. Der Super J war noch etwa 100 Meter entfernt und rollte langsam näher. Falls Dwayne Erfolg gehabt hatte, würde ein Inspektor dem Flugzeug vermutlich entgegengehen. Die Männer, die zum Parkplatz rannten, waren etwa 30 Meter hinter Rayford. Sie wirkten alle jung und durchtrainiert.

Rayford versuchte, den Zaun zu überspringen, doch er blieb mit der Ferse darin hängen. Er stürzte in den Maschendraht und klammerte sich mit den Händen fest, um nicht hart auf dem Boden aufzuschlagen. Es dauerte einige Sekunden, bis er seinen Fuß aus dem Draht befreit hatte. Dabei stieß er sich an der Schulter, doch er sprang sofort wieder auf und rannte weiter zum Flugzeug.

Ein Blick zurück zeigte ihm, dass seine Verfolger den Zaun mit Leichtigkeit überwunden hatten. Wenn Dwayne seine Geschwindigkeit nicht steigerte, würden sie Rayford mit Sicherheit einholen. Rayford hörte, wie die Motoren aufheulten, und sah, wie ein Mann mit Klemmbrett Dwayne bedeutete abzubremsen. Glücklicherweise kümmerte er sich nicht darum, und Trudy ließ die Stufen herab, als Rayford auf die Tür zusteuerte.

Die Männer hinter ihm brüllten ihm zu, er solle stehen bleiben. Trudy beugte sich herab, um ihm hineinzuhelfen. Die Männer waren jetzt unmittelbar hinter ihm. Gerade als er auf die Treppe springen wollte, erwischte ihn einer der Männer am Fuß. Er verlor das Gleichgewicht und wäre beinahe zur Seite weggekippt, doch Trudy schien stärker zu sein, als sie aussah. Rayford packte ihr Handgelenk. Er hatte Angst, sie aus dem Flugzeug zu ziehen, doch als sein Gewicht sie zu Boden riss, drehte sie sich so, dass sie der Länge nach die Türöffnung versperrte. Er kletterte über sie hinweg. Dwayne gab noch mehr Gas, und Rayford half Trudy, die Tür zu schließen.

„Jetzt haben Sie mich heute schon zum zweiten Mal gerettet", stöhnte Rayford.

Sie lächelte und ließ sich zitternd auf den Sitz sinken. „Das ist auch das letzte Mal. Ich gehe in Pension."

Dwayne juchzte wie ein Cowboy beim Rodeo, als sich die Maschine in die Lüfte erhob. „Sie ist wirklich ein Prachtweib, nicht wahr? Oh Mann!"

„Eine herrliche Maschine", bestätigte Rayford, der gar nicht wagte, darüber nachzudenken, wie er sich am folgenden Morgen wohl fühlen würde.

Dwayne sah ihn irritiert an. „Ich habe nicht die Super J gemeint, Partner. Ich habe von meiner kleinen Frau gesprochen."

Trudy beugte sich vor und legte beide Arme um den Hals ihres Mannes. „Vielleicht hörst du jetzt auf, mich so zu nennen."

„Liebling", meinte er, „ich kann dich so nennen, wie ich will. Uhh, Junge!"

„Fliegen Sie nach Westen?", fragte Rayford auf einmal.

„Ich kann in jede Richtung fliegen, die Sie angeben, Rafe. Sagen Sie es nur."

„Nach Osten."

„Also nach Osten. Ich fliege so tief, dass ich vom Radar nicht erfasst werden kann. Schnallen Sie sich an und ruhen Sie sich aus."

Er hatte Recht gehabt. Dwayne änderte den Kurs der Maschine so schnell, dass Rayfords Kopf gegen den Sitz gedrückt wurde.

„Das ist wie ein Karussell, nicht? Es wird Ihnen gefallen!"

Rayford murmelte etwas vor sich hin.

„Was meinten Sie, Cap?", fragte Dwayne.

„Ich sagte, dass Sie ein wenig mehr Enthusiasmus bräuchten."

Dwayne lachte, bis ihm die Tränen über die Wangen liefen.

Später am Tag erhielt David eine E-Mail von Annie, in der sie ihm mitteilte, dass ihr Abteilungsleiter und eine Reihe der anderen Bosse sich kurz in Fortunatos Büro getroffen hätten. David schrieb zurück: „Ich wäre von Herzen gern bei dir, auch wenn du nicht der wertvollste Maulwurf am Ort wärst."

Während er auf der Diskette nach der fraglichen Besprechung suchte, erschien auf seinem Computer die Nachricht, dass er eine weitere E-Mail erhalten habe. Sie stammte auch von Annie.

„Vielen Dank vom Grunde meines kleinen Maulwurfherzens. Ich liebe dich! Kuss, AC."

David fand die Aufzeichnung und erkannte die Stimme von Annies Abteilungsleiter. Dieser leierte die üblichen Schmeicheleien herunter, dann übergab er das Wort an seinen Chefanalytiker. Jim Hickman war ein brillanter Mann, aber er war sehr von sich eingenommen, und es gab nichts, das er lieber hörte, als den Klang seiner eigenen Stimme.

„Diese Sektierer“, begann Hickman, „sind das, was wir Literalisten nennen. Sie glauben an alte Schriften, vor allem die jüdische Thora und das christliche Neue Testament, und sie machen keinen Unterschied zwischen den historischen Aufzeichnungen, von denen sich viele als sehr akkurat erwiesen haben, und der figurativen, symbolischen Sprache der so genannten prophetischen Passagen. Ein Beispiel: Jeder, mich selbst eingeschlossen, der über ein wenig Hintergrundwissen über die Geschichte der alten Zivilisationen verfügt, und sei es noch so gering, weiß, dass viele der so genannten prophetischen Bücher der Bibel überhaupt nicht prophetisch sind. Sicher, wenn man irgendwelche seltsamen Naturphänomene betrachtet und sich durch die doch sehr bildhafte und ausschmückende Sprache der Bibel hindurchkämpft, findet man Parallelen. Die gegenwärtigen Todesfälle durch Feuer, Rauch und Schwefel, die nichts anderes sind als chemische Kriegsführung vermutlich von dieser Gruppe, werden somit zur Erfüllung der Prophezeiung, die von den monströsen Pferden mit Löwenköpfen berichtet.“

„Können wir das irgendwie für unsere Zwecke nutzen, Jim?“, fragte Fortunato. „Seine Exzellenz sucht nach etwas Konkretem.“

„Oh ja, Commander. Es geht um Folgendes: Da diese Leute die Schriften wörtlich nehmen, schreiben sie diese Plagen den beiden verrückten Predigern –“

„Der Potentat nennt sie ‚das Jerusalemer Duo‘!“, warf Fortunato ein.

„Ja!“, rief Hickman. „Das gefällt mir! Auf jeden Fall sind die Anhänger Ben-Judahs der Meinung, diese beiden alten Männer in Jerusalem seien die im 11. Kapitel der Offenbarung vorhergesagten so genannten Zeugen. In ihrer Bibel heißt es etwa folgendermaßen: ‚Und ich will meinen zwei Zeugen Macht geben, und sie sollen weissagen tausendzweihundertundsechzig Tage lang, angetan mit Trauerkleidern.‘“

„Und genau das tragen diese beiden Halunken“, meinte Fortunato. „Sie versuchen tatsächlich, uns glauben zu machen, sie seien diese beiden Zeugen, oder wie immer das heißt.“

Hickmans Stimme triefte vor Herablassung. „Genau, Commander. Und Ben-Judah hat immer behauptet, diese Periode beginne mit dem Friedensvertrag der Weltregierung mit Israel. Von da zählt man genau 1 260 Tage und schon hat man den ‚festgesetzten Zeitpunkt', wie die beiden Prediger immer sagen."

Fortunato bat die anderen, ihn einen Augenblick mit Hickman allein zu lassen. David hörte, wie Stühle gerückt wurden, er hörte die Tür und wie Leute herumliefen. Dann: „Jim, ich muss Ihnen etwas anvertrauen, das mich beunruhigt. Sie sind ein kluger Mann –"

„Vielen Dank, Sir."

„Und wir beide wissen, dass Dinge in diesen alten Schriften stehen, die schwer vorzutäuschen sind."

„Oh, ich weiß nicht. Wasser in Blut zu verwandeln wird von denselben Leuten praktiziert, die uns mit chemischen Waffen angreifen. Es ist ein Trick, etwas, das in die Wasserversorgung eingeschmuggelt wurde."

„Aber im Kollek-Stadion schien es mit Wasser zu geschehen, das bereits in Flaschen abgefüllt worden war."

„Ich habe erlebt, wie Zauberer dasselbe getan haben. Irgendeine Substanz im Wasser reagiert auf die Wetterbedingungen – vielleicht das Sinken der Temperaturen zu einer bestimmten Zeit am Abend. Wenn Sie genau wissen, wann das der Fall ist, können Sie es so aussehen lassen, als hätten Sie dieses Phänomen bewirkt."

„Aber was ist mit der Trockenheit?"

„Das ist Zufall! Ich habe schon erlebt, dass es Monate lang in Israel nicht geregnet hat. Was ist daran neu? Man kann leicht behaupten, man würde den Regen zurückhalten, wenn es nicht regnet. Was werden sie sagen, wenn der Regen kommt? Dass sie beschlossen haben, eine Pause einzulegen?"

„Die Menschen, die versucht haben, sie zu töten, sind verbrannt worden."

„Jemand hat behauptet, die beiden würden einen Flammenwerfer unter ihren Gewändern verstecken, den sie hervorholen, wenn die Menge abgelenkt ist. Wirklich, Commander, Sie glauben doch nicht etwa, dass diese beiden Feuer spucken."

Fortunato schwieg. Dann: „Nun, wenn sie nicht sind, wer sie zu sein behaupten, woher wissen wir dann, dass sie am vorhergesagten Zeitpunkt verletzlich sind?"

„Das wissen wir nicht. Aber entweder sind sie verletzlich oder sie sind nicht, wer sie zu sein behaupten. So oder so gewinnen wir."

David würde die Information an Tsion weitergeben, aber zuerst wollte er noch das Gespräch zwischen Fortunato und Carpathia belauschen. Er schaltete auf Margarets und Fortunatos Telefon. Nichts. In Fortunatos Büro war es ruhig. Er schaltete auf Carpathias Büro um. Fortunato hatte gerade sein Gespräch mit Hickman zusammengefasst.

„1 260 Tage ab dem Tag der Unterzeichnung des Vertrages", wiederholte Carpathia. „Wir hatten uns bereits auf einen großen Festumzug geeinigt. Jetzt wissen wir das genaue Datum, wann er stattzufinden hat. Sie wissen, was Sie zu tun haben, Leon. Sie müssen die Regionalpotentaten gegen Peter den Zweiten einnehmen, nicht, dass sie nicht bereits gegen ihn wären, aber es muss zu seiner Absetzung kommen. Das werde ich Ihnen überlassen. Um die so genannten Zeugen werde ich mich kümmern. Die Welt, vor allem Israel, freut sich schon lange auf ihr Ende. Eigentlich war ich der Meinung, es sei unter meiner Würde, die Welt persönlich von diesen beiden zu befreien. Ich fragte mich, wie die Öffentlichkeit wohl darauf reagieren würde, und zog in Erwägung, ihre Ermordung bei den Truppen in Auftrag zu geben und zu sanktionieren. Aber zu diesem Zeitpunkt werden sie sich selbst ihren eigenen Anhängern so entfremdet haben, dass ich diese Tat als meine bisher größte Leistung betrachte."

„Wenn Sie davon überzeugt sind."

„Sind Sie nicht dieser Meinung?"

„Ich glaube nicht, dass diese Sache so einfach ist, Exzellenz. Wir könnten das erledigen, *ohne* dass Sie involviert sind. Sie könnten die Tat sogar öffentlich verurteilen und erneut für Rede- und Gewissensfreiheit eintreten."

„Aber nicht für die Freiheit, die Welt mit Plagen und Gerichten zu quälen, Leon!"

„Aber würde das nicht bedeuten, dass diese Männer sind, was sie zu sein behaupten?"

„Das spielt doch überhaupt keine Rolle mehr, verstehen Sie das nicht? Ich möchte die Verantwortung übernehmen, ich möchte das Lob und die Anerkennung dafür, dass ich gegen diese beiden Betrüger vorgegangen bin."

„Sie wissen es natürlich wie immer am besten, Exzellenz."

Der Super J stand am Ende der Landebahn in Al Basrah. Bei ihrer Ankunft waren mehrere Flughafenarbeiter barfuß auf das Flugzeug zugerannt und hatten die schlanke Maschine und die englische Flagge angestaunt. Wo der Australier Dart „Fair Dinkum“ auf die Seite aufgemalt hatte, war nun „Black Angus“ zu lesen.

Rayford war beeindruckt von Dwaynes schauspielerischer Leistung. Er ahmte nicht nur den britischen Akzent nach, sondern auch das Verhalten der Briten.

„Sehr gut, Leute“, sagte er. „Jan Hill, Eigentümer, mit Frau Elva. Vielen Dank, dass ihr das Auftanken besorgt.“

Rayford stellte sich als Jesse Gonder vor und einer der Arbeiter überreichte ihm einen Umschlag mit Schlüsseln und einer beigefügten Notiz. „Sie erinnern sich noch an den Truck. Fahren Sie damit zu der angegebenen Adresse. Wir treffen uns dort. Al B.“

Rayford fand Albies altes Fahrzeug. Damit fuhren sie in die Stadt zum Marktplatz, wo sich die Menschen drängten. Er, Dwayne und Trudy warteten in einem überfüllten Café auf Albie.

Offensichtlich war Dwayne vernünftig genug, in der Öffentlichkeit nicht so laut zu sprechen. Die drei hatten warme Getränke vor sich stehen, während sie sich, zumindest Dwayne und Rayford, leise über die *Tribulation Force* unterhielten. Trudy hielt in der Zwischenzeit ein kleines Schläfchen. „Es tut mir Leid“, nuschelte sie. „Das war zu viel Aufregung für einen Tag.“

„Sie ist eine Kämpferin“, flüsterte Dwayne, während er die Gäste an den Nebentischen betrachtete, die sie allerdings nicht zu verstehen schienen. „Aber ich glaube nicht, dass sie in ihrem Leben schon mal solche Angst ausgestanden hat.“

Trudy schüttelte den Kopf, nickte dann und schon sank ihr Kopf wieder auf die Brust.

„Ihre Tochter ist übrigens gerissen wie ein Fuchs, wenn ich das so sagen darf, Rafe. Vermutlich werden Sie alle vor guten Ideen nur so übersprudeln, aber wie sie diese Handelsgesellschaft praktisch aus dem Nichts aufgebaut hat, das war nicht von schlechten Eltern. Sie wissen ja, ich habe etwas dafür übrig, wenn man sich vehement für seine Überzeugungen einsetzt.“

„Das habe ich gehört.“

„Ich werde vermutlich alles vermasseln, sobald das Zeichen des Antichristen erforderlich ist, um Handel zu treiben. Es wird offensichtlich sein, wo ich stehe, und wenn ich Pastor Ben-Judahs Botschaften richtig verstanden habe, könnte ich mein Leben verlieren. Wir alle.“

Rayford gestattete sich ein müdes Lächeln. Er dachte über Hattie nach und wie dumm sie gewesen war, dass sie sich selbst in eine solche Situation gebracht hatte. Noch nie hatte er gehört, dass Tsion „Pastor Ben-Judah" genannt wurde, aber ihm gefiel der Ausdruck. Er passte. Er war mehr als der Pastor der *Tribulation Force.* Er war der Pastor aller Menschen und hielt seine Predigten von seiner Cyberkanzel aus.

Während Dwayne sich darüber ausließ, welch große Ehre es für ihn und Trudy sei, für den Handel im südwestlichen Teil der Welt verantwortlich zu sein, wanderten Rayfords Gedanken zu Leas Vorschlag. Sie hatte Recht; sie hatte keine Verpflichtungen einer Familie gegenüber. Vielleicht war sie sogar mobil. Im Vergleich zu den anderen im Haus war sie als Flüchtling ein kleines Licht. Ihr Gesicht würde vermutlich nur von den Beamten der Weltgemeinschaft vor Ort erkannt werden. Mit dem entsprechenden Make-up, mit Kontaktlinsen und gefärbten Haaren könnte sie überallhin reisen.

Sogar nach Brüssel.

Sie könnte sich als eine Verwandte von Hattie ausgeben. Jemand musste ihr die Nachricht vom Tod ihrer Schwester überbringen. Rayford hoffte, die Weltgemeinschaft würde Hattie wenigstens so lange am Leben lassen, bis sie zum Glauben kam, aber er hatte nichts dagegen, dass sie im Gefängnis saß. Wenn sie sich in Freiheit befände, würde sie sicher versuchen, Nicolai zu töten. Wieder musste sich Rayford eingestehen, dass er sich selbst in dieser Rolle sehen wollte. Obwohl er wusste, dass es absurd war. Leise betete er: „Herr, überprüfe meine Motive. Ich möchte tun, was du willst. Bitte rette Hattie, bevor sie etwas tut, das sie das Leben kosten kann."

„Ich würde gern diesen Griechen kennen lernen, von dem Sie mir erzählt haben", sagte Dwayne gerade. „Sich den Ozean von der Behring-Stra ße aus zu Nutze machen, Getreide aus dem Südwesten einführen und Produkte aus Griechenland als Tauschware nehmen, ist nur ein Teil von dem, was Mrs. Williams zu bieten hat. Das wird etwas werden, Rafe."

Ein Truck, der noch schrottreifer war als der, den Albie ihnen geliehen hatte, kam in der schmalen Straße kreischend zum Stehen, und Albie sprang heraus. Er trat gegen die Seite und der Wagen fuhr davon. Rayford erhob sich, um Albie zu begrüßen, aber Albie, der eine zusammengerollte braune Papiertüte unter dem Arm trug, bedeutete ihm, sitzen zu bleiben. Albie verbeugte sich vor Trudy, aber sie schlief mit abgestütztem Kopf.

„Einer meiner Leute hat mir von Fremden im Ort berichtet", flüsterte er, als er sich einen Stuhl heranzog.

„Sie können uns vertrauen, Mr. Albie“, sagte Dwayne.

„Ich vertraue nur einer Empfehlung“, entgegnete Albie. „Sie sind bei ihm. Und ihm traue ich, also traue ich auch Ihnen.“

„Wo sind Fremde?“, fragte Rayford, der überhaupt nicht auf eine neuerliche Begegnung mit der Weltgemeinschaft erpicht war. „Hier?“

„Sie würden sie hier nie finden“, widersprach Albie. „Das bedeutet nicht, dass sie nicht hier sind. Sie haben gelernt, sich anzupassen.“

„Wo dann?“

„Am Flugplatz.“

„Wir müssen unbedingt Zugang zum Flugzeug behalten, Albie.“

„Keine Sorge. Ich habe veranlasst, dass jemand ein Quarantäneschild an die Tür klebt, auf dem vor Schwefeldämpfen an Bord gewarnt wird. Niemand wird sich in seine Nähe wagen. Und so weit ich weiß, befinden sich im Augenblick keine Maschinen der Weltgemeinschaft auf dem Flugplatz. Wenn Sie nach dem Start eine Weile unter dem Radar bleiben, werden Sie entkommen können.“

„Aber sie suchen nach uns?“

Albie zuckte die Achseln. „Ich bin Unternehmer, kein Spion. Sie wissen das vermutlich besser als ich. Kommen Sie, ich möchte Ihnen die Ware zeigen. Sollen Ihre Freunde sie auch sehen?“

„Ich habe nichts dagegen.“

„Wir werden sie irgendwo ausprobieren.“

„Ich werde mit Trudy hierbleiben“, sagte Dwayne. Sie schien fest zu schlafen. Ihr Kopf lag jetzt auf dem Tisch. „Vergessen Sie uns nur nicht, hören Sie?“

„Bleiben Sie wachsam“, flüsterte Rayford, als er sich erhob.

„Keine Sorge, Partner. Sie werden mich nicht schlafend finden. Ich habe lange nicht mehr solchen Spaß gehabt.“

Rayford nickte Dwayne zu.

„Stimmt das?“, wollte Leon wissen.

„Sir?“, fragte David, der in Fortunatos Büro saß.

„Sie haben den internen Prüfungsbericht Ihrer Abteilung nicht gesehen?“

David gab sich die größte Mühe, ruhig zu bleiben. „Ich wusste, dass an einem Bericht gearbeitet wurde, aber ich hatte den Eindruck, dass die Revisoren nicht lange genug da waren, um sich ein Urteil zu bilden.“

„Nun, sie sind aber zu einigen Schlussfolgerungen gekommen und die gefallen mir überhaupt nicht."

„Man hat mich nicht informiert."

„Wann spricht die interne Revision schon mal mit Betroffenen? Sie sollten es, aber sie tun es nicht. Wie auch immer, Ihnen wird das Ergebnis nicht gefallen, aber ich werde trotzdem Rechenschaft von Ihnen fordern."

Davids Herz klopfte bis zum Hals, und er versuchte, ruhiger zu atmen. „Ich werde mich gern intensiv mit diesem Bericht beschäftigen."

„Sie bekommen eine ausgesprochen gute Beurteilung. Die Revision meint, es sei nicht Ihre Schuld."

„Schuld?"

„Das Fiasko, das Desaster. Sie sagen, es läge nicht an Ihrer Führung, die finden sie in Ordnung."

„Was nennen sie denn ein Desaster?"

„Nicht die Stimmung unter Ihren Leuten, das ist sicher. Auch nicht Ihre Arbeitsauffassung. Wie es scheint, arbeiten Sie mehr als alle anderen, ausgenommen der Potentat und ich."

„Nun, ich weiß nicht …"

„Um es kurz zu machen, Hassid, es wird empfohlen, den Versuch, über die Internet-Eingaben der Flüchtigen ihren Aufenthaltsort herauszufinden, aufzugeben."

„Oh nein. Ich würde es gern weiter versuchen."

„Ich weiß, das ist eines Ihrer Lieblingsprojekte, und Sie sind mit Leib und Seele dabei. Aber Tatsache ist, dass Sie nicht kosteneffizient arbeiten."

„Aber denken Sie nicht, wir sollten noch ein wenig Zeit investieren, für den Fall, dass wir doch noch etwas herausfinden?"

„Bisher haben Sie noch nichts erreicht, oder, David? Seien Sie ehrlich. Die interne Revisionsabteilung ist der Meinung, Sie seien der Lösung seit dem Tag der Installation der Ausrüstung keinen Schritt näher gekommen, und wenn man an die Tausende Arbeitsstunden und das Geld denkt, die das Projekt bisher verschlungen hat, muss man sagen, dass es sich einfach nicht rentiert."

David gab sich Mühe, ein enttäuschtes Gesicht zu machen.

„Ich frage Sie also noch einmal", fuhr Leon fort. „Stimmt das? Übersteigt der Aufwand das Ergebnis? Sollten wir die Sache abbrechen?"

„Was wird der Potentat sagen?"

„Das ist meine Sorge. Ich werde ihm klarmachen, dass wir ihren Aufenthaltsort gar nicht unbedingt kennen müssen und dass uns die Anhänger Ben-Judahs auf diese Weise nur zum Narren halten. Er wird derselben Meinung sein. Wie steht es mit Ihnen?“

„Wer bin ich, dass ich mit dem Potentaten und dem Supreme Commander nicht einer Meinung sein könnte?“

„Da haben Sie Recht.“

„Ganz zu schweigen von der internen Revisionsabteilung.“

„Sie verstehen also. Jetzt habe ich eine Idee, wie man Arbeitsstunden und Computer besser einsetzen könnte.“

„Gut. Es wäre zu schade, wenn sie ungenutzt blieben.“

„Da die Cockpitcrew jetzt wieder arbeitsfähig und die Phoenix 216 angemessen ausgestattet ist, hat Seine Exzellenz mich gebeten, in den kommenden Wochen den zehn Regionalpotentaten einen Besuch abzustatten. Zur Vorbereitung für einen Festakt anlässlich der Dreieinhalbjahresfeier des Schutzabkommens der Weltgemeinschaft mit Israel möchte er, dass ich persönlich mit jedem der Regionalpotentaten spreche, auch mit dem neuen afrikanischen Führer. Ich möchte gern, dass Ihre Leute, die durch die Aufgabe des anderen Projekts freigesetzt werden –“

„Entschuldigen Sie, Commander, aber ich habe eine dumme Frage …“

„Die einzige dumme Frage ist die, die nie gestellt wurde.“

Das ist mir neu!, dachte David. „Nun, es betrifft auch nicht meinen Verantwortungsbereich.“

„Schießen Sie los.“

„Wäre es nicht viel kostengünstiger, wenn die zehn, äh, Potentaten hierherkämen, um mit Ihnen zu sprechen?“

„Gut gedacht, aber es gibt Gründe für die andere Lösung.“ Leon war wieder in seinen belehrenden Tonfall verfallen. Er legte die Finger aneinander und betrachtete sie. „Seine Exzellenz Nicolai Carpathia ist neben seinen anderen herausragenden Führungsqualitäten ein unvergleichlicher Diplomat. Er führt durch sein Vorbild. Er führt durch Dienen. Er führt durch Zuhören. Er führt durch Delegieren. Daher auch meine Reise. Der Potentat weiß, dass jeder seiner zehn Subpotentaten Wert darauf legt, persönlich bedacht zu werden. Um zu gewährleisten, dass sie loyal, motiviert und inspiriert bleiben, zieht er es vor, sich in ihr eigenes Herrschaftsgebiet zu begeben. Indem er mich als seinen Botschafter dorthin schickt, erweist er ihnen, wie soll ich sagen, Ehrerbietung.

Auf diese Weise haben sie die Gelegenheit, den roten Teppich auszurollen. Ihre Untertanen können sehen, dass ihnen durch einen Besuch aus dem Palast Ehre erwiesen wird. In jeder internationalen Hauptstadt werde ich in der Öffentlichkeit den Regionalpotentaten zur Gala im September einladen. Die Untertanen werden auch eingeladen und aufgefordert, ihre Reise nach Jerusalem mit einer Pilgerreise nach Neu-Babylon zu verbinden."

„Interessant", meinte David.

„Ich dachte mir schon, dass Sie dieser Meinung sein werden. Und hier kommen Sie, Ihre Leute und die Computer ins Spiel. Seine Exzellenz ist mir als Redner immer ein unvergleichliches Vorbild gewesen. Sie wissen, wie viele Sprachen er beherrscht. Da kann ich keinesfalls mithalten, doch ich würde gern ein paar Sätze in jeder Hauptsprachengruppe, die ich besuche, sagen können. Ihnen ist sicherlich schon aufgefallen, dass der Potentat niemals, absolut niemals eine Abkürzung verwendet, nicht einmal im informellen Gespräch."

„Ich habe so wenig persönlichen Kontakt zu ihm …"

„Natürlich. Aber er hat wirklich eine außerordentliche Redegewandtheit, und hinzu kommt noch seine unvergleichliche Fähigkeit, ganze Seiten auswendig aufzusagen. Potentat Carpathia kennt die Geschichte, sogar die Feinheiten, seines Publikums genauso gut wie sie selbst. Haben Sie sich je die Bänder seiner ersten Rede vor den Vereinten Nationen angesehen?"

„Ich bin sicher, die hat mittlerweile jeder gesehen."

„Allein diese Rede, David, hat seine Ernennung zum Generalsekretär der Vereinten Nationen und schließlich zum Führer der neuen Weltordnung besiegelt. Er trat als Gastredner vor dieses Rednerpult, als Präsident eines kleinen Landes im europäischen Ostblock. Die Position, zu der er jetzt aufgestiegen ist, war gar nicht vakant, als er den Mund öffnete. Doch mit seiner Brillanz, mit seinem Charme, seinem Esprit und seiner Sachkenntnis, dadurch, dass er jede Sprache der Mitglieder der Vereinten Nationen beherrschte und die Geschichte dieser großen Institution genau kannte, hat er die ganze Welt auf seine Seite gezogen. Ich garantiere Ihnen, wenn die Welt nicht gerade das große Massenverschwinden erlebt hätte, das die Menschen in große Trauer gestürzt hatte, wäre das Publikum vielleicht der Größe der Ansprache nicht gerecht geworden. Aber es war, als ob Gott es so gefügt hätte, und Seine Exzellenz war der ideale Mann für diesen Augenblick." Fortunatos Augen funkelten. „Ach, es war einfach wunderbar", schwärmte er. „Ich wusste tief in meinem Innern, dass ich mich ihm mit meinem Leben verschreiben würde, sollte ich jemals das Vorrecht haben, einen, wenn auch nur geringen Beitrag zum Erreichen der Ziele und der Erfüllung der Ideale dieses Mannes zu leisten. Haben Sie jemals solche Empfindungen einem anderen Menschen gegenüber gehabt?"

„Ich denke, ich kann diese Hingabe nachempfinden, Sir."

Dies schien Leon aus seiner Träumerei zu reißen. „Tatsächlich? Darf ich fragen, um wen es sich handelt?"

„Wer? Wen ich so verehre, dass ich ihm mein Leben weihe? Ja. Meinen Vater."

„Das ist sehr schön, David. Er muss ein wundervoller Mensch sein."

„Oh, das ist er. Für mich ist er Gott gleich."

„Tatsächlich? Was tut er?"

„Er ist kreativ, arbeitet mit den Händen."

„Aber sein Charakter, das, was Sie an ihm so fasziniert."

„Das kann ich gar nicht beschreiben. Und Sie würden es vielleicht auch gar nicht verstehen."

„Das ist ungewöhnlich. Ich würde ihn eines Tages gern einmal kennen lernen."

„Das werden Sie bestimmt", erwiderte David. „Ich bin sicher, dass Sie ihn eines Tages von Angesicht zu Angesicht sehen werden."

„Ich freue mich schon darauf. Aber ich bin ganz vom Thema abgekommen. Ich werde jetzt zur Sache kommen, dann können Sie gehen. Verzeihen Sie mir, aber es macht mir solche Freude, mich mit einem jungen, vielversprechenden und loyalen Mitarbeiter zu unterhalten."

„Das macht doch nichts."

„Wie auch immer, ich möchte gern, dass Ihre Leute mit Hilfe der Computer wichtige Informationen über jeden Mann, dessen Region ich besuche, heraussuchen, Informationen auch über sein Land und die Geschichte. Wenn ich so viel wie möglich weiß und die Details genau kenne, zeige ich damit meine Ehrerbietung. Können Sie mir diese Informationen beschaffen, David? Helfen Sie mir, dass ich gut dastehe, wodurch automatisch auch Seine Exzellenz gut dasteht, und das ist wiederum gut für die Weltgemeinschaft."

„Ich werde es als persönliche Herausforderung betrachten, Sir."

18

Unzählige Sterne blinkten am schwarzen Himmel, als Albie endlich in einer verlassenen Ebene stehen blieb. Er ließ die Scheinwerfer des alten Lastwagens brennen. Ihr Licht fiel auf einen Felsbrocken neben einem Baum etwa 100 Meter von ihnen entfernt. Albie sprang auf die Ladefläche des Trucks und kletterte auf das Führerhaus. Er sah sich um.

„Ich muss mich erst an die Dunkelheit gewöhnen", erklärte er, „und ich will sicher sein, dass wir allein sind." Zufrieden kletterte er wieder hinunter. „Früher konnte ich von ganz oben auf den Boden springen. Aber der Knöchel, wissen Sie noch?"

„Das Erdbeben", ergänzte Rayford.

„Kein medizinischer Notfall, um ehrlich zu sein."

Er bedeutete Rayford, ihm zum Kühler des Lastwagens zu folgen, wo er sich vor einen Scheinwerfer stellte und in seine Papiertüte griff. Er holte einen rechteckigen Metallblock heraus, der wie eine Schachtel aussah. Sie war etwa zehn Zentimeter lang, fünf Zentimeter breit und eineinhalb Zentimeter hoch.

„Captain Steele, das ist einfach genial. Es kostet extra, aber ich weiß, Sie werden es haben wollen. Passen Sie genau auf, wie leicht es ist. Wenn Sie den Trick nicht kennen, schaffen Sie es nicht. Fassen Sie es zuerst einmal an."

Rayford nahm den Block und war beeindruckt von seinem Gewicht und seiner Dichte. Es gab keine sichtbaren Rillen.

„Öffnen Sie ihn", sagte Albie.

Rayford drehte und wendete den Block, suchte nach einer Einkerbung, einem Schalter, einer Feder, irgendetwas. Aber er konnte nichts finden.

„Versuchen Sie es", beharrte Albie.

Rayford nahm den Block in beide Hände und zog. Er drückte ihn zusammen, um zu sehen, ob er nachgab. Er drehte und schüttelte ihn, drückte gegen die Ecken. „Ich bin überzeugt", sagte er und reichte ihn zurück.

„Woran erinnert Sie das?"

„Ballast. Vielleicht ein bestimmtes Gewicht. Eine alte Computerbatterie?“

„Wie würden Sie dieses Ding einem Zollbeamten erklären, wenn es beim Durchleuchten auftaucht?“

„Als eines von den oben genannten, nehme ich an. Vermutlich würde ich sagen, es sei für den Computer, den ich das letzte Mal an meinem Zielort zurückgelassen habe.“

„Das wird funktionieren, weil er nicht in der Lage sein wird, es zu öffnen. Es sei denn, er macht es so, aber das ist unwahrscheinlich.“

Albie hielt den Block horizontal vor sich hin, legte seinen linken Daumen an die obere linke Ecke und den linken Mittelfinger auf die untere linke Ecke. Die rechte Hand seitenverkehrt, den Daumen an die untere rechte Ecke, Mittelfinger an die obere Ecke.

„Ich drücke vorsichtig mit den Daumen und meine Finger leisten Widerstand. Wenn ich merke, dass es sich ganz leicht löst, lasse ich die Daumen über den unteren Rand gleiten, lege meinen Zeigefinger an den oberen Rand und ziehe fest. Sehen Sie, wie leicht es jetzt aufgeht?“

Rayford hatte den Eindruck, einen Zaubertrick zu sehen, ohne eine Ahnung zu haben, wie er funktionierte. Albie hatte den Block nur etwa einen Zentimeter breit geöffnet und ließ ihn schnell wieder zuschnappen.

„Die Fugen scheinen zu verschwinden, weil dieses Ding aus einem einzigen Block Stahl gefertigt worden ist. Versuchen Sie es, Captain.“

Rayford legte seine Daumen und Mittelfinger an die entsprechenden Stellen. Als er leicht mit den Daumen drückte und den Gegendruck seiner Finger wahrnahm, spürte er, wie der Block nachgab. Er wurde an ein Geduldspiel erinnert, das er immer als Kind gespielt hatte, bei dem eine Kugel in ein Loch gerollt werden musste. Es funktionierte nur, wenn man keine zu heftigen Bewegungen machte.

Er packte die Enden des Blocks, wie Albie es gemacht hatte, und der Kasten ließ sich öffnen. Darin lag die schwere Waffe. Erstaunlich.

„Ist sie geladen?“

„Mir wurde beigebracht, dass es keine ungeladene Waffe gibt. Viele Menschen sind durch Pistolen getötet worden, die ihrer Meinung nach nicht geladen waren.“

„Das stimmt. Aber wenn ich zielen und schießen würde …“

„Ob dann eine Kugel abgefeuert würde? Ja."

„Können wir irgendetwas auf diesen Felsen dort stellen?"

„Zielen Sie für den Augenblick einfach auf den Felsen. Es dauert eine Weile, bis man sich daran gewöhnt."

„Damals beim Militär war ich ein guter Schütze. Aber das ist schon Jahre her."

„Erst Jahre? Nicht Jahrzehnte?"

„Danke. Ich fühle mich beleidigt."

„Machen Sie sich mit Ihrer Waffe vertraut."

Rayford legte die Schachtel auf den Boden und drehte die Waffe hin und her. Sie war tatsächlich schwer, aber sie lag sehr gut in der Hand. Er bezweifelte nur, ob er sie auf Grund ihres Gewichtes gerade würde halten können.

„Dieser Mechanismus", sagte Albie, „ist in keiner anderen Pistole zu finden. Nur in Hochleistungsgewehren. Sie gibt nicht nach und ist halbautomatisch. Nach jedem Schuss müssen Sie erneut den Abzug drücken, aber sie feuert so schnell Sie drücken können. Vermutlich ist sie die lauteste Pistole, die es gibt, und ich empfehle, sich etwas in die Ohren zu stecken. Für den Augenblick können Sie sich mit der freien Hand Ihr Ohr zuhalten."

„Ich kann keine Sicherung entdecken."

„Es gibt keine. Sie zielen und schießen. Dahinter steckt der Gedanke, dass Sie die Waffe erst aus der Schachtel holen, wenn Sie auch schießen wollen. Sie schießen nicht, wenn Sie nicht das zerstören wollen, auf was Sie schießen. Wenn Sie oft genug auf diesen Felsen schießen, werden Sie ihn zerstören. Wenn Sie aus einer Entfernung von 60 Metern auf den Kopf oder das Herz eines Menschen zielen, werden Sie ihn töten. Wird er an einer anderen Stelle getroffen, werden seine Haut, sein Fleisch, die Fettschicht, die Sehnen, die Bänder, Muskeln und Knochen durchtrennt, und die Kugel wird den Körper durchdringen und zwei Löcher hinterlassen. Vorausgesetzt, Sie sind mindestens drei Meter entfernt, hat die weiche Hülse mit der hohlen Spitze Zeit, sich auf Grund der Hitze der Explosion und der zentrifugalen Kraft, die durch die Drehung entsteht, auszubreiten. Diese Drehung wird durch die Rillen im Pistolenlauf hervorgerufen. Das Projektil wird dann etwa eineinhalb Zentimeter im Durchmesser betragen."

„Die Kugel verwandelt sich in eine sich drehende Scheibe?"

„Genau. Und wie ich Ihnen bereits am Telefon gesagt habe, ein Mensch, den das aus 30 Metern Entfernung abgeschossene Projektil um zwei Zentimeter verfehlt, wird allein von der Luftverdrängung eine Fleischwunde davontragen. Sollten Sie jemanden aus einer Entfernung zwischen drei und 30 Metern treffen, wird die Kugel eine Austrittswunde von fast sechs Zentimetern Durchmesser hinterlassen, je nachdem, welcher Körperteil getroffen wurde. Die dünne, gezackte, sich drehende Kugel bohrt sich durch alles, was ihr im Weg ist, sammelt geronnenes Blut um sich und verwandelt sich in ein noch größeres Zerstörungsobjekt. Bei der Erprobung dieser Waffe wurde ein Techniker zufällig aus etwa 30 Metern Entfernung knapp oberhalb des Knies angeschossen. Sein Bein wurde dadurch fast amputiert, der untere Teil hing nur noch an einem dünnen Hautstück zu beiden Seiten des Knies."

Rayford schüttelte den Kopf und betrachtete dieses hässliche Ding in seiner Hand. Was dachte er sich eigentlich? Dass er es je wagen würde, ein solches Monstrum bei sich zu tragen, geschweige denn, es zu benutzen? Es würde ihm schwer fallen, anderen weiszumachen, diese Waffe diene lediglich zur Verteidigung.

„Versuchen Sie, mich davon zu überzeugen oder es mir auszureden?"

Albie zuckte die Achseln. „Ich möchte, dass Sie mit Ihrem Kauf zufrieden sind. Keine Klagen. Ich habe Ihnen gesagt, Sie könnten es auch billiger haben. Sie sagten, Sie wollten Perfektion. Was Sie damit anstellen, ist Ihre Sache, und ich will auch gar nichts darüber wissen. Aber ich garantiere Ihnen, Captain, falls Sie diese Waffe jemals gegen einen Menschen richten, werden Sie sie nicht zweimal abfeuern müssen."

„Ich weiß nicht", meinte Rayford. Seine Gelenke taten ihm allmählich weh, weil er so lange auf dem Boden hockte. Er verlagerte sein Gewicht, nahm den Kasten und hielt ihn gegen die Waffe, um zu sehen, wie sie ineinander passten.

„Probieren Sie sie zumindest aus", meinte Albie. „Das ist ein denkwürdiges Ereignis."

„Das glaube ich gern."

Rayford ließ den Block wieder fallen, stellte sich zwischen die Scheinwerfer, spreizte die Beine, zielte auf den Felsen und stützte die rechte Hand mit der linken ab.

Albie hielt sich beide Ohren zu, dann unterbrach er ihn. „Sie sollten sich wirklich etwas ins rechte Ohr stopfen."

Rayford holte den Zettel, den Albie ihm geschickt hatte, aus der Tasche. Er riss ein Stück davon ab, befeuchtete es mit seiner Zunge und rollte es zu einer kleinen Kugel zusammen. Dann steckte er es in sein Ohr und nahm erneut seine Schießposition ein. „Ich wünschte, ich könnte sie genau zum richtigen Zeitpunkt abfeuern“, sagte er. „Es ist, als wäre die Pistole schussbereit, ich aber nicht.“

„Ich kann Sie nicht hören“, meinte Albie sehr laut. „Ich fürchte, Sie werden schießen, wenn ich meine Hände von den Ohren nehme.“

Als Rayford schoss, wurde er von dem Rückschlag gegen die Motorhaube des Lastwagens gedrückt. Er rutschte auf die Stoßstange, doch er konnte sich nicht halten und fiel zu Boden. Der Schuss klang wie die Explosion einer Bombe. Dann Stille. Im ersten Augenblick konnte er nichts mehr hören, nicht einmal das Echo. Rayford war froh, dass er keinen weiteren Schuss abgegeben hatte.

Albie sah ihn erwartungsvoll an.

„Sie haben Recht“, meinte Rayford mit klingelnden Ohren. „Das ist wirklich eine Erfahrung.“

„Sehen Sie“, meinte Albie und deutete auf den Felsen.

Rayford blinzelte. Der Felsen wirkte unbeschädigt. „Habe ich ihn getroffen?“

„Sie haben den Baum getroffen!“

Rayford konnte es kaum glauben. Die Kugel hatte knapp drei Meter über dem Boden den Stamm durchschlagen. „Das muss ich sehen“, sagte er und rappelte sich hoch. Albie folgte ihm. Die Kugel hatte ein klaffendes Loch in den Stamm geschlagen. Weniger als die Hälfte des Stammes war intakt geblieben. Das Gewicht der Zweige war schließlich zu viel für den angeknacksten Stamm und die ganze Baumkrone stürzte mit einem lauten Krachen auf den Felsen.

„Wie viele Patronen sind im Magazin?“

„Neun. Wollen Sie es noch einmal probieren und sehen, ob Sie auch das treffen, worauf Sie zielen?“

„Ich muss ausgleichen. Sie zieht nach rechts.“

„Nein, das stimmt nicht.“

„Sie haben doch gesehen, was ich getroffen habe. Ich habe auf die Mitte des Felsens gezielt.“

„Verzeihung, Captain, aber das Problem war nicht die Pistole, sondern der Schütze.“

„Wie bitte?“

„In Ihrem Beruf würde man das einen Fehler des Piloten nennen.“

„Was habe ich getan?“

„Sie haben gezuckt.“

„Das stimmt nicht."

„Doch. Sie haben ein lautes Geräusch und einen harten Rückschlag erwartet und den Lauf nach rechts gezogen. Konzentrieren Sie sich dieses Mal nicht nur darauf, das nicht zu tun, sondern stützen Sie sich auch mit den Füßen ab und fangen Sie den Rückstoß mit den Beinen ab."

„Da muss man an zu vieles denken."

„Versuchen Sie es. Sonst liegen Sie wieder am Boden und der Baum ist von seinem Elend erlöst."

Rayford steckte sich dieses Mal in beide Ohren eine Papierkugel. Er achtete darauf, dass sein rechtes Bein hinter seinem linken stand und die Knie leicht gebeugt waren. Tatsächlich musste er gegen den Drang ankämpfen zu zucken, als er den Abzug drückte. Dieses Mal erschreckte ihn der Knall nicht mehr so, er wurde auch nicht gegen die Kühlerhaube geschleudert. Sein Blick hing an dem Felsen, als ein großes Stück davon abgesprengt wurde. Das Stück war bestimmt zehn Zentimeter im Durchmesser und drei Zentimeter dick.

„Wer hat dieses Ding eigentlich gebaut?"

„Diejenigen, die das wissen müssen, wissen es."

„Es gibt keine Signatur darauf", bemerkte Rayford. „Wie nennt man es?"

„Die Leute, die diese Waffe kennen, haben ihr den Spitznamen ‚Schwert' gegeben."

„Warum?"

Albie zuckte die Achseln. „Vermutlich, weil das andere Stück eine ‚Scheide' genannt werden könnte. Wenn sie zusammengesetzt werden, sieht das aus wie ein Schwert in einer Scheide."

Albie zeigte ihm, wie er den Block wieder zusammensetzen konnte, steckte ihn in die Tüte und fuhr zurück zum Marktplatz.

„Überflüssig zu sagen, dass ich nicht so viel Bargeld bei mir habe", meinte Rayford.

„Ich habe die Waffe in Kommission. Können Sie mir das Geld in zwei Wochen beschaffen?"

„Mac wird es Ihnen geben."

„Gut … Oh oh."

Rayford sah auf. Die Hauptstraße im Stadtzentrum war von Fahrzeugen der Friedenstruppen der Weltgemeinschaft abgesperrt worden. Albie fuhr auf Nebenstraßen weiter. In der Nähe des Cafés blieb er stehen und seufzte. Rayford beugte sich zur Windschutzscheibe vor. Unzählige Leute drängten sich auf der Straße. Das Café war leer, bis auf den Tisch, an dem Rayford und Albie die Tuttles zurückgelassen hatten.

Trudy saß noch genauso da, wie sie sie verlassen hatten, den Kopf auf die Arme gelegt. Aber an ihrem Hinterkopf fehlte ein großes Stück und ihre Arme waren blutgetränkt. Blut tropfte noch immer vom Tisch.

Neben ihr mit dem Gesicht Rayford zugewandt saß der große, blonde, sommersprossige Dwayne. Sein Kopf war zurückgesunken und die Arme hingen an der Seite herunter. Auf seiner Stirn klaffte ein rundes Loch und sein Stuhl stand in einer Blutlache.

Rayford packte den Türgriff, aber Albies Finger gruben sich wie Krallen in seinen Arm. „Sie können nichts für sie tun, Freund. Verraten Sie sich nicht Ihren Feinden. Geben Sie mir Ihr Telefon."

Wie betäubt reichte Rayford es ihm, dann schlug er mit der Faust gegen das Armaturenbrett, während sich Albie schleunigst aus dem Staub machte. Er sprach am Telefon mit jemandem in seiner Muttersprache, dann klappte er das Telefon zu und legte es neben Rayford auf den Sitz.

Rayford konnte nicht aufhören, das Armaturenbrett mit den Fäusten zu bearbeiten. Sein Kopf schmerzte, die Handgelenke taten ihm weh. Er hatte die Zähne zusammengebissen und in seinem Kopf schien es nichts mehr außer Watte zu geben. Er hatte das Gefühl, sein Kopf müsse jeden Augenblick explodieren. Sein Instinkt sagte ihm, er solle beten, aber er konnte es nicht. Seine Kraft verließ ihn, so als hätte er ein Ventil geöffnet, durch das sie entwich. Erschöpft sank er auf seinem Sitz zusammen.

„Hören Sie mir jetzt genau zu", sagte Albie. „Sie wissen, wer immer dies getan hat, ist hinter Ihnen her. Sie werden am Flugplatz auf der Lauer liegen und vermutlich wird auch das eine oder andere Jagdflugzeug in der Luft auf Sie warten. Können Sie dieses Flugzeug fliegen?"

„Ja."

„Ich habe meinen Mann angewiesen, den Flugplatz wegen der Windstärke und der späten Uhrzeit zu schließen. Er wird den Leuten zehn Minuten Zeit lassen zu gehen, bevor er die Lichter auf der Landebahn löscht. Er sagte mir, dass sich niemand in der Nähe Ihres Flugzeugs aufhält, aber es herrscht viel mehr Betrieb auf dem Flughafen als normal. Er wird also dunkel sein und hoffentlich auch leer, wenn wir dort ankommen. Trotzdem, vorsichtshalber werde ich Sie aussteigen lassen, bevor ich den Tower betrete. Halten Sie sich im

Dunkeln, bis Sie das Flugzeug erreicht haben. Wenn ich Ihre Motoren höre, werde ich die Lichter der Startbahn für Sie einschalten."

Rayford brachte keinen Ton heraus, nicht einmal einen Dank an Albie. Dieser Mann war kein Christ. Aber er war ein Feind Carpathias und bereit, alles zu tun, um diesem Mann zu schaden. Er wusste nicht über Rayfords Situation Bescheid und hatte ihm wiederholt versichert, er wolle das alles auch gar nicht wissen. Aber er riskierte sein Leben, um Rayfords Leben zu retten, und das würde Rayford ihm nie vergessen.

Sie waren in Reichweite des Flugplatzes, als die Lichter ausgeschaltet wurden und eine Reihe von Autos den Parkplatz verließen. Albie blieb stehen und nickte Rayford zu, er solle aussteigen. Mit dem Kopf deutete er auf das Flugfeld, das nun in tiefe Dunkelheit getaucht war. Rayford nahm seine Tasche und wollte gerade die Tür öffnen, doch Albie hielt ihn fest und nahm den Kasten zur Hand. Er öffnete den Pistolenkasten und reichte Rayford beide Teile. Er ließ auch noch zusätzliche Munition in seine Hand gleiten und stopfte sie in seine Jackentasche.

„Nur für den Fall", sagte er und verstaute die Tasche unter dem Sitz.

Der Zorn schnürte Rayford die Kehle zu und er brachte nicht einen einzigen Laut heraus. Schnell steckte er die Pistole in seine Tasche, den Kasten in die andere, nahm sein Telefon und streckte Albie die Hand entgegen. Sie schüttelten sich die Hand und Albie sagte: „Ich weiß. Jetzt gehen Sie."

Rayford kämpfte sich in der Dunkelheit durch Sand und Gras und hörte sein eigenes Keuchen. Als sich seine Stimmbänder endlich lösten, stöhnte er bei jedem Atemzug. Dann stieß er ein Knurren aus, das so laut und heftig war, dass es ihn schwindelig werden ließ. Beinahe wäre er gestürzt. Er war nur noch knapp 30 Meter von dem Flugzeug entfernt, als er Schritte vernahm.

„Rayford Steele! Stehen bleiben! Friedenstruppen der Weltgemeinschaft!"

Rayford stieß ein lautes „Nein!" aus und lief weiter. Er holte die Pistole aus seiner Tasche.

„Sie sind verhaftet!"

Er lief einfach weiter.

„Stehen bleiben, oder ich schieße!"

Rayford spürte ein leichtes Kribbeln im Rücken. War er wirklich erst an diesem Morgen Tausende von Kilometern entfernt einem anderen Schützen der Weltgemeinschaft entkommen? Mit erhobener Waffe wirbelte er herum.

Das schwache Licht von der Straße ließ den Mann in Umrissen erkennbar werden. Mit gezückter Waffe kam er immer näher.

Rayford blieb stehen. „Bringen Sie mich nicht dazu, auf Sie zu schießen!“, rief er, aber der Mann ging unbeirrt weiter. Rayford zielte auf seine Füße. Die Kugel schlug einen Meter vor dem Mann in den Boden ein.

Eine große Sandwolke wurde aufgewirbelt und der Mann stürzte mit einem Schrei zu Boden. Er landete auf dem Bauch, seine Waffe grub sich in den Sand. Rayford rannte zum Flugzeug. Als er über die Schulter zurücksah, lag der Mann noch immer reglos am Boden.

„Gott, bitte lass ihn nicht sterben!“, betete er, als er die Tür aufriss, an Bord sprang und die Tür hinter sich zuzog. „Ich will doch keinen Menschen töten!“

Rayford kletterte über die Rückenlehne auf den Pilotensessel und ließ die Triebwerke an. Die Tankanzeige stand auf voll, die anderen Schalter wurden lebendig und die Lichter auf der Startbahn gingen an. Er nahm das Funkgerät zur Hand. „Alles klar?“, fragte er, wobei er es sorgfältig vermied, Albies Namen zu nennen.

„Zwei Kapuzenmänner sechs Meilen nördlich“, ertönte die Antwort. Sie konnten in Sekundenschnelle bei ihm sein, aber sie würden in westlicher Richtung nach ihm suchen und schnell aufsteigen.

Rayford sah zur Seite, bevor er Startgeschwindigkeit erreichte. Der Mann rappelte sich gerade wieder auf und taumelte. Außerdem suchte er nach seiner Waffe. Der Super J hob sanft ab und Rayford flog in Richtung Süden. Er hielt sich unter dem Radarbereich, bis er sicher war, dass er nicht verfolgt wurde. Dann flog er mit Höchstgeschwindigkeit weiter in Richtung Westen. Er wollte nichts weiter, als so schnell und so hoch wie möglich nach Hause zu seinen Freunden und seiner Familie fliegen.

In Illinois war es kurz nach Mittag, als Tsion Ben-Judah in seinem Zimmer am Fenster stand und nach draußen sah. Es wurde langsam Sommer. Gerade hatte er mit Buck, Chloe, dem Baby und Lea ein leichtes Mittagessen eingenommen. Was für eine seltsame, warmherzige Frau sie doch war. Er wusste gar nicht, was Rayford so an ihr störte. Er fand sie sehr nett.

Er hatte seine Botschaft für diesen Tag fast beendet. Gleich würde er sie noch überarbeiten und dann ins Internet eingeben. Darin hatte er gewarnt, dass wahrscheinlich im September – dem 42. Monat der Trübsalszeit – die Zahl der durch die 200 Millionen Reiter ums Leben gekommenen Opfer ein Drittel der Bevölkerung erreichen würde. Es lastete schwer auf ihm, eine so traurige Nachricht weitergeben zu müssen, und er verspürte plötzlich den Drang, für seinen alten Mentor und Landsmann Chaim Rosenzweig zu beten.

„Vater", begann er, „ich weiß nicht mehr, wie ich noch für meinen Freund beten soll. ‚Desgleichen hilft auch der Geist unserer Schwachheit auf. Denn wir wissen nicht, was wir beten sollen, wie sich's gebührt; sondern der Geist selbst vertritt uns mit unaussprechlichem Seufzen. Der aber die Herzen erforscht, der weiß, worauf der Sinn des Geistes gerichtet ist; denn er vertritt die Heiligen, wie es Gott gefällt.' Vielen Dank, Herr."

Als er die Augen öffnete, dachte er zuerst, er würde träumen. Wohin er auch sah, waren Reiter und ihre Pferde zu sehen. Tausende, nein, Hunderttausende. Die Köpfe der Pferde sahen aus wie Löwenköpfe und aus ihren Mäulern kam Feuer und Rauch.

Tsion hatte darüber geschrieben, hatte die Berichte anderer gehört und sich insgeheim immer gewünscht, sie einmal sehen zu können. Doch als er jetzt nach draußen starrte, verspürte er den Wunsch, die anderen zu rufen, vor allem Buck, der sie auch noch nicht gesehen hatte. Aber er brachte keinen Ton heraus.

Die Reiter wirkten sehr zornig und entschlossen, als sie mitten am Tag in der Spätfrühlingssonne dahinzogen. Ihre Brustplatten schimmerten, während die riesigen Tiere unter ihnen Seite an Seite dahingaloppierten. Es war, als sei ihre Zeit gekommen. Die gelegentlichen Raubzüge waren nur Vorläufer gewesen. Die dämonische Kavallerie, beschränkt nur durch den Willen Gottes, wen sie angreifen durften und wen nicht, stürmte über die Erde zu ihrem letzten Angriff.

„Tsion!", rief Buck von unten. „Sehen Sie aus dem Fenster! Schnell!"

Rayford hatte den Super J auf Autopilot gestellt. Die Müdigkeit überwältigte ihn, aber trotz der Technologie wagte er nicht, einzudösen. Er nahm sein Telefon zur Hand und begann, die Nummer von zu Hause zu wählen, als sein Blick aus dem Fenster fiel. Unter ihm zogen Millionen Reiter über das Meer auf dem Weg zum Festland. Die Pferde spien Feuer und Rauch.

19

Drei Monate später.

In Mount Prospect brach der August heiß und mit hoher Luftfeuchtigkeit an. Rayford fühlte sich wie gelähmt. Kein Lüftchen ging. Im Haus gab es keine Klimaanlage, und nachdem nun die Hälfte der Weltbevölkerung tot war, war nichts mehr so, wie es einmal gewesen war.

Ein unheimliches Gefühl der Vorahnung legte sich über das Haus. Die Stimmung war schlecht, die Nerven lagen bloß. Das Baby konnte nun schon laufen und ein wenig sprechen. Es war die einzige Ablenkung im öden Tagesablauf. Aber bei der Hitze war auch Kenny sehr launisch, und sogar Tsion hatte es sich angewöhnt, den Raum zu verlassen, wenn der Junge quängelte und Chloe ihn nicht schnell genug besänftigte.

Während nach der Entrückung viele über den Verlust geliebter Menschen und aller Kinder getrauert hatten und das große Erdbeben, der Zorn des Lammes, die ganze Welt verändert hatte, so waren die Gerichte, die danach gekommen waren, noch schrecklicher. Die vorübergehende Verdunkelung der Sonne, des Mondes und der Sterne, das Verdorren von einem Drittel der Erde, die Vergiftung eines Drittels des Wassers und nun der Tod von mehr als einer Milliarde Menschen … nun, dachte Rayford, es war ein Wunder, dass nicht alle Überlebenden den Verstand verloren hatten.

Aber vielleicht hatten sie ihn ja auch alle verloren. Vielleicht waren sie alle verrückt geworden. Rayfords Gedanken waren absurd, er wusste es. Vielleicht würde er neben seiner geliebten Frau Irene aufwachen, die er viel zu oft alleine gelassen hatte. Raymie würde unten im Flur spielen, und Rayford hätte noch Zeit, ein guter Ehemann und Vater zu werden.

War dies vielleicht alles nur ein Alptraum, der ihm einen Einblick darin gab, wie das Leben verlaufen würde, wenn er sich nicht ändern würde?

Konnte er als neuer Mensch aufwachen, bereit, sein Leben Gott anzuvertrauen und ein echter Ehemann und Vater zu werden?

Es war doch möglich, oder? Konnte das alles nicht einfach ein schrecklicher Alptraum sein? Rayford wusste, dass sein begrenzter Verstand nicht darauf programmiert war, alles zu verarbeiten, was er durchlebt hatte. Nie wieder wollte er sich alles vor Augen halten, was er gesehen, was er verloren hatte. Es war mehr, als ein Mensch ertragen konnte, und doch war er noch am Leben.

Carpathia hatte die gesamte Weltbevölkerung eingeladen, im September zur großen Gala-Veranstaltung nach Jerusalem zu kommen. Wie konnte er das wagen? Wie konnte er ein Fest ausrichten, wenn doch beim letzten Gericht mehr Menschen ums Leben gekommen waren, als bei der Entrückung dreieinhalb Jahre zuvor verschwunden waren?

Tsion hatte seine Leser gewarnt, sich von diesen Festivitäten fern zu halten und sich nicht von den Prophezeiungen in Versuchung führen lassen, nach denen zu diesem Zeitpunkt der Welteinheitsglaube zu Ende gehen, die Zeit der beiden Zeugen abgelaufen sein und sogar Carpathia selbst ermordet werden würde. Obwohl Rayford im selben Haus mit Tsion lebte, las er wie alle anderen Bewohner seine täglichen Botschaften. Zum Thema der verachtenswerten Gala hatte Tsion geschrieben:

„Seltsamerweise bin ich als ‚internationaler Staatsmann' zu der großen Gala eingeladen worden. Alles ist vergeben, Dissidenten haben Amnestie erhalten, unsere Sicherheit wird garantiert. Nun, Freunde, Brüder und Schwestern in Christus, ich werde nicht an diesem Fest teilnehmen. Es wird ein Erdbeben vorhergesagt, durch das ein Zehntel dieser Stadt zerstört werden wird. Ich habe keine Angst um mein Wohlergehen, da meine Zukunft gesichert ist – so wie Ihre, wenn Sie von Christus Vergebung und ewiges Leben bekommen haben.

Aber ich habe beschlossen, ein so einzigartiges, historisches Ereignis nicht persönlich mitzuerleben, weil die Gegenwart Satans sehr deutlich zu spüren sein wird. Meine Familie wurde ermordet als Vergeltung für mein ‚Vergehen', mit meiner Überzeugung, dass Jesus der verheißene Messias ist, an die Öffentlichkeit zu gehen. Während des Fluges aus meinem Heimatland in das Land, in dem ich nun im Exil lebe, wurde ich von der schrecklichen Gegenwart des Bösen bedrängt.

Im kommenden Monat wird der Tod in Jerusalem in der Luft hängen, meine Freunde, egal, wie dieses Ereignis verpackt und der

Welt verkauft wird. Es ist eine Ungeheuerlichkeit, dass dieses Fest als Vorwand benutzt wird, um unterschiedliche Parteien zusammenzubringen. Auf der einen Seite setzt der so genannte Weltpotentat den Opferungen im Tempel ein Ende, weil sie den vom Enigma-Babylon-Welteinheitsglauben vertretenen Grundsätzen der Toleranz widersprechen. Auf der anderen Seite hat er vor, den Vertrag zwischen der Weltgemeinschaft und Israel zu feiern. Wie passen diese beiden Dinge zusammen? Zwar stimmt es, dass er die hilflose Welt eingeschüchtert und potenzielle Feinde daran gehindert hat, Israel anzugreifen, doch auf der anderen Seite trampelt er auf jahrhundertealten Traditionen des Landes herum und betrügt das Volk um sein Erbe und seine religiöse Autonomie.

Wie der Rest der Welt werde ich die Vorgänge über das Internet oder im Fernsehen verfolgen. Aber, nein, ich werde die Einladung zur Teilnahme an diesem Fest nicht annehmen. Dieses Ereignis wird die zweite Hälfte der Trübsalszeit einläuten, die so schlimm werden wird, dass uns die vergangenen Wochen und Monate wie ein Spaziergang vorkommen werden.

Sogar die von der Weltgemeinschaft kontrollierten Medien können nicht mehr länger verschleiern, was wir als Tatsache erkannt haben. Verbrechen und Unmoral sind außer Kontrolle geraten. Die zum Leben notwendigen Dinge sind aus Mangel an Arbeitskräften knapp geworden, und doch gibt es kein Land auf dieser Erde, in dem es keine Bordelle, keine Hellseher oder heidnischen Tempel gibt, in denen ausschließlich Götzenbilder angebetet werden. Ein Menschenleben ist nichts mehr wert, und Tag für Tag sterben Mitbürger bei Überfällen auf ihre Häuser, ihre Geschäftsräume und ihre Person. Es gibt nicht mehr genügend Angehörige der Friedenstruppen, die die Polizeiarbeit tun können, und die noch Verbliebenen sind entweder überfordert oder korrupt.

Diese dunkle Zeit hat uns nicht überrascht, liebe Brüder und Schwestern, und ich bete, dass Sie durchhalten und auch weiterhin die Wahrheit von Jesus Christus weitererzählen, bis er kommt. Von diesem Zeitpunkt an werden Sie den größten Teil Ihrer Zeit damit verbringen, ums Überleben zu kämpfen. Aber ich fordere Sie dringend auf, sich vorzubereiten, einen Plan zu haben, was Sie tun wollen, wenn dieser unausweichliche Tag kommt, an dem es nicht nur illegal ist, diese Website abzurufen oder sich zum

Christentum zu bekennen. Seien Sie bereit für den Tag, an dem das Zeichen des Tieres an Ihrer Hand oder Ihrer Stirn sichtbar sein muss, damit Sie legal etwas kaufen oder verkaufen können. Und machen Sie vor allem nicht den fatalen Fehler zu glauben, Sie könnten dieses Zeichen aus Bequemlichkeitsgründen annehmen und trotzdem mit Christus leben. Jesus hat in der Bibel ganz klar gesagt, dass er denjenigen, der ihn vor Menschen verleugnet, vor Gott verleugnen wird. In einer späteren Auslegung werde ich darauf eingehen, warum dieses Zeichen des Bösen unwiderruflich ist.

Wenn Sie Christus Ihr Leben bereits anvertraut haben, dann tragen Sie das Siegel Gottes auf Ihrer Stirn, das nur für andere Christen sichtbar ist. Glücklicherweise ist diese Entscheidung, dieses Siegel unwiderruflich, darum brauchen Sie keine Angst zu haben, Ihr ewiges Leben zu verlieren. Denn wer kann uns trennen von der Liebe Christi? Weder Trübsal, Not, Hungersnot, Nacktheit, Gefahr oder Schwert. In all dem werden wir Sieger bleiben durch den, der uns so geliebt hat. Wie der Apostel Paulus bin ich überzeugt, dass weder Tod noch Leben, weder Engel noch Mächte noch Gewalten, weder Gegenwärtiges noch Zukünftiges, weder Hohes noch Tiefes noch eine andere Kreatur uns scheiden kann von der Liebe Gottes, die in Christus Jesus ist, unserem Herrn.

Trotz und inmitten jeder Versuchung und Trübsal wollen wir Gott danken, der uns den Sieg gibt durch unseren Herrn Jesus Christus. Und wie es in der Bibel heißt: ‚Darum, meine lieben Brüder, seid fest, unerschütterlich und nehmt immer zu in dem Werk des Herrn, weil ihr wißt, daß eure Arbeit nicht vergeblich ist in dem Herrn.'

Unerschütterlich in der Liebe zu Ihnen allen Ihr Freund,
Tsion Ben-Judah.

Hattie befand sich im Gefängnis und Rayford fühlte sich für sie verantwortlich. Sie hatte noch keine Ahnung vom Tod ihrer Schwester.

Und auch der Mord an Dwayne und Trudy Tuttle hatte ihm das Herz gebrochen.

Die Reaktion von Bo Hanson auf den Tod seines Bruders war ein weiterer Nagel für den Sarg, in dem Rayfords Verzweiflung lag. Rayford und T. waren übereingekommen, dass T. die Nachricht überbringen würde. Dieser hatte sich trotz ihrer Differenzen mit ihm angefreundet, während sich Rayford ihm immer mehr entfremdet hatte. Rayford hoffte, T. könnte vielleicht eine Tür öffnen, indem er ihm die schreckliche Nachricht so schonend wie möglich beibrachte. Dann könnte sich Rayford bei ihm für sein Verhalten entschuldigen und möglicherweise miterleben, wie Bo zum Glauben an Christus kam.

T. war ermutigt von seiner Begegnung mit Bo zurückgekehrt. Er hatte ihn angerufen, war dann zu ihm in die Wohnung gefahren und hatte ihm erzählt, was passiert war. Er berichtete, Bo hätte unter Tränen gefragt: „Und was ist mit der Nachricht, die ich von Sam bekommen habe?"

„Ich habe ihm erklärt, sie sei von der Weltgemeinschaft gefälscht worden, Ray", berichtete T. „Er schien es einigermaßen gut aufzunehmen. Er weinte viel, gab sich die Schuld. Er sagte, er hätte seinen Bruder für Geld verkauft. Aber er hat ihn nicht verkauft. Er hat nur den Fehler gemacht, ihn in einen schlecht entworfenen Plan zu verwickeln. Er war sehr niedergeschlagen, als ich ihn verließ, aber er ließ zu, dass ich mit ihm betete. Ich dachte, dass dies schon ein großer Schritt sei."

„Das war es bestimmt", meinte Rayford, „aber Sie haben mich bestimmt nicht um ein Treffen gebeten, damit Sie mir die gute Nachricht erzählen können. Was ist passiert?"

T. lehnte sich zurück und seufzte. „Bo hat gestern Abend Selbstmord begangen, Ray. Er hat sich in einer Bar betrunken, mit einer Pistole herumgefuchtelt, Carpathia und die Welt verflucht und sich dann erschossen."

Tagelang hatte sich Rayford Vorwürfe gemacht. „Ich hätte gerade so gut selbst den Abzug drücken können", lamentierte er.

Die anderen Mitglieder der *Tribulation Force* hatten natürlich versucht, ihm das auszureden, und schließlich stimmte er ihnen auch zu. Er wälzte die Schuld ab auf den Mann, der Schuld an allem war: Nicolai Carpathia.

Rayford beschäftigte sich intensiv mit den prophetischen Aussagen zum Tod des Antichristen, doch er suchte nicht Tsions Rat oder Auslegung. In seinem Zustand legte er die Bibelstellen aus, wie es ihm gefiel, und sah sich als Gesandten Gottes, der die Tat schließlich ausführen würde. Als er den Vers las: „Denn wer das Schwert nimmt, wird durchs Schwert umkommen", in dem Wissen, dass sogar Tsion diese Stelle für eine Anspielung auf den Antichristen hielt, erschauderte Rayford. War dies eine Botschaft für ihn?

Ein anderer Vers sprach von dem „Tier, das die Wunde vom Schwert hatte und lebendig geworden war". Das musste sich auf einen der Köpfe des Tieres beziehen, der tödlich verwundet worden war „und seine tödliche Wunde wurde heil".

Er verstand nicht alles. Wer konnte das schon? Aber ohne Tsions Auslegung glaubte Rayford, diese Verse in den richtigen Zusammenhang gestellt zu haben. Carpathia würde eine tödliche Kopfwunde von einem Schwert davontragen und wieder lebendig werden. Ein Schwert? Wie hatte Albie noch diese Superwaffe genannt, die Rayford hinter losen Steinen im Keller versteckt hatte? Schwert.

Konnte er, *würde* er es tun? War es seine Pflicht? Er schüttelte den Kopf. Was ging nur in ihm vor?

Mac vermisste Rayford. Er war die Stimme der Vernunft gewesen, ein Mentor, ein geistliches Vorbild. Mac freute sich über die Gesellschaft von David und Annie. Sie waren beide großartige junge Leute. Aber er konnte sich nicht mit ihnen identifizieren. Abdullah war ein guter Erster Offizier und ein hervorragender Pilot, aber er war sehr wortkarg und sprach oft tagelang nur dann etwas, wenn Mac ihm eine Frage stellte.

Das Leben war interessant, aber es machte wirklich keinen Spaß mehr. Die großen Hauptstädte anzufliegen und mitzuerleben, wie Fortunato die zehn Könige umschmeichelte, war genauso krank machend wie faszinierend. Von einem Rednerpult auf der Landebahn in Nairobi aus hieß Leon mit hochtrabenden Worten den ehrenwerten Mr. Enoch Litwala im Kabinett der Regionalpotentaten Seiner Exzellenz Nicolai Carpathias willkommen.

„Die Tatsache, dass dieser großartige Führer und bekannte Pazifist bei der anfänglichen Suche nach einem Regionalpotentaten für die Vereinigten Staaten von Afrika übersehen wurde, wird der Weltgemeinschaft immer peinlich sein. Wir sind spät auf ihn aufmerksam geworden, aber wir haben ihn schließlich doch gefunden!"

Die Menschenmenge bejubelte ihren geliebten Führer. Leon fuhr fort: „Seine Exzellenz sendet seine herzlichen Grüße nach Afrika und beglückwünscht Sie zur Erreichung internationaler Ziele. Es ist mir ein großes Vergnügen, an seiner Stelle Ihren neuen Potentaten zu der großen Gala in Jerusalem einzuladen, die im September stattfinden wird!"

Er wartete, bis sich der Jubel gelegt hatte, und sprach sehr ernst weiter. „Wir haben schwierige Zeiten erlebt und viele liebe Menschen verloren. Aber Seine Exzellenz scheut keine Ausgaben für dieses internationale Fest, wie es die Welt noch nicht gesehen hat. Wir feiern nicht nur die Halbzeit der Vereinbarung mit Israel, ich freue mich, dass Seine Exzellenz mir die Erlaubnis gegeben hat, Ihnen dies öffentlich mitzuteilen. Er garantiert – Sie haben richtig verstanden –, er *garantiert* das Ende dieser Plagen. Sie fragen, wie er das kann? Der Potentat hat versprochen, sich persönlich dieser beiden so genannten Zeugen an der Klagemauer anzunehmen, wenn sie nicht aufhören, Israel und den Rest der Welt mit ihren Plagen zu quälen."

Diese Botschaft wurde in jeder Hauptstadt begeistert aufgenommen. Mac hatte den Eindruck, dass die Leute Tod und Zerstörung so satt hatten, dass sie sich auf eine Rückkehr freuten zu der Zeit, bevor die beiden Zeugen den Zorn des Himmels auf sie herab beschworen hatten. War es möglich, dass Carpathia die beiden wirklich töten würde? Hatte er nicht genau damit schon vorher gedroht? Sie hatten ihn zum Narren gehalten, doch nun gab er eine Garantie ab. Und er versprach den Leuten auch, ihnen bei der Reise nach Israel zu helfen trotz der katastrophalen Bedingungen im öffentlichen Verkehrswesen auf Grund der gesunkenen Bevölkerungszahlen.

„Wir stehen vor einem entscheidenden Schritt bei der Erreichung unserer Ziele für eine utopische Gesellschaft", zitierte Fortunato Carpathias Worte. Diese Gala in Jerusalem würde der erste Schritt dazu sein.

Seltsam, dachte Mac, *der Antichrist erlebt einen Alptraum und versuchte, sein Image zu retten.*

In den Hauptstädten machte Leon den Regionalpotentaten im Namen der Weltgemeinschaft Versprechungen. „Wir werden besser und härter arbeiten", sagte er, „um Ihre Bedürfnisse zu erfüllen. In einem Jahrzehnt wird die Trauer um die, die wir verloren haben, nur noch in der Erinnerung der Bevölkerung existieren. Unbequemlichkeit wird ein Begriff der Vergangenheit sein, wenn wir alle zusammenarbeiten und die Technologie uns auf eine höhere Ebene der Dienstleistung bringt, die wir uns nie erträumt hätten."

Es gab immer Fototermine für die von Carpathia kontrollierte Presse, bei denen Fortunato mit ernstem Gesicht unterentwickelte Gebiete besuchte. Oder er küsste ein Baby und hielt es in die Luft mit den Worten: „Die Zukunft der Weltgemeinschaft." Nachdem er dem Volk in dem entsprechenden Gebiet neuen Mut gemacht hatte, lud er den Regionalpotentaten zu einem „vertraulichen Gespräch auf höchster Ebene" in die luxuriös ausgestattete Phoenix 216 ein.

Dort hörte sich Fortunato an, was die einzelnen Potentaten zu sagen hatten, und machte Versprechungen, die nicht einmal eine Million Carpathias halten konnten. Doch bei jedem dieser Gespräche kam die Rede schließlich auf die „Enigma-Babylon-Situation". Mac belauschte fast alle dieser Gespräche und stellte fest, dass die Potentaten, sobald das Thema angesprochen wurde, genau wussten, was Leon meinte. Ein paar wollten wissen: „Welche Situation?", doch wenn Leon zu seiner nächsten Verabredung startete, war klar, auf welche Potentaten gezählt werden konnte. Mac fand es erstaunlich, dass eigentlich jeder ein Gegner Peters II war.

Mac war so verblüfft darüber, dass er mit Tsion sprechen musste. Lea, die alle Anrufe entgegennahm, meldete sich. Er versicherte ihr, er habe Verständnis dafür, wenn Tsion im Augenblick keine Zeit habe. Doch es dauerte nicht lange, bis die beiden über eine abhörsichere Leitung miteinander sprechen konnten.

„Captain McCullum, mein Freund, ich bin so dankbar für die Hintergrundinformationen, die Sie mir haben zukommen lassen. Das erleichtert meine Arbeit enorm und verschafft mir einen Einblick in die inneren Strukturen, den ich sonst nie bekommen hätte. Was kann ich für Sie tun?"

„Nun, Sir, ich habe nur eine Frage. Ich weiß, dass David Sie durch Lea über die Aufwiegelung der zehn Könige gegen Peter den Zweiten auf dem Laufenden hält. Wir wissen, dass nicht alle Könige Carpathia gegenüber loyal eingestellt sind, aber jeder von ihnen macht bei dieser Verschwörung gegen Peter mit. Schlagen sie nur Schaum bei Fortunato, oder bin ich so naiv, vorgetäuschte Gefühle für bare Münze zu nehmen?"

„Ausgezeichnete Frage, Captain, und der einzige Grund, warum ich darüber im Internet noch nicht geschrieben habe, ist der, dass es vielleicht zu viel offenbaren und ich mich in die entstehende Geschichte einmischen könnte. Das ist eine gefährliche Sache, und keinesfalls dürfen wir versuchen, Gott zu helfen, seine Verheißungen zu erfüllen. Wenn er sagt, es würde geschehen, dann wird es geschehen.

Aber was die zehn Könige und ihre Bereitschaft betrifft, sich gegen Peter den Zweiten zu verschwören: Das ist biblisch. Gott arbeitet seinen ewigen Plan heraus. So wie er im Alten Testament durch die heidnischen Armeen sein eigenes Volk bestraft hat und heutzutage die dämonischen Armeen benutzt, um die Aufmerksamkeit der Ungläubigen auf sich zu lenken, so gebraucht er auch diese Könige.

In Offenbarung, Kapitel 17 heißt es: ‚Und die zehn Hörner, die du gesehen hast (das sind die zehn Könige, Mac), und das Tier, die werden die Hure hassen (die falsche Religion, die im Augenblick von Peter dem Zweiten repräsentiert wird) und werden sie ausplündern und entblößen und werden ihr Fleisch essen und werden sie mit Feuer verbrennen.‘

Der folgende Vers ist die Antwort auf Ihre Frage, Captain. Hören Sie selbst, warum die Potentaten damit einverstanden sind, obwohl sie in Wahrheit eigentlich alle Egozentriker sind, unter denen wenig Einigkeit herrscht – nicht einmal in Bezug auf Carpathia. ‚Denn Gott hat's ihnen in ihr Herz gegeben, nach seinem Sinn zu handeln und eines Sinnes zu werden und ihr Reich dem Tier zu geben, bis vollendet werden die Worte Gottes.‘“

„Wow.“

„Das ist eine Aussage, nicht wahr? Es ist erstaunlich, die Erfüllung dieser Prophezeiung mitzuerleben.“

„Vielen Dank, Sir.“

„Sie werden feststellen, dass diese Könige einer Meinung sind, weil Gott es so gesagt hat. Und wie Sie wissen, bedeutet dies die Absetzung von Peter.“

„Das habe ich mir schon gedacht.“

„Die Frage ist, wie und wo es geschehen wird.“

„Ich habe da so eine Ahnung“, meinte Mac.

„Wirklich“, staunte Tsion.

Mac erzählte ihm von einer privaten Unterhaltung zwischen Leon und dem neusten König, dem Kenianer Enoch Litwala. Fortunato hatte sich Litwalas Liste mit Vorschlägen und Forderungen angehört, sich Notizen gemacht und ihm seine Meinung dazu gesagt. Schließlich kamen sie auf das Thema Peter der Zweite zu sprechen.

„Seine Exzellenz hat mich gebeten, eine höchst delikate Angelegenheit mit Ihnen zu besprechen. Er bewundert Ihre Weisheit und Ihre Fähigkeit, Situationen einzuschätzen. Aber hierbei geht es um eine Angelegenheit, mit der Sie vielleicht nicht vertraut sind. Haben Sie das, sagen wir, Zögern auf Seiten der anderen Regionalpotentaten in Bezug auf die, äh, häufigen Auftritte Peters des Zweiten in der Öffentlichkeit bemerkt?“

Litwala antwortete so schnell, dass Mac sich im Cockpit aufgesetzt und die Kopfhörer ans Ohr gedrückt hatte. „Ich weiß nicht, was meine Kollegen denken, und das interessiert mich auch nicht“, erwiderte Litwala, „aber ich werde sagen, was ich denke. Ich verachte den Mann. Er ist egoistisch, gesetzlich und von sich eingenommen. Er hat sich riesige Geldbeträge für seinen Enigma-Babylon-Welteinheitsglauben angeeignet, die in meinem Land für mein Volk hätten eingesetzt werden müssen. Ich habe nicht den Eindruck, dass er Seiner Exzellenz, dem Potentaten, gegenüber loyal eingestellt ist und –"

„Tatsächlich?"

„Sobald er hörte, dass ich für diesen Posten in Betracht kam, flog er her, ich glaube sogar, in diesem Flugzeug. Gehörte das nicht früher ihm?"

„Genau."

„Er versuchte, sich meine Unterstützung zu sichern für seinen Versuch, seine Macht vom religiösen auf den politischen Bereich auszudehnen. Ich habe nichts dazu gesagt. Ich glaube, dass er im Augenblick schon über zu viel Einfluss verfügt. Warum sollte ich wollen, dass er noch mehr bekommt? Ich habe ihm gesagt, ich würde seine Vorschläge überdenken, und sollte mir die Ehre zuteil werden, für diesen Posten ausgewählt zu werden, würde ich erfahrenere Potentaten nach ihren Ansichten fragen. Das schien ihm zu gefallen. Er versuchte, mir negative Äußerungen über Seine Exzellenz zu entlocken, aber ich habe ihm nur zugehört. Ich habe ihm nicht widersprochen, aber ich habe ihm auch nicht gesagt, wo ich stehe. Das könnte sich später als sehr wertvoll erweisen."

„Das ist gut, Potentat Litwala. Er ist der Meinung, er hätte die Unterstützung der anderen, und nimmt vermutlich an, Sie würden sich auch hinter ihn stellen. Stimmen Sie mir zu, dass er möglicherweise eine Gefahr für die Harmonie in der Führung der Weltgemeinschaft ist?"

„Nicht nur möglicherweise. Ganz bestimmt sogar."

„Was sollen wir dagegen unternehmen? Haben Sie einen Vorschlag? Das ist die Frage Seiner Exzellenz an Sie."

„Er würde meine tiefsten Gefühle nicht billigen."

„Sie wären vermutlich überrascht."

„Ich bin davon überzeugt, dass Peter eliminiert werden müsste. Wenn der Potentat diese Meinung schätzen würde, das würde mich tatsächlich erstaunen."

„Mit ‚eliminieren' meinen Sie, auf diplomatischem Weg entfernen aus –"

„Mit ‚eliminieren', Supreme Commander, meine ich eliminieren."

Es folgte ein Augenblick der Stille. Der Afrikaner Litwala ergriff als Erster wieder das Wort. „Mein Problem ist, dass ich nur wenigen traue. Sie verstehen sicher, nach dem, was ich mit Rehoboth und anderen erlebt habe …"

„Ich sage Ihnen, die anderen Potentaten sind sich in diesem Punkt einig", erwiderte Leon.

„Sie würden ihn *eliminieren*?"

„Allerdings."

Eine weitere Pause. „Aber wer würde das übernehmen?"

„Sie müssen mit ihnen darüber sprechen."

„Es muss einen Weg geben, sicherzustellen, dass wir diese Sache gemeinsam durchziehen, ohne die Möglichkeit eines Betrugs. Wir müssen alle gleich schuldig sein."

„Zum Beispiel könnten alle ihren Beitrag leisten zu der Belohnung für den –"

„Nein", widersprach Litwala. „Wir müssen alle die gleiche Verantwortung dafür tragen."

Nachdem Litwala das Flugzeug verlassen hatte, hörte Mac, dass Fortunato mit Carpathia telefonierte. „Mit dem neuen afrikanischen Potentaten haben Sie wirklich einen Glückstreffer gelandet … Tatsächlich? … Das ist doch nicht Ihr Ernst … Das stimmt! … Das ist erstaunlich. Haben Sie das je mit mir gemacht? … Gedanken untergeschoben? … Erklären Sie mir seinen Vorschlag … Alle zehn? Zur gleichen Zeit? Dann kann niemand mit dem Finger auf den anderen deuten. Brillant."

Mac rief David an. „Haben Sie Zugriff auf Carpathias Telefon?"

„Immer."

„Hören Sie mal rein. Sie erinnern sich doch noch an die Geschichte, die Williams erzählt, wie Nicolai den Leuten erzählt hat, was sie gesehen haben und woran sie sich erinnern würden? Ich glaube, Nicolai macht Leon gerade klar, dass er so etwas wieder gemacht hat."

„Sie unterhalten sich gerade?"

„Jetzt im Augenblick."

„Ich werde es mir anhören. Sichere Reise, Mac."

Als David sich in Carpathias Telefon einschaltete, beendeten Nicolai und Leon gerade ihr Gespräch.

„Auf diese Weise bin ich vollkommen entlastet", sagte Carpathia gerade. „Niemand wird reden wollen, keine Waffe, keine Leiche. Genug DNA in der Asche, um die Leiche zu identifizieren, falls Zweifel bestehen, aber da Peter nicht mehr auftauchen wird, kann ich mir nicht vorstellen, dass jemand Zweifel haben wird."

„Und wer würde die Krankheit bestätigen? Werden sie es wohl wagen, eine dritte Partei einzuschalten?“

„Leon! Denken Sie doch mal nach! Sven Gustav.“

„Ach ja! Doktor Gustav. Wer braucht schon einen Außenseiter, wenn einer von den Zehn den Totenschein unterzeichnen kann. Habe ich schon mal gesagt, dass Sie brillant sind, Exzellenz?“

„Vermutlich, aber ein solches Kompliment hört man immer wieder gern.“

„Nun, dann also die Eis-Idee. Ich meine wirklich. Es gibt kein anderes Wort dafür.“

„Vielen Dank, Commander. Sichere Reise.“

David verzog das Gesicht. Genau dasselbe hatte er Mac gewünscht. Zwei Freunde, die sich voneinander verabschieden. Dave und Mac; Nick und Lee. Beide Freundespaare spielten Spielchen, wollte klüger sein als die anderen. Er seufzte. Der Unterschied zwischen den Freundespaaren war sehr groß.

Schnell spulte David die Aufzeichnung zum Anfang des Gesprächs zurück, als Fortunato gesagt hatte: „Mit dem neuen afrikanischen Potentaten haben Sie wirklich einen Glückstreffer gelandet!“

„Das weiß ich nur zu gut“, erwiderte Carpathia. „Ich habe ihn an dem Tag ausgesucht, als ich das erste Mal vor den Vereinten Nationen gesprochen habe. Ich wusste, ich würde eine Weile warten müssen, bis wir entweder mit Ngumo oder Rehoboth unser Ziel erreicht hatten. Ich fand ihn sehr leicht zu beeinflussen.“

„Tatsächlich?“

„Von Anfang an. Ich habe ihn einmal über das Telefon hypnotisiert. Habe ihm eingeredet, er würde mir unerschütterlich loyal gegenüberstehen und meine Feinde würden seine Feinde, meine Freunde seine Freunde sein.“

„Das ist nicht Ihr Ernst!“

„Soll ich es beweisen? Er ist bereit, Peter zu eliminieren, und er meint es auch so.“

„Das stimmt!“

„Aber er möchte, dass alle daran beteiligt sind, alle zehn. Wie bin ich?“

„Das ist erstaunlich. Haben Sie das je mit mir gemacht?

„Was gemacht?“

„Gedanken untergeschoben.“

„Das brauchte ich nicht, Leon. Sie sind mein vertrauenswürdigster Freund und Ratgeber. Enoch dagegen habe ich den ganzen Plan eingepflanzt. Er wird darüber nachdenken, und wenn er zurückkommt, wird er vorschlagen, was bereits in seinen Gedanken ist."

„Erklären Sie mir seinen Vorschlag", forderte Leon.

„Ein Treffen in Jerusalem am Morgen vor der Gala. Er wird Peter einladen und ihm sagen, sie wollten darüber sprechen, ihn zu meinem Nachfolger zu machen, falls ein bestimmter Plan ausgeführt würde. Es wäre ein Treffen zwischen Peter und den Potentaten."

„Allen zehn?"

„Ja. Und es wird in dem wunderschönen neuen Grand Hotel stattfinden, das durch seine Eis-Skulpturen so bekannt geworden ist. Für diese Begegnung werden sie eine große Statue von Peter bestellen, die ihn in Lebensgröße als Engel mit großen Flügeln und spitzen Federn darstellt. Die zehn Potentaten werden diese Statue bewundern, dann wird jeder eine dieser dicken Federn mit den scharfen Spitzen abbrechen, und während sich Peter noch fragt, was das soll, wird ihm jeder seine Feder in den Körper stechen, in den Hals, ins Auge, die Schläfe, das Herz."

„Zur gleichen Zeit?", fragte Leon. „Dann kann niemand mit dem Finger auf den anderen deuten. Brillant."

„Die Waffen werden schmelzen, die Leiche wird in einem Leichensack, den der skandinavische Potentat Gustav in seiner Aktentasche mitbringt, in ein Krematorium transportiert werden. Die Leiche wird verbrannt, um die Ausbreitung einer tödlichen Krankheit zu verhindern, bei der man durch die Schleimhäute verblutet."

„Was das Blut in dem Besprechungszimmer erklärt."

„Genau. Auf diese Weise bin ich vollkommen entlastet. Niemand wird reden; es wird keine Waffe, keine Leiche geben. Genug DNA in der Asche …"

20

Buck bekam die kalte Schulter gezeigt.

Er und Chloe hatten sich lange nicht mehr gezankt. „Ich weiß, dass es nur noch dreieinhalb Jahre sind“, sagte sie, „aber denkst du, ich möchte dieses Kind allein großziehen?“

„Nichts wird passieren“, beruhigte er sie und griff nach ihrer Hand. Aber sie wandte sich von ihm ab.

„Du wirst fahren“, meinte sie. „Ich kann es auf deiner Stirn lesen. Ich liebe Chaim, aber es war unfair von ihm, dich um so etwas zu bitten.“

„Wenn ich nicht fahre, wird Tsion es tun, und das wollen wir nicht.“

Chaim Rosenzweig war als Ehrengast Seiner Exzellenz, des Potentaten, zu dem großen Festumzug eingeladen worden. Chaim hatte Jacov gebeten, der *Tribulation Force* eine verschlüsselte Nachricht zukommen zu lassen. Lea hatte sie rein zufällig entdeckt.

„Hat das hier was zu bedeuten?“, fragte sie Rayford eines Abends, als die beiden in der Küche an ihren Computern arbeiteten. „Die Initialen sind doch kein Zufall, oder?“

Sie drehte ihren Laptop so, dass er den Bildschirm sehen konnte. Die Nachricht war eine unter Tausenden auf dieser Seite, von denen die meisten Dr. Ben-Judah Mut zusprachen, in einigen wurden Fragen gestellt, in einigen seine Ausführungen kritisiert, und manchmal wurde er sogar bedroht. Es gehörte zu Leas Aufgabe, sie durchzusehen und wenn nötig eine persönliche Antwort zu schicken. Bei vielen war das nicht erforderlich. Diese Nachricht fiel auf, weil sie so kurz war und weil die Initialen übereinstimmten. Sie lautete: „C (B) W Boss J anrufen. Gezeichnet H’s Mann.“

„Ich weiß nicht, was J oder H’s bedeutet“, meinte sie, „aber wie viele Menschen wissen, dass sie Cameron ‚Buck‘ Williams über diese Seite erreichen? Oder interpretiere ich da etwas hinein?“

Rayford las die Nachricht und rief Buck. Die drei setzten sich vor Leas Bildschirm und dachten über die Nachricht nach. Plötzlich stand Buck auf.

„Jacov", sagte er. „Ganz schön gerissen. Er ist Hannelores Mann und er möchte über Chaim sprechen."

Buck sah auf die Uhr und griff zum Telefon. In Israel war es sieben Uhr morgens. Jacov war ein Frühaufsteher. „Er ist zu der Gala eingeladen worden", erklärte Jacov schnell. „Wir sind nicht der Meinung, dass er gehen sollte. Es geht ihm nicht gut, er bekommt viel zu wenig Schlaf. Er sieht einfach schrecklich aus. Reden Sie ihm das aus."

Chaim hörte sich nicht gut an. Er schien sich Mühe zu geben, so fröhlich zu sein wie immer, aber er klang müde und nuschelte manchmal sogar. „Ich lasse mir das nicht ausreden, Cameron, aber ich habe darauf bestanden, dass ich meinen Diener und zwei Gäste mitbringen kann. Mir wurde versichert, ich könnte mitbringen, wen ich wollte. Stefan hat schreckliche Angst vor Carpathia und sagt, er würde eher aus meinen Diensten ausscheiden, als an dieser Gala teilzunehmen. Jacov hat sich bereit erklärt, mitzukommen und mich auch zu fahren."

„Dr. Rosenzweig, Sie sollten das nicht machen. Sie haben doch Tsions Warnungen gelesen und –"

„Tsions Warnungen gelten für die Anhänger Ben-Judahs, wie die Weltgemeinschaft sie nennt. Ich liebe Tsion und betrachte ihn als einen der Meinen, aber ich bin nicht ein solcher Anhänger. Ich werde gehen und ich möchte Sie und Tsion bei mir haben."

Buck verdrehte die Augen. „Verzeihen Sie, Doktor, aber das ist naiv. Wir sind beide bei der Weltgemeinschaft unerwünscht und wir trauen Carpathias Zusicherung von Immunität nicht."

„Sie haben gesagt, ich könnte mitbringen, wen ich wollte."

„Die wussten nicht, an wen Sie gedacht haben."

„Cameron, Sie und ich sind uns sehr nahe gekommen, stimmt es nicht?"

„Natürlich."

„Mehr, als das bei einem Journalisten und seinem Interviewpartner üblich ist, oder?"

„Sicher, aber –"

„Sie sind doch ein Kosmopolit. Sie sollten wissen, dass es in meinem Land eine große Beleidigung ist, eine Einladung zurückzuweisen. Hiermit lade ich Sie und Tsion in aller Form ein, zusammen mit mir an der Jerusalemer Gala teilzunehmen, und ich werde es als eine persönliche Beleidigung betrachten, wenn Sie meine Einladung ausschlagen."

„Doktor, ich habe Familie. Millionen verlassen sich auf Dr. Ben-Judah –"

„Sie wären doch beide bei mir! Das Carpathia-Regime hat einige wirklich verachtenswerte Taten begangen, aber in Gegenwart eines Ehrengastes das Leben eines so prominenten Menschen wie Tsion zu bedrohen …"

„Ich kann Ihnen geradeheraus sagen, Sir, dass Tsion nicht kommen wird. Ich bin nicht einmal sicher, ob ich die Einladung weitergeben soll. Er würde Ihrer Bitte nachkommen wollen, weil er Sie so sehr schätzt, aber es wäre unverantwortlich von mir zu –"

„Mögen Sie mich nicht, Cameron?"

„Doch, ich mag Sie so sehr, dass ich Ihnen sage, das hier ist –"

„Ich werde meine Einladung an Tsion zurücknehmen, wenn ich weiß, dass Sie kommen werden."

Buck zögerte. „Ich könnte sowieso nicht unter meinem richtigen Namen reisen. Und obwohl ich auf Grund meines veränderten Aussehens vermutlich problemlos in das Land einreisen könnte, ist es doch ausgeschlossen, dass ich mich an Ihrer Seite in der Nähe der obersten Bosse der Weltgemeinschaft sehen lasse. Man würde mich sofort erkennen."

Chaim schwieg einen Augenblick. „Ich bin sehr traurig, dass meine beiden liebsten Freunde, Menschen, die behaupten, mich sehr zu mögen –"

„Chaim, tun Sie das nicht. Das passt nicht zu Ihnen. Soll ich kommen, weil Sie mir ein schlechtes Gewissen gemacht haben? Ist das fair? Denken Sie auch an mich, meine Frau und mein Kind!"

Rosenzweig ignorierte die Erwähnung von Bucks Familie. „Wie würde Tsion reagieren, wenn Sie ihm sagten, ich sei bereit, ein Anhänger Judahs zu werden?"

Buck seufzte. „Zum einen hasst er diesen Ausdruck von ganzem Herzen. Sie sollten doch wirklich wissen, dass es hier nicht um Tsion geht, nicht um eine Jüngerschaft. Und Ihre Entscheidung in Bezug auf Ihr Seelenheil als einen Tauschhandel –"

„Cameron, habe ich Sie je um etwas gebeten? Wir kennen uns seit Jahren und Ihre Bewunderung meiner Person hat mich immer sehr gefreut. Ich glaube nicht, dass ich das jemals ausgenutzt habe, oder?"

„Nein, und das ist auch der Grund, warum ich –"

„Sie sind Journalist! Dann muss es doch Ihr größter Wunsch sein, dieses Ereignis mitzuerleben!"

Darauf konnte Buck keine Antwort geben. Wenn er ehrlich war, wollte er sogar brennend gern daran teilnehmen. Er konnte kaum glauben, dass Carpathia höchstpersönlich ein Ereignis veranstaltete, bei dem so viele Prophezeiungen in Erfüllung gehen würden. Aber er hatte nie ernsthaft in Erwägung gezogen, nach Israel zu fliegen. Er war erstaunt gewesen, mit welcher Leichtigkeit er vor kurzem unter falschem Namen in Israel hatte einreisen können. Aber Chloe. Kenny. Tsions Warnung an die Christen, nicht teilzunehmen. Das alles konnte er nicht unberücksichtigt lassen.

Und nun hatte Chaim Bucks wunden Punkt berührt. Heide oder Christ, alleinstehend oder verheiratet, kinderlos oder Vater, er war Journalist, so lange er denken konnte. Schon als Kind war er sehr neugierig gewesen, noch bevor er daran dachte, das, was er erfuhr, zu veröffentlichen. Sein Markenzeichen war objektive Berichterstattung, und er fühlte sich nur dann wirklich zufrieden, wenn er an einer Story arbeitete. Es fiel ihm schwer, sich versteckt zu halten und sich damit zu begnügen, bereits veröffentlichtes Material zu kommentieren.

Sein Zögern schien Rosenzweig in seiner Bitte zu bestärken, als wüsste er, dass Buck den Köder geschluckt hatte. Der alte Mann brauchte nun nur noch an der Leine zu ziehen.

„Nicht, dass ich nicht gern dort wäre", wandte Buck ein.

„Dann kommen Sie? Das würde mir so viel bedeuten –"

„Diese Entscheidung kann ich nicht allein treffen", widersprach Buck. Ihm wurde klar, dass er in die Ecke gedrängt worden war. Seine Absage war zu einem Vielleicht geworden.

„Das ist ein weiterer Unterschied zwischen unseren Kulturen", meinte Chaim. „Ein Mann im Mittleren Westen ist sein eigener Herr. Er hat das Sagen und braucht nicht –"

„Ich kann mich aber nicht zusammen mit Ihnen sehen lassen", wandte Buck ein.

„Allein das Wissen, dass Sie da sind, wird mich erwärmen, Cameron, und bestimmt werden wir Gelegenheit finden, uns unter vier Augen zu unterhalten. Ich werde meine formelle Einladung an Tsion zurücknehmen und ich werde mich auch nicht mehr länger um unser Gespräch über geistliche Dinge drücken."

„Um in dieser Angelegenheit eine Entscheidung zu treffen, brauchen Sie nicht auf mich zu warten, Doktor. Um ehrlich zu sein, ich möchte Sie dringend bitten, dies zu tun, bevor Sie an der Gala teilnehmen –"

„Ich muss mit Ihnen über diese Dinge sprechen, Cameron. Das verstehen Sie sicher."

Buck verstand es nicht, aber er fürchtete, wenn er noch länger mit Chaim telefonierte, würde er noch mehr Zugeständnisse machen. Er war sicher, trotzdem den Zorn der anderen Mitglieder der *Tribulation Force* auf sich gezogen zu haben. Darum stellte Buck eine Bedingung.

„Ich muss auf einer Sache bestehen", sagte er.

„Oh Cameron, Sie werden doch wohl Ihr Wort nicht wieder zurücknehmen?"

„Ich möchte nicht, dass Sie am zweiten Tag des Festes an den Feierlichkeiten teilnehmen."

Chaim schwieg, aber Buck hörte im Hintergrund das Rascheln von Papier. „Dieses Ereignis wird sich über fünf Tage erstrecken", überlegte Rosenzweig. „Von Montag bis Freitag in der kommenden Woche. Montag ist der Jahrestag des Vertragsabschlusses. Nicolai möchte, dass ich an dieser Feier teilnehme. Am Dienstag findet ein Fest am Tempelberg statt, und ich fürchte, dort wird es zu einer Konfrontation zwischen ihm und Ihren Prediger-Freunden kommen. Ist es das, was ich nicht miterleben soll?"

„Genau."

„Akzeptiert."

„Vielen Dank, Sir."

„Ich soll auf jeden Fall bei den Eröffnungs- und Schlussfeierlichkeiten dabei sein. Das wäre am Montag und am Freitagabend."

„Mir wäre es lieber, Sie würden überhaupt nicht hingehen."

„Sie werden doch auch anwesend sein."

Annie und David waren sich noch nähergekommen. Aus diesem Grund war er sehr traurig, als sie ihm sagte, sie habe das Gefühl, dass er sie manchmal mehr als Mitverschwörerin schätze und nicht als Frau, die ihn liebte. Vorsichtig nahm er ihr Gesicht in die Hände und berührte ihre Nasenspitze mit der seinen.

„Ich liebe dich", sagte er. „Unter anderen Umständen würde ich dich heiraten."

„Ist das ein Heiratsantrag?"

„Ich wünschte es. Du kannst dir den Druck und die Anspannung vorstellen. Du musst es doch genauso empfinden. Die einzigen Christen, abgesehen von Mac und Abdullah und uns, die beiden Frauen in der Inventur, sind gestern Abend irgendwie entlarvt worden."

„Oh nein! Und wir haben uns noch nicht einmal mit ihnen unterhalten. Vermutlich dachten sie, sie wären allein."

„Sie wurden heute Morgen nach Brüssel gebracht."

„Oh David."

„Es besteht durchaus die Möglichkeit, dass wir auch nicht mehr sehr lange hierbleiben werden. Ich weiß nicht genau, wann dieses Zeichen des Tieres nötig sein wird, aber wir müssen vorher fliehen."

„Ich möchte deine Frau sein, und wenn es nur für ein paar Jahre ist."

„Und ich möchte dich zur Frau nehmen, aber wir können nichts tun, bis wir wissen, ob wir gemeinsam hier werden entkommen können. Wenn der eine entkommen kann und der andere nicht – das wäre kein Leben."

„Ich weiß", meinte sie. „Wir werden vermutlich als Erste erfahren, wann Carpathia dieses Loyalitätszeichen fordert. Und bestimmt wird er hier im Palast damit anfangen."

„Vermutlich."

„In der Zwischenzeit solltest du der ‚Tribulation Force' in den Staaten mitteilen, dass jetzt die beste Zeit zum Reisen ist. Ich habe ein Dokument gesehen, das an die Friedenstruppen der Weltgemeinschaft in der ganzen Welt gehen wird. Darin wird eine Aussetzung von Verhaftungen sogar für die Feinde der Weltgemeinschaft bis nach der Gala angeordnet."

Es war nicht möglich gewesen, Rosenzweigs Bitte vor Tsion geheim zu halten, und seither war Tsion ungewöhnlich melancholisch. „Ich will Ihnen nicht sagen, was Sie tun sollen, Buck", meinte er in Rayfords Gegenwart, „aber ich wünschte, Ihr Schwiegervater würde versuchen, Ihnen das auszureden."

„Um ehrlich zu sein", sagte Rayford, als die Mitglieder des Haushalts das nächste Mal zusammensaßen, „ich wünschte, ich könnte Buck begleiten."

„Du willst ihn fahren lassen!?", entsetzte sich Chloe, die ihren 14 Monate alten Sohn auf dem Schoß hielt. Kenny drehte ihr das Gesicht zu und legte ihr die Hände über die Augen, während sie sprach. Sie drehte den Kopf, damit sie wieder sehen konnte. „Ich kann es kaum glauben. Nun, warum fährst du dann nicht mit ihm, Dad? Warum fahren wir nicht alle? Schlimm genug, dass wir die Trübsalszeit nicht alle überstehen werden. Aber dann können wir doch genauso gut gleich alle Vorsicht über Bord werfen. Warum sorgen wir nicht dafür, dass Kenny zum Waisenkind wird, das nicht einmal einen Großvater hat?"

„Kenny!", plapperte das Baby. „Opa!"

Rayford schlug sich auf den Oberschenkel und breitete die Arme aus. Kenny rutschte sofort von Chloes Schoß und tippelte zu ihm hin. Rayford hob ihn hoch über seinen Kopf, so dass er vor Vergnügen quietschte. Dann setzte er ihn auf seinen Schoß. „Tatsache ist, dass ich eine andere Reise geplant habe."

„Das ist genauso großartig", meinte Chloe. „Besprechen wir hier gar nichts mehr, sondern verhalten uns wie Hattie und fahren, wohin wir gerade wollen?"

„Dies ist keine richtige Demokratie", erklärte Rayford und der Blick, den Tsion ihm zuwarf, zeigte ihm, dass er sich auf unsicherem Terrain bewegte. Das Baby kletterte von seinem Schoß herunter und marschierte in das andere Zimmer. „Lea und ich haben uns unterhalten und –"

„Lea fährt auch weg?", fragte Chloe. „Aber ich brauche sie hier!"

„Ich werde nicht lange fort sein", beruhigte Lea sie.

„Dann ist die Entscheidung also bereits gefallen?"

„Dies ist mehr eine Ankündigung als eine Diskussion", erklärte Rayford.

„Das merke ich. Also, dann lass mal hören."

Rayford begann vorsichtig zu erklären. Er hatte Angst vor seinen eigenen Motiven. Im tiefsten Inneren wünschte er sich, mit seinem „Schwert" nach Jerusalem zu fliegen. Aber er sagte: „Wir müssen Kontakt zu Hattie aufnehmen. Ich fühle mich für sie verantwortlich, und ich möchte wissen, ob es ihr gut geht, ich möchte ihr sagen, dass wir noch immer für sie da sind, und sehen, ob ich etwas für sie tun kann. Aber vor allem möchte ich wissen, ob sie uns verraten hat."

Nicht einmal Chloe widersprach. „Sie sollte erfahren, dass ihre Schwester tot ist", meinte sie. „Aber die Weltgemeinschaft wird nach dir Ausschau halten, Dad."

„Bei einer Frau werden sie nicht so misstrauisch sein. Wir haben überlegt, Lea zu Hatties Tante mütterlicherseits zu machen, ihr ein neues Aussehen zu verpassen und ihr natürlich neue Ausweispapiere zu verschaffen. Sie wird sagen, sie hätte ein Gerücht gehört oder die Information bekommen, dass Hattie sich in Brüssel befände, sei herausgeschmuggelt worden. Wenn sie Lea nicht mit uns in Verbindung bringen, warum sollten sie den Besuch verbieten?"

„Aber jetzt, Dad? Wo Buck auch wegfliegt?“

„David hat uns mitgeteilt, jetzt sei die beste Zeit zum Reisen. Bald wird es ganz unmöglich sein.“

„Das stimmt“, meinte Tsion.

Rayford sah erstaunt auf und bemerkte, dass die anderen dasselbe taten.

„Ich sage nicht, dass ich diese Pläne unterstütze“, verteidigte sich Tsion. „Aber wenn dieses arme Kind fern von Gott im Gefängnis stirbt, wo sie so lange mit uns unter einem Dach gewohnt hat ...“ Seine Stimme begann zu zittern und er hielt inne. „Ich weiß nicht, warum Gott mir diese Frau so besonders ans Herz gelegt hat.“

Chloe saß kopfschüttelnd auf dem Stuhl, und Rayford wusste, dass sie gar nicht einverstanden war mit dem, was sie sich vorgenommen hatten. Aber sie schwieg.

„T. ist der Meinung, es sei zu riskant für mich, im Super J zu fliegen. Er macht die Gulfstream startklar.“

„Es sollte mich eigentlich nicht überraschen, dass alles bereits beschlossene Sache ist“, meinte Chloe. Rayford spürte ihre resignierte Bewunderung, als habe sie akzeptiert, dass er seine Pläne auch in die Tat umsetzen würde.

„Buck kann mit uns nach Brüssel fliegen, auf diese Weise können wir Geld sparen. Von Brüssel aus kann er nach Tel Aviv weiterreisen. Ich werde in Belgien untertauchen und mich erst wieder mit Lea treffen, wenn sie fertig ist.“

„Vielleicht könnte Buck auch wieder mit euch zurückkommen“, schlug Chloe vor. „Das hängt natürlich davon ab, wie lange ihr in Brüssel auf ihn warten wollt.“

„Vielleicht“, meinte Rayford. „Wäre dir das lieber?“

„Ob es mir lieber wäre, dass er mit meinem Vater nach Hause fliegt anstatt mit einer kommerziellen Fluglinie, die längst nicht mehr das ist, was sie früher mal war? Ja, das wäre mir tatsächlich lieber. Aber am liebsten wäre es mir natürlich, wenn er überhaupt nicht fliegt.“

In der Phoenix 216 herrschte festliche Stimmung, als Mac und Abdullah am Samstagmorgen mit der vollbesetzten Maschine nach Israel starteten. Fast der gesamte Stab Carpathias war an Bord und Nicolai sonnte sich in der Bewunderung seiner Untergebenen. Mac belauschte sie über die Abhöranlage, als Leon gerade in die Hände klatschte und um Aufmerksamkeit bat.

„Willkommen an Bord, alle zusammen“, sagte er. „Und ein ganz besonders herzliches Willkommen an unseren Ehrengast, der in der Stunde der Not Seiner Exzellenz ganz selbstlos dieses Flugzeug überlassen hat.“ Es wurde höflich applaudiert, und Mac wünschte, er könnte Peters Gesicht sehen. „Würden Sie gern etwas sagen, bevor Seine Exzellenz zu uns spricht, Pontifex?“

„Oh ja, natürlich, vielen Dank, Commander. Ich, *wir* von ‚Enigma Babylon‘, freuen uns sehr auf die große Gala. Wie Sie wissen, ist Israel eines der letzten Gebiete, das wir noch nicht von unseren Idealen überzeugt haben. Ich bin der festen Überzeugung, dass wir die Gelegenheit haben werden, den Welteinheitsglauben im besten Licht zu präsentieren, und dass wir in dieser Woche viele neue Mitglieder für uns werden gewinnen können. Offen gesagt, ich freue mich über Gelegenheiten, Dissidenten herauszufordern, und dies ist genau der richtige Ort dafür, angesichts der beiden Prediger und der Massenveranstaltung der Anhänger Ben-Judahs, die dort vor einigen Monaten stattgefunden hat. Es ist schön, bei Ihnen zu sein.“

„Vielen Dank, Supreme Pontifex“, sagte Leon. „Und jetzt, Seine Exzellenz …“

Carpathia sprach engagiert und mit großer Vorfreude. „Seien Sie alle herzlich willkommen“, begann er. „Ich bin davon überzeugt, dass Sie eines Tages auf diese bevorstehende Woche zurückblicken werden als den Beginn eines neuen, eines besseren Zeitalters. Wir haben viel gelitten, Plagen und Tod erlebt. Aber die Zukunft liegt offen vor uns. Wir wissen, was wir zu tun haben, und wir werden es tun. Genießen Sie diese Zeit. Es ist ein Fest, eine Party. Persönliche, individuelle Freiheit ist niemals größer gefeiert worden. Und darf ich sagen, in Jerusalem gibt es mehr Vergnügungsmöglichkeiten als irgendwo sonst. Erfüllen Sie sich alle Ihre Wünsche. Zeigen Sie der Weltgemeinschaft, dass es gestattet ist, das Fleisch zu verwöhnen, sogar in Zeiten der Not und des Chaos. Mit diesem Fest, wie es die Welt noch nicht gesehen hat, wollen wir gemeinsam die neue Welt einläuten. Viele von Ihnen haben verantwortlich an der Organisation von Unterhaltung und Zerstreuung mitgewirkt und dafür bin ich dankbar. Ich kann es kaum erwarten, das alles mit eigenen Augen zu sehen.“

Mac und Abdullah hatten nebeneinander liegende Räume im pompös ausgestatteten *King David*-Hotel, in dem für Carpathia zwei ganze Stockwerke reserviert worden waren. Die anderen Mitglieder des Stabes wohnten in einem weniger luxuriösen Hotel in der Nähe.

Die zehn Regionalpotentaten würden im *Global Community Grand Hotel* absteigen.

An den beiden Tagen vor der offiziellen Eröffnungsfeier der Gala musste die Cockpit-Crew Besichtigungstouren durch die Phoenix 216 durchführen. Am frühen Montagmorgen halfen sie, den Transport der Potentaten und ihres umfangreichen Stabes vom Ben-Gurion-Flughafen nach Jerusalem zu organisieren. Mac sorgte zusammen mit den Sicherheitskräften der Weltgemeinschaft für die Entladung der Metalldetektoren, die David im Laderaum untergebracht hatte. Sie wurden auf jeder Seite des riesigen Podiums aufgebaut, das knapp eine halbe Meile vom Tempelberg und der Klagemauer entfernt errichtet worden war. Alle, die das Podium betraten, von den Künstlern bis hin zu VIPs, würden diese Metalldetektoren passieren müssen.

Die 30 Meter breite Bühne erhob sich vier Meter über den Boden. Ein riesiger grüner Baldachin war darüber gespannt worden, um Schutz vor der Sonne zu bieten. Leistungsstarke Verstärkerboxen würden die Musik- und Redebeiträge für die erwarteten zwei Millionen Feiernden übertragen. Über den hinteren Teil der Bühne waren auf einem zu dem Baldachin passenden Vorhang verschiedene Botschaften in jeder der Hauptsprachen aufgedruckt. Darin wurden die Delegierten willkommen geheißen. Außerdem waren dort die Hauptveranstaltungen der fünf Tage aufgeführt und groß das Logo der Weltgemeinschaft abgebildet.

Der Spruch, der sofort ins Auge fiel, lautete: „Eine Welt, eine Wahrheit: Individuelle Freiheit für alle." An jedem Laternenpfahl, an jedem Zaun und an jeder Mauer auf dem Platz war der Spruch zu lesen: „Heute ist der erste Tag des neuen Utopia."

Während Mac und Abdullah beim Aufstellen der Metalldetektoren mithalfen, probten mehrere Bands und Tanzgruppen ihre Darbietungen und die für die Verstärkeranlage zuständigen Techniker schwärmten über den ganzen Platz. Mac zog Abdullah zur Seite und flüsterte: „Scheinbar habe ich Halluzinationen. Wem sieht dieses Mädchen, das zweite von links, ähnlich?"

„Ich habe versucht, nicht auf die Tänzerinnen zu achten", meinte Abdullah. „Aber wenn Sie darauf bestehen. Ach du, meine Güte, ich sehe die Ähnlichkeit. Aber das ist doch nicht möglich. Oder etwa doch?"

Mac schüttelte den Kopf. Hattie befand sich in Brüssel. Das wussten sie. Diese Frau hob sich nur von den anderen Tänzern ab, weil sie ein wenig älter wirkte. Die anderen schienen gerade dem Teenageralter entwachsen zu sein.

Der Sicherheitschef erinnerte die Musiker und Tänzer daran, dass ab dem kommenden Montagabend niemand ohne Ausweis und ohne durch den Metalldetektor zu gehen auf der Bühne erscheinen dürfe. „Wenn Sie große Knöpfe, Gürtelschnallen oder Schmuck tragen, müssen Sie damit rechnen, diese abzulegen und durchchecken zu lassen, bevor Sie durchgehen."

Bei einer Informationssitzung der Sicherheitskräfte hörte Mac, wie der Sicherheitschef die Teams, die in Schichten vor der Bühne arbeiten würden, über ihre Aufgaben aufklärte. „Vor allem, wenn der Potentat vor dem Mikrofon steht", sagte er, „müssen Sie Ihre Positionen beibehalten. Schicken Sie die Leute weg, wenn sie Ihnen die Sicht versperren. Sie stehen in einem Halbkreis, jeweils mit acht Leuten, einen Meter voneinander entfernt, die Hände an Ihren Gürtel gelegt. Den Blick nach vorn gerichtet. Sie werden nicht sprechen, nicht lächeln, keine Handzeichen machen. Wenn Sie durch Ihren Kopfhörer gerufen werden, geben Sie keine Antwort. Tun Sie einfach, was Ihnen aufgetragen wird."

Mac empfand eine tiefe Traurigkeit, als er zum Shuttle-Bus ging, der ihn und Abdullah zum *King David*-Hotel zurückbringen sollte. Er blickte zurück auf die Bühne. Die Tanzgruppe führte einen sehr gewagten Tanz auf.

„Dies ist die neue Welt, Abdullah. Das ist die von der internationalen Regierung sanktionierte individuelle Freiheit."

„Die sogar gefeiert wird", ergänzte Abdullah. Plötzlich blieb er stehen und lehnte sich gegen einen Zaun. „Bei solchen Gelegenheiten sehne ich mich nach dem Himmel. Ich möchte nicht sterben, vor allem nicht so, wie ich andere habe sterben sehen. Aber bis zur Wiederkunft Christi zu überleben, wird keine leichte Sache werden."

Mac nickte. „Was den Tuttles zugestoßen ist, war schrecklich", meinte er. „Aber vermutlich haben sie gar nicht gespürt, wovon sie getroffen worden sind. Sie sind im Himmel aufgewacht."

Abdullah wandte sein Gesicht von der Sonne ab. „Gott vergebe mir, aber genau das wünsche ich mir. Einen schnellen und schmerzlosen Tod."

Mac hörte Eli und Moishe aus einer halben Meile Entfernung predigen, doch er konnte ihre Worte nicht verstehen. „Ich habe so viel von ihnen gehört", meinte er. „Aber ich glaube nicht, dass wir riskieren sollten, dort gesehen zu werden."

„Ich würde sie mir zu gern einmal ansehen", meinte Abdullah. „Wie wäre es, wenn wir auf dem Weg zum Hotel zumindest dort vorbeigehen? Wir müssen uns ja nicht unbedingt in die Menge stellen. Aber etwas bekommen wir bestimmt mit."

„Sie brauchen mich nicht erst zu überreden", erwiderte Mac.

Auf dem Weg zurück zum Hotel kamen Mac und Abdullah an Bars, Striptease Clubs, Massagehäusern, Bordellen, heidnischen Heiligtümern und Hellsehersalons vorbei. In einer Stadt mit einer Jahrtausende zurückreichenden religiösen Tradition, in der, wie überall in der Welt, seit der Entrückung die Hälfte der Bevölkerung ausgelöscht worden war, priesen diese Einrichtungen in aller Öffentlichkeit ihre Dienste an. Sie waren nicht auf einen bestimmten Teil der Stadt begrenzt. Auch wurden sie nicht hinter verschlossenen Türen oder mit geheimen Eingängen geführt.

Mac beschleunigte seinen Schritt. Die beiden eilten zum Tempelberg und den beiden Zeugen.

21

Buck konnte die Beziehung zwischen Lea Rose und seinem Schwiegervater nicht verstehen. Den anderen im Haus ging es anscheinend ebenso. Sie schien ihm lästig zu sein, und doch musste er anerkennen, was sie für die *Tribulation Force* leistete. Außerdem hatte sie ihr Vermögen mit eingebracht.

Rayford war sich nicht zu schade, mit ihr zu streiten, und sie hielt dagegen. Und doch schienen sie immer mehr Zeit miteinander zu verbringen. Rayfords Plan, mit ihr nach Brüssel zu fliegen, ließ die neue Nähe zwischen ihnen verständlicher werden. Offensichtlich brauchte Rayford sie für diese Aufgabe, und sie war nur zu gern bereit, sie zu übernehmen. Vielleicht steckte nichts weiter dahinter.

Zeke Jr., Z. genannt, stellte hervorragende Ausweise für Lea her. Mit blond gefärbten Haaren, dunklen Kontaktlinsen und einer schmalen Zahnschiene sah sie wie verwandelt aus. Lea war nun Donna Clendenon aus Kalifornien, ehemals mit einem Bruder von Hatties Mutter verheiratet. Sie brachte die Nachricht vom Tod von Hatties Schwester nach Brüssel (was leider der Wahrheit entsprach). Das, spekulierte Rayford, würde ihr die Besuchserlaubnis für das Gefängnis der Weltgemeinschaft in Brüssel verschaffen. Diese Institution war „Belgische Einrichtung für die Rehabilitation von Frauen" genannt worden. Diejenigen, die das BERF kannten, wussten, dass es sich um ein Hochsicherheitsgefängnis handelte. Dorthin wurden weibliche Dissidenten gebracht, die nur selten wieder herauskamen. Und wenn dies tatsächlich einmal geschah, waren sie alles andere als rehabilitiert.

Buck hoffte, Hattie war für die Weltgemeinschaft wichtig genug, dass man sie nicht einfach sofort eliminiert hatte. Carpathia hatte sie vermutlich als Köder für Rayford, Buck oder Tsion gesehen. Nun hofften sie, dass die Weltgemeinschaft nicht die Geduld verloren hatte, weil Rayford ihren Fängen zweimal mit knapper Not entkommen war.

Buck war froh, dass der Abschied nicht so schlimm ausgefallen war. Chloe hatte ihre Gefühle im Zaum gehalten. Wie bei der Besprechung mit den übrigen Mitgliedern der *Tribulation Force* hatte sie ihm auch unter vier Augen noch einmal gesagt, sie betrachte seinen Wunsch, an der Gala teilzunehmen, als eine rücksichtslose Besessenheit. „Nicht, dass ich dich davon abhalten möchte, über eines der größten Ereignisse der Geschichte zu berichten, aber du bist bereit, in ein Erdbeben hineinzulaufen, und das Risiko für dich ist jetzt größer als je zuvor. Du fühlst dich deinem Wort Chaim gegenüber mehr verpflichtet als deiner Familie."

Aber an dem Tag, an dem Tsion und sie die anderen drei verabschiedeten, hatte Chloe offenbar beschlossen, nichts mehr zu sagen. Sie hatte ihren Standpunkt klargemacht. Buck nahm an, dass sie sich mit seiner Reise abgefunden hatte. Sie gab ihm viel Zeit mit Kenny, dann drückte sie ihn an sich und versprach, für ihn zu beten. „Ich liebe dich, und ich hoffe, deine Liebe ist genauso groß", sagte sie.

„Meine Liebe wird nicht sterben, selbst wenn ich nicht am Leben bleibe", hatte er geantwortet.

„Das war nicht das, was ich hören wollte."

Er dankte ihr dafür, dass sie ihn gehen ließ. Sie boxte ihn in die Seite. „Als ob ich die Wahl gehabt hätte. Habe ich dir das Leben so schwer gemacht? Vermutlich bin ich der Grund, warum du gehst."

Sie schien ihre gute Laune zu behalten, obwohl sie die Tränen nicht unterdrücken konnte, als Buck, Rayford und Lea losfuhren. Tsion hatte mit ihnen gebetet und sie Gottes Schutz unterstellt.

„Ist das zu glauben?", fragte Mac Abdullah, als sie die Scheinwerfer, Kabel und Satelliten in der Nähe der Klagemauer erblickten. Hier schienen beinahe so viele Kameras aufgestellt worden zu sein wie auf dem Festplatz.

Abdullah schüttelte nur den Kopf.

Fasziniert betrachtete Mac Eli und Moishe, wenn auch aus der Ferne. Sie predigten laut und die Menge schien außer sich zu sein. Mac hatte gehört, dass das Publikum der Prediger normalerweise ruhig war, entweder aus Respekt oder aus Angst. Sie hielten Abstand von dem seltsamen Paar, das früher schon Angreifer mit Feuer verbrannt hatte. Niemand wollte irrtümlich für eine Bedrohung gehalten werden.

Diese Menge, die größer war als normal und sehr viel lauter, setzte sich scheinbar aus früher angereisten Gästen der Gala zusammen. Einige reagierten auf jeden Satz der beiden, sie jubelten, klatschten, pfiffen, riefen Amen. Andere buhten, johlten und höhnten. Mac sah einige Leute am Rand tanzen. Sie rannten auf den Zaun zu, als wollten sie ihren Mut beweisen. Ganz offensichtlich konnten die Prediger mögliche Attentäter von übermütigen Neuankömmlingen unterscheiden, die dieses Spektakel nur als Teil der Feierlichkeiten betrachteten.

Eine Gruppe von etwa zwei Dutzend Personen schien sich von der Predigt anrühren zu lassen. Sie knieten in drei Meter Abstand vor dem Zaun und schienen zu weinen. Eli und Moishe wechselten sich mit dem Reden ab. Sie forderten die Menge auf, zu Christus zu kommen, bevor es zu spät sei. Diese Menschen kamen der Aufforderung offensichtlich nach.

„Ein Grund, dankbar zu sein“, meinte Mac, „inmitten dieses ganzen Spektakels.“

Die beiden Zeugen schienen an diesem Tag besonders eindringlich zu sprechen. Mac kannte auch den Grund dafür. Wie viele andere las er Tsions Botschaften und wusste, dass der „festgesetzte Zeitpunkt“, von dem sie so oft gesprochen hatten, mit dem Eröffnungstag der Gala zusammenfiel.

Einen weiteren Einblick in die Beziehung zwischen Rayford und Lea bekam Buck auf der Fahrt nach Palwaukee. Ihr Gespräch drehte sich um Tsion.

Tsion?

„Er wirkt so einsam“, meinte Lea.

„Das ist er auch“, bestätigte Rayford. „Abgesehen von Chloe und Buck leben wir Singles ziemlich dicht aufeinander.“

„Als ob ich das nicht wüsste“, seufzte sie. Sie fragte, wie Tsions Leben ausgesehen habe, bevor er sich der *Tribulation Force* angeschlossen hatte. Buck klärte sie darüber auf.

T. hatte die Gulfstream aufgetankt und Landkarten waren an Bord. Er hatte sogar den Kühlschrank aufgefüllt.

„Das ist mehr, als wir erwarten konnten, T.“, bedankte sich Rayford.

„Nicht der Rede wert. Unsere kleine Gemeinde betet für Sie alle, obwohl ich natürlich keine Einzelheiten genannt habe.“

Spät am Sonntagabend rief Mac David in Neu-Babylon an.

„Hier ist es wie in einer Geisterstadt“, beschwerte sich David. „Ich kann schalten und walten, wie ich möchte, aber es gibt niemanden, den ich ausspionieren kann. Annie und ich haben viel Zeit füreinander. Wir planen unsere Flucht von hier und überlegen, wohin wir gehen können."

„Gehen Sie nicht, bevor es nicht zwingend nötig ist", meinte Mac. „Wir brauchen Sie da, wo Sie sind."

Rayford, Buck und Lea kamen auf Grund der Zeitverschiebung zwei Stunden vor ihrer Abflugzeit in Belgien an. Rayford war genauso nervös wie damals, als er in Le Havre vor Hatties Wohnungstür gestanden hatte. Nur mit Mühe konnte er seine Gefühle überspielen. So weit sein Schwiegersohn und Lea wussten, war seine Aufgabe hier, den Chauffeur zu spielen. Wie würden sie seine unnötige Nervosität erklären?

Donna würde in einem Hotel ganz in der Nähe des berüchtigten BERF einchecken und einen Besuch für den kommenden Tag planen. Buck hatte unter dem Namen Russell Staub einen Flug nach Tel Aviv gebucht.

„Kennen Sie meine Handynummer auswendig?", fragte Rayford Lea, als er sich dem Terminal näherte.

„Ihre und die von Buck."

„Ich kann nicht viel für Sie tun, wenn Sie Ray nicht erreichen", meinte Buck.

„Wenn ich Rayford nicht erreichen kann", meinte sie und sammelte ihre Sachen zusammen, „werde ich jemanden brauchen, von dem ich mich verabschieden kann. Wünschen Sie mir Glück."

„Wir wünschen uns kein Glück", widersprach Buck. „Wissen Sie nicht mehr?"

„Ach ja", meinte sie. „Dann beten Sie für mich."

Rayford wusste, er sollte etwas antworten, aber er war in Gedanken zu sehr beschäftigt. Und schon war Lea fort.

„Wo wirst du bleiben, Ray?", fragte Buck ihn.

Rayford warf ihm einen Blick zu. „Je weniger du weißt, desto besser für dich."

Buck hob die Hände. „Ray! Ich meine doch nur im Allgemeinen. Kannst du irgendwo unterschlüpfen, abwarten, dich unsichtbar machen?"

„Für mich ist gesorgt", erwiderte Rayford ausweichend.

„Und Lea weiß alles, was wir Hattie mitteilen wollen?"

„Ich würde sie nicht den ganzen Weg hierherbringen und unvorbereitet dort hingehen lassen." Er spürte, dass Buck sich ärgerte. Was war nur los mit ihm?

„Ich will das bloß zu meiner eigenen Beruhigung wissen, Ray. Eine schwierige Zeit liegt vor mir und ich möchte mir nicht auch noch um diese Dinge Gedanken machen müssen."

„Du gehst jetzt besser", meinte Rayford und sah auf seine Uhr. „Wenn du einen Weg findest, dir weniger Gedanken über bestimmte Dinge zu machen, lass es mich wissen. Wir schicken einen brandneuen Maulwurf ins Gefängnis, und so klug sie auch ist, wer weiß schon, was sie unter Druck tut oder sagt?"

„Das beruhigt mich jetzt wirklich."

„Es ist Zeit, erwachsen zu werden, Buck."

„Zeit, etwas fröhlicher zu sein, Dad."

„Sei vorsichtig, hörst du?", sagte Rayford.

Rayford fühlte sich sehr einsam, als Buck das Flugzeug verließ. Er war noch unentschlossen in Bezug auf sein Vorhaben, und er wusste genau, was die anderen davon halten würden. Falls Gott ihn tatsächlich gebrauchte, um Carpathia zu töten, würde er keinesfalls entkommen können. Er fürchtete, seine Freunde und seine Familie das letzte Mal gesehen zu haben. Und er hoffte, er würde Buck nicht eine zu große Last auferlegen, denn schließlich würde er Lea in die Staaten zurückbringen müssen.

Zehn Minuten, nachdem Buck im Terminal verschwunden war, tankte Rayford auf und bat den Tower um Starterlaubnis. Er hatte überlegt, auf einem anderen Flughafen und nicht auf dem „Ben Gurion" zu landen, aber er kam zu dem Schluss, dass er dort, wo der meiste Verkehr herrschte, vermutlich am wenigsten auffallen würde. Also auf zum „Ben Gurion".

Selbst mit Annies Hilfe fiel es David unglaublich schwer, sich die falschen Namen der drei Mitglieder der *Tribulation Force* zu merken. Er hatte sich einen Notizzettel gemacht, auf dem er die Initialen in umgekehrter Reihenfolge neben die gefälschten Namen geschrieben hatte. „RL Donna Clendenon; SR Marvin Berry; WC Russell Staub."

Außerdem fügte er noch Hatties Namen hinzu: „DH Mae Willie."

Buck flog Nonstopp nach Jerusalem und mietete sich unter seinem falschen Namen in einem Gasthaus ein. Gegen Mitternacht nahm er ein Taxi zur Klagemauer. Dort war eine so große Menschenmenge versammelt, dass er Eli und Moishe nicht sehen konnte. Er nutzte die Gelegenheit, um sich telefonisch bei David, Chloe und schließlich bei Mac zu melden. Zum Schluss wählte er Chaims Nummer. Jacov war am Apparat.

„Oh Buck!“, rief er. „Ich hatte so gehofft, dass Sie anrufen würden! Es ist entsetzlich, einfach schrecklich!“

„Was denn?“

„Dr. Rosenzweig konnte heute Morgen nicht aus dem Bett aufstehen und er konnte auch nicht sprechen. Er schien gelähmt und vollkommen verängstigt zu sein. Er jammerte und stöhnte und seine linke Hand war seltsam verkrümmt, der Arm gerade. Sein Mundwinkel ist heruntergezogen. Wir haben einen Krankenwagen gerufen, aber es dauerte so lange, bis er kam, und ich hatte Angst, er würde sterben.“

„Ein Schlaganfall?“

„So lautet die Diagnose. Sie haben ihn jetzt ins Krankenhaus gebracht und machen einige Tests mit ihm. Die Ergebnisse werden wir erst morgen erfahren, aber es sieht nicht gut aus.“

„Wo ist er?“

„Ich kann es Ihnen sagen, Buck, aber man wird Sie nicht hineinlassen. Niemand von uns hat ihn bis jetzt sehen dürfen. Er liegt auf der Intensivstation, und die Ärzte sagen, seine Vitalfunktionen seien im Augenblick noch gut. Aber wir machen uns Sorgen. Bis der Krankenwagen kam, haben wir für ihn gebetet und ihn angefleht, doch Christ zu werden. Da er nicht sprechen konnte, habe ich seine Stirn im Auge behalten, ob er vielleicht im Stillen ein Gebet gesprochen hätte. Aber ich habe nichts entdecken können. Er wirkte zornig und verängstigt und hat mich mit seiner gesunden Hand immer wieder weggewinkt.“

„Jacov, es tut mir so Leid. Halten Sie mich auf dem Laufenden, und sagen Sie Bescheid, wenn auch nur die kleinste Veränderung eintritt.“

„Wir wagen es nicht, von hier aus Ihre Telefonnummer zu wählen. Ihr Telefon ist zwar abhörsicher, unseres aber nicht.“

„Gut mitgedacht. Ich werde mich wieder bei Ihnen melden. Und ich werde beten.“

Rayford alias Marv Berry wurde nur kurz beim Zoll aufgehalten. Der Beamte glaubte ihm die Geschichte, diese schwarze Metallbox in seinem Koffer sei eine Computerbatterie. Rayford hatte einen kleinen Wagen gemietet und in einem Hotel auf der Westseite von Tel Aviv eingecheckt. Er rief Lea in ihrem Hotel in Brüssel an. Dort war es bereits nach Mitternacht, aber er hoffte, dass sie auf Grund des Jetlags noch wach war.

Der Portier war nicht bereit, den Anruf in Mrs. Clendenons Zimmer durchzustellen, aber Mr. Berry bestand darauf. Es handle sich um einen Notfall, gab er an. Beim sechsten Läuten meldete sich Lea mit verschlafener Stimme. Rayford war von ihrer Geistesgegenwart beeindruckt. „Hier spricht Donna“, sagte sie.

„Marv hier. Habe ich Sie aufgeweckt?“

„Ja. Was ist los?“

„Alles in Ordnung. Hören Sie, ich werde Sie erst am Freitag abholen können.“

„Was?“

„Ich kann jetzt keine Einzelheiten nennen. Halten Sie sich am Freitag bereit.“

„Nun, äh, Marv, ich denke, ich bin schon am Dienstag fertig.“

„Versuchen Sie nicht, mich vor Freitag anzurufen, in Ordnung?“

„In Ordnung, aber –“

„In Ordnung, Donna?“

„In Ordnung! Sie können mir nichts weiter sagen?“

„Ich würde es, wenn ich könnte.“

Buck erwachte am Montagmorgen sehr früh und eilte zur Klagemauer. Am Abend zuvor hatte er Eli und Moishe nicht aus der Nähe sehen können, obwohl er begeistert zugeschaut hatte, wie Menschen sich aus der Menge lösten und vor dem Zaun niederknieten, um Christus als Herrn und Erlöser anzunehmen.

Die Zeugen hatten mit Vollmacht und eindringlich gesprochen. Sie wussten sehr wohl, dass ihre Zeit bald zu Ende war. Das hatte Buck ihren Worten entnommen. Die Weltbevölkerung hatte sich durch die Plage der 200 Millionen Reiter reduziert, und die Überlebenden schienen entschlossener denn je zu sein, in ihrer Rebellion zu verharren. Jetzt sah es so aus, als würden die beiden Zeugen einen letzten verzweifelten Versuch unternehmen, Menschen zu Christus zu führen.

An diesem Tag war die Menge am Tempelberg sogar noch größer, weil die Gala erst am frühen Abend beginnen würde. Hunderttausende der Delegierten waren neugierig auf die Prediger, von denen sie schon so viel gehört hatten.

Dies war ihr 1 260. und damit ihr letzter Tag, an dem sie predigen und weissagen würden. Für Buck war es ein unaussprechliches

Vorrecht, hier zu sein. Er bahnte sich den Weg durch die Menge bis in die erste Reihe. Von seinem Platz aus hätte Buck den Zaun berühren können. Er war Eli und Moishe näher als jeder andere. Einige Leute aus der Menge warnten ihn und erinnerten ihn daran, dass Menschen wegen eines solchen Vorwitzes schon gestorben waren. Er kniete sich hin, den Blick fest auf die beiden gerichtet.

Eli predigte, Moishe saß hinter ihm, den Rücken an die Mauer eines kleinen Gebäudes gelehnt.

„Seht euch den an!“, rief jemand. „Er versteckt den Flammenwerfer!“ Viele lachten, aber weit mehr warfen den Spöttern missbilligende Blicke zu. Buck war überwältigt, die Emotionen in Elis Stimme zu vernehmen. Den Tränen nahe, sprach er mit so lauter Stimme, dass er weit im Umkreis zu hören war. GC-CNN übertrug ohne Unterbrechung live von der Klagemauer. Reporter berichteten von verschiedenen Stellen aus der ganzen Stadt über die Vorbereitungen zur großen Gala am Abend.

Eli rief: „Wie verzweifelt war der Messias, als er diese Stadt ansah! Gott, der Vater, hat versprochen, Jerusalem zu segnen, wenn das Volk seinen Geboten gehorchen und keinen anderen Gott über ihn stellen würde. Wir kommen im Namen des Vaters und ihr glaubt uns nicht. Jesus selbst hat gesagt: ‚Jerusalem, Jerusalem, die du tötest die Propheten und steinigst, die zu dir gesandt sind! Wie oft habe ich deine Kinder versammeln wollen, wie eine Henne ihre Küken versammelt unter ihre Flügel; und ihr habt nicht gewollt. Siehe, euer Haus soll euch wüst gelassen werden. Denn ich sage euch: Ihr werdet mich von jetzt an nicht sehen, bis ihr sprecht: Gelobt sei, der da kommt im Namen des Herrn!‘“

Die Menge war still geworden. Eli fuhr fort: „Gott hat seinen Sohn, den versprochenen Messias, gesandt, der mehr als 100 Prophezeiungen erfüllte, darunter auch die, dass er in dieser Stadt gekreuzigt werden würde. Die Liebe Christi treibt uns dazu, euch zu sagen, dass er für alle gestorben ist und dass diejenigen, die leben, nicht für sich selbst leben sollen, sondern für ihn, der für sie gestorben und auferweckt worden ist.

Wir sind Botschafter Christi und Gott spricht durch uns zu euch: Wir beten für euch an Christi Statt, lasst euch versöhnen mit Gott. Denn er, der von keiner Sünde wusste, hat sich selbst für uns zur Sünde gemacht; damit wir die Gerechtigkeit Gottes würden durch ihn. Seht, jetzt ist die Zeit gekommen, seht, jetzt ist der Tag des Herrn.

Auch gibt es keine andere Erlösung: Denn es ist kein anderer Name unter dem Himmel den Menschen gegeben, durch den wir gerettet werden können. Zwar versprechen die Welt und ihre falschen Herrscher, dass alle Religionen zu Gott führen, aber das ist eine Lüge. Jesus ist der einzige Weg zu Gott, denn er selbst hat gesagt: ‚Ich bin der Weg und die Wahrheit und das Leben; niemand kommt zum Vater außer durch mich.'"

Eli wirkte erschöpft und trat vom Zaun zurück. Moishe erhob sich und sprach weiter: „Diese Welt hat uns vielleicht zum letzten Mal gesehen, aber ihr habt Jesus Christus nicht zum letzten Mal gesehen! Wie die Propheten vorhergesagt haben, wird er in Macht und Herrlichkeit wiederkommen, um sein Reich auf dieser Erde aufzurichten. Der Herr wird mit Tausenden und Abertausenden seiner Heiligen wiederkommen, um alle Menschen zu richten und diejenigen, die nicht zu Gott gehören, wegen ihrer sündigen Taten und all der ungöttlichen Worte zu bestrafen, die sie gegen ihn ausgesprochen haben.

Sein Reich ist ein ewiges Reich, das nicht vergehen wird, und sein Königreich wird nicht zerstört werden. Kommt noch heute zu ihm, an diesem Tag, zu dieser Stunde! Der Herr will nicht, dass ein Mensch verloren geht, sondern dass sie ihre Sünde erkennen und bereuen. So spricht der Herr."

Eli erhob sich und trat zu Moishe. Gemeinsam riefen sie: „Wir haben dem Gott, dem Allmächtigen, dem Schöpfer Himmels und der Erde gedient und Jesus Christus, seinem eingeborenen Sohn. Seht, wir haben unsere Pflicht getan und unsere Aufgabe zum festgesetzten Zeitpunkt zu Ende gebracht. Oh Jerusalem, Jerusalem …"

Die beiden blieben reglos vor dem Zaun stehen. Sie blinzelten nicht einmal. Ihr Haar, ihre Bärte und Gewänder wehten sanft im Wind. Die Menge wurde unruhig. Einige riefen, sie sollten weiterpredigen, andere spotteten. Buck erhob sich langsam und trat zurück. Er wusste, die beiden waren fertig. Viele würden den Eindruck haben, dass Nicolai Carpathia gewonnen hatte. Er hatte die große Gala in Jerusalem veranstaltet und die beiden Prediger zum Schweigen gebracht.

Rayford fürchtete sich genauso sehr davor, Buck zu begegnen, wie der Weltgemeinschaft in die Arme zu laufen. Ganz bewusst hatte er sich seit dem Tag vor dem Flug nicht mehr rasiert. Am Montag fuhr er nach Jerusalem. Er ließ den Wagen in den Außenbezirken der Stadt stehen und ging zu Fuß weiter. Über einer langen grauen

Perücke trug er einen grünen Turban und eine dunkle Sonnenbrille mit kleinen Gläsern, um seine Augen zu verstecken.

Gekleidet war er in ein landesübliches Gewand, in dessen Tasche er die Pistole verborgen hatte. Das Gewand war so weit, dass er unbemerkt seine Hände durch die Armlöcher stecken und die Waffe aus ihrer Hülle holen konnte. Obwohl die Metalldetektoren zu beiden Seiten der großen Bühne bereits aufgebaut waren, durften die neugierigen Festbesucher sich umsehen, ohne durchsucht zu werden. Ein Kribbeln durchfuhr ihn, als er daran dachte, dass er eine Waffe bei sich trug, die aus vielen Metern Entfernung töten konnte. Nachdem er es kaum hatte erwarten können, genau dies zu tun, flehte er nun Gott an, ihn vor dieser Aufgabe zu verschonen. Würde er tatsächlich bereit sein, den Plan durchzuführen und Carpathia umzubringen, falls Gott es ihm auftrug?

Die ersten Zuschauer waren schon früh eingetroffen. Das Musikprogramm wurde von einer lateinamerikanischen Band eröffnet. Die Hälfte der Zuschauer begann, zu tanzen und zu singen. Im Laufe des Nachmittags kamen immer mehr dazu. Musik, Singen und Tanzen, unterbrochen von wiederholten Ankündigungen die Ankunft des Potentaten stehe unmittelbar bevor, putschte die Menge auf.

Als die Dämmerung hereinbrach, schlenderte Rayford noch immer auf dem großen Platz umher, um nicht aufzufallen.

Einmal blieb er stehen und hätte sich beinahe seine Sonnenbrille heruntergerissen. Er hätte schwören können, Hattie sei an ihm vorbeigegangen. Mit klopfendem Herzen drehte er sich um und sah der Frau nach. Dieselbe Größe, dieselbe Figur, derselbe Gang. Aber es konnte ja nicht sein. Es war einfach unmöglich.

Mac und Abdullah schlenderten auf dem Festplatz umher, auf dem sich mittlerweile die Delegierten tummelten.

„Wollen wir diese Woche über zusammenbleiben oder uns aufteilen?", fragte Mac.

Abdullah zuckte die Achseln. „Wenn Sie allein sein wollen, dann ist das kein Problem."

„Darum geht es nicht", meinte Mac. „Ich möchte nur, dass Sie sich nicht an mich gebunden fühlen."

Abdullah zuckte erneut die Achseln. Um ehrlich zu sein, Mac hätte nichts dagegen gehabt, allein zu sein. Allein in der großen Menge. Allein mit seinen Gedanken darüber, wie sehr sich die Welt und sein Leben verändert hatten. Er war zu einer Entscheidung gekommen. Für den Fall, dass Carpathia dieses Ereignis irgendwie überleben würde, dass Tsion Ben-Judah sich aus irgendeinem unerfindlichen Grund in seiner Auslegung der Prophezeiung getäuscht hatte, war Mac zu einem Entschluss gekommen. Einer von ihnen hätte Nicolais Flugzeug schon lange gegen einen Berg fliegen, sich selbst zum Besten aller opfern müssen. Mac wäre nicht so selbstsüchtig, Abdullah in diese Sache hineinzuziehen. Irgendwie würde er eine Ausnahmeregelung beantragen und dafür sorgen, dass er den Potentaten allein flog. Er brauchte nicht einmal einen Berg. Er brauchte nur die Triebwerke abzustellen und alles andere der Schwerkraft zu überlassen. Konnte er das? Würde er es tun? Er sah Abdullah an und ließ seinen Blick über die Menge gleiten. Das war kein Leben mehr.

Schließlich trafen die Helikopter ein. Rayford blickte nach oben, als die Menge zu jubeln begann. Die Hubschrauber landeten zu beiden Seiten der Bühne und die Würdenträger stiegen unter donnerndem Applaus aus. Alle zehn Regionalpotentaten, der Supreme Commander und eine Frau in der farbenfrohen Kluft des Enigma-Babylon-Welteinheitsglaubens schritten die Stufen zur Bühne empor. Unter der Bühne kamen die Sicherheitsleute hervor und bildeten einen Halbkreis um das Rednerpult.

Erst als alle auf ihrem Platz waren, wurde Carpathia allein in einem Hubschrauber eingeflogen. Mit ohrenbetäubendem Jubel hießen ihn die VIPs auf der Bühne willkommen. Alle schienen es kaum erwarten zu können, ihm die Hand zu schütteln. Fortunato kam als Letzter und führte den Potentaten zu einem Stuhl, der so groß und prächtig verziert war wie ein Thron.

Die anderen setzten sich erst, nachdem er darauf Platz genommen hatte, aber der scheinbar endlose Applaus veranlasste Carpathia dazu, noch einmal aufzustehen und verlegen und bescheiden zu winken. Sobald er sich erhob, standen auch alle anderen auf der Bühne auf. Rayford war etwa 60 Meter von ihm entfernt, und zweimal hatte er die Box der Pistole einen Zentimeter aufgeschoben, sie aber jedes Mal wieder geschlossen. Da sich so viele Menschen vor ihm drängten, hatte er kein freies Schussfeld. Wenn er tatsächlich zu dieser Aufgabe berufen war, dann musste Gott ihm die Gelegenheit dazu geben. Rayford würde abwarten und sehen, ob Gott ihm einen Weg nach vorne öffnen würde. Der Attentäter würde erst, nachdem der Schuss auf Carpathia abgegeben worden war, bemerkt werden, denn das Publikum hing wie gebannt an den Lippen seines Potentaten.

Buck, der die Klagemauer nur widerwillig verlassen hatte, traf erst sehr spät am Festplatz ein und fand nur am Rand der Menge von etwa zwei Millionen Zuschauern einen Platz. Er verfolgte mit, wie das Fest begann, konnte sich aber nicht überwinden zu applaudieren. Er machte sich Sorgen um Chaim, versuchte Jacov zu erreichen, doch das war zwecklos, er konnte sowieso kein Wort verstehen.

Als die Menge sich schließlich beruhigte und bereit war zu hören, was Leon zu sagen hatte, trat dieser vor das Rednerpult.

„Willkommen, liebe Mitbürger der neuen Welt", begann er. Sofort wurde er von donnerndem Applaus unterbrochen. Bei jedem Satz brach die Menge in Jubel aus, so dass Buck sich fragte, von welchem Planeten diese Menschen stammten. Machte denn nicht einer von ihnen die Regierung für all die Todesfälle und die ganze Trauer verantwortlich? Die Bevölkerung hatte sich innerhalb von dreieinhalb Jahren um die Hälfte reduziert und diese Menschen feierten?

„Mein Name ist Leon Fortunato, und es ist mir ein Vorrecht, Ihnen und Seiner Exzellenz als Supreme Commander der Weltgemeinschaft zu dienen. Ich möchte Ihnen Ihre Regionalpotentaten vorstellen, die Sie sicherlich mit der Begeisterung willkommen heißen werden, die sie verdienen. Aber zuerst möchten wir den großen Gott der Natur um seinen Segen anflehen, darum bitte ich die Assistentin des Supreme Pontifex von ‚Enigma Babylon' vor das Rednerpult. Bitte heißen Sie Francesca D'Angelo willkommen."

Buck war erstaunt zu sehen, dass sich die Assistentin von den Pfiffen und Buhrufen nicht aus dem Konzept bringen ließ. Plötzlich überlief Buck eine Gänsehaut. Während Miss D'Angelo vor dem Rednerpult stand, erhob sich Carpathia, und die Menge wurde totenstill. Buck hatte den Eindruck, dass er als Einziger in der Lage war, den Blick von Carpathia abzuwenden. Die Potentaten sahen ihn an und auch Fortunato wandte sich ihm zu.

Carpathia sprach eindringlich und hypnotisierend, wie Buck es bereits einmal erlebt hatte. Dreieinhalb Jahre zuvor hatte Nicolai, nachdem er einen Doppelmord begangen hatte, den Leuten im Zimmer eingeredet, was sie gesehen und erlebt hatten. Buck war gerade zum Glauben gekommen und als Einziger vor dieser Gehirnwäsche geschützt gewesen. Später hatte sich niemand daran erinnert, dass Buck überhaupt im Zimmer gewesen war.

Jetzt begann der Potentat zu sprechen, doch was er sagte, wurde nicht über die Lautsprecher verstärkt. Obwohl Buck sehr weit von der Bühne entfernt stand, konnte er jedes Wort genau verstehen.

„Sie werden sich nicht daran erinnern, dass ich unterbrochen habe“, begann Nicolai.

„Oh Gott“, betete Buck leise, „bewahre mich! Gib, dass ich nicht wankend werde.“

„Sie werden von einem Todesfall hören, der Sie überraschen wird“, sagte Carpathia und niemand rührte sich. „Aber es wird Sie nicht berühren.“

Carpathia setzte sich wieder und in die Menge kam wieder Leben. Miss D'Angelo begann: „Bevor ich zu der großen Gottheit bete, in der wir alle ruhen und die in allen von uns ruht, habe ich eine Ankündigung zu machen. Pontifex Maximus Peter der Zweite ist an diesem Tag plötzlich und unerwartet verstorben. Er hatte sich einen überaus ansteckenden Virus zugezogen, der es notwendig machte, seinen Leichnam sofort zu verbrennen. Wir sprechen seinen Angehörigen unser Beileid aus. Ein Gedenkgottesdienst wird morgen an dieser Stelle abgehalten werden. Und jetzt wollen wir beten.“

Morgen früh?, dachte Buck. Im Festprogramm war für den morgigen Vormittag eine Debatte zwischen Carpathia und dem „Jerusalemer Duo“ angekündigt, darauf sollte eine Riesenparty von Mittag bis Mitternacht folgen. Buck sah in die Gesichter der um ihn herumstehenden Delegierten. Sie wirkten unberührt. Buck war erschüttert. Nicolai war also tatsächlich in der Lage, die Gedanken von zwei Millionen Menschen auf einmal zu manipulieren.

Das Gebet, in dem jeder lebenden Zelle gehuldigt wurde, ging mit Applaus zu Ende. Die Menge jubelte jedem Regionalpotentaten zu, der vorgestellt wurde, vor allem dem neuesten, Mr. Litwala aus Afrika. Die Festgäste schienen von jeder schleimigen Rede der einzelnen Potentaten gleich begeistert zu sein. Jeder von ihnen sang in jedem zweiten Satz Carpathias Lob. Schließlich war für den Mann der Stunde der große Augenblick gekommen.

„Und nun“, begann Fortunato, und die Zuschauer brachen in so frenetischen Applaus aus, dass der Rest seines Satzes unterging. Nur Buck, der ganz in der Nähe der Lautsprecher stand, hörte, was er sagte. „Der Mann, den Gott erwählt hat, die Welt aus Krieg und Blutvergießen zu einer einzigartigen Gemeinschaft der Harmonie zu führen, Ihr Supreme Potentat, Seine Exzellenz Nicolai Carpathia!“

Die anderen VIPs verließen bescheiden die Bühne, nur Fortunato blieb. Carpathia winkte mit beiden Händen, lächelte, lief auf der Bühne hin und her. Leon führte den Applaus an. Er stand neben dem großen Thron hinter Carpathia.

22

Carpathias Redegabe hatte sich im Laufe der dreieinhalb Jahre, nachdem er zum ersten Mal vor den Vereinten Nationen gesprochen hatte, nur noch verbessert. Damals hatte er sein überdurchschnittlich gutes Gedächtnis gezeigt und ohne Konzept Fakten und Ereignisse aus der Geschichte zitiert, außerdem hatte er sein Publikum mit seiner Sprachbegabung beeindruckt. Die Presse hatte damals einstimmig die Geburt eines neuen großen Redners gefeiert.

Natürlich hatte er diese erstmals international übertragene Rede zu einer Zeit gehalten, als die Menschen noch erschüttert waren von dem Verschwinden von Millionen von Menschen. Carpathia war der richtige Mann für den richtigen Augenblick, und die in Angst und Schrecken versetzte Welt, zu der zuerst auch Buck gehört hatte, hieß ihn nur zu bereitwillig willkommen. Wie ein Mann schien die Welt auf Carpathia zu sehen als Stimme des Friedens, der Harmonie und der Vernunft. Er war jung, gutaussehend, dynamisch, redegewandt, entschlossen und besaß Charisma. Außerdem war er überaus bescheiden. Nur widerstrebend schien er den Mantel der Führung anzunehmen, den die bewundernde Menge ihm übergeworfen hatte.

Carpathia hatte die Welt neu geordnet, in zehn Regionen aufgeteilt, die nun alle von einem eigenen Potentat regiert wurden. Inmitten der immer größeren Katastrophen, die die Welt schlimmer mitnahmen als die Entrückung von Millionen Menschen, stand er als väterliche Stimme des Trostes und der Ermutigung. Während der Dritte Weltkrieg, Hungersnot, das große Erdbeben, Meteoreinschläge, Meereskatastrophen, die Vergiftung der Flüsse, die weltweite Dunkelheit und Abkühlung, die Heuschreckenplage und die letzte Plage von Feuer, Rauch und Schwefel ein weiteres Drittel der Weltbevölkerung dahingerafft hatten, behielt Carpathia die Kontrolle über das Weltgeschehen.

Es gab Gerüchte über die Rebellion von mindestens drei Regionalpotentaten, aber daraus war scheinbar nichts geworden. Trauernde, verzweifelte Menschen jammerten über die neue Welt und fragten sich, warum alles nur schlimmer zu werden schien, doch Nicolai beruhigte sie immer wieder über Radio und Fernsehen mit Versprechungen, Mitleid und Aufrufen, in ihren Anstrengungen nicht nachzulassen.

Sie glaubten ihm, vor allem diejenigen, die ihr Leben ihrer persönlichen Freiheit und der Befriedigung ihrer Bedürfnisse verschrieben hatten. Während die Weltgemeinschaft Städte und Flughäfen wieder aufbaute und Straßen- und Kommunikationssysteme wiederherstellte, waren Mord, Diebstahl, Zauberei, Götzendienst und sexuelle Ausschweifung auf dem Vormarsch. Diese letztgenannten drei Dinge wurden vor allem von Carpathia und allen denen befürwortet, die das Gute böse und das Böse gut nannten.

Der einzige Riss in Carpathias Rüstung war, dass er anscheinend gegen die beiden Zeugen in Jerusalem nichts ausrichten konnte. Dass er diese große Gala, die in den „großen Tag des Beginns von Utopia" münden sollte, in die Stadt verlegt hatte, in der die beiden so lange gepredigt hatten, schien ein Wagnis zu sein. Falls Carpathia erneut durch seine Unfähigkeit, sie zu besiegen, gedemütigt werden würde, falls sie nicht davon abgehalten werden konnten, Wasser in Blut zu verwandeln und den Regen vom Land fern zu halten, würde seine Regierung zu wackeln beginnen.

Doch da stand er, blickte in die Kameras, die sein Bild in alle Welt ausstrahlten. Mit seinen 36 Jahren war er so charmant wie eh und je und lief geschützt durch seine Sicherheitskräfte über die Bühne. Nichts hielt ihn vor dem Rednerpult, sondern er bewegte sich über die Bühne, damit sein Lächeln und seine Gestik auch den Zuschauer in der hintersten Reihe erreichte. Das Publikum hing wie gebannt an seinen Lippen.

Schließlich hob er die Hände und bekam damit die ungeteilte Aufmerksamkeit seiner Zuhörer. Ohne Notizen, ohne Pause, ohne einen Versprecher sprach Carpathia 45 Minuten lang. Bei fast jedem Satz wurde er durch begeisterten Applaus unterbrochen, und wenn er schon zu Beginn seiner Rede lebhaft und engagiert gesprochen hatte, so steigerte sich dies zum Ende hin noch.

Er anerkannte die Nöte, die Trauer und Traurigkeit, die ein persönlicher Verlust mit sich brachten, und die Arbeit, die trotzdem zu tun blieb. Mit zitternder Stimme sprach er von so vielen geliebten Landsleuten, die einen großen Verlust erlitten hatten.

Während Carpathia auf seinen dramatischen Höhepunkt hinsteuerte, wurde er immer lauter, sprach klarer, mit noch größerer Zuversicht. Buck hatte den Eindruck, die Menge würde vor Liebe zu ihm überfließen. Sie vertrauten ihm, glaubten an ihn, beteten ihn an, bauten auf seine Hilfe.

Nicolai begab sich schließlich zum Rednerpult, stützte sich mit einer Hand darauf ab und legte die andere auf seine Hüfte. Auf den riesigen Leinwänden, die auf dem ganzen Festplatz verteilt waren, wirkte sein Blick arrogant und hochmütig. Seine Haltung drückte aus, dass er eine wichtige Ankündigung zu machen hatte.

Carpathia wartete damit jedoch, bis die Spannung ihren Höhepunkt erreicht hatte. Dann trat er langsam hinter das Rednerpult und umklammerte es mit beiden Händen. „Morgen früh", sagte er, „werden wir uns, wie Sie Ihrem Programm entnehmen können, in der Nähe des Tempelberges versammeln. Dort werden wir die Autorität der Weltgemeinschaft über *jede* geografische Region untermauern." Ohrenbetäubender Jubel. „Ungeachtet der Drohungen, Warnungen und aller möglichen heimtückischen Angriffe auf diese Stadt, dieses Gebiet, diesen Staat … werde ich persönlich dem religiösen Terrorismus dieser beiden Betrüger an der Klagemauer ein Ende setzen. Ich für meinen Teil bin der abergläubischen Unterdrückung überdrüssig geworden. Ich habe die Dürre satt, habe das blutige Wasser satt. Ich bin der so genannten Prophezeiungen überdrüssig, dieser Reden von Gericht und Verderben!

Wenn diese beiden Prediger nicht bis morgen aufgehört haben zu predigen und verschwunden sind, werde ich mich ihrer persönlich annehmen. Und wenn dies erst erledigt ist, werden wir auf den Straßen tanzen!"

Die Menge drängte jubelnd und singend auf die Bühne zu. „Nicolai! Nicolai! Nicolai!"

Über den Lärm hinweg rief er: „Amüsiert euch heute Abend! Tobt euch aus! Aber schlaft gut, damit wir das Fest genießen können, das kein Ende haben wird!"

Während die Helikopter zurückkehrten und der Landebereich geräumt wurde, begab sich Carpathia lächelnd und winkend zu den Stufen. Fortunato folgte ihm und kniete auf einmal nieder. Zu Bucks Erstaunen folgte ein großer Teil der Menge seinem Beispiel. Zehntausende fielen auf die Knie und beteten Carpathia an wie … einen Gott.

Rayford war außer sich. Um sich nicht verdächtig zu machen, weil er sich nicht hinkniete, schlenderte er auf dem Festplatz umher. Jeder

Schritt brachte ihn näher zur Bühne. Vorsichtig öffnete er unter seinen Gewändern die Pistolenbox und nahm die Pistole heraus. Die schwere Waffe in seiner Hand zu spüren, beflügelte ihn, machte ihm gleichzeitig aber auch Angst. Er hatte das Gefühl zu träumen, so als würde er sich selbst aus der Ferne zusehen. Musste es tatsächlich dazu kommen? Hatten seine Gefühle tatsächlich über seinen Pragmatismus gesiegt? Wenn er nicht tief in seinem Inneren davon überzeugt war, dass es Gottes Plan war, würde er es nicht wagen, in die Geschichte einzugreifen. Wer immer einen Attentatsversuch unternahm, er würde niemals wieder freikommen, das war klar. Der Übeltäter würde auf den Überwachungsbändern identifiziert werden und nicht weit kommen.

Rayford war knapp 20 Meter von der Bühne entfernt, als Carpathia ein letztes Mal winkte und an Bord des Hubschraubers verschwand. Der Helikopter erhob sich unmittelbar über Rayfords Kopf und er hätte ihn mit Leichtigkeit vom Himmel schießen können. Rayford knirschte mit den Zähnen und knallte die Waffe zurück in ihre Box, dann verstaute er sie in seiner Tasche und steckte die Arme wieder durch die Armlöcher. Er biss die Zähne so fest zusammen, dass es in seinen Schläfen zu pochen begann.

Während die Menge sich nun dem Vergnügen zuwandte, marschierte Rayford entschlossen zu seinem Wagen zurück. Wenn Gott es ihm nicht auftrug, würde er nichts übereilen.

Buck vermisste seine Familie. Das Spektakel auf dem Festplatz machte ihn traurig. Wie ein Schlafwandler schlenderte er durch die Straßen, immer der Menge nach zurück zu seinem Hotel. Er rief zu Hause an, sprach mit Chloe, mit Kenny und Tsion. Danach rief er in Neu-Babylon an, unterhielt sich eine Weile mit David und lernte Annie kennen. Nur ungern brach er das Gespräch mit ihr ab, da er zum ersten Mal mit ihr telefonierte, aber ein Piepton zeigte an, dass ein anderer Anruf hereinkam. Auf dem Display erkannte er Leas Nummer.

„Tut mir Leid, Sie zu behelligen, Buck“, sagte sie, „aber ich habe einen recht beunruhigenden Tag hinter mir und wollte gern mit jemandem darüber sprechen.“

„Kein Problem, aber Sie sollten doch alles mit Rayford besprechen, oder?“

„Ich darf ihn bis Freitag nicht einmal anrufen.“

„Was?“

Sie berichtete ihm von Rayfords Instruktionen.

„Und falls es Schwierigkeiten gibt?"

„Dann soll ich mich mit Ihnen in Verbindung setzen."

„Was kann ich schon tun? Einen Wagen mieten und nach Frankreich fahren?"

„Nein, ich weiß."

„Haben Sie Hattie gesehen?"

„Mein Antrag wird bearbeitet. Ich bekomme Bescheid."

„Das klingt nicht gut."

„Das erscheint mir verdächtig, Buck. Ich weiß nicht, ob ich verschwinden oder mitspielen soll."

„Ich werde Rayford anrufen und herausfinden, was los ist."

„Würden Sie das für mich tun?"

Buck blieb wenige Straßenzüge von der Klagemauer entfernt unter einer Laterne stehen und wählte Rayfords Nummer. Er würde auf seinem Display sehen können, wer anrief. Rayford meldete sich. „Ich hoffe, es ist wichtig, Buck."

„Ich würde schon sagen, dass es wichtig ist, wenn man einen von uns zum Trocknen heraushängt. Wie kannst du sie so hängen lassen?"

Rayford klang gelangweilt. „Wo liegt ihr Problem? Steckt sie in Schwierigkeiten?"

Buck unterrichtete ihn über die Vorgänge.

„Sag ihr, sie soll sich an den Plan halten und weder dich noch mich bis Freitag anrufen."

„Was machst du gerade, Rayford?"

„Buck, hör zu. Als ich Lea gesagt habe, sie solle mich bis Freitag nicht anrufen, habe ich nicht damit gerechnet, dass sie gleich zu dir rennt. Du musst mir vertrauen."

Buck seufzte und stimmte widerstrebend zu. Er beschloss, Chloe nichts davon zu erzählen, dass er und ihr Vater Probleme miteinander hatten. Er wusste nicht, was los war.

Buck stieg auf einen Baum, damit er die Klagemauer sehen konnte und dort standen Eli und Moishe. Schulter an Schulter verharrten sie reglos in derselben Stellung, in der er sie zuletzt gesehen hatte. Die Menge höhnte und spottete.

Er rief Jacov an, um zu hören, wie es Chaim ging.

„Gute Nachrichten und schlechte", meinte Jacov. „Die Tests sind positiv."

„Und wie lautet die schlechte Nachricht?"

„Der Arzt kann die Ursache für die Lähmung und den Verlust der Sprechfähigkeit nicht herausfinden. Alles deutet auf einen Schlaganfall hin, aber er scheint keinen gehabt zu haben.“

Am folgenden Morgen erhob sich Rayford sehr früh und machte sich auf den Weg zur Klagemauer. An manchen Stellen war es noch nass und das kam nicht nur vom Tau. Er war erstaunt, dass sich bereits zwei Stunden vor der angekündigten Konfrontation eine so große Menge versammelt hatte. Man hörte Gerüchte, der Gedenkgottesdienst für Pontifex Maximus Peter den Zweiten sei aus mangelndem Interesse abgesagt und Miss D'Angelo bereits ihres Amtes enthoben worden. Offensichtlich würde „Enigma Babylon“ zusammen mit seinem Begründer aussterben. In Carpathias Dunstkreis war nicht einmal Platz für eine heidnische Religion.

Mit seiner in seinem Gewand verborgenen Pistole drängte sich Rayford bis in die Mitte der Menschenmenge vor. Er hatte nicht gut geschlafen und den größten Teil der Nacht gebetet. Jetzt wünschte er sich, er könnte sich hinsetzen. Aber er hielt durch. Die Zeugen standen wie Statuen, und die Leute erzählten sich, sie stünden bereits seit Stunden so da. Sicherlich würden sie lebendig werden, wenn Carpathia eintraf und sie aus der Reserve lockte.

Einen Straßenzug entfernt probten laute Musikgruppen für das große Tanzfest.

Buck versuchte, auf denselben Baum zu klettern, auf dem er bereits am Abend zuvor gesessen hatte, aber die Sicherheitskräfte der Weltgemeinschaft verscheuchten ihn. Er fand einen Platz auf einem Steinvorsprung und hatte von dort aus einen guten Blick über die Köpfe der Menge hinweg.

Das Schweigen der Zeugen machte ihn traurig. Er wünschte, sie würden wenigstens hoch erhobenen Hauptes untergehen, wenn Carpathia eintraf. Aber der festgesetzte Zeitpunkt war gekommen; dies war der 1 260. Tag. In der Bibel stand, dass sie sterben würden.

Um eine Minute vor zehn tauchten Helikopter am Himmel auf. Wie bereits am Vortag saßen in den drei ersten Helikoptern die Potentaten und Fortunato, doch dieses Mal war kein Repräsentant von „Enigma Babylon“ dabei. Als Letzter traf Carpathia ein. Es war das erste Mal, dass Buck ihn ohne Krawatte sah. Er trug teure Schuhe, Freizeithose und ein Hemd mit offenem Kragen, darüber ein Sportsakko aus Kashmere.

Die Potentaten und Fortunato traten hinter eine Absperrung, die sie von der Menge abtrennte. Die Scheinwerfer wurden eingeschaltet, Kameras surrten, und Carpathia eilte zum Zaun. An seinem Hemd steckte ein drahtloses Mikrofon. Eine Maskenbildnerin hielt ihn auf und puderte ihm das Gesicht. Er lächelte in die lärmende Menge hinein und näherte sich den Zeugen, die weiterhin reglos dastanden. Nur ihre Brust hob und senkte sich beim Atmen.

Carpathia zog sein Sakko aus und hängte es an eine Zaunlatte. Irgendetwas Schweres steckte in seiner Tasche, das so aussah wie eine Bibel. Es zog die Jacke auf einer Seite herunter. Als Nicolai die Hemdsärmel hochrollte, als wolle er einen Boxkampf austragen, wurde die Menge wild.

„Und was habt ihr beiden heute Morgen zu sagen?“, fragte er, wobei er zuerst die Zeugen, dann die Menge ansah. Buck betete, sie würden ihm redegewandt antworten.

In Illinois war es ganz früh am Morgen. Tsion saß in Schlafanzug und Morgenrock vor dem Fernsehgerät. Chloe hatte in einem Sessel Platz genommen.

„Das Baby schläft noch?“, fragte Tsion.

Chloe nickte. „Ich bete, dass er das alles verschläft.“

Als Carpathia die herausfordernde Frage stellte, meinte Chloe leise: „Gib es ihm, Eli. Komm schon, Moishe.“

Aber sie reagierten nicht.

„Oh Gott“, betete Tsion. „Oh Gott, oh Gott. Sie stehen unter Druck und sind in großer Not, doch tun sie ihren Mund nicht auf. Sie sind wie Lämmer, die zur Schlachtbank geführt werden, und wie ein Schaf vor seinem Scherer stumm ist, so tun sie ihren Mund nicht auf.“

Eine Sekunde lang wünschte sich Buck, eine Waffe zur Hand zu haben. Er hatte klare Sicht auf Carpathia. Was für eine Arroganz! Was für ein Ego! Wie gern würde er Nicolai eine Kugel zwischen die Augen schießen. Er schüttelte den Kopf. Er war Journalist, ein Beobachter. Er erhob gar nicht den Anspruch, objektiv zu sein. Sein Herz war bei den Zeugen.

Rayford fiel es schwer, ruhig zu bleiben. Er biss sich auf die Zunge, damit er Carpathia nichts zurief. Schnell ließ er seine Arme in seinem Gewand verschwinden und nahm die Box in beide Hände. Sollte Nicolai beginnen, die Zeugen zu verspotten, würde er vielleicht schließlich selbst als Narr dastehen und in seinem Blut auf dem Boden liegen.

Carpathia war in seinem Element. „Na, habt ihr die Sprache verloren?“, fragte er und schlenderte vor den schweigsamen Heiligen auf und ab. „Das Wasser in Jerusalem ist heute schön kühl und erfrischend! Habt ihr kein Gift mehr? Sind eure Mitverschwörer davongerannt? Haben sie keinen Zugang mehr zu den Wasserreservoirs?“

Die Menge jubelte und spottete.

„Werft sie raus!“, rief jemand.

„Verhaftet sie!“

„Ins Gefängnis mit ihnen!“

„Tötet sie!“

Rayford lag auf der Zunge zu rufen: „Haltet den Mund!“, aber das wäre im Lärm der blutrünstigen Menge sowieso untergegangen. Und Carpathia manipulierte sie.

„War das etwa Regen heute Morgen? Was ist mit der Dürre passiert? Sagt mal, sieht jemand von euch Heuschrecken? Reiter? Rauch? Meine Herren! Sie sind vollkommen machtlos!“

Die Menge sprang sofort darauf an. Rayford kochte vor Wut.

„Bereits vor zwei Jahren habe ich euch verboten, euch in diesem Bezirk aufzuhalten!“, rief Carpathia. Er hatte der Menge den Rükken zugewandt, doch über die Verstärkeranlage war er überall zu hören, auch im Fernsehen. „Warum seid ihr noch immer hier? Ihr müsst gehen oder ihr werdet verhaftet! Wenn ich es recht bedenke, hatte ich nicht gesagt, dass ihr, wenn ihr euch nach der Konferenz der Sektierer noch in der Öffentlichkeit sehen lasst, getötet werden würdet?“

Carpathia wandte sich der Menge zu. „Das habe ich gesagt, nicht wahr?“

„Ja! Ja! Tötet sie!“

„Ich bin nachlässig gewesen! Ich bin meinen Pflichten nicht nachgekommen! Wie kann ich vor die Bürger hintreten, die mir dieses verantwortungsvolle Amt übertragen haben, und zulassen, dass ein solches Verbrechen ungesühnt bleibt? Ich möchte im Angesicht meines Volkes nicht beschämt werden! Ich möchte bei ihrem Fest heute nicht in Verlegenheit gebracht werden!

Kommt! Kommt doch hinter diesem Zaun hervor und stellt euch mir! Fordert mich heraus! Steht mir Rede und Antwort! Klettert hinüber, fliegt darüber hinweg, wenn ihr es könnt! Ist es wirklich nötig, dass ich das Tor öffne und zu euch komme?“

Carpathia wandte sich erneut an die Menge. „Muss ich mich vor ihrem Atem fürchten? Werden diese Drachen sogar mich verbrennen und abschlachten?“

Die Menge war jetzt nicht mehr so laut, lachte nervös. Die Zeugen rührten sich nicht.

„Meine Geduld ist jetzt erschöpft!“, sagte Nicolai. Der Kommandant der Friedenstruppen der Weltgemeinschaft holte einen Schlüssel aus der Tasche und reichte ihn an Nicolai weiter. Er schloss das Tor auf und die Menge wich zurück. Einige hielten die Luft an. Dann wurden sie still.

Carpathia öffnete das Tor und eilte zu den Zeugen. „Nach draußen!“, rief er, doch die beiden ignorierten ihn noch immer. Er stellte sich rechts von Eli und schob ihn in Moishe hinein. Beide taumelten auf das Tor zu. Durch Stoßen und Schieben trieb er sie vor sich her.

Die Menge wich noch mehr zurück. Carpathia packte Eli und Moishe an ihren Gewändern und stieß sie gegen den Zaun. Dann wandte er ihnen den Rücken zu und lächelte in die Menge.

„Da habt ihr eure Peiniger!“, rief er. „Eure Richter! Eure Propheten!“ Er spuckte aus. „Und was haben sie jetzt zu sagen? Nichts! Sie sind schon vor Gericht gestellt, überführt und verurteilt worden. Jetzt muss nur noch Gerechtigkeit geübt werden, und wie ich es angeordnet habe, so werde ich es auch ausführen!“

Er wandte sich den beiden zu, zerrte erneut an ihren Gewändern, bis sie zwei Meter vor dem Zaun standen.

„Noch ein letztes Wort?“

Eli und Moishe sahen sich an und wandten ihr Gesicht dem Himmel zu.

Carpathia ging zu seiner Jacke und holte einen schwarzen Gegenstand aus der Tasche. Rayford war vollkommen verblüfft, als er es erkannte. Nicolai hielt die Box vor der Menge verborgen und holte die Pistole heraus. Er wich etwa drei Meter von den Zeugen zurück und richtete die Waffe auf Eli, der rechts von ihm stand. Die plötzliche Explosion ließ alle zusammenzucken. Sofort hielt sich die Menge die Ohren zu. Eli wurde am Hals getroffen und zu Boden geschleudert. Sein Kopf krachte in den Zaun, bevor sein Körper in sich zusammensank. Aus der großen Wunde sickerte Blut. Moishe kniete nieder und bedeckte seine Augen, als würde er beten. Carpathia schoss ihm in den Kopf. Auch er fiel in den Zaun und landete auf dem Kinn.

Rayfords Mund war wie ausgedörrt. Er hatte das Gefühl zu ersticken und sein Puls raste. Um ihn herum hielten sich die Leute die

Ohren zu und betrachteten mit offen stehendem Mund die beiden Opfer.

Carpathia legte die Waffe in ihren Kasten zurück, steckte ihn in die Jackentasche, zog die Jacke wieder an und verbeugte sich mit einem Lächeln vor der Menge.

Rayford war so zornig auf Carpathia, dass er ihn am liebsten sofort erschossen hätte. Er rannte in den Mann vor ihm, der ein lautes Grunzen ausstieß, als die Menge gerade anfing, Carpathia zuzujubeln. Sie tanzten und sprangen, jubelten und lachten, schrien und hüpften. Rayford drängte weiter, versuchte, zu Carpathia zu gelangen, während er gleichzeitig seine Waffe hervorholte.

Die Menge drängte zusammen und war außer Rand und Band. Rayford taumelte mit, die Arme in seinem Gewand verborgen, unfähig, sich vom Boden zu erheben. Er zwängte eine Hand aus dem Ärmel, damit er sich vom Boden abstoßen konnte, aber er wurde wieder umgeworfen. Mit den Ellbogen versuchte er, sich freie Bahn zu verschaffen, dabei fiel ihm die Waffenbox aus der Hand. Auf dem Boden sitzend tastete er danach. Immer wieder wurde er von den Feiernden angerempelt. Schließlich steckte er beide Arme wieder durch die Armlöcher, und in diesem Augenblick wurde er von einem Zuschauer so fest angestoßen, dass er mit dem Hinterkopf auf das Pflaster knallte. Er rollte sich herum und sprang auf. Wo war die Pistole? War der Kasten zusammengeblieben? Sie war geladen und konnte jeden Augenblick losgehen.

Entsetzt stand Buck auf seinem Aussichtsposten. Er beobachtete die ausgelassen tanzende Menge, die Helikopter, die Carpathia und die anderen VIPs abholten und zum Festplatz brachten. Buck hasste den Anblick der am Boden liegenden Körper seiner geliebten Prediger. Wie hatte er ihre dunkle, ledrige Haut lieben gelernt, ihre dicken, schmutzigen Füße, ihre nach Rauch riechenden Sackleinengewänder. Ihre Haltung war so majestätisch gewesen. Ihre knochigen Hände und Schultern, der faltige Hals, ihre langen grauen Haare und Bärte unterstrichen ihr übernatürliches Aussehen.

Ihre Körper waren vernichtet worden. Bis vor wenigen Augenblicken waren sie unbesiegbar gewesen; nun lagen sie in grotesk verzerrten Haltungen nebeneinander am Eisenzaun. Ihre Gewänder waren hochgerutscht und legten ihre Beine bloß, ihre Hände verkrümmt neben ihnen, mit geöffneten Augen, offen stehendem Mund. Ihr Blut sickerte dunkel aus ihren Körpern, die zerrissen worden waren von einer so hochmodernen Waffe, dass man sie kaum noch als Pistole bezeichnen konnte.

Buck wusste, was als Nächstes kommen würde. Er brauchte nicht Zeuge der Feiern zu werden, die ursprünglich von Mittag bis Mitternacht angesetzt waren, aber nun nach Aussage der Bibel drei Tage andauern würden. Tief traurig sah er zu, wie die Sünde ihre Frucht brachte, wie das Böse in den Menschen Gestalt gewann, die jede Gelegenheit gehabt hatten und ausreichend gewarnt worden waren.

Tsion senkte den Kopf. „Ich habe mir nicht vorstellen können, wie abscheulich …"

Chloe schien den Blick nicht vom Bildschirm lösen zu können. „Buck ist bestimmt dort."

Tsion erhob sich. „Chloe, wir haben uns gerade an einer entscheidenden Kreuzung befunden. Das ist nur der Anfang. Schon bald wird Carpathia keinerlei Zurückhaltung mehr üben. Die Meisten werden sich ihm nicht mehr widersetzen können."

Rayford wirbelte herum und suchte verzweifelt nach seiner Pistole. Er trat darauf, griff danach und wurde erneut von ausgelassen Tanzenden zurückgestoßen. Er fiel auf die Knie und griff mit beiden Händen danach, drückte sie fest an die Brust, während die Leute über ihn hinweg kletterten. Schließlich steckte er sie wieder in sein Gewand und kämpfte sich zum Rand der Menschenmenge durch. Mittlerweile war Carpathia lange verschwunden.

Buck kehrte in sein Hotel zurück, vorbei an den Feiernden. Überall saßen die Leute vor ihren Fernsehgeräten. Er wählte Leas Nummer. Sie meldete sich nicht.

Während der folgenden drei Tage wurde ausgelassen gefeiert. Musik plärrte über die in der ganzen Stadt verteilten Lautsprecher. In vielen Reden wurden die beiden Prediger verunglimpft und Nicolai gepriesen. Fortunato forderte alle Menschen auf, Carpathia als Gottheit zu verehren, „vielleicht als die Gottheit, den Schöpfergott und Retter der ganzen Menschheit". Und die Menschen jubelten.

Nur einmal wurde der Tod Peters des Zweiten erwähnt, und zwar von Carpathia selbst, als er sagte: „Ich habe nicht nur die pseudoreligiösen Prediger und ihre Gesetzlichkeit satt, sondern auch den ‚Enigma-Babylon-Welteinheitsglauben', der nicht wieder eingeführt werden wird. Jeder Einzelne kann in sich selbst die Gottheit finden, die er braucht, um sein Leben so zu führen, wie er es möchte. Ich stelle die individuelle Freiheit über eine organisierte Religion."

Rayford hielt sich ständig in der Nähe der Bühne auf, wo am Freitagabend die Abschlussveranstaltung stattfinden würde. Er berechnete die Winkel, überlegte, wann er da sein musste, wo er stehen und wohin er gehen, welche Position er einnehmen sollte, falls Gott beschloss, ihn für den Mord an Carpathia zu gebrauchen. Die Feier würde nach Einbruch der Dunkelheit mit einer Rede Carpathias zu Ende gehen. Vielleicht wäre dies der große Augenblick.

In ganz Jerusalem feierten die Menschen. Buck machte es krank, dass in jeder Nachrichtensendung die blutgetränkten Leichen gezeigt wurden, die in der Sonne zu verwesen begannen. Tag und Nacht tanzten die Menschen um sie herum, hielten sich ihre Nasen zu, manchmal traten sie vorsichtig gegen die leblosen Körper. Blut und Gewebe bildeten eine klebrige Masse um sie herum.

Aus der ganzen Welt trafen Berichte über Feste ein. Die Menschen machten sich Geschenke, als sei Weihnachten. Gelegentlich kam der Vorschlag, den Männern endlich ein angemessenes Begräbnis zu gewähren. Aber davon wollten die Feiernden nichts wissen, und weltweite Umfragen zeigten, dass die Menschen derselben Meinung waren.

Am Mittwochabend bekam Buck endlich die Erlaubnis, Chaim im Krankenhaus zu besuchen. Obwohl dessen Gesichtsfarbe gut war und sich sein Sprachvermögen verbessert hatte, hing ein Mundwinkel noch immer herab. Die linke Seite war gelähmt, die rechte Hand verkrümmt. Chaims Arzt war verwirrt durch die Ergebnisse seiner Tests, aber er wollte auch Chaims Bitte, nach Hause gehen und in Frieden sterben zu dürfen, nicht nachgeben.

Flehentlich wandte sich Chaim nun an Buck. „Bringen Sie mich einfach hier heraus! Bitte! Ich möchte nach Hause."

Am Freitagnachmittag hatte Buck noch immer weder Rayford noch Lea erreichen können. Allerdings erhielt er einen Anruf von Jacov. „Ich weiß nicht, wie er es geschafft hat, aber er wird aus dem Krankenhaus entlassen und darf nach Hause. Es geht ihm relativ gut. Der Arzt glaubt jetzt, dass es vielleicht nur ein leichter Schlaganfall gewesen ist. Meiner Meinung nach geht es ihm noch nicht wieder besser, aber er kann sich verständlich machen. Und er hat mir aufgetragen, ihn heute Abend zur Abschlussveranstaltung zu bringen."

23

Als Buck am Freitagmorgen unter der Dusche stand, wurde ihm klar, dass er auf keinen Fall seine Identität preisgeben durfte, um an diesem Tag an der Klagemauer zu sein. Er glaubte Tsion, er glaubte an die Bibel, er glaubte den Prophezeiungen. Er konnte sich nichts Befriedigenderes vorstellen, als zu sehen, wie diejenigen, die Eli und Moishe verspottet hatten, ihren gerechten Lohn bekamen.

Buck hatte Jacov versprochen, auf Chaim einzuwirken, an diesem Abend von der Abschlussveranstaltung zu Hause zu bleiben, vorausgesetzt, er hatte das Glück, zu den 90 Prozent der Bewohner Jerusalems zu gehören, die von dem vorhergesagten Erdbeben verschont blieben.

Rayford verschlief den größten Teil des Vormittags und ignorierte sein Handy, das immer wieder klingelte. Jedes Mal war der Anrufer Lea. Was sollte er sagen? *Tut mir Leid, dass ich Sie heute Abend nicht abholen und in die Staaten zurückfliegen kann, aber vielleicht bin ich dann schon tot oder im Gefängnis?*

Er sorgte dafür, dass er ausgeruht und satt war. Er wollte vorbereitet und wachsam sein, egal, was an diesem Tag passieren würde. Immer wieder betete Rayford darum, dass Gott ihm zeigen würde, wenn er etwas tat, das Gottes Plan widersprach. Drei Stunden vor Sonnenuntergang wollte er sich zum Festplatz begeben, sich mitten in der Menschenmenge halten und eine gute Schussposition einnehmen. Danach saß Gott am Drücker.

Rayford sah auf sein Telefon und rief Leas letzte Nachricht ab. „Der Vogel ist ausgeflogen. Was nun?"

Hattie war nicht mehr in Brüssel? Ja, was nun? Er wählte Leas Nummer, aber sie meldete sich nicht.

Buck war wütend darauf, dass er nicht früher zur Klagemauer aufgebrochen war. Sein Platz auf dem Steinvorsprung war besetzt. Die Sicherheitskräfte der Weltgemeinschaft ließen niemanden auf die

Bäume klettern. Auf dem Festplatz tummelten sich Betrunkene, von denen sich einige bestimmt schon Tage dort aufhielten. Wie lange konnte dieses Fest noch dauern? Tanzen, öffentliche Unmoral, ausgelassenes Gegröle, Singen, Trinken, taumelnde Menschen …

Tausende sangen in unterschiedlichen Sprachen. Nur die ganz Mutigen wagten sich in die Nähe der schwarz gewordenen Leichen, die in der Sonnenglut verwesten. Selbst aus einer Entfernung von 30 Metern nahm Buck den intensiven Verwesungsgeruch wahr. Trotzdem war er entschlossen, noch näher heranzukommen. Er schlug einen großen Bogen um die linke Seite der Klagemauer und fand sich in einem kleinen Hain mit hohem Buschwerk wieder. Buck durfte es nicht riskieren, erkannt zu werden, aber es war das Risiko wert. Falls dieser Weg, wie er gehofft hatte, zu demselben Gebüsch führte, in dem er sich schon einmal erfolgreich versteckt hatte, dann konnte er Augenzeuge eines der größten Wunder der Geschichte werden.

Tsion und Chloe waren vor Tagesanbruch aufgestanden und saßen vor dem Fernsehgerät. Sie wechselten sich darin ab, Kenny abzulenken, wenn die Kamera auf die verwesenden Leichen von Eli und Moishe schwenkte.

„So schrecklich dieser Tod auch ist“, meinte Tsion, „was kommt, wird einmalig sein.“ Er rutschte auf der Couch herum und war unfähig, still sitzen zu bleiben. Jedes Mal, wenn er Chloe ansah, wurde er an seine Tochter erinnert.

Buck kämpfte sich durch das Gebüsch, an zwei Posten vorbei und um die gegenüberliegende Seite herum, wo er ungesehen an den Zaun herankommen konnte. Er konnte sein Glück kaum fassen. Hier würde er nicht entdeckt werden, es sei denn durch Zufall. Er erinnerte sich an das, was er Lea gesagt hatte. *Wir sprechen nicht von Glück.*

„Vielen Dank, Herr“, flüsterte er.

Buck konnte den Anblick der Männer, die zu lieben er gelernt hatte, kaum ertragen. Abgesehen von einigen Tritten, die ausgelassene Feiernde ihnen versetzt hatten, waren die Leichen in den dreieinhalb Tagen nicht bewegt worden. Tiere nagten an ihnen, Vögel pickten an ihrem Fleisch, Käfer und Fliegen krabbelten auf ihnen herum. Buck war der Meinung, dass man nicht einmal seinen schlimmsten Feind in der Sonne verrotten ließ.

Eine lärmende Gruppe kam näher und die Zecher gerieten außer Rand und Band. Die mutigsten tanzten Arm in Arm um die Leichen herum. Buck befürchtete, er würde das Wunder jetzt verpassen, da diese verrückten Betrunkenen ihm die Sicht versperrten.

Diese tanzten immer schneller, bis jemand die Richtung änderte. Die ganze Reihe blieb stehen und drehte sich um, doch schon bald hatten die Einzelnen ihre eigenen Ideen, und die Formation löste sich auf. Die Tänzer prallten zusammen, lachten, brüllten, bis die Tränen rollten. Eine Frau mittleren Alters, der ein Schuh fehlte, beugte sich vornüber, um sich zu übergeben, und wurde von jemandem umgerannt, der dachte, der Kreis sei noch intakt.

Mehrere fielen zu Boden und Buck konnte Eli und Moishe jetzt wieder genau sehen. Plötzlich begannen sich die toten Männer zu bewegen. Buck stockte der Atem. Die Betrunkenen fingen an zu schreien, wichen zurück und lenkten die Aufmerksamkeit der anderen auf sich. Es sprach sich herum, dass sich die Leichen bewegten, und der innere Kreis wich zurück, während diejenigen, die weiter hinten standen, nach vorne drängten.

Die Musik hörte auf zu spielen, das Singen verwandelte sich in Schreien und Jammern. Viele bedeckten ihre Augen oder versteckten ihre Gesichter. Tausende flohen, Tausende kamen angerannt.

Eli und Moishe rappelten sich in ihren schmutzigen Gewändern und mit sich hebender und senkender Brust auf die Knie. Sie blinzelten und drehten sich um und nahmen ihre Umgebung in sich auf. Gleichzeitig legten beide die Hand auf das Pflaster und erhoben sich langsam. Die wie gelähmt dastehenden Zuschauer stöhnten.

Während sie sich zu ihrer ganzen Größe aufrichteten, wurden die getrockneten Blutlachen um sie herum wieder flüssig. Ihre klaffenden Wunden wuchsen zusammen, die Haut zog sich darüber, die dunklen Flecken verblassten mehr und mehr. Haare und Gewebe vom Zaun und der Mauer verschwanden.

Buck hörte die Schreie der Menge, doch er konnte den Blick nicht von Eli und Moishe abwenden. Sie glätteten die Falten ihrer Gewänder und legten die Fäuste an die Brust. Jetzt waren sie wieder groß und stark, siegreich, edel und stattlich.

Eli und Moishe blickten mit einem bedauernden und sehnsüchtigen Blick auf die Menge herab, wie Buck fand, dann sahen sie zum Himmel. Sie blickten so erwartungsvoll hinauf, dass viele Menschen aus der Menge ebenfalls nach oben sahen.

Schneeweiße Wolken zogen über den dunkelblauen Himmel heran. Die Sonne war verborgen, dann wieder sichtbar an einem Himmel mit wechselnden Farben und reinen weißen Wolken.

Eine Stimme ertönte von dort oben, die so laut war, dass die Leute sich die Ohren zuhielten.

„KOMMT HERAUF!“, sagte diese Stimme.

Mit nach oben gewandten Gesichtern fuhren Eli und Moishe in den Himmel hinauf. Die Leute auf dem Tempelberg hielten die Luft an, fielen auf die Knie, einige auf ihre Gesichter. Sie weinten, schrien auf, beteten, stöhnten. Die Zeugen verschwanden in einer Wolke, die so schnell aufstieg, dass sie bald nur noch als Fleck am Himmel zu sehen war.

Bucks Knie wurden weich und er fiel weinend zu Boden. „Preis sei Gott“, betete er leise. „Danke, Herr!“ Um ihn herum lagen Tausende jammernd und flehend flach auf der Erde.

Buck begann sich zu erheben, doch bevor er aufstehen konnte, gab der Boden unter ihm nach. Er wurde gegen einen Baum geschleudert und schrammte sich den Hals auf. Er sprang auf und sah, dass Hunderte von Menschen wieder auf dem Boden aufkamen, nachdem sie noch weiter in die Höhe geschleudert worden waren als er.

Der Himmel verdunkelte sich und kalter Regen prasselte auf die Erde herab. In der Ferne hörte man Gebäude mit lautem Getöse zusammenstürzen, das Knacken umstürzender Bäume, das Knirschen von Metall und Glas, als Autos durch die Gegend gewirbelt wurden.

„Erdbeben!“, riefen die Leute und rannten wild durcheinander. Buck befreite sich aus seinem Versteck. Er war erstaunt darüber, wie kurz und heftig die Erdbewegung gewesen war. Die Sonne blinzelte durch die schnell dahinziehenden Wolken. Eine unheimliche Atmosphäre entstand. Schnell machte sich Buck auf den Weg zu Chaims Haus.

Rayford hatte in seinem Hotelzimmer vor dem Fernsehgerät gesessen. Durch das Erdbeben fiel der Strom aus und die gesamte Einrichtung wurde durch das Zimmer geschleudert. Wenige Augenblicke später rollten Lautsprecherwagen durch die Stadt.

„Achtung, Achtung! An alle Bürger. Freiwillige Helfer werden auf der Ostseite der Stadt gebraucht. Die Abschlussveranstaltung der Feierlichkeiten wird heute Abend wie geplant stattfinden. Zeloten haben die Leichen der Prediger gestohlen. Glauben Sie nicht die Märchen über ihr Verschwinden oder dass dies etwas mit dieser Naturkatastrophe zu tun habe. Wir wiederholen: Die Abschlussveranstaltung wird heute Abend wie geplant stattfinden.“

Mac hatte lange geschlafen und danach sofort das Fernsehgerät angeschaltet, um sich das Neueste vom Tage anzusehen. Er weinte, als live übertragen wurde, wie Eli und Moishe auferstanden und zum Himmel auffuhren. Wie konnte die Weltgemeinschaft leugnen, was über die ganze Erdkugel gesendet worden war? David Hassid hatte berichtet, er habe Carpathias unheimliche Unterbrechung am Montagabend im Fernsehen gesehen, aber sie sei auf keinen Aufzeichnungsbändern zu finden. Und jetzt wurde keine Wiederholung der Auferstehung gesendet.

Was für eine Macht, dachte Mac. Was für eine alles durchdringende Kontrolle durch die Technologie. Falls Carpathia durch irgendeinen Zufall Israel lebendig verlassen würde, würde Mac ihn nicht mehr lebend wieder zur Erde bringen. Nicht, wenn er am Steuer des Flugzeuges saß. Aber sollte er so lange warten? Er nahm den doppelten Boden seiner Fliegertasche heraus und betastete die Pistole. Abdullah besaß dieselbe. Wenn Mac sie am Abend mitnahm, würde er sich von den Metalldetektoren fern halten müssen.

Chaims Wohngegend war von dem Erdbeben schwer betroffen worden. Steine hatten sich gelöst, und Teile seiner Garage waren herabgestürzt, doch im Gegensatz zu den Flachdachbauten in seiner Nachbarschaft war Chaims Haus vor größeren Schäden bewahrt geblieben.

Die Elektrizität stand schnell wieder zur Verfügung und zusammen mit Chaim und den anderen Mitgliedern des Haushalts sah sich Buck die Berichterstattung im Fernsehen an. Die Zahl der Toten stieg schnell von Hunderten in die Tausende an.

Der größte Schaden war im Ostteil der Stadt entstanden, wo Gebäude und Wohnhäuser eingestürzt waren, wo Straßen sich ineinandergeschoben und Tausende den Tod gefunden hatten. Am frühen Abend war klar, dass etwa ein Zehntel der heiligen Stadt zerstört worden war und die Zahl der Todesopfer bis zum Morgen auf etwa 7 000 ansteigen würde.

In jeder Nachrichtensendung wurden die Delegierten aufgefordert, zur Abschlussveranstaltung zu kommen.

„Sie wird kürzer sein als geplant", betonte Fortunato in angemessen traurigem Tonfall. „Der Potentat engagiert sich bei den Such- und Rettungsaktionen, aber er hat mich gebeten, allen Betroffenen sein tief empfundenes Beileid auszudrücken. Dies sind seine Worte: ‚Der Wiederaufbau beginnt sofort. Wir werden uns von einem Rückschlag nicht niederdrücken lassen. Der Charakter eines Volkes zeigt sich in seiner Reaktion auf eine Tragödie. Wir werden uns erheben, weil wir die Weltgemeinschaft sind.

Es ist unerlässlich, dass wir wie geplant zusammenkommen. Das wird unsere Moral aufbauen. Musik und Tanz sind nicht angemessen, aber wir werden zusammenstehen, einander ermutigen und uns neu den Idealen verschreiben, die wir für wichtig halten.'

Ich möchte noch ein paar persönliche Worte hinzufügen", ergänzte Fortunato. „Für Potentat Carpathia wäre es überaus ermutigend, wenn Sie in großer Zahl erscheinen. Wir werden der Toten gedenken und den Helfern für ihre Anstrengungen bei den Rettungsaktionen danken. Dadurch wird der Heilungsprozess in Gang gesetzt werden."

Buck hatte kein Interesse an einer rührseligen Wiederholung der Eröffnungsveranstaltung. Die Potentaten würden ihren furchtlosen Führer preisen und er würde fromm und bescheiden die Menge in seinen Bann ziehen.

„Sie haben versprochen, da zu sein", keuchte Chaim.

„Oh, Sir, die Straßen werden unpassierbar sein, die Rollstuhlrampen sind vermutlich beschädigt. Sehen Sie sich die Veranstaltung doch einfach am –"

„Jacov kann überall fahren und mich überall hinbringen."

Jacov zuckte die Achseln. Buck blickte ihn an. In seinem Blick lag die unausgesprochene Frage, warum er seine Weigerung nicht unterstützt hätte.

„Er hat Recht", meinte Jacov. „Bringen Sie ihn mit seinem Stuhl in den Wagen, ich werde ihn hinfahren."

„Ich kann es nicht riskieren, dass man mich erkennt", erklärte Buck.

„Ich möchte nur wissen, dass Sie in der Menge sind und mir moralische Unterstützung geben."

Die Sonne tauchte hinter den Wolken hervor und erwärmte Jerusalem. Die Schönheit der Stadt unter dem orangefarbenen Schein der Sonne ließ Rayford den Atem stocken. Aber auch die Zerstörung entsetzte ihn. Rayford konnte sich nicht vorstellen, warum Carpathia so entschlossen war, das Programm durchzuziehen. Aber der Potentat spielte genau in Gottes Hände.

Rayford tauchte in der Masse unter und schob sich langsam zu den Lautsprechertürmen zu Carpathias linker Seite vor. Er schätzte, dass er etwa 20 Meter vom Rednerpult entfernt stand.

„Ich werde nicht gehen", verkündete Abdullah. „Ich werde am Fernsehgerät zusehen."

„Wie Sie wollen", meinte Mac. „Vermutlich werde ich es bereuen, dass ich hingegangen bin."

Mac saß mehr als 20 Minuten lang im Shuttle, bis sich der Bus endlich in Bewegung setzte. Als er zurückblickte, sah er Abdullah aus dem Hotel kommen. Die Hände hatte er in die Taschen einer Jacke gesteckt.

Buck traf noch vor Jacov und Chaim auf dem Festplatz ein. Er wartete in der Nähe des Eingangs. Niemand schenkte ihm Beachtung. Sein neues Aussehen verbarg seine wahre Identität und außerdem schienen die Beamten der Weltgemeinschaft mit der Vorbereitung für die Ankunft eines Ehrengastes voll ausgelastet zu sein. Und da kam er auch schon.

Jemand parkte Chaims Fahrzeug, während Jacov Chaim zu dem Metalldetektor an der rechten Bühnenseite schob.

„Ihr Name, Sir", fragte ein Beamter.

„Jac–"

„Er ist in meiner Begleitung, junger Mann", knurrte Chaim. „Lassen Sie ihn in Ruhe."

„Es tut mir Leid, Sir", widersprach der Beamte. „Wir haben höchste Sicherheitsstufe, wie Sie sich sicher vorstellen können."

„Ich sagte, er ist in meiner Begleitung!"

„Das ist schön und gut, Sir, aber nachdem er Ihnen auf die Bühne geholfen hat, wird er sich einen Platz in der Menge suchen müssen."

„Unsinn!", wandte Chaim ein. „Und jetzt –"

„Oh Boss", sagte Jacov schnell, „ich will sowieso nicht dort oben sein. Bitte."

Buck sah, wie Chaim erschöpft die Augen schloss und mit der Hand abwinkte. „Bringen Sie mich einfach dort hinauf."

„Sie müssen durch den Metalldetektor", bestimmte der Beamte. „Keine Ausnahmen."

„Prima! Lassen Sie uns gehen!"

„Sie zuerst, Junge."

Jacovs Schlüssel lösten den Alarm aus. Beim zweiten Versuch schaffte er es.

„Ich muss Sie bitten, den Stuhl kurz zu verlassen, Dr. Rosenzweig", sagte der Beamte. „Meine Männer können Sie stützen."

„Nein, das können sie nicht!", wehrte sich Chaim.

„Sir“, erklärte Jacov, „er hatte am Montag einen Schlagan–“

„Das weiß ich.“

„Wollen Sie einen israelischen und, darf ich sagen, einen Staatsmann der Weltgemeinschaft beleidigen?“

Der Beamte schien nicht zu wissen, was er tun sollte. „Ich muss ihn wenigstens durchsuchen.“

„In Ordnung“, brummte Chaim. „Aber schnell!“

Der Beamte tastete Chaims Arme, Beine und Rücken ab. „Na ja, Sie hätten sowieso Probleme zu fliehen“, meinte er.

Jacov und drei Beamte hoben den Rollstuhl auf die Bühne und rollten Chaim zum linken Ende der Stuhlreihe. Der Beamte winkte Jacov mit sich. „Ich muss ihn schon jetzt hier oben allein lassen?“

„Es tut mir Leid“, entschuldigte sich der Beamte.

Jacov zuckte die Achseln.

„Gehen Sie nur!“, sagte Chaim. „Ich komme schon zurecht.“

Jacov stieg die Stufen hinunter und stellte sich zu Buck. Gemeinsam beobachteten sie, wie Chaim sich die Zeit vertrieb, indem er zur Belustigung der immer größer werdenden Zuschauermenge mit seinem elektrischen Rollstuhl über die leere Bühne fuhr.

Der Himmel war dunkel, aber die riesigen Scheinwerfer tauchten den Festplatz in helles Licht. Rayford schätzte, dass mehr Menschen anwesend waren als am Eröffnungstag, aber sie wirkten bedrückt.

Da die Helikopter nach dem Erdbeben bei den Rettungsarbeiten gebraucht wurden, kamen die VIPs in Wagen zum Festplatz gefahren. Keine Fanfare, keine Musik, keine Tanzdarbietung, kein Eröffnungsgebet. Die Potentaten stiegen die Stufen hinauf, schüttelten sich die Hand, begrüßten Chaim und warteten dann vor ihren Stühlen. Leon begleitete Nicolai auf die Bühne, der von Bodyguards umgeben war. Die Zuschauermenge begann herzlich zu applaudieren, doch es gab keine Pfiffe, kein Jubelgeschrei.

Leon begrüßte die Potentaten, dann sagte er: „Wir haben noch einen anderen, ganz besonderen Gast, den willkommen zu heißen wir uns besonders freuen, aber Seine Exzellenz hat sich dieses Privileg selbst vorbehalten. Und so übergebe ich das Wort mit einem herzlichen Dankeschön für Ihre Unterstützung während dieser schwierigen Zeit an Seine Exzellenz, Nicolai Carpathia.“

Rayford griff mit beiden Händen in sein Gewand, öffnete die Box und sagte Gott, er sei bereit, die Pistole zum geeigneten Zeitpunkt hervorzuholen.

Carpathia wirkte angespannt und brachte die Leute sehr schnell zum Schweigen. „Auch ich möchte Ihnen ganz herzlich danken und denen, die trauern, mein tief empfundenes Mitgefühl aussprechen. Ich werde Sie nicht lange aufhalten, weil ich weiß, dass viele von Ihnen in ihre Heimat zurückkehren müssen und sich um die Transportmöglichkeiten sorgen. Beide Flughäfen sind intakt, so dass alle Flugzeuge planmäßig starten können. Allerdings muss mit Verspätungen gerechnet werden.

Und bevor ich zu Ihnen sprechen, möchte ich meinen Ehrengast vorstellen. Er sollte eigentlich schon am Montag unter uns sein, aber ein Schlaganfall verhinderte dieses Vorhaben. Ich freue mich sehr, dass dieser große Mann sich so weit erholt hat, dass er diesen Abend in seinem Rollstuhl mit uns erleben kann. Die Aussichten auf eine vollständige Genesung sind gut. Meine Damen und Herren der Weltgemeinschaft, ein Staatsmann, ein Wissenschaftler, ein loyaler Bürger und mein lieber Freund, der ehrenwerte Dr. Chaim Rosenzweig!"

Die Menge applaudierte begeistert, während Carpathia auf Chaim deutete. Rayford wollte die Gelegenheit nutzen. Die Leute vor ihm hoben die Hände, um über dem Kopf zu klatschen und zu winken, und er legte schnell die Waffe an und zielte. Aber Chaim streckte seine Hand nach Carpathia aus, und Nicolai beugte sich über den Rollstuhl, um den alten Mann zu umarmen.

Auf keinen Fall konnte Rayford jetzt schießen. Er senkte die Waffe, versteckte sie schnell in seinem weiten Ärmel und beobachtete die unbeholfene Umarmung. Nicolai hob Chaims gesunden Arm und die Menge jubelte erneut. Schließlich kehrte Carpathia zum Rednerpult zurück. Die Gelegenheit war vertan.

Mac McCullum wusste, dass Buck Williams sich irgendwo in der Menge verbarg. Vielleicht würde er versuchen, ihn zu finden, wenn alles vorbei war. War Abdullah ebenfalls hier? Und warum hatte er gesagt, er würde nicht mitkommen?

Rayford hatte einen bitteren Geschmack im Mund, so sehr fühlte er sich von Carpathia abgestoßen.

„Liebe Mitbürger", begann Nicolai ernst, „in der noch sehr jungen Geschichte unserer Weltregierung haben wir Seite an Seite die schlimmsten Katastrophen bewältigt, so wie heute Abend.

Eigentlich wollte ich eine Rede halten, die uns ermutigt und mit neuer Hingabe an die Ideale der Weltgemeinschaft in den Alltag entlassen hätte. Diese neue Tragödie hat diese Rede überflüssig gemacht. Erneut haben wir bewiesen, dass wir ein Volk mit Zielen und Idealen sind, das dienstbereit ist und vor guten Werken nicht zurückscheut."

Drei Potentaten erhoben sich. Daraufhin fühlten sich die anderen sieben Potentaten verpflichtet, es ihnen gleich zu tun, doch sie bewegten sich nur langsam und sehr widerstrebend. Carpathia bemerkte, dass die Menge von den Vorgängen hinter ihm abgelenkt wurde, und drehte sich um. Zuerst klatschten nur die drei, dann alle zehn Potentaten. Die Menge fiel in den Applaus ein. Rayford meinte bemerkt zu haben, wie Carpathia und Fortunato sich bedeutungsvoll ansahen.

War hier irgendetwas im Gange? Waren dies die drei, die, wie Mac gesagt hatte, Carpathia gegenüber vielleicht doch nicht so loyal eingestellt waren?

Die Potentaten nahmen wieder Platz und zum ersten Mal seit der Konferenz im Kollek-Stadion schien Carpathia nach Worten zu suchen. Er begann erneut, hielt inne, wiederholte sich und wandte sich schließlich zu den Potentaten um. „Tun Sie mir das nicht an."

Die Menge applaudierte erneut und Nicolai nutzte die Gelegenheit zu einem Lacher. Offensichtlich beunruhigt, begann er zu sprechen. Schnell drehte er sich noch einmal um und sah nach hinten.

Plötzlich erhoben sich die drei Potentaten erneut und applaudierten, als wollten sie versuchen, sich bei Nicolai einzuschmeicheln. Rayford hatte gesehen, wie einer von ihnen beim Aufstehen in seine Jacke gegriffen hatte. Die Menge dachte, die klatschenden Potentaten würden eine Einlage bieten. Als Chaim sich plötzlich mit seinem Rollstuhl in Bewegung setzte und zu Fortunato hinüberfuhr, begann die Menge zu lachen.

Rayford wurde abgelenkt. War das dort links Hattie? Das war doch unmöglich. Er versuchte, sie im Blick zu behalten, aber die Leute vor ihm hoben erneut ihre Hände, schrien, klatschten, sprangen.

Er zielte mit der Pistole zwischen ihnen hindurch auf Nicolai und versuchte abzudrücken. Er konnte es nicht. Sein Arm war gelähmt, seine Hand zitterte, sein Blickfeld verschwamm. Wollte Gott es nicht zulassen? Hatte er sich zu weit vorgewagt? Er fühlte sich wie ein Narr, ein Feigling, machtlos trotz der Waffe. Zitternd stand er da und sah Carpathia an. Rayford wurde von den feiernden Menschen hin und her geworfen und die Waffe ging los. Bei dem Knall teilte sich die in Panik geratene Menge vor ihm. Rayford rannte mit ihnen davon, ließ die Waffe und die andere Hälfte des Kastens fallen. Die Leute schrien und rempelten sich gegenseitig um.

Während Rayford sich in ein Menschenknäuel drängte, riskierte er einen vorsichtigen Blick auf die Bühne. Carpathia war nicht zu sehen. Die Potentaten rannten wild auseinander und suchten Deckung. Einer ließ etwas fallen, während er von der Bühne taumelte. Rayford konnte zuerst auch Fortunato nicht entdecken. Das Rednerpult war zersplittert und der gesamte 30 Meter breite Vorhang am Bühnenrand heruntergerissen. Rayford stellte sich vor, dass die Kugel durch Nicolai hindurchgegangen und in die Bühnenumrandung eingeschlagen war.

Hatte Gott ihn trotz seiner Feigheit gebraucht? Konnte es sein, dass er die Prophezeiung erfüllt hatte? Der Schuss war ein Fehler. Er hatte es nicht tun wollen!

Bei dem Geräusch des Schusses hatte sich Buck unter einer Tribüne in Sicherheit gebracht. Zu beiden Seiten drängten Menschen an ihm vorbei und er sah das Strahlen auf einigen Gesichtern. Waren das vielleicht Menschen, die an der Klagemauer zum Glauben gekommen waren und miterlebt hatten, wie Carpathia ihre Helden ermordet hatte?

Als Buck zur Bühne blickte, sprangen die Potentaten gerade hinunter. Chaim wirkte wie gelähmt.

Carpathia lag auf der Bühne. Aus Augen, Nase und Mund lief Blut, und Buck hatte den Eindruck, dass er auch oben am Kopf blutete. Das Mikrofon an seinem Rockaufschlag war noch eingeschaltet, und da Buck direkt unter dem Lautsprecherturm lag, hörte er Nicolais heiseres Flüstern: „Aber ich dachte … ich dachte … ich habe alles getan, was du wolltest."

Fortunato beugte sich über Carpathias Brust, legte den Arm unter seinen Kopf und bettete ihn in seinen Schoß. Jammernd wiegte er seinen Potentaten hin und her.

„Sie dürfen nicht sterben, Exzellenz!", wimmerte Fortunato. „Wir brauchen Sie. Die Welt braucht Sie! Ich brauche Sie!"

Die Sicherheitskräfte umringten sie mit gezückten Uzis. Buck reichte es. Für einen Tag hatte er genügend traumatische Erlebnisse gehabt. Wie gebannt starrte er auf Carpathias blutverschmierten Hinterkopf.

Die Wunde war tödlich. Und Buck konnte auch sehen, wodurch sie verursacht worden war.

„Ich habe nicht mit einem Schuss gerechnet", meinte Tsion und starrte auf den Bildschirm, während die Sicherheitskräfte der Weltgemeinschaft die Bühne räumten und Carpathia wegbrachten.

Zwei Stunden später wurde von Seiten der Weltgemeinschaft der Tod Carpathias bestätigt. Immer wieder wurde Fortunatos Kommentar gesendet. „Wir werden im Geist unseres tapferen Führers, Gründers und moralischen Ankers, Potentat Nicolai Carpathia, weitermachen. Die Todesursache wird bis zur vollständigen Klärung noch vertraulich behandelt. Aber Sie können versichert sein, dass der Schuldige seine gerechte Strafe bekommen wird."

Die Bevölkerung wurde darüber aufgeklärt, dass der Leichnam des ermordeten Potentaten im Palast in Neu-Babylon bis zum Begräbnis am Sonntag aufgebahrt werden würde.

„Wir dürfen das Fernsehgerät nicht abstellen, Chloe", ermahnte Tsion. „Wir müssen davon ausgehen, dass die Auferstehung gefilmt werden wird."

Doch als der Samstagmorgen in Mount Prospect in den Samstagabend überging, begann sogar Tsion, sich zu wundern. In der Bibel war kein Tod durch eine Kugel vorhergesagt. Der Antichrist sollte an einer Kopfwunde sterben und schließlich wieder lebendig werden. Carpathia lag noch immer aufgebahrt in Neu-Babylon.

Als der Sonntag anbrach, betrachtete Tsion mit finsterem Gesicht die Trauernden, die an der Glasfront im sonnenüberfluteten Hof des Palastes der Weltgemeinschaft vorüberzogen. Er begann zu zweifeln.

Hatte er sich vielleicht geirrt?

Zwei Stunden vor der Beerdigung wurde David Hassid in Leon Fortunatos Büro gerufen. Leon und die Leiter des Geheimdienstes und der Sicherheitskräfte saßen konzentriert vor einem Fernsehbildschirm. In Leons Gesicht stand tiefe Trauer und der Wunsch nach Rache geschrieben. „Sobald Seine Exzellenz im Grab liegt", sagte er mit belegter Stimme, „wird der Fall abgeschlossen werden. Die Verfolgung seines Mörders kann nur helfen. Sehen Sie sich das an, David. Die verschiedenen Blickwinkel sind versperrt, aber sehen Sie sich die Szene aus der Frontalen an. Sagen Sie mir, ob Sie sehen, was wir sehen."

David sah genau hin. *Oh nein!,* dachte er. *Das kann nicht wahr sein!*

„Nun?", fragte Leon und blickte ihn an. „Gibt es Zweifel?"

David zögerte, aber das bewirkte nur, dass nun auch die anderen beiden ihn ansahen.

„Diese Kamera lügt nicht“, meinte Leon. „Wir haben unseren Attentäter, nicht wahr?“

So sehr er sich wünschte, eine andere Erklärung anbieten zu können für das, was offensichtlich war, David würde nur seine Position unnötig aufs Spiel setzen, wenn er es versuchte.

Er nickte. „Allerdings.“

Epilog

„Das zweite Wehe ist vorüber; siehe, das dritte Wehe kommt schnell."

Offenbarung 11,14